DIE ALPEN SEHEN UND STERBEN

Nach vielen Jahren als Schauspielerin an Staats- und Stadttheatern in Österreich, der Schweiz und Deutschland lebt und arbeitet Isabella Archan heute freiberuflich in Köln. Hier begann auch ihre Laufbahn als (Krimi-)Autorin. Neben dem Schreiben ist die gebürtige Grazerin immer wieder im TV zu sehen, u.a. im Kölner »Tatort« und in der »Lindenstraße«.
www.isabella-archan.de

ISABELLA ARCHAN

DIE ALPEN SEHEN UND STERBEN

Kriminalroman

emons:

Lust auf mehr? Laden Sie sich die »LChoice«-App runter, scannen Sie den QR-Code und bestellen Sie weitere Bücher direkt in Ihrer Buchhandlung.

Bibliografische Information der Deutschen Nationalbibliothek
Die Deutsche Nationalbibliothek verzeichnet diese Publikation in der Deutschen Nationalbibliografie; detaillierte bibliografische Daten sind im Internet über http://dnb.d-nb.de abrufbar.

© Emons Verlag GmbH
Alle Rechte vorbehalten
Umschlagmotiv: Michael Zegers/Lookphotos
Umschlaggestaltung: Nina Schäfer, nach einem Konzept
von Leonardo Magrelli und Nina Schäfer
Umsetzung: Tobias Doetsch
Gestaltung Innenteil: César Satz & Grafik GmbH, Köln
Lektorat: Hilla Czinczoll
Druck und Bindung: CPI – Clausen & Bosse, Leck
Printed in Germany 2019
ISBN 978-3-7408-0541-8
Originalausgabe

Unser Newsletter informiert Sie
regelmäßig über Neues von emons:
Kostenlos bestellen unter
www.emons-verlag.de

Dieser Roman wurde vermittelt durch die Autoren- und
Verlagsagentur Peter Molden, Köln.

*Und wenn dir ein Ziegelstein auf den Kopf fällt,
bist du ganz sicher, dass es nicht doch deine Schuld war?*

Arthur Schnitzler

*Drah di net um, oh, oh, oh.
Schau, schau, der Kommissar geht um! Oh, oh, oh!*

Falco

I.

CowboyhutNacht

»Mörder Mitzi.«
Hinter ihr.
Der Lukas grinst. Na warte nur. Sie wird ihm eine reinhauen in der Pause.
»Mörder Mitzi, Mörder Mitzi, Mörder Mitzi.«
Links von ihr, weiter hinten, aus der vierten Reihe.
Alle wird sie verprügeln.
Stattdessen kommen ihr die Tränen.
Die Lehrerin, Frau Meike, dreht den Kopf von der Tafel weg.
»Ja, wer tuschelt denn da?«
Frau Meike redet immer so, als wären sie alle noch Babys.
Sie sieht Mitzi weinen.
»Maria, was ist denn mit dir?«
Mitzi kann es nicht fassen, dass Frau Meike fragt.
»Mörder Mitzi.«
Neben ihr zischt ihre beste Freundin Karla ihr den neuen bösen Spitznamen ins Ohr. Das war's mit der Freundschaft.
Überhaupt nie mehr Freunde. Braucht sie nicht. Will sie nicht.
Karla lacht schrill, als ob alles nur ein Witz wäre.
Frau Meike runzelt die Stirn.
»Musst du Pipi, Maria?«
In der Klasse beginnt ein Gurren und Quieken.
Taubenschlag und Schweinestall, denkt Mitzi. Aber das Wasser aus ihren Augen will nicht aufhören zu rinnen.
Sie steht auf. Geht hinaus und schlägt dabei die Tür zu.
»Die Türen schließen wir immer leise, gell!«
Frau Meike ruft Mitzi hinterher, wendet sich dann an die Klasse. »Ja, was is denn mit der Maria los, weiß das einer von euch?«
»Ihre Familie ist doch gestorben, Frau Meike«, erklärt Karla.
Frau Meike lässt einen auffallend lauten Seufzer hören, als es ihr wieder einfällt.

»MörderMitzi«, ruft der Lukas noch einmal.
»Lukas, so etwas sagen wir nicht.«
Frau Meikes Stimme klingt schwach.
»Aber wenn es doch stimmt.« Er kichert, als ob die Sache komisch wäre. »Die hat doch Schuld, hat mein Papa gesagt. Und der weiß es.«
»Lukas, sei einfach still, ja?«
Mitzi kann vor der Tür alles hören. Sie wischt sich mit dem Ärmel über die Augen, die Nase, den Mund. Speichel, Tränen und Rotz.
Immerhin hält Lukas den Mund, und der Unterricht geht weiter.
Eine ganze Weile dauert es, bis Mitzis Tränenflut versiegt. Sie stellt sich vor, dass sie die Tür aufreißt, hineinstürmt und mit einem Zauberspruch alle Mitschüler in Tauben verwandelt.
Oder eben in Schweine.
Frau Meike lässt sie ganz verschwinden.
Die Idee gefällt Mitzi.
Sie kehrt ins Klassenzimmer zurück.
Bis zur Pause hat sie Ruhe.
Dann geht es von vorne los.

1

»Servus«, sagt der Mann freundlich und lüftet seinen Hut.

Karsten muss lächeln. Hier in Österreich, im schönen Kufstein in Tirol, ist man selbst mitten in der Nacht freundlich zu den Touristen.

»Geht es gut?« Die Stimme klingt weich und angenehm.

Karsten schwankt vor und zurück. Er hat ein kleines bisserl über den Durst getrunken. Na ja, ein wenig mehr war es schon. Und eben hat er sehr unmanierlich in den Inn gekotzt. Danach hat er schuldbewusst nach links und rechts geschaut, aber um zwei Uhr morgens ist keiner mehr auf der Brücke zu sehen gewesen. Gleich will er sich noch eine nächste Zigarette anheizen.

Seine Saufkumpane sitzen immer noch in der tollen Kneipe, pardon, in dem bärigen Beisl, in das er eigentlich schon gehen wollte, seit er am zweiten Urlaubstag vorbeigeschlendert ist. »Stollen 1930« hörte sich urig an. Im Inneren der Bar musste es, der Meinung des Hotelportiers nach, ebenso supergeil sein. Deshalb hat er sich heute nach dem Zigarettenholen zusätzlich einen Absacker nach genau dort drinnen gegönnt.

Dabei will er sich das Rauchen abgewöhnen, hat seinen Konsum auf fünf am Tag reduziert. Wegen seinem Mausi, weil er für sie gsund und fit bleiben will. Dazu ein guter Liebhaber, der es auch mit über fünfzig noch ohne Viagra draufhat.

Ein wilder Kerl halt, ein ewiger Bub, der auch mal was Dummes macht, wie eben beim Zigarettenholen abbiegen in eine Bar, die wie ein Stollen ausschaut und in der man mitten im Felsengestein sitzt. Dazu noch an der Theke auf interessante Menschen trifft. Perfekt, oder?

Spontane Freundschaften hat er dort geschlossen, ratzfatz, mit einem Karli, einem Hansi und einem Gustl. Er liebt Österreich, schon wegen der Sprache und der Namen und wegen der herrlichen Marillenschnäpse. In der Stollenbar hätte es auch Gin aller Sorten und Cocktails gegeben, aber er war bei den

Schnapserln geblieben. Schad, dass die alle wieder aus ihm raus sind.

Sein Mausi im Hotelzimmer wird auch angekotzt sein, wenn er zurückkommt. Als er vor einer Stunde das letzte Mal auf sein Smartphone geguckt hat, hatte sie ihm sage und schreibe zwölf Nachrichten geschrieben.

Im Dutzend billiger, hat er gedacht, und »eh schon wurscht« hat er zu den anderen gesagt und eine nächste Runde ausgegeben.

»Grias di«, antwortet Karsten jetzt, so gut er es in seinem Zustand kann und wie man es ihm in der Bar beigebracht hat. »Isch des bärig.«

»Servus ein zweites Mal.«

Wieder hebt der Mann seinen Hut und bringt Karsten damit zum Grinsen.

»Pfiat di und baba, weil isch muss jetzt heim zu mein Mauschi. Pfiat di und baba. Baba. Baba.«

Mit »Baba« ist »Tschüss« gemeint, und Karsten spricht es gern mehrfach hintereinander aus. Besser kann man sich gar nicht verabschieden.

Der Fremde sieht übrigens mit seiner Kopfbedeckung wie ein Cowboy aus. Wie ein großer Cowboy.

Ohne Gesicht, denn die breite Hutkrempe bewirkt, dass seine Züge im Schatten bleiben und nicht von einer der Laternen entlang der Brücke erhellt werden.

Mann in Schwarz, denkt Karsten, Mann ohne Gesicht, auf Österreichisch: Mann ohne Gfries. Lustig, denkt er auch noch, saukomisch.

Karsten rülpst.

Morgen wird sein Mausi schmollen, aber das ist okay, denn wenn sie schmollt, ist sie noch putziger. Sie hasst es, wenn er immer versucht, seine Sätze in diesem Dialekt zu formulieren, zusammengestoppelt aus ganz Österreich, denn er ist Frankfurter, so wie die Würschtel in dem Land auch schon mal heißen. Aber er lässt sich nicht beirren. Selbst in seinem Kopf denkt er in seinen eigenen Austriazismen, die eben keinem Bundesland zugeordnet werden können und auf keinen Fall tirolerisch klingen, sondern eben so, wie der Tourist Karsten denkt, wenn er auf einheimischen Österreicher im Allgemeinen macht.

Ich bin ein Fantasy-Ösi, denkt er und macht in seinem Kopf seine Aussprache noch breiter und gedehnter, wie bei einem Spagat.

Egal, alles wurscht und a Schaas, nach fünf Marillenschnapserln ist alles wunderbar. Nein, acht waren es oder vielleicht auch zwölf, wie die Anzahl der Nachrichten von seinem Mausi.

Dabei darf sie nicht zu sehr mit ihm schimpfen, er ist ohnehin als Erster von der Trinkrunde aufgestanden und hinausgewankt, weil er morgen früh rausmuss. Sie beide um sechs Uhr morgens aufstehen müssen. Sein Mausi und er. Wobei es eigentlich schon morgen und früh ist. Lustig, wie die Zeit manchmal vorbeifliegt.

In einem tiefen Winkel seines teilvernebelten Gehirns graut ihm vor dem anstehenden Kater. Aber den letzten Urlaubsabend hat er noch mal etwas Empörendes machen, etwas Schlimmes anstellen wollen. Wie ein kleiner Bub hat er über die Strenge schlagen wollen.

Der böse Karsten.

»Isch bin ein böser Karschten«, lallt er dem freundlichen Servus-Mann neben ihm zu. »Und isch entschuldige misch für die Sauerei im Wascher. Pfiat di und baba. Baba.«

Er schaut über die Brüstung, das Wasser darunter ist ganz schwarz. Karstens Magen möchte sich noch einmal heben.

»Nein, nein, nein. Nicht noch mal erbrechen, ja?«, sagt der Cowboy streng.

Wo ist der Mann mit dem Hut überhaupt so schnell hergekommen? Vorhin war Karsten allein auf der Brücke. Egal. Er nickt und hält sich am Geländer fest. Der Weg zurück Richtung Hotel scheint unendlich weit und verschwommen.

»Schind Schie Polilei? Könnten Schie misch in den ›Goldenen Löwen‹ bringen? Isch trau misch net, mein Mausi anzurufen. Die isch sicher ganz bösch mit mir.«

Karsten muss über sich selbst lachen. Was für einen Blödsinn er redet. Aber etwas Hilfe wäre tatsächlich nicht schlecht.

Ein Auto fährt über die Brücke, und für ein paar Sekunden sind sie beide in das grelle Licht der Scheinwerfer getaucht. Dann wird es wieder dunkel um sie, nur die Laternen geben sich Mühe zu leuchten.

Karsten guckt nach oben. Über die eine Laterne hinaus, an der ein Blumenschmuck befestigt ist, in den Himmel darüber. Viele tausend Sterne meint er zu sehen. Oder liegt das daran, dass er alles doppelt wahrnimmt?

»Sie sind Karsten Trinckas, nicht wahr?«

Karsten senkt seinen Kopf ganz langsam und versucht, den Mann mit Hut genauer in Augenschein zu nehmen. Seine Finger umklammern das Geländer. Wenn diese Brücke nicht so schwanken würde, wäre es leichter.

»Schie kennen misch?«

Dann ist eigentlich alles klar. Sein Mausi hat den Mann geschickt. Er ist der Nachtportier oder einer der Kellner vom »Goldenen Löwen«, den seine Freundin ihm auf den Hals gehetzt hat, als sie es leid war, eine dreizehnte Nachricht einzutippen.

»Karsten Trinckas, wenn Sie möchten, können Sie noch einen letzten schönen Gedanken fassen. Da es schnell gehen wird, wird Sie dieser Gedanke begleiten, und es wird leichter, als man gemeinhin denkt.«

Gemeinhin? Nur dieses komische Wort bleibt bei Karsten hängen.

»Ist die Mausi sehr bös auf mich?«

Diese wichtige Frage geht ihm besser von der Zunge, der längere Aufenthalt an der frischen Luft macht sich langsam bemerkbar.

Der schwarze Cowboy antwortet nicht, hat seinen Kopf erhoben und sieht wie vorhin Karsten zum Nachthimmel hoch.

Am Ende der Brücke sind Stimmen zu hören. Eine Gruppe verlässt eben eine der anderen Bars. Kufstein im Sommer hat für Nachtschwärmer viel zu bieten, nicht nur die Berge rundum und die Festung am Tag.

Im nächsten Moment fühlt sich Karsten von dem Fremden umarmt.

Na, na, na, Freunderl, will er sagen, das geht jetzt aber zu weit, wir kennen uns ja gar nicht.

Aber die Arme des Mannes schließen sich so fest um seinen Oberkörper, dass aus Karstens Lunge die Luft mit einem Pfeifton entweicht. Er will sich wehren, aber ihm ist zu schwindlig und flau im Magen. Die Stimmen entfernen sich, einer in der Gruppe lacht noch gackernd, dann kehrt wieder Ruhe ein. Die Umklammerung ist ebenso schnell vorbei. Karsten atmet durch.

»Was war das denn? Geht's noch?«

Sein Sprachvermögen bessert sich von Sekunde zu Sekunde, es ist, als würde die Begegnung mit dem Mann mit Hut seinen Alkoholpegel sinken lassen. Aber sein Österreichisch büßt er damit ebenfalls mehr und mehr ein. Er wird wieder der Frankfurter, nicht das Würschtel, sondern der selbstständige Anlageberater in der Bürogemeinschaft im Bankenviertel. Daran will er in der letzten Urlaubsnacht nicht denken, in diesen zehn Tagen hat er ohnehin zu oft die Aktienkurse gecheckt. Ganz loslassen geht in seinem Metier niemals.

Sakra, Himmel, Arsch und Zwirn. Mit Gewalt holt er sich sein Urlaubsfeeling zurück.

»Den Gedanken jetzt gefasst?« Eine Gegenfrage kommt von dem Mann mit Hut, die für Karsten keinen Sinn ergeben will.

Trotzdem muss er an sein Mausi denken.

Nicht an die beleidigte Freundin im Hotelzimmer, die sich über ihn ärgert und ihn bei seiner Rückkehr beschimpfen wird, sondern an die Geliebte mit der weichen Haut und den vollen Lippen. An den Sex, den sie am Nachmittag hatten, und wie sie nach dem Akt beide verschwitzt und gut gelaunt im Bett lagen.

Danach hat er die letzte Zigarette seiner sonstigen Tagesration geraucht. Jetzt steckt eine neue Packung in der Tasche seiner Khaki-Shorts. Marillenschnaps und Zschigg passen gut zusammen. Er wird seinem Mausi als Erstes versprechen, dass er endgültig damit aufhört. Auch fünf am Tag bringen Teer in die Lunge, wie sein Mausi ihm vorgelesen hat, aus einem Artikel in einer Frauenzeitschrift, und können schaden. Schluss also mit dem Rauchen, aber nicht mit dem Trinken und nicht damit, manchmal ein böser Karsten zu sein. Ein Mann braucht das, selbst wenn er ganz narrisch nach seiner achtzehn Jahre jüngeren Gefährtin ist.

Was für schöne Brüste sie hat.

»Mein Mausi«, flüstert Karsten und weiß, dass er immer und immer wieder aufs Neue seine Gattin für diese Geliebte verlassen hätte.

Auch nach diesem Jahr, das seit dem Eklat vergangen ist, tut ihm seine Entscheidung nicht leid. Seine Ehe war ohnehin beendet, Punkt und Schluss, soll seine Ex doch zur Hölle fahren. Wenn sie nur endlich die Scheidungspapiere unterzeichnen würde. Wie gemein sie ihn beschimpft hat. Den Tod hat sie ihm gewünscht.

Er konzentriert sich lieber auf einen guten Gedanken: Mausis Busen. Klar und scharf wie ein Schnapserl.

Karsten schließt seine Augen, vielleicht, um dieses Bild festzuhalten, vielleicht auch, weil ihn die Müdigkeit einholt, nach dem Saufen und dem Kotzen. Speiben, wie der Österreicher so sagt. Er holt tief Luft, würzig schmeckt sie in seiner Nase. Duft einer Urlaubsnacht im August.

»Na, geht doch«, hört Karsten den Mann sagen.

Was geht?, denkt er.

Es ist höchste Zeit, ins Hotel zurückzugehen. Er braucht den Cowboy nicht mehr, er ist nüchtern genug, um sich allein auf den Weg zu machen. In fünf Minuten wird er bei seinem Mausi sein.

Der Schmerz braucht nicht einmal fünf Sekunden, um von seinem Bauch zum Schmerzzentrum in seinem Gehirn weitergeleitet zu werden.

Die Überraschung kommt sogar noch früher dort an, und Karsten reißt seine Augen wieder auf. Er sieht eine Gesichtsform vor sich, deren Inneres immer noch schwarz wie das Wasser des Inn ist. Darüber die Hutkrempe. Höher noch die Laterne, darüber hinaus die ebenfalls dunklen Umrisse der Berge, der Himmel mit seinen Sternen.

Doch nicht der Blick in das dunkle Oval vor dieser Kulisse tut weh, sondern das glühende Eisen, das sich zwischen seine Eingeweide geschoben hat. Was ist ihm da unten geschehen? Was um Gottes willen hat sich in seinen Bauch gebohrt? Karsten muss hinsehen, schafft es aber nicht, seinen Kopf zu beugen.

Als hätte der Cowboy seine Gedanken gelesen, packen die Finger des Mannes Karsten am Genick und drücken seinen Schädel nach unten. Etwas glitzert auf Höhe seines Bauchnabels, etwas schimmert und reflektiert das Laternenlicht. Etwas, das nicht zu seinem Körper gehört. Ein Gegenstand ragt ein Stück dort heraus, während der Rest von diesem Ding in seinen Leib hineinragt, nein, hineinsticht. Deshalb dieser Schmerz, der sich hochzieht, festbohrt und schreit.

Karsten möchte mitschreien, doch weitere Finger legen sich über seine Lippen, pressen den Schrei wieder hinein und seinen Kehlkopf hinunter. Finger, die sich samtig anfühlen, aber knallhart zudrücken.

Handschuhfinger.

Es brennt und sticht und tobt und schäumt in Karstens Eingeweiden.

Warum? Was? Wie? Weitere Fragewörter blitzen durch sein Hirn. Ein Schmäh ist das oder ein Scherz oder ein saublöder, ein damischer Witz.

Es tut so weh, dass er das Bild von seinem Mausi verliert, ja, er wäre sofort bereit, sie zu verlieren, zu verlassen, wenn nur diese grelle, heiße Qual ein Ende hätte.

»Servus«, sagt der Fremde ein drittes Mal und zieht das Ding aus Karstens Bauchmitte heraus.

Flupp, meint Karsten zu hören, aber er kann sich auch irren. Wie eine Reaktion auf diesen Vorgang löst sich auch Karstens bewusstes Schmerzempfinden von seinem tödlich verwundeten Körper und der unerträglichen Pein. Papier, das von einem Abziehbild gezogen wird. Er gibt nach, gibt sich hin, lässt sich fallen in die Arme des Fremden. Er gleitet in eine Blase der Schmerzlosigkeit.

Wer sind Sie? Warum machen Sie das? Die Sätze mit Fragezeichen, in astreinem Hochdeutsch haben sich klar in seinem Kopf gebildet.

»Wsswrms?«, kommt stattdessen über seine Lippen.

Dann werden Karstens Denkinhalte ein letztes Mal durcheinandergeschüttelt beim Abheben seines Körpers.

Hochgehoben wird er von dem schwarzen Mann.

Karsten kann spüren, wie seine Füße den festen Untergrund verlieren, wieder schwindelt ihn, doch diesmal ist nicht der Marillenschnaps daran schuld. Unten wird oben, und er wird seitlich übergestülpt, die Perspektive dreht sich. Statt Bergmassiv und Nachthimmel sieht er ein schwarzes Loch auf sich zukommen.

Nein, kein Loch, sondern dunkles, sich schnell bewegendes Nass. Wasser, schwarz und wild und nicht weniger tödlich, als das glitzernde Ding in seinem Bauch es war.

Eine Sekunde bevor Karsten aufschlägt und eintaucht, hat er doch noch einen wirklich allerletzten Gedanken. Die neue Packung mit den restlichen Zigaretten. Die werden in seiner Hosentasche völlig nass werden. Tatsächlich ein guter Zeitpunkt, um mit dem Rauchen ganz aufzuhören. Das wird sein Mausi freuen.

Servus und pfiat di und baba. Baba. Baba.

2

Es war dieser Moment.

Wenn er davon in Büchern las oder die Pupillen eines Sterbenden in Großaufnahme auf einer Kinoleinwand im neuesten Blockbuster vorgeführt bekam, überkam ihn immer ein leises Giggeln. Kein richtiges Lachen, denn in der Menge der anderen Kinobesucher wollte er nicht auffallen. Doch Giggeln ging, bei diesem Laut konnte sein Sitznachbar gemeinhin denken, sein Magen würde sich nach der riesigen Tüte Popcorn melden, die er schon am Beginn eines Filmes gern verschlang.

Gemeinhin.

Das erste seiner Lieblingswörter im Monat August.

Beim Frühstück im Hotel hatte er es an einem der Nachbartische aufgefangen, und wie alle seine Ohrwurmwörter war es hängen geblieben. Bis in die Nacht hinein hatte er es bereits in einige seiner Sätze eingebaut. Der Juli und mit ihm zehn auserkorene Lieblingswörter waren eingetütet, der August begann also mit »gemeinhin«.

In diesem schönen Ausdruck steckte der Begriff »gemein«, ohne dass die Bedeutung wirklich eine gemeine war. Es bezog sich auf »allgemein«, »Gemeinschaft«, »Gemeinde« und vieles mehr. Die Interpretationen gefielen ihm.

Dutzende Varianten konnte er damit bilden. Selbst zu diesem magischen Augenblick hatte es gepasst.

Magie des Sterbens.

Nicht das Erstarren der Pupillen, nicht das Ausbleiben des nächsten Atemzugs begeisterte ihn. Seltsamerweise atmeten sie alle immer noch einmal aus, bisher kein einziger Tod, wo nach dem Einatmen Schluss gewesen wäre. Manchmal, an stillen Orten, konnte er den Herzschlag hören, das schnelle Rasen, wenn die Angst ihn beschleunigte, das Galoppieren. Gefolgt vom Abschwellen, Langsamerwerden, bis zum letzten Klopfen. Eine individuelle Komposition des Abgangs, er hatte unterschiedliche Tempi herausgehört. Ebenso different gestaltete sich das Einsetzen der Schreie und ihre erreichbare Lautstärke, die er jedoch nur selten zulassen konnte.

Hier zeigte sich gemeinhin die Einzigartigkeit eines Individuums.

Wenn er länger keinen Auftrag annahm und seine Finger symbolisch juckten –»symbolisch« war eines seiner Lieblingswörter im Juli gewesen –, dachte er manchmal daran, ein Tier als Ersatz zu nehmen. Würde sich der verebbende Herzschlag einer Katze anders anhören als der eines Hundes oder eines Schafs? Aber dies blieb ein Gedankenspiel, er tötete niemals Tiere. Einer seiner Grundsätze. Nicht für alles Geld der Welt hätte er jemandes Nachbartöle beiseitegeschafft. Den Nachbarn ja, aber das Haustier niemals.

Es war also nicht der Blick, nicht der Herzschlag, nicht der Atem und schon gar nicht das Entweichen einer Seele. Auch wenn er an Gott in einer abstrakten Form glaubte, dachte er nie über ihn nach. Die Tötung eines Geschöpfes war Sünde, und deshalb ließ er alles göttlich Mahnende außen vor. Er hatte keine Seele je entweichen sehen. Vorher war der Mensch da, danach war der Mensch tot, das war es.

Was ihn betörte, war das Fallenlassen.

Dieses Erschlaffen nach der Anspannung in den Muskeln, im gesamten Körper. Das Loslassen nach dem Widerstand. Kämpfe hatte es nur zweimal gegeben, denn auch die Wütenden, sich Aufbäumenden kapitulierten und gaben sich ihm schließlich hin.

»Hingabe«.

Ein Wort, das er seit Jahren mochte.

Er empfand keine Zuneigung, kein Mitleid, nur der Moment wirkte, ließ die Zeit stillstehen und hallte nach. Die kurze Zweisamkeit, in der ein Mensch in seine Arme glitt. Oft blieben nur noch Sekunden, wenn er dieses Gleiten spürte. Und er verweigerte den Sterbenden nie ihre letzte Umklammerung.

Als Teenager hatte er in einem Buch über die Mythologie des Fährmanns Charon gelesen, der die Toten über den Styx hinüber in den Hades, die Unterwelt, brachte. Er selbst hob sie hinüber, wo und wie diese Welt nach dem Tod auch sein würde. Auch Karsten Trinckas hatte losgelassen.

Als er Karstens erschlaffenden Körper in seinen Armen hielt, unter ihnen der Fluss und über ihnen die sternklare Augustnacht, war es fast, als würden sie einen Grundstein ihrer eigenen Mythologie setzen. Beide vereint an einem Knotenpunkt zwischen Leben und Tod.

Großartig.

Selten hatte er einen dermaßen romantischen Ort und eine perfektere Kulisse erlebt. Das Wasser rauschte, die Luft roch würzig. Ein lauer Wind zupfte an der Krempe seines Cowboyhutes, den er sich in einem der Souvenirläden gekauft hatte. Wie Fremdkörper hatten drei Exemplare zwischen Tirolerhüten und Kappen mit Edelweiß auf dem Verkaufsstand gelegen. Der Shop war voller Touristen gewesen, er hatte keine Sorge gehabt, dass ihn die verschwitzte Frau an der Kasse später möglicherweise beschreiben konnte.

Vor heute Nacht hatte er bereits drei Tage gewartet, immer wieder Möglichkeiten geprüft und Begegnungen vorüberziehen lassen.

Einmal wäre es auf der Herrentoilette neben dem Hotelempfang fast so weit gewesen. Als er jedoch am Urinal gestanden hatte, seinen Penis in der einen Hand, den Griff des Messers unter der Jacke mit der anderen bereits umfasst, hatte er es sich spontan anders überlegt. Vielleicht, weil er noch einen weiteren Tag in Kufstein verbringen wollte, ohne das Hotel wechseln zu müssen, vielleicht auch, weil Karsten Trinckas fröhlich neben ihm gepisst und gepfiffen hatte. Einen Mann in den Tod zu schicken, der gleichzeitig pisste und pfiff, war ihm nicht richtig vorgekommen.

Statt des Messers hatte er sein iPhone aus seiner dunkelblauen Jeansjacke mit der extra angenähten langen und verstärkten Innentasche herausgeholt. Mit Karsten ein Gespräch über die ständige Erreichbarkeit in der modernen Welt – selbst am Klo hatte man keine Ruhe – begonnen. Die Tür hinter ihnen hatte sich geöffnet, und drei weitere Herren hatten den Ort der Erleichterung aufgesucht. Wie immer hatte er instinktiv richtig gehandelt.

Viel besser war die Gelegenheit vorhin nach Verlassen der Bar gewesen. Wie einstudiert hatte sich Karsten schwankend auf die Brücke zubewegt, wie geplant hatte sich kein Mensch außer ihnen dort aufgehalten.

Er hatte den richtigen Zeitpunkt gefühlt.

Genau jetzt, hatte er gedacht, und sich einen Satz mit dem ersten Lieblingswort dieses Monats ausgedacht. Die Idee mit dem guten Gedanken war ihm ebenso zugeflogen. Eine letzte Fragestellung, die sich ab sofort öfter verwenden ließ.

Das Lüpfen des Hutes – wie ein Bonmot als Fußnote des Geschehens. Dazu das herrliche Grußwort »Servus«, das er in dieser Idylle, umgeben von den Tiroler Bergen, als absolut köstlich und passend empfand. Einzig der Geruch nach frischem Erbrochenen aus Karstens Mund hatte ihn gestört, doch diese Winzigkeit war leicht zu verdrängen.

Die Nachfrage zum Namen der Zielperson hätte er sich sparen können. Daran jedoch hielt er grundsätzlich fest, seit er vor ein paar Jahren einmal den falschen Bruder mit dem Messer beglückt hatte. Nein, der Mann war nicht unehrlich, sondern tatsächlich der ältere Bruder der Zielperson gewesen. Eine frappante Familienähnlichkeit und eine zu überstürzte Tötung in einem Hinterhof hatten der Verwechslung damals Vorschub geleistet.

Aber hatten nicht schon Chirurgen Patienten die falsche Niere entfernt, sogar das falsche Bein amputiert?

Seither fragte er.

Ja, es war Karsten Trinckas, und Karsten Trinckas machte ihm die Freude, sich schnell und problemlos töten zu lassen.

In dieser winzigen Zeitspanne des Auffangens von Karstens nachgebendem Körper war ihm, als sei er ein Wesen aus einer längst vergangenen Zeit, wiedergeboren in diesem Akt der Hingabe, gemeinhin mit einem »Servus« und einem seltsamen Hut ausgestattet. Ein Augenzwinkern der Ewigkeit.

Nur Bruchteile später hatte er sogar die neue Inspiration gehabt, die zu der Umgebung auf der Brücke hervorragend passte: Er hievte Karsten Trinckas hoch und warf ihn über das Geländer. Perfekter ging es kaum.

Der Körper wurde flussabwärts getrieben, es konnte länger dauern, bis man ihn fand. Mit Glück würde die Polizei erst mal davon ausgehen, dass der Mann im betrunkenen Zustand in den Inn gestürzt war. Auch ein möglicher Suizid konnte nicht ausgeschlossen werden. Zwar würde im weiteren Verlauf der Rechtsmediziner an der Wasserleiche von Karsten Trinckas die Stichwunde entdecken, aber damit lag ein Raubüberfall oder ein Streit unter Betrunkenen nahe. Das Wasser würde alle Spuren wegschwemmen, der Körper aufgedunsen und durchweicht gefunden werden.

»Aufgedunsen«, ebenso ein schönes Wort, aber im alltäglichen Sprachgebrauch nicht gut zu verwenden. Der August hatte erst begonnen, es würden noch einige prächtige Formulierungen auftauchen.

Zeit zu gehen.

Wenn ihn jemand auf seinem Rückweg ins Hotel in den nächtlichen Straßen sehen würde und sich später im Zusammenhang mit dem Toten im Fluss überhaupt daran erinnern mochte, dann schützte ihn das neue auffällige Accessoire. Keiner sah einem Mann zuerst ins Gesicht, wenn der einen Cowboyhut mit breiter Krempe trug.

Am liebsten hätte er sich selbst auf die Schulter geklopft. Nach den letzten Wochen tat ihm der heutige Auftrag gut, endlich fühlte er wieder den Flow.

Eine letzte Geste als Anerkennung seiner Leistung musste sein.

Er überlegte kurz, und statt den Hut ein drittes Mal zu lüften, tippte er mit dem Finger an den Rand der Krempe und drehte seinen Kopf vom Wasser Richtung Brückengeländer.

Die junge Frau stand höchstens drei Meter von ihm entfernt. Im Licht der Laterne schien ihr Haar von einem Feenkranz umgeben zu sein.

Die perfekte Nacht kippte, rutschte, klatschte ebenso ins Wasser wie Karsten Trinckas.

Der Mund der jungen Frau stand offen. Ihre Augen waren weit aufgerissen. Nichts an ihr bewegte sich.

»Salzsäule«, fiel ihm dazu ein.

Ebenfalls eine schöne Bezeichnung.

3

»Maria Konstanze Schlager heiß ich, aber ich werde Mitzi genannt. Mitzi!«

»Ihr Rufname spielt hier keine Rolle, Frau Schlager. Haben Sie denn einen Ausweis bei sich?«

»Der is in der Wohnung, Frau Inspektor.«

»Sie sind aus der Stadt?«

»Nein, ich wohne quasi als Feriengast in Kufstein.«

»Quasi?«

»Also, ich meine, ich hab die Wohnung über Airbnb gebucht. Ich mach das hin und wieder. Ich bin nicht so ein Hotelfan, weil ich lieber selber koche und es nicht so anonym ist. Auch günstiger. Solche Wohnungen sind unglaublich interessant. Man entdeckt vieles, was dem eigentlichen Bewohner gar nicht mehr auffällt. Wie gestern einen getrockneten Seestern hinter einem Regal. Toll, was? Aber nicht, dass Sie jetzt denken, ich würde die Zimmer durchsuchen.«

»Darum geht es doch überhaupt nicht, Frau Schlager.«

»Schon klar, ich wollte es nur klarstellen. Ich wohne in der Krankenhausgasse, hinter der Franz-Josef-Straße, dort beim Kreisverkehr, wo auch der Stadtpark ist, wenn Sie den kennen.«

»Ich weiß, wo das ist.«

»Krankenhausgasse, das hat schon im Internet komisch geklungen. Der Park is so schön, da setz ich mich öfter hin und lese. Auch der Kinderspielplatz mit der bunten Röhrenrutsche gefällt mir.«

»Frau Schlager, wir überprüfen Ihre Aussage. Jetzt bitte zum Punkt: Sie haben nicht nur die Polizei und die Rettung, sondern auch den Hausarzt-Notdienst Salzburg angerufen.«

»Den hatte ich gespeichert, weil ich von dort herkomme. Nicht herstamme, nein, ich bin dort nicht geboren, auch nicht aufgewachsen, aber ich wohne dort. Ich könnte überall leben, aber jetzt is es Salzburg. Also eigentlich bin ich selbstständig und korrigiere Texte. Manchmal Doktorarbeiten oder Abhandlungen, auch Manuskripte und Aufsätze. Darin bin ich echt gut. Ich spür die Fehler im Text richtig in meinem Bauch. Beistriche sind meine Leidenschaft. Auch ein Kinderbuch hab ich korrigiert, das besonders gern, das is schon länger her. Aber egal.«

»Stopp, Frau Schlager, bitte konzentrieren Sie sich auf das Wesentliche.«

»Entschuldigen Sie. Ich hab den Hausarzt-Notdienst extra gewählt, weil ich mir nicht sicher war, ob von Ihnen gleich jemand reagieren würde.«

»Sie haben einen Notfall gemeldet. Natürlich erscheinen wir.«

»Trotzdem. Es brennt ja nicht, keiner is überfallen worden. Deshalb hab ich gedacht, ich sag beim Notdienst, mir geht's nicht so gut. Und mir geht es ja auch wirklich nicht gut. Wobei die nicht bis Kufstein fahren würden. Eigentlich eh klar. Aber in meiner Verwirrung hab ich daran nicht gedacht.«

»Sie haben vorhin angegeben, dass jemand in den Inn gestürzt ist. Das wäre Notfall genug.«

»Ja, aber eben nicht meine eigene Not. Ich meine, wenn ich in den Inn gefallen wäre, hätte ich ohnehin mein Handy nicht mehr benutzen können.«

»Da haben Sie wohl recht.«

»Mein Gott, wie Sie vorhin mit Blaulicht und Sirene hergerast sind. Da schauen Sie, in vielen Fenstern ist das Licht angegangen. Leute kommen auch schon aus den Häusern heraus.«

»Frau Schlager, nehmen Sie sich zusammen. Wer braucht Hilfe?«

»Sie müssen sofort zu suchen anfangen. Falls er nicht schwimmen kann, is es noch gefährlicher.«

»Bitte, ganz ruhig, Frau Schlager. Sehen Sie, der Sanitäter hat eine Decke für Sie.«

»Aber mir is doch warm. Nach all dem ist mir sogar schrecklich heiß, Frau Inspektor. Gleich muss ich weinen, und wenn das losgeht, kann ich nicht mehr aufhören. Auf geht's, finden Sie den, der ins Wasser hinein is.«

»Ihr Freund? Ihr Mann? Ein Bekannter?«

»Nein und nein. Und nein.«

»Noch mal von vorne. Sie sind an die Brücke gekommen und haben beobachtet, wie sich ein Mann in den Fluss gestürzt hat. Ist der Vorgang so abgelaufen? Ja oder nein? Ich muss bei der Wasserschutzpolizei Alarm schlagen. Im Ernstfall zählt jede Sekunde.«

»Geworfen wurde der. Kopfüber ins Wasser geworfen. Von einem Cowboy.«

»Frau Schlager. Sie haben meinem Kollegen, dann dem Sanitäter und jetzt mir jeweils eine andere Version erzählt. Einmal waren es zwei, die ineinander verschlungen über das Geländer gesprungen sind, dann ein Mann ohne Gesicht, der aus dem Wasser herausgestiegen ist, und jetzt ein Cowboy, der jemanden übers Geländer geworfen hat. Was ist wirklich passiert?«

»Einer is ins Wasser.«

»Ein Suizid?«

»Nein, kein Selbstmord. Der hat nicht so ausgesehen, als wäre er gerne hinein.«

»Frau Schlager, haben Sie im Laufe dieses Abends zu viel getrunken oder Drogen genommen?«

»Nein.«

»Ich kann einen Bluttest anordnen.«

»Ich war nur spazieren.«

»Mitten in der Nacht? Allein? Wo ist Ihr Freund oder Ihr Mann?«

»In Salzburg. Der Freddy is nur mein Freund, wir werden nicht heiraten, so gut passt es nicht. Er wollte erst mit, dann hatte er doch zu tun, und ich bin allein los.«

»Freunde? Eltern? Geschwister?«

»Bin ganz allein hier. So was macht mir nichts aus.«

»Sie machen also allein Urlaub in Kufstein?«

»Ja.«

»Sie laufen auch öfter allein nachts durch die Straßen?«

»Ich bin erst seit drei Tagen hier, heute war es das erste Mal, dass ich nicht schlafen konnte, und da lauf ich gern los.«

»Sollen wir Ihren Freund verständigen?«

»Nein. Der braucht seinen Schlaf. Er is auch oft unterwegs, im Außendienst. Verkauft Nahrungsergänzungsmittel. Erfolgreich.«

»Jemand anders, den ich verständigen kann? Ein Familienmitglied in Salzburg?«

»Ich bin Steirerin. Familie is nur meine Oma. Aber mir wäre lieber, Sie suchen den Mann, der –«

»Schon klar, Frau Schlager.«

»Wow, die Menschentraube hinter der Brücke wird immer größer.«

»Ja, die verdammten Schaulustigen. Bastian, hallo, bitte stell das Blaulicht ab. Und treib die Leute auseinander, ja?«

»Haben Sie hier das Sagen, Frau Inspektor?«

»Nein, habe ich nicht. Sie können gerne Agnes zu mir sagen.«

»Bitte, Agnes, suchen Sie den, der ins Wasser is.«

»Mitzi. Mein Kollege und ich, wir waren vorhin an der Stelle, die Sie uns bei unserer Ankunft gezeigt haben. Dort ist nichts zu sehen. Dazu Ihre drei Versionen einer Geschichte. Und Sie haben gelacht, als wir angekommen sind.«

»Ich muss manchmal heftig lachen, wenn mich etwas sehr aufregt.«

»Ehrlich! Haben Sie sich einen saudummen Scherz mit uns erlaubt? Das kommt leider öfter vor und ist eine Straftat.«

»Nein, Agnes, nein. Es ist so: Wenn ich schlecht träume oder mich etwas total erschreckt, dann beruhigt mich Lachen. Dabei denke ich mir alternative Wege aus.«

»Frau Schlager! Konzentration!«

»Der Mann, der in den Fluss gefallen is, das war so furchtbar. So unfassbar. Ich bin dort gestanden und konnt mich nicht bewegen. Bis der andere weggegangen ist.«

»Der Täter.«

»Genau. Ein großer Cowboy. Wie in ›Spiel mir das Lied vom Tod‹ oder in den Clint-Eastwood-Filmen.«

»Das ist jetzt nicht Ihr Ernst.«

»Oh Gott, ja doch. Ich schwöre es. Schwöre.«

»Mitzi. Kommen Sie mit mir mit.«

»Wohin?«

»Wir gehen jetzt gemeinsam noch mal auf die Brücke.«

»Ich trau mich nicht. Der Cowboy könnte noch da sein.«

»Sie machen es mir nicht leicht.«

»Ich weiß.«

»Schauen Sie her. Das ist meine Dienstwaffe.«

»Wahnsinn.«

»Nein, Mitzi, nicht Wahnsinn, sondern für meinen Beruf erforderlich. Ich zeige sie Ihnen, damit Sie wissen, es kann nichts geschehen, wenn wir dorthin gehen. Kommen Sie.«

»Gut, Frau Inspektor.«

»So ist es gut. Jetzt erzählen Sie mir alles noch einmal. Halten Sie sich am Geländer und auch an der Wahrheit fest. Geht beides?«

»Klingt schön. Sich an der Wahrheit festhalten.«

»Reden Sie.«

»Also, ich bin aus der Wohnung hinaus, weil ich nicht schlafen konnte. Ich wollte spazieren gehen, Kufstein ist ja eine lebendige Stadt, in der Nacht is was los. Hab ich zumindest gedacht. Ich bin zur Fußgängerzone. Aber dort war alles recht still. Sind alle in ihren Betten. Dann hab ich den Sternenhimmel über der Festung gesehen und überlegt, unten am Inn muss der Himmel noch viel toller aussehen. Dazu die Berge im Dunklen, wie versteinerte schwarze Raben. Ich bin einmal über die Brücke, weil ich zum Bahnhof wollt.«

»Warum zum Bahnhof?«

»Ich mag Bahnhöfe, ich mag Züge. Ich mag auch, wenn es an solchen sonst so belebten Orten einmal still ist. Wie mitten in der Nacht. Aber dort war es nicht ruhig. Ein paar Betrunkene haben gesungen. Deshalb bin ich zurück.«

»So, hier sind wir. An genau der Stelle. Was ist dann passiert?«

»Nichts. Ich wollt zurück. Bin auf die Brücke. Genau hier, wo wir jetzt stehen, waren zwei Männer.«

»Also zwei?«

»Einer hat den anderen gehalten. Ich hab gedacht, schau her, ein Liebespaar. Deshalb bin ich ganz langsam und ganz leise gegangen. Dann bin ich stehen geblieben, ich weiß nicht, warum. In dem Moment hat der eine den anderen hochgehoben und über das Geländer geworfen. Stark war der. Und einen Cowboyhut hatte er auf. Solche gibt es zu kaufen, hab ich gestern gesehen.«

»Weiter, Mitzi.«

»Ich hab gehört, wie es geplatscht hat. Im Wasser. Der Cowboy hat den Kopf gedreht und mich hier stehen sehen. Ich hab mich keinen Millimeter bewegt.«

»Warum sind Sie nicht geflüchtet? Wenn der Mann gerade einen anderen über das Geländer geworfen hat, hätte er Sie angreifen können, weil Sie doch eine Zeugin seiner Tat geworden sind.«

»Hat er aber nicht. Er hat nur geschaut. Also, er hat mich angesehen. Meine ich zumindest. Wissen Sie, Agnes, durch den Hut hat die Laterne sein Gesicht nicht erhellen können. Es hat ganz schwarz ausgesehen. Es war gruselig. Eine Zeit lang ist nichts passiert, überhaupt nichts. Dann hat er seine Hand gehoben und mit dem Finger an die Krempe getippt, bevor er verschwunden is. Erst in dem Moment hab ich Panik bekommen. Ich bin losgerannt, bis zum Ende der Brücke. Von dort aus hab ich Sie alle angerufen. Gut, dass ich mein Handy dabeihatte.«

»Das Ganze hört sich immer noch etwas phantastisch an, Mitzi.«

»Agnes, drehen Sie sich bitte um. Ihr Kollege winkt wie blöd nach Ihnen.«

»Warten Sie hier, ich bin sofort wieder bei Ihnen.«

»Darf ich mit zurück? Bitte. Ich hab immer noch Angst.«

»Na gut, kommen Sie. Schnell. Bastian, was gibt es?«

»Agnes, eben is eine Vermisstenmeldung hereingekommen. Eine Frau wartet seit Stunden im Hotel auf ihren Mann oder Freund, er wollte nur schnell Zigaretten holen. Schließlich hat sie die Nerven verloren, und der Nachtportier aus dem ›Goldenen Löwen‹ hat die Polizei verständigt.«

»Glauben Sie mir jetzt, Agnes?«

4

In den Urlaubstagen, die Mitzi bisher in Kufstein verbracht hatte, hatte sich bereits ein Gewohnheitsplatz herauskristallisiert.

Die Sitzbank gegenüber der Post.

Solche Entscheidungen traf sie an fremden Orten so rasch wie möglich, es half ihr, sich zu verankern.

Die Bank war vor einem Brunnen am Oberen Stadtplatz platziert, auf dem sich zwei kupferne Fische kreuzten und Wasser spuckten. Dahinter führte eine Gasse zur Festung hoch. Dort eine Rast einzulegen und die Menschen zu beobachten, die bei der Poststation ein und aus gingen, hatte sie schon am ersten Nachmittag gemocht. In der Hand ein Eis oder ein kühles Getränk, neben ihr das Gemurmel des Wassers, überall um sie das geschäftige Treiben der Touristenschwärme.

Dorthin trieb es sie auch an diesem Tag eins nach dem unheimlichen und schockierenden Erlebnis.

Wenn sie nach rechts blickte, konnte sie auf der anderen Straßenseite das Hotel sehen, in dem der Mann gewohnt hatte, der in den Inn gestürzt war. Zumindest laut ersten Medienberichten. Eigentlich musste es heißen: der Mann, der in den Fluss geworfen worden war.

Fünf Stunden nach ihren Anrufen und ihrem Gespräch mit der Inspektorin hatten sie ihn gefunden. Den ertrunkenen Touristen Karsten T.

Zu der Zeit hatte Mitzi bereits wieder in ihrem Bett gelegen. Schlaflos und auf ihrem Smartphone ein Sudoku nach dem andern lösend, den Fernseher die ganze Nacht an, um sich abzulenken. Später beim Frühstück war das Geschehen eine Schlagzeile in den News geworden: »Deutscher Tirol-Tourist ertrinkt im Inn«.

Noch wurde nichts von einem Mord bekannt gegeben.

Mitzi fragte sich, ob es daran lag, dass man ihr immer noch

nicht glaubte und ihre Geschichte von dem schwarzen Cowboy anzweifelte, oder ob es eine Nachrichtensperre gab, bis man Gewissheit hatte. Davon war in den TV-Krimis oft die Rede, damit sich der Täter in Sicherheit wiegen sollte. Gab es hier überhaupt schon einen solchen Hauptverdächtigen? Suchten die Beamten nach einem Kerl mit einem Cowboyhut auf seinem Kopf?

Je mehr Zeit verging, desto mehr zweifelte Mitzi an sich selbst und ihrer Aussage. Was genau hatte sie gesehen in der Dunkelheit, in dieser einen Minute des Schreckens? Je öfter sie überlegte und rekapitulierte, desto verschwommener wurde der Ablauf. Sie hatte die Polizei gerufen, weil sie Zeugin eines Verbrechens geworden war, ein Mensch war zu Tode gekommen.

Immerhin diese Tatsache stand inzwischen unwiderruflich fest.

Wie dumm sie sich angestellt hatte. Schon bei der ersten Befragung durch Agnes' Kollegen und ihrer Beschreibung, »ein großer, dunkler Mann mit einem Cowboyhut, der den anderen hoch über das Geländer gehoben hat«, hatte sie begonnen, die Tatsachen zu verdrehen und umzugestalten, um das Geschehen dem Polizeibeamten noch greller vor Augen zu führen. Sie hatte das Gefühl gehabt, er würde ihr sonst keinen Glauben schenken. Ihr Hang zum Geschichtenerzählen konnte manchmal übermächtig werden, dann ließ sie sich von ihren eigenen Phantasien täuschen.

Wenigstens hatte ihr danach die Inspektorin zugehört.

Agnes, hübscher Name. Wie freundlich sie geblieben war. Eine angenehme, beruhigende Stimme. Ohne Tiroler Dialekt. Vielleicht stammte sie nicht von hier oder hatte hierher geheiratet. Mitzi hätte gern länger mit ihr geplaudert, aber nachdem klar war, dass es tatsächlich um einen Notfall ging, war der Trubel erst richtig losgegangen.

Sie scrollte durch die Online-Nachrichten auf ihrem Smartphone. Keine weiteren Neuigkeiten über den Ertrunkenen.

Neben Mitzi kam ein alter Mann zum Sitzen. Er roch intensiv nach Käse und zu lange getragenen Socken. Seine Kleidung war schmutzig, sein Haar zerzaust.

»Na, Puppi?« Ein zahnloses Grinsen kam zu ihr herüber. »Wärst du was für mich?«

Sofort konnte sich Mitzi sehen, wie sie neben dem heruntergekommenen Alten durch den Gang einer Kirche zum Altar schritt, in einem weißen Spitzenkleid und einen Blütenkranz im Haar. Ihr Bräutigam, der Verwahrloste, genauso angezogen und stinkend wie jetzt auf der Bank neben ihr, wartete vorn am Altar beim Priester. Sie trug keine Schuhe und konnte unter ihren Fußsohlen den kalten Marmor fühlen. Die Gäste kannte sie nicht. Doch eine, Agnes, war gekommen. Galt Mitzi als Verdächtige, und die Inspektorin war zu ihrer Hochzeit erschienen, um sie an einer möglichen Flucht aus Kufstein zu hindern? Aber der Cowboy war der eigentliche Täter. Auch er unter der Hochzeitsgesellschaft, seinen Hut auf den Knien, um unerkannt zu bleiben.

Mitzis Smartphone vibrierte. Sie zuckte zusammen, stand auf und ließ die Bank hinter sich. Dieser Platz war ab sofort verdorben.

»Fesches Dirndl, du. Hast wenigstens einen Schilling für mich?«, rief der Alte ihr gackernd hinterher. »Lire oder D-Mark nehm ich auch, Puppi.«

Mitzi drehte sich um, stolperte über das Kopfsteinpflaster am Gehweg, ließ fast ihr Handy fallen. Während sie den Anruf annahm, lief sie weiter auf die Fußgängerzone zu.

»Ja, bitte?«

»Frau Schlager? Hier spricht Inspektorin Agnes Kirschnagel.«

»Oh, ich hab eben an Sie denken müssen.«

Mitzi würde ihr nicht erzählen, in welchem Zusammenhang, doch solche Zufälle liebte sie. An jemanden denken und er meldete sich. Von einem neuen Café hören und daran vorbeilaufen. Sich etwas wünschen und es bekommen, wenn auch meistens nicht so, wie sie es sich ausgemalt hatte. Trotzdem, besser als nichts.

»Wie geht es Ihnen heute, Mitzi?«

»Na ja, geht so. Ich bin unterwegs.«

»Sie haben Kufstein verlassen?«

»Nein, natürlich nicht. Laut Ihren Anweisungen muss ich doch noch bleiben. Und eigentlich hat mein Urlaub erst begonnen. Wie sieht es denn aus? Is der eine nun von dem anderen ermordet worden? Hat diesem Karsten T., oder wie der heißen mag, der Wurf ins Wasser den Garaus gemacht? Im Internet steht, dass er Deutscher war. Ein Tourist, wie ich auch.«

Bei all dem Schrecken fühlte es sich ein wenig aufregend an, in einen Kriminalfall verwickelt zu sein. Noch hatte Mitzi ihrem Freund Freddy nichts davon berichtet, sie wollte ihn während seiner Verkaufstour nicht beunruhigen. Lange jedoch würde sie sich nicht mehr beherrschen können.

»Die genaue Todesursache wird untersucht, zu einem laufenden Verfahren darf ich keine Auskunft geben.«

»Entschuldigen Sie meine Neugier.«

»Alles gut, Frau Schlager. Wir haben möglicherweise einen ersten Verdächtigen.«

Mitzi blieb vor einer Auslage stehen, ihr fiel ein Stein vom Herzen. Die Tiroler Ermittler hatten den Täter aufgespürt.

Schneller als gedacht würde sie ihr Erlebnis zu einem Abschluss bringen können. Frei von einer möglichen Mitschuld.

In der Nacht war sie von einem Streifenpolizisten zurück in ihre Ferienwohnung gebracht worden, der sich ihren Ausweis hatte zeigen lassen. Gott sei Dank hatte sie das Kärtchen rasch gefunden. Doch als der Beamte mit der Andeutung, dass eine Mittäterschaft einer Zeugin nie ausgeschlossen wurde, die Kennnummer notiert hatte, war ihr schummrig geworden.

»Soll ich versuchen, ihn wiederzuerkennen, Agnes?«

»Genau, Mitzi. Es geht um eine Gegenüberstellung. Ich würde Sie um halb zwei bei Ihrer Ferienwohnung abholen.«

»Das is echt lieb, aber nein. Ich laufe hier noch rum. Muss mir ein bisserl den Kopf auslüften und komme dann direkt zu Ihnen.«

Mitzi ließ sich zur Sicherheit noch mal die Adresse der Polizeiinspektion Kufstein geben und sagte zu, um Punkt vierzehn Uhr dort zu sein.

Kaum war der Anruf vorbei, tauchte die Phantasie in der Kirche wieder auf, nur dass sie diesmal in einem roten Kleid dem Cowboy zu ihrer Trauung entgegenschritt.

Stopp. Keine Bilder mehr. Die Realität war nervenaufreibend genug.

Ihrer Oma hätte Mitzi gern sofort davon erzählt. Aber seit dem letzten Demenzschub vor einem halben Jahr und der endgültigen Einweisung ins Heim konnte sie mit ihrer Großmutter höchstens übers Wetter reden. Manchmal über deren Schulzeit während des Krieges oder darüber, wie sie und Opa sich kennengelernt hatten. Die Zeit danach war aus dem Kopf der alten Frau gelöscht. Zusammen mit allen Menschen, die sie geliebt und verloren hatte.

Selbst ihre Enkelin Mitzi kam darin bis auf eine oder zwei Ausnahmen nicht mehr vor. Eine Fremde für Oma zu sein war ein echter Graus. Aber wenigstens gab es Therese Schlager auf dieser Welt noch. An ihren Tod mochte Mitzi überhaupt nicht denken.

Trotz der sommerlichen Hitze wurde ihr kalt, und sie rieb sich die Oberarme.

Grausig war es auch nachts auf der Brücke gewesen.

Sie meinte immer noch das Aufklatschen des Körpers auf dem Wasser zu hören. Das Gesicht des Täters war in ihrer Erinnerung ein schwarzer Fleck, einem Tintenklecks gleich, der jede Form annehmen konnte. Wenn sie dem Mann in wenigen Stunden gegenüberstand, würde dann die Erinnerung zurückkommen? Was, wenn er durch ihre Gedächtnislücke nicht überführt werden konnte, ihr später nachstellte und sich, wie eben der Alte, morgen oder übermorgen mit einem »Na, Puppi?« neben sie setzen würde? Nein, die Verdächtigen bekamen die Zeugen nicht zu Gesicht, auch das wusste sie aus den TV-Krimis.

Mitzi sah auf ihr Smartphone. Noch hatte sie Zeit bis zur Gegenüberstellung.

Eine Ablenkung war dringend nötig.

Sie hatte vor einem Café angehalten, in dem es auch Bücher

gab. Oder war es eine Buchhandlung, in der man einen Kaffee trinken konnte? »Buchcafé im Lippotthaus« stand über dem Laden. Die perfekte Zerstreuung. Kaffee konnte sie immer und überall trinken. Dazu in Büchern stöbern, das würde die Wartezeit, bis sie auf die Polizeiwache musste, verkürzen und ihr Kopfkino im Zaum halten.

Im Innenraum war es angenehm kühl. Der August hatte heiß und trocken begonnen, die Temperaturen kletterten über dreißig Grad.

»Schönen guten Morgen, Fräulein.« Eine rundliche Frau kam auf sie zu. »Herzlich willkommen im Buchcafé.«

Mitzi sah sich um. Vorne einige Tische und Sessel. Ein Stück dahinter eine Theke, darauf die Kaffeemaschine und eine Kuchenauswahl unter einer Glashaube. Seitlich ein erstes Bücherregal. Die Bücherwand zog sich weit in die Räumlichkeit hinein. Bis an die gewölbte Decke hoch stapelte sich Buch um Buch. Sofort speicherte sie das Café als ihren neuen Gewohnheitsort ab.

»Einen Verlängerten, bitte. Schön is es hier.«

»Wir sind auch sehr stolz auf unser Buchcafé. Einen selbst gemachten Kuchen dazu oder ein spätes Frühstück?«

»Danke. Vielleicht später, zuerst schau ich mich um.«

Mitzi ging die Regale entlang und blieb bei den Kinderbüchern stehen.

In Buchhandlungen führte sie ihr erster Weg immer zu den bunten Werken und den phantastischen Geschichten, die darin verborgen lagen. Für ein schönes Kinder- oder Jugendbuch ist man nie zu alt, dachte sie. Ihre Großeltern hatten sie, seit sie sich erinnern konnte, mit Büchern gefüttert, um ihr alles leichter zu machen. Die kleine Mitzi war unendlich oft auf Drachen geflogen, hatte mit Piraten gekämpft oder später mit den »Drei Fragezeichen« unlösbare Rätsel geknackt. Die kleine Mitzi, die dabei vergessen konnte.

»Servus.«

Mitzi sah von dem Buch auf, das sie eben durchzublättern begonnen hatte. Für eine Sekunde meinte sie, der stinkende

Alte wäre ihr gefolgt, aber neben ihr stand ein Mann, der zwar nicht mehr ganz jung, aber auch noch kein Greis war. Er roch angenehm, und sein Lächeln war breit und erfrischend. Sein dunkles Haar war voll und zeigte an den Schläfen graue Fäden.

»Sie sehen zwar sehr jung aus, aber über die Raupe Nimmersatt sind Sie doch schon hinaus?«

Mitzi musste automatisch lächeln. »Ich könnt doch schon selbst ein paar Kinder haben.«

»Haben Sie?«

»Nein.«

»Wenn etwas zu Ihnen passt, dann die ›Twilight Saga‹. Geschichten über Vampire und Werwölfe. Ich wette, die Bücher haben Sie mehrmals gelesen. Und sich die Verfilmungen angesehen.«

Mitzi fühlte sich ertappt, denn die »Twilight«-Storys hatte sie verschlungen. Die Filme auch. Doch ging das einen völlig Fremden eigentlich nichts an. Statt einer Antwort klappte sie das Kinderbuch mit einem Klatschen zu.

Der Mann machte einen Schritt nach hinten.

»Entschuldigen Sie, ich habe Sie einfach angequatscht. Das ist sonst nicht meine Art. Guten Tag noch. Oder viel schöner formuliert: Servus!«

Er ging zurück Richtung Kaffeetische. Mitzi sah ihm nach. Mit einem Mal kam der Wunsch in ihr hoch, ihm hinterherzulaufen und ihm von der Nacht zu erzählen, den schlaflosen Stunden hinterher, dem Morgen am Brunnen, von dem Alten mit seinem »Puppi!« und der bevorstehenden Gegenüberstellung. Sie würde ihn festhalten, und er musste ihr zuhören. Der würde Augen machen.

Sie wunderte sich über dieses starke Bedürfnis, sich mitzuteilen. Mitzi war es gewohnt, allein zu sein. Ihre Erlebnisse teilte sie mit sich und dem Raum um sich herum. In ihrer Glaskugel, die sie gewählt hatte und in der sie es vorzog zu bleiben. Darin gab es kein Gegenüber, kein Miteinander.

Freddy und sie lebten mehr nebeneinander her. Nicht schlecht, aber auch nicht wirklich gut. Und wann war Freddy schon mal mehr als eine Woche von seinen Touren zu Hause? Sonst hatte sie keine echten Freunde. Eher Bekannte. Entfernte Verwandte. Natürlich die Oma, aber die war nicht mehr richtig sie selbst.

Hier schloss sich der Kreis.

Meistens reichte Mitzi das Kopfkino, aber heute lag ein Kribbeln auf ihrer Zunge, und sie hätte sich gern dem Fremden anvertraut, der sofort ihre Begeisterung für Bella und Edward erraten hatte.

Vielleicht könnte sie ihn zu einem Kaffee einladen. Die Zeit überbrücken mit diesem unbekannten Gesprächsmenschen. Selbst wenn sie nicht direkt von ihrem Erlebnis berichten würde, könnte sie über andere Dinge reden. Wie zum Beispiel über die Merkwürdigkeit, dass man im Andenkenladen hier in der Fußgängerzone neben Tirolerhüten auch Cowboyhüte kaufen konnte.

Ob die Polizei dieser Information schon nachgegangen war?

Der Servus-Mann war bereits an der Eingangstür, die bei dem herrlichen Wetter offen stand. Das helle Licht ließ ihn leuchten. Er drehte sich zu Mitzi um und tippte sich an die Krempe eines imaginären Hutes.

Es war lange her.

Mitzi vielleicht vier oder fünf Jahre alt. Ihre Eltern und ihr Bruder noch am Leben. Auch ein heißer Sommer. Damals lebte die Familie in Graz, war aber bei den Großeltern in Leibnitz auf Besuch.

Der Großvater hatte für Mitzi und Benni einen kleinen Kinderpool vor dem Haus aufgeblasen. Mit dem Blasebalg, der den kleinen Bruder immer erschreckte. Jedes Mal sprintete Benni davon, wenn Opa darauftrat, um Sekunden später glucksend wiederzukommen. Was für ein Spaß. Dann hatten sie zusammen das Wasser eingelassen. Mitzi hatte geduldig gewartet, weil sie zuerst hineinspringen wollte und man nur springen durfte, wenn genug Wasser im Becken war. »Los jetzt!«, hatte Opa gesagt, und Mitzi hatte die Augen zugemacht und sich über den Rand fallen lassen. Es war so heiß gewesen, und sie hatte sich auf die Abkühlung gefreut.

Doch als sie ins Wasser eingetaucht war, hatte die Kälte bei ihr eingeschlagen wie ein eisiger Blitz. Damit hatte sie nicht gerechnet. Ihr Herz war stehen geblieben, und sie wusste noch, dass sie gedacht hatte, so, jetzt bin ich mausetot, weil ich gefroren bin. Eis am Stiel. Eine Sekunde später hatte ihr Herz seinen nächsten Schlag getan, eine weitere Sekunde danach war ihr Bruder neben ihr hineingestolpert. Mama war dazugekommen, für jeden von ihnen ein echtes Eis am Stiel in der Hand.

Damals.

Heute und jetzt überrollte sie wieder eine Eiseskälte, und sie gefror im Stehen.

Der Servus-Mann war der Cowboy von der Brücke.

Mitzi wusste es. Ihr Herz setzte nicht aus, machte aber einen Sprung, noch einen, bis es seinen normalen Rhythmus wieder annahm.

»Ihr Verlängerter ist fertig, Fräulein.«

Die Buchhändlerin und Cafézubereiterin in einem tauchte vor Mitzi auf und versperrte ihr die Sicht. Mitzi machte einen Schritt zur Seite, doch an der Tür war niemand mehr.

»Nehmen S' Ihnen ein Buch zum Reinlesen dazu. Wenn S' Zeit dazu haben.«

»Hab ich, danke«, sagte Mitzi, und ihre Stimme klang wie immer.

Erstaunlich.

In ihrem Kopf fühlten sich die Gedanken immer noch wie Eissplitter an. Sollte sie ihr Smartphone zücken und wieder die Polizei, die Rettung und den Hausarzt-Notruf Salzburg verständigen? Jetzt direkt zur Inspektorin Kirschnagel rennen und Agnes um Polizeischutz bitten? Nein. Schon in der Nacht hatte die Polizei sie anfangs nicht ernst nehmen wollen. Genauso würde es jetzt wieder sein.

Panik zeigte sich an den Rändern.

Pscht, flüsterte eine Stimme. Es war die ihrer Großmutter, wenn auch nicht real, aber in Mitzis Kopf noch gesund und liebevoll wie früher. Ganz ruhig weiteratmen. Nix überstürzen.

Oma hatte recht, wie immer. Lieber einen Kaffee und ein

schönes Buch zur Beruhigung und am frühen Nachmittag aufs Revier. Bis dahin würde sich Mitzi wieder gefasst und überlegt haben, was sie als Nächstes tun oder sagen sollte. Wie sie es am besten formulieren konnte, ohne eine neue Geschichte um das Zusammentreffen zu erfinden.

Um vierzehn Uhr würde sie auf der Polizeiinspektion Kufstein jedenfalls nicht dem Täter gegenüberstehen. So viel stand bereits fest.

5

Agnes Kirschnagel war unzufrieden.

Sie stand auf der Rückseite der Polizeiinspektion im Schatten und rauchte. Seit Monaten wollte sie sich ihr Laster abgewöhnen, aber das Vorhaben brachte ein dauerhaftes Scheitern mit sich.

Auch Karsten Trinckas hatte seiner Freundin versprochen, seinen Zigarettenkonsum einzustellen, obwohl er höchstens fünf am Tag geraucht hatte. So stand es unter anderem in der Aussage der verstörten Partnerin des Toten. Agnes konsumierte mehr, besonders an stressigen und langen Tagen wie diesem.

Die Hitze hatte gegen Nachmittag zugenommen und strebte einem neuen Rekord entgegen. Abends waren Gewitter angesagt, die Bergwacht hatte eine Warnung für Wanderer ausgegeben. Trotzdem war davon auszugehen, dass ein paar unbeirrbare Touristen aus einer Steilwand oder von einem Gipfel gerettet werden mussten.

Idioten, egal, welcher Nationalität.

Agnes selbst hatte Höhenangst, ein Witz, wenn man in einer Stadt lebte und arbeitete, die von Bergen umgeben war. Ihr wurde bereits schlecht, wenn sie auf die Festung hinaufstieg und von oben hinunterschaute.

Es mochte daran liegen, dass sie in einer Familie aufgewachsen war, die geistige Werte mehr schätzte als die Natur. Ihre Mutter führte in ihrer Freizeit einen literarischen Zirkel, und die Wochenenden hatten aus intellektuellen Diskussionen im Bekanntenkreis bestanden. Ihr Vater, der Buchhalter, bewunderte seine belesene Frau, und Agnes' Schwester Katja war ein Zwitterwesen zwischen Buch und Buchhaltung, immer vergraben in Lektüre oder Zahlen. In Innsbruck, der Heimatstadt der Kirschnagels, hatten die Familienausflüge ins Museum statt in die Berge geführt.

Nur Agnes hatte beruflich einen anderen Weg gewählt. Sie galt innerfamiliär als das schwarze Schaf oder, liebevoller, als die abenteuerlustige Revoluzzerin. Wenn sie sich manchmal den langwierigen und oft auch langweiligen Polizeialltag ansah, konnte sie nichts Abenteuerliches oder Revolutionäres darin entdecken. Sie hatte ihre Entscheidung getroffen, ohne Berufung, einfach aus Interesse an der Kriminologie.

Kufstein, ihr erster fester Job nach der Fachausbildung und dem Praktikum. Ob es ihr gefiel, wollte sie sich erst nach Beendigung ihres ersten Arbeitsjahres fragen.

Ihr Dienst heute war längst beendet, aber sie war geblieben, wollte die weitere Entwicklung im Mordfall hautnah mitverfolgen. Nach dem Auffinden der Leiche war schnell klar gewesen, dass der Mann nicht Selbstmord begangen hatte. Nicht der Sturz von der Brücke hatte ihn getötet, und ertrunken war er ebenfalls nicht. Die Wunde an seinem Bauch war den Rettungsleuten, die den Körper in den frühen Morgenstunden entdeckt hatten, sofort aufgefallen. Ein paar Kilometer stromabwärts hatte die Leiche sich an einer stark bewachsenen Uferstrecke in den tief hängenden Zweigen eines Baumes verheddert und war nicht weiter abgetrieben.

Vier Stunden später hatten die Todesursache sowie seine Identität festgestanden.

Karsten Trinckas, siebenundfünfzig, wohnhaft in Frankfurt am Main, als freier Anlageberater tätig, verheiratet, aber nicht mit seiner Ehefrau auf Urlaub, sondern mit ebenjener Freundin, die ihn als vermisst gemeldet und später schluchzend identifiziert hatte. Tod durch einen einzigen Messerstich in den Unterbauch. Tief genug, um die Baucharterie zu treffen, keine Chance, so eine Verletzung zu überleben.

Ein brutaler Mord im beschaulichen Kufstein.

Ein Raubüberfall? Ein eskalierter Streit? Oder die Aktion eines psychisch gestörten Menschen?

In der Presse würde diese Neuigkeit ein Gewitter auslösen. Bis jetzt galt der Mann immer noch als Unfallopfer, noch konnte sie hier stehen und rauchen, ohne von einem Journalisten überfallen zu werden. Nach der Pressekonferenz, die in zwanzig Minuten angesetzt war, würde es mit der Ruhe vorbei sein. Die

Tourismusbranche würde aufheulen und die Gerüchteküche zu brodeln anfangen. Sie selbst würde sich im Hintergrund halten, zuhören und die Reaktionen beobachten.

Es war ihr erstes Tötungsdelikt.

Seit sie vor zehn Monaten ihren Abschluss gemacht und ihre erste feste Dienststelle als Inspektorin angetreten hatte, hatte sie so einiges an Verbrechen, aber keinen Mord erlebt. Sie war neugierig, zugleich jedoch frustriert. Weil sie bei der Aufklärung höchstens eine Statistenrolle spielen würde.

Der Fall war blitzschnell vom Tiroler Landeskriminalamt übernommen worden, ein Trupp von Ermittlern aus Deutschland als Zugabe bereits eingetroffen. Der Leichnam war unterwegs in die Rechtsmedizin Innsbruck. Agnes und ihre Kollegen würden hier vor Ort die Laufarbeit übernehmen. Keine unwichtige Arbeit, aber nicht an vorderster Front, sondern im Hintergrund agierend. Ihrem Chef, auch ihren Kollegen schien es recht zu sein, somit waren sie aus der direkten Schusslinie, was die Medien anging.

Dabei war ihnen fast eine kleine Sensation gelungen.

Bastian und sie hatten einen Tipp vom Barkeeper vom »Stollen 1930« bekommen. Einen Namen, Franz Gansera, wohnhaft in Endach, der mit dem Opfer zusammen getrunken hatte. Als sie mit ihrem Kollegen im Haus des Mannes aufgetaucht war, hatte er die Flucht ergriffen, ohne überhaupt zu fragen, was die Polizei von ihm wollte. Bastian hatte ihn eingeholt, und sie hatten ihn verhaftet. Auf dem Revier hatte der Verdächtige geschwiegen wie ein Grab.

Insgeheim hatten sie alle gehofft, dass Franz Gansera nach einem Streit dem deutschen Saufkumpan, der laut Aussage aller in der Bar einen penetranten Dialekt nachgeäfft hatte, ein Messer in den Bauch gerammt und ihn in den Fluss geworfen hatte. Agnes und die gesamte örtliche Polizei hätten den Medien und dem LKA Innsbruck einen Täter präsentieren können.

Doch bevor es zu der Gegenüberstellung mit der einzigen Zeugin gekommen war, stand fest, dass das Wünschen nicht geholfen hatte.

Franz Gansera hatte ein wasserdichtes Alibi. Er hatte den »Stollen« erst gegen drei Uhr früh verlassen, zu einer Zeit, in der Karsten Trinckas' Körper bereits wie ein gesunkenes Spielzeugboot durchs Wasser getrieben wurde. Der Barkeeper hatte sich in der Zeit geirrt, sich später korrigiert, und weitere Barbesucher hatten Ganseras Alibi bestätigt. Pech für die Polizei vor Ort.

Als Trostpflaster konnten sie nur verbuchen, dass Franz Gansera deshalb die Flucht ergriffen hatte, weil er hinter seinem Haus Cannabis-Anbau im großen Stil betrieb. Hunderte Pflanzen ließen sich mit Eigenbedarf nicht mehr erklären. Wenigstens waren die Verfolgung und die Verhaftung nicht umsonst gewesen.

Somit war die Zeugin der Nacht nicht mehr für eine mögliche Identifizierung benötigt worden.

Maria Konstanze Schlager, auf ihr Bitten hin hatte Agnes sie Mitzi genannt.

Was für ein komischer Vogel diese Frau war.

Zuerst hatte Agnes alles für einen schlechten Scherz gehalten. Mitzi hatte Bastian, ihr und dem Rettungssanitäter drei unterschiedliche Versionen in atemberaubender Geschwindigkeit aufgetischt. Als ob sie jeden mit einer neuen Geschichte einzeln unterhalten wollte.

Ihre grünen Augen waren groß wie die eines verschreckten Kindes gewesen, und ihre kurz geschnittenen Haare hatten ihr zu Berge gestanden. Agnes hatte an Pumuckl denken müssen, auch wenn die Frau blond und groß gewachsen war.

Doch war diese Mitzi eine durchaus hübsche Person. Sie hatte sich, während sie redete, an Bastian festgehalten, und Agnes war nicht entgangen, dass ihr Kollege mehr als einmal seinen Blick vom Gesicht der Zeugin zu ihren Brüsten hatte schweifen lassen.

Mitzi urlaubte allein. Keiner sollte verständigt werden, auch nicht ihr Freund, ein gewisser Freddy. Agnes hätte eine unendlich lange Liste aufstellen können, wer alles sofort zu ihr eilen würde, wenn sie so ein schreckliches Erlebnis gehabt hätte.

Selbst ihr Ex-Freund wäre einer der Ersten, den Agnes angerufen hätte. Mitzi aber nicht. Sie schien für sich bleiben zu wollen, ihre Tage hier weiter solo zu verbringen. Genauso wie sie allein nachts durch die Straßen gelaufen war.

Gut, jeder war anders.

Jung hatte Maria Konstanze Schlager gewirkt, obwohl sie laut Personalien neunundzwanzig war. Agnes hätte sie auf höchstens zwanzig geschätzt, aber das lag mehr an ihrer Naivität und ihrer Art, sich auszudrücken. Die Inspektorin hatte letztlich das gesamte merkwürdige Verhalten der Frau auf den Schock geschoben. Wenigstens hatte sie am Ende eine zusammenhängende Aussage getätigt, die der Polizei bei den Ermittlungen jedoch nicht weiterhalf. Unbrauchbare Zeugen gab es immer wieder, trotzdem hatte Agnes mehrmals das Bedürfnis gehabt, die junge Frau in den Arm zu nehmen.

Apropos: Agnes hatte vergessen, ihr vorhin Bescheid zu geben, dass sich die Gegenüberstellung durch das Alibi erledigt hatte. Mitzi hätte nicht zu kommen brauchen. Agnes hatte sich entschuldigt und ihr die Neuigkeiten erläutert, diesmal auch die wahre Todesursache preisgegeben. Ihr Vorgesetzter, Revierinspektor Sepp Renner, war ebenfalls anwesend gewesen und hatte Agnes' Offenlegung der Todesumstände abgesegnet.

Mitzi hatte genickt, als Agnes den tödlichen Messerstich im Bauchbereich angeführt hatte, als würde sie über solche schlimmen Geschehnisse Bescheid wissen. Anschließend hatte Agnes sie bis vor die Tür geleitet.

»Der war es also nicht?«

Verwirrt wirkte Mitzi jetzt, was Agnes gut nachvollziehen konnte.

»Nein, und ich bitte noch mal um Verzeihung, Frau Schlager. Ein solcher Fehler dürfte mir nicht unterlaufen. Ich habe Sie einem unnötigen Stress ausgesetzt.«

»Ich hab es mir eh gedacht.«

»Wie meinen Sie das? Alles in Ordnung, Mitzi?«

»Ich war vorhin im Buchcafé.«

»Unterer Stadtplatz, kenne ich.«

»Bei den Kinderbüchern. Automatisch blättere ich die immer durch. Ich mag die Geschichten und die Zeichnungen. Zurzeit korrigiere ich höchstens Doktorarbeiten und Ähnliches. Manchmal aber ganz interessant. Hab ich Ihnen ja schon in der Nacht erzählt. Dazwischen löse ich Sudokus und streame Filme. Klassiker, neue, ganz unterschiedlich. Oder ich lese eben.«

Wie gestern redete sie zu viel.

»Was ist mit dem Buchcafé, Mitzi?«

»Nichts. Ich bin einfach dort gewesen. Kann ich den Verdächtigen vielleicht doch sehen? Ich meine, den, den Sie verhaftet haben.«

Als Agnes ihr erneut erklärte, dass bereits feststand, dass es der falsche Mann gewesen war und man ihn entlassen hatte, nickte Mitzi erneut so wissend. Sie fragte, ob sie bald abreisen dürfe. Weg aus Kufstein, zurück nach Hause, nach Salzburg.

»Vielleicht schon morgen, Agnes? Was meinen Sie?«

»Ich gebe Ihnen sofort Bescheid, wenn es von uns aus möglich ist. Versprochen.«

Agnes konnte nachvollziehen, dass man nach einem solchen Erlebnis keine Lust mehr hatte, die Ferien weiter an dem Ort des Erlebten zu verbringen.

Mitzi schüttelte ihr die Hand und zog sie dabei nah zu sich heran. Das Grün ihrer Augen wirkte im Sonnenlicht türkis. Kein Pumuckl, dachte Agnes, mehr eine Meerjungfrau, die sich an Land verirrt hat.

Wieder entspann sich ein seltsamer Dialog zwischen ihnen.

»Wie weh wird es wohl tun, wenn man ein Messer in den Bauch bekommt?«

»Zum Glück kann ich das nicht aus eigner Erfahrung beantworten, aber ich nehme an, sehr.«

»Vielleicht war es dann gut, dass er ins Wasser is.«

»So oder so, von ›gut‹ kann kein Rede sein, meinen Sie nicht, Mitzi?«

»Selbstverständlich, ich hab das dumm formuliert. Der arme Mann. Immer wenn ich darüber nachdenke, schüttelt es mich.

Agnes, wenn Sie den Mörder doch noch fangen, würden Sie mir per WhatsApp oder SMS Bescheid geben?«

»Das Landeskriminalamt in Innsbruck in Kooperation mit Kollegen aus Deutschland hat die Aufklärung übernommen. Aber wir hier bleiben selbstverständlich am Ball. Sie müssen sich ohnehin darauf gefasst machen, dass wir Sie erneut bitten könnten, anzureisen.«

»Aber würden Sie es mir vorher persönlich mitteilen, Agnes? Bitte.«

»Wenn es so weit ist, gerne. Versprochen.«

»Würden Sie es ihm ansehen?«

»Was wem ansehen?«

»Wenn er vor Ihnen stehen würde, könnten Sie es an seinen Augen oder seinem Mund erkennen? Es ihm am Tonfall, an der Stimme anhören, wenn er mit Ihnen reden würde? Dem Täter, meine ich.«

Agnes musste schmunzeln.

»Nein, Mitzi, so läuft eine Ermittlung nicht. Ich denke, dass keiner einem Mörder seine Tat ansehen kann. Das macht ja unsere Arbeit aus. Wir suchen nach Spuren und überführen am Ende hoffentlich den Schuldigen. Meiner Erfahrung nach leugnen die bösen Buben bis zum Schluss. Selbst wenn wir ihnen hieb- und stichfeste Beweise vorlegen.«

»Böse Mädchen auch?«

Wieder schaffte es Mitzi, Agnes zu irritieren. »Ja klar, auch Frauen begehen Verbrechen.«

»Jeder. Ob er will oder nicht.«

Auf diesen kryptischen Satz wusste Agnes keine Erwiderung. Ein heißer Windstoß trieb einen Papierfetzen an ihnen vorbei, und Mitzi ließ ihre Hand endlich los.

Für einen Augenblick, den Hauch eines Moments, dachte Agnes, dass Maria Konstanze Schlager vielleicht selbst die Täterin gewesen sein könnte. Die ganze Show mit den Anrufen, den Geschichten, der Angst und der Verwirrung hätte gespielt sein können.

Dazu passend verkrampfte sich ihr Bauch, als wenn sie gleich auf die Toilette rennen müsste. Ein schneidender Schmerz, aber sicher nicht so eine Qual wie die Schneide eines Messers, das in die Eingeweide eindrang und seine tödliche Arbeit verrichtete. Was hatte Karsten Trinckas während seiner letzten Atemzüge gesehen? Was gefühlt? Gab es den Mann mit dem Cowboyhut wirklich?

Der Papierfetzen flog aus ihrem Gesichtsfeld, und Agnes' Verdacht löste sich auf.

»Sie haben eine schöne Stimme, Agnes.«

»Oh, danke schön.«

»Sie sind keine Tirolerin, oder?«

»Doch, Mitzi, doch.« Agnes nickte. »Geboren und aufgewachsen in Innsbruck. Aber bei uns zu Hause haben alle immer Schriftsprache parliert. Meine Mutter bestand darauf.«

»›Parliert‹ klingt toll. Also gut, wenn Sie mir einen neuen Mörder zur Gegenüberstellung vorführen möchten, komme ich zurück. Auch wenn ich sein Gesicht nicht gesehen hab wegen der dummen Kopfbedeckung.«

»Ein wichtiger Hinweis, dem wir nachgehen.«

Mitzi beugte sich vor.

»Im Buchcafé, Agnes.«

»Was ist dort?«

Ohne weitere Antwort ging die Frau ihrer Wege.

Agnes Kirschnagel nahm einen letzten langen Zug von ihrer Zigarette und sah zum Himmel hoch. Die Sonne war verschwunden, dunkle Wolken zogen auf.

Mit einem Mal hatte sie überhaupt keine Lust mehr, zu bleiben. Zeit, endlich doch in ihren Feierabend zu gehen, um nicht ins Gewitter zu kommen. Die Pressekonferenz konnte sie sich auch im Fernsehen ansehen. Eine Liveübertragung war geplant.

Ein Mord in Kufstein fand nicht alle Tage statt.

6

»Mörder«.

6.920.000. So viele Ergebnisse stellte die Suchmaschine in nicht einmal einer Sekunde bereit.

Erklärungen zu dem Wort, Lieder mit diesem Titel, Personen, die einen oder viele Morde begangen hatten. Filme, Serien und Bücher, Tatsachen und Fiktion. Dazu Bilder von finster aussehenden Gestalten und unfassbar freundlich wirkenden Zeitgenossen, die allesamt zu Tätern geworden waren. Aktuelle News über Verbrechen, die sich erst kürzlich ereignet hatten. Mörder.

Da die Polizei in Kufstein bei ihrer Pressekonferenz inzwischen den Sachverhalt eines Tötungsdelikts preisgegeben hatte, waren außerdem jede Menge Berichte über den Mord an einem deutschen Touristen zu finden.

Von »Brückensturz von Frankfurter Anlageberater in den Inn stellt sich als Mordfall heraus« bis hin zu »Erstochen & ertränkt – Wer traut sich noch, bei den Ösis zu urlauben?« in einem der Boulevardblätter waren diverse Schlagzeilen zu lesen.

Auch hierzu fanden sich Fotos vom Tatort, vom Fluss und der Stadt sowie eine Abbildung eines gut aussehenden Mannes, der einen Tirolerhut trug und lächelte. Der Abgebildete war weder das Opfer noch einer der Ermittler. Er sah wie für ein Werbeplakat geknipst aus, das den Urlaubern die Angst nehmen sollte.

»In Tirol zaubert Ihnen selbst der Tod ein Lächeln auf die Lippen«, hätte man als Slogan darunterschreiben können, dachte Mitzi.

Der Zug fuhr mit Verspätung los, und sie war mehr als froh, dass sie sich entschlossen hatte, den missglückten Urlaub abzubrechen.

»Mord«.

24.700.000.

Noch wesentlich mehr Ergebnisse.

Sie versuchte es mit ihrem Vornamen.

»Mitzi«.

52.000.000 Treffer.

»Mörder« und »Mord« von der Anzahl her weit abgeschlagen. Es gab also mehr über irgendwelche Mitzis als über »böse Buben« zu finden.

Das gefiel ihr.

Zufall.

Er suchte nicht im Internet, sondern dachte über das Wort nach.

Etwas fällt einem zu, jemand fällt einem auf, ein Fall entwickelt sich vielleicht zu einer Falle.

Zufall.

Eine Erklärung wie jede andere, wenn er eine suchen würde, dachte er, und an das Schicksal glaubte er nicht.

Aber was bedeutete dieser unerwartete Ablauf des Geschehens für ihn?

Das erste Mal, dass eine Zeugin ihm so nah gekommen war. Es musste am Rauschen des Flusses gelegen haben, dass er sie nicht gehört hatte. Am Licht der Laterne, dass er sie nicht aus den Augenwinkeln bemerkt hatte. Seine Sinne ließen nach. Daran gab es nichts zu rütteln oder zu beschönigen.

Kein mythisches Zusammentreffen, bloßes Pech, gepaart mit einer neuen Stufe der Nachlässigkeit. Er hätte sich ohrfeigen können. Aus der Haut fahren.

Zwei Jahre noch. Durchhalten bis zum runden Geburtstag.

Darüber schüttelte er seinen Kopf. Wer definierte die Zeitspanne? Er konnte heute seine Profession beenden, sein Geschäft aufgeben, das Töten sein lassen.

Heute. Jetzt.

Oder morgen.

Da er keine endgültige Entscheidung treffen wollte, ließ er den Gedanken an einen verfrühten Rückzug wieder fallen.

Seine Überlegungen schwenkten zu etwas anderem, das nicht zufällig geschehen war.

Warum war er ihr ins Buchcafé gefolgt?

Aus dem gleichen Grund, warum er sie danach weiter beschattet und seine nächsten Aufträge verschoben hatte. Ihre überstürzte Abreise war ihm etwas ungelegen gekommen, aber ein Umweg war noch lange kein Beinbruch. Auch hier zeigten sich die Vorteile seiner Profession, er war in seiner zeitlichen Einteilung relativ frei.

Also folgte er ihr nach Salzburg.

Gemeinhin sah ihm eine solche Aktion nicht ähnlich.

Der Satz, mit seinem ersten August-Wort gebildet, missfiel ihm. Er sollte auf eine neue Liste mit Lieblingsausdrücken erst mal verzichten. Der Monat hatte mit einer unangenehmen Überraschung begonnen, es würde in diesen Tagen keinen einzigen Begriff mehr geben, der seinen Schnitzer auslöschen und seine innere Gelassenheit so schnell wieder zurückbringen konnte.

Raupe Nimmersatt.

Darüber musste er jetzt doch lächeln.

Wie sie dagestanden hatte, in das Bilderbuch vertieft, als würde sie einen Schmöker lesen. Wie er sie erschreckt hatte mit seinem »Servus«, und wie sie leicht errötet war, als er ihr zu den Vampirbüchern geraten hatte.

Wenn sie ihn wiedererkannt hätte, hätte er es bemerkt, in ihren Augen war kein Zucken, kein Aufblitzen gewesen.

Erst danach, an der Tür.

Er hatte es provoziert. Fast so, als wollte er, dass sie wusste, wer er war.

Auf ihrem Weg zum Polizeirevier hatte er sich wie ein Schatten an sie geheftet, gar nicht so leicht an diesem lichtdurchfluteten Tag. Er hatte vor dem Gebäude gewartet, sein Handy am Ohr, ein Telefonat simulierend, bis sie wieder herausgekommen war. Zusammen mit der Inspektorin. Ob sie die Begegnung im Buchcafé erwähnt hatte? Er glaubte es nicht.

Auf dem Weg zu ihrer Bleibe hatte sie sich umgewandt, dreimal, aber kein einziger ihrer Blicke zurück hatte ihn getroffen. Die Kunst des Ausspähens war einfach. Man rannte nicht, wenn die zu verfolgende Person um die Ecke bog, man sah nicht schnell zur Seite, wenn sie sich drehte, und man versteckte sich hinter keiner Zeitung oder sprang in einen Hauseingang. Man ging einfach hinterher. Je selbstverständlicher, desto besser.

Hätte sie ihn doch wahrgenommen und einen Zusammenhang zum Buchcafé hergestellt, hätte er ein weiteres »Servus« losgelassen und über den Zufall geredet.

Er war über sich selbst immer noch verärgert, sein Schnitzer auf der Brücke war unnötig gewesen wie Fliegenschiss, aber er war nicht abgeneigt, eine nächste Begegnung mit ihr zu planen. Fast tat es ihm leid, dass er den Cowboyhut bereits entsorgt hatte. Er wäre einen Test wert gewesen.

Wie hätte sie darauf reagiert?

Traumzeit.

Mitzi nickte während der Fahrt ein und hatte einen absonderlichen Traum.

Statt auf der Brücke war sie im Wasser und sah nach oben. Wie eine Nixe oder Flussjungfrau bewegte sie sich zwischen den Wellen und hielt sich am Brückenpfeiler fest. Von oben fiel jemand ins Wasser, aber es war kein Mann, sondern ein Kind. Es stürzte kopfüber in die Flut. Ein Mädchen, wie sie schon vor dem Aufschlagen auf dem Wasser erkannte. Bevor das Kind abtreiben konnte, packte sie es an seinem langen Zopf und zog es zu sich an den Pfeiler, ein Stück unter die Brücke.

»Das überleben wir schon irgendwie«, sagte sie und war sich bewusst, dass sie mit sich selbst sprach.

Das Mädchen schlug die Augen auf, hob den Zeigefinger aus dem Wasser und legte ihn an seine Lippen. Dann deutete es nach oben.

Ein Cowboyhut segelte nach unten, landete auf den Wellen und trieb auf und ab. Von oben, von der Brücke, begann jemand zu rufen. Das Mädchen und sie drängten sich im Wasser dicht aneinander.

Die Stimme wurde immer lauter.

»Hallo, hallo, Sie. Die Fahrkarte, bitte.«

Mitzi schreckte hoch. Der Zugbegleiter stand neben ihr. Er war klein und sehr rundlich. Wie zum Ausgleich dafür trug er einen strubbelig-wilden Kinnbart. Über diese Ähnlichkeit mit einem Zwerg oder besser Hobbit amüsierte sie sich.

»Na, Sie haben aber einen tollen Schlaf, Fräulein.«

»Ich hab sogar was geträumt. Eine Traumzeit –«

»Ah ja! Schön für Sie.« Die gekringelten Enden des Kinnbartes hoben sich, als hätten sie ein Eigenleben. Sie reichten bis zum Kragen der Schaffneruniform. »Trotzdem brauch ich jetzt den Fahrschein.«

»Bitte. Ich hab ihn extra ins Seitenfach gesteckt, damit ich ihn schnell finde.«

»Gleich können Sie weiterschlafen, Fräulein. Bis Salzburg is es noch a halbe Stund, da haben S' noch mehr Zeit zum Träumen.«

»War kein schöner Traum.«

»Na, dann bleiben S' eben wach. Und schauen S' aus dem Fenster. Is schön bei uns im Auenland.«

»Was bitte?« Mitzi stutzte. Hatte sie sich verhört?

Der Zugbegleiter antwortete nicht, hob nur seine Schultern, und die Kinnbartenden bewegten sich nach unten wie ein Gegengewicht.

Cowboys und Hobbits, dachte sie.

Auftragsbestätigung.

Eines seiner Handys meldete sich mit einem mehrmaligen Klopfen.

Er loggte sich ein und sah sich die Nachricht an. Eine Anzahlung. Eine Bitcoin-Transaktion auf eines der anonymen Konten hatte stattgefunden. Er entschied sich für einen Zickzack-Kurs. Den Grenzauftrag in Rosenheim konnte er genauso gut von Salzburg aus erledigen.

Auf zu einem nächsten »Servus«.

Er durchforstete noch einmal die Angaben des Auftraggebers. Die Details zu den Gepflogenheiten der Zielperson waren mehr als ausführlich dargelegt. Mit Orts- und Zeitangaben zum täglichen Ablauf, der laut Beschreibung immer gleich zu sein schien. Wie es aussah, würde demnach kaum ein Observieren nötig sein. Hin- und Rückfahrt konnte er sogar morgen schon einplanen. Warum nicht? Einem geschenkten Gaul sah man nur bedingt ins Maul.

Salzburg–Rosenheim und retour: Katzensprünge.

Er überlegte, ob es sich um eine Falle eines getarnten Ermittlers handeln konnte, und checkte Ablauf und Kontakt. Das Risiko ging er ohnehin ständig ein.

Seit seinem letzten Besuch in Österreich waren einige Jährchen vergangen. Damals war er im Burgenland und in Niederösterreich gewesen. Zwischenzeitlich hatte er alles im Ausland abgelehnt, sich erst seit dem letzten Jahr die vermehrt angebotenen Rosinen aus den Nachbarländern herausgepickt. Wie seine Tirol-Tour.

Die Zeit raste. Seine geplanten Pausen schienen gefühlsmäßig von Mal zu Mal kürzer zu werden. Auch das ein Zeichen, dass er ausgelaugter wurde. Ein weiterer Fehler wie der in der Nacht konnte ihm mehr Ruhe als gewünscht einbringen. Allerdings mit Gittern vorm Fenster und ohne jegliche Annehmlichkeiten.

Den Gedanken drängte er vehement zurück, lieber hörte er ihr zu.

Sie führte einen kurzen Dialog mit dem Zugbegleiter. Ihr Dialekt klang süß. Maria Schlager. Aus Salzburg. So viel hatte er in Erfahrung bringen können.

Zwei Übernachtungen. Vielleicht drei. Nicht mehr. Er googelte nach einem Hotel in der Innenstadt. Wenn er schon vor Ort war, mochte er es, sich die jeweilige Stadt anzusehen.

Nach der Buchung döste er leicht weg. Wenn sie aufgestanden wäre, hätte er es trotzdem gemerkt, sein Schlaf war gemeinhin sehr leicht.

Er könnte die Liste vielleicht doch weiterführen, dachte er, und würde als Wort Nummer zwei »erröten« aufnehmen.

Es passte zu ihr.

Zu Hause.

Gegen Ende der Fahrt erfolgte eine Durchsage.

Der Zug würde mit wenigen Minuten Verspätung am Hauptbahnhof Salzburg ankommen. Trotzdem würden alle Anschlüsse erreicht.

Mitzi nahm ihren Koffer. »Mein nächster Halt is zu Hause. Also is eine Verspätung wurscht.«

Da neben ihr und ihr gegenüber niemand saß, redete sie in die Luft hinein.

Wenn Mitzi sich umgedreht hätte, hätte sie zu dem Mann aus dem Buchcafé, der auch der Mann mit dem Cowboyhut war, in der Sitzreihe hinter ihr sprechen können.

Wenn.

Über der österreichischen Hauptstadt Wien waren in der Nacht schwere Gewitter niedergegangen. Am Morgen danach fühlte sich die Stadt an wie unter einer Dunstglocke.

Heinz Baldur schwitzte schon beim Aufwachen und empfand sich als ausgelebt.

Nicht ausgebrannt, denn ein Feuer mit dem Wunsch nach einer neuen Ermittlung brannte lichterloh in ihm. Noch dazu ging es ihm gesundheitlich besser als während der Jahre im aktiven Dienst. Vielleicht traf es ein Begriff wie »herausgelebt« noch besser, aber diese Wortschöpfung würde in keinem Duden zu finden sein.

Der vorübergehend dienstuntauglich geschriebene KHK oder, wie er selbst sich betitelte, der Hauptkommissar a. D. trank seinen frisch gepressten Orangensaft in mehreren Schlucken. Anschließend schlüpfte er in seine Sportschuhe. Er verließ seine Wohnung und begann zügig die Straße hinunterzugehen.

Walking gefiel ihm besser als Laufen. Beim Laufen musste er zu sehr darauf achten, nicht aus der Puste zu kommen, denn sein Körper schien wie von Geisterhand gesteuert immer mehr Tempo aufzunehmen, bis Seitenstechen einsetzte. Beim Gehen konnte er seine Gedanken laufen lassen. Seine Ideen durften Fahrt aufnehmen, und nichts sollte sie aufhalten.

Er war ohnehin zurzeit nicht an die Landesgrenzen der Polizeiarbeit gebunden. Auch wenn sie ihn manches Mal noch brauchten, was er ungemein genoss.

In vier Fällen hatte er seinen ehemaligen Frankfurter Kollegen in seiner Auszeit auf die Sprünge geholfen.

Sein früherer Assistent und jetziger Teamleiter Hauptkommissar Thomas Habermann und Melek Arslan, Heinz' ehemalige Polizeipraktikantin, die inzwischen ihre Ausbildung zur Kommissarin abgeschlossen hatte, wussten schon, dass es nicht nur Nächstenliebe war, wenn sie Heinz Akten zu ungelösten Fällen zukommen ließen. Er hatte die Zeit, sich mit allen Kleinigkeiten und Ungereimtheiten auseinanderzusetzen, und er hatte den Instinkt, zwischen den Zeilen der Aussagen auf Widersprüche zu stoßen.

Es war eine Schande, dass er als dienstuntauglich bewertet worden war und mit einer zeitlich nicht absehbaren Krankschreibung leben musste. Es juckte ihn in den Fingern, nein, es schrie aus allen seinen Poren. Was er wirklich konnte, war, Kriminalfälle zu lösen, Verbrechen aufzuklären.

Als Mitmensch war er schwer erträglich und als Beziehungspartner eine Katastrophe, aber als Ermittler goldrichtig. Selbst der Polizeipsychologe, der mit seinem Gutachten den vorerst finalen Schnitt in Heinz' Berufsleben eingeleitet hatte, hatte seine Fähigkeiten, Zusammenhänge zu erspüren und Vernehmungen zu führen, nicht angezweifelt.

»Aber die andere Sache, Herr Baldur, die müssen Sie in den Griff bekommen. Solange darf ich Sie beim besten Willen nicht mehr aktiv ermitteln lassen. Bleiben Sie eine Weile außer Dienst.«

So gesehen stammte das a. D. eigentlich vom Seelenklempner, aber Heinz hatte es in seinen Sprachgebrauch übernommen.

Er verließ das Apartmenthaus in der Webgasse im 6. Bezirk, bog in die Schmalzhofgasse ein und sah Luis vor einem geparkten quietschgelben Mini stehen. Ohne abzustoppen, nickte Heinz ihm zu, und Luis kam an seine Seite, passte sich dem flotten Gehrhythmus an. Beide kamen zur Stumpergasse und bewegten sich weiter durch die Gassen Richtung Linke Wienzeile und Wienfluss. Seit einer Woche war Luis bei der täglichen Walkingrunde mit von der Partie, dafür hatte er aufgehört, Heinz im Badezimmer zu überraschen. Ein guter Tausch.

»Als ›Sache‹ lasse ich mich nicht gerne bezeichnen«, sagte Luis.

Wie so oft hatte er Heinz' Gedanken gelauscht, eine Unart, die letztendlich zu seiner Enttarnung und damit zur zwischenzeitlichen Auszeit des Mordermittlers Baldur geführt hatte.

Luis war nicht real.

Keines ihrer Gespräche, keine Begegnung, kein Treffen, keine Auseinandersetzung zwischen ihnen beiden war es je gewesen.

Heinz litt seit seinem siebzehnten Lebensjahr an einer dissoziativen Identitätsstörung, die nach einem schweren Autounfall und dem Tod seines Vaters begonnen hatte. Ihr Wagen war damals von einem ihnen entgegenkommenden Geisterfahrer gerammt worden. Luis Wagner, aus Liebeskummer auf Selbstmordmission, war am 13. September 1990 frontal in das Auto von Vater und Sohn Baldur gekracht. Ein Tag, ein Datum, das den jungen Heinz für immer verändert hatte.

Denn er hatte am Steuer gesessen, ein Fahranfänger unter Papas Obhut. Sein Körper hatte den Crash als einziger Beteiligter überlebt, seine Seele war an den Unfallfolgen zerbrochen.

Er hatte sich geteilt. In zwei Hälften, die auf ein und derselben Ebene miteinander agierten. Heinz wurde nicht zu Luis, sondern sah Luis als Person neben sich. Er hatte zu seiner Identität die des Schuldigen in sich aufgenommen. In der Realität gab es den Geisterfahrer Luis Wagner nicht mehr, aber Heinz' traumatisierte Psyche hatte ihn am Leben erhalten. Anfangs, um ihn anklagen zu können, später, um den Verlust des Vaters auszugleichen.

Nach einer ersten erfolgreichen Therapie in jungen Jahren hatte Heinz als geheilt gegolten. Jahrelang, während seines Studiums, seiner Karriere bei der Polizei, war er einfach nur er selbst geblieben.

Bis zum nächsten Trauma, da war Heinz Anfang vierzig.

Nach einem Mordversuch an ihm, verübt von seiner damaligen Verlobten Rita, hatte er einen Rückfall in die Schizophrenie erlitten. Er hatte die Verlobung gelöst, das Gift des Kugelfisches überlebt, aber zurück blieben Magenschmerzen und die seelische Störung. Während der Ermittlungen in einer Reihe von grausigen Mordfällen in Frankfurt war Luis wie eine von Gasen aufgeblähte Wasserleiche wieder an die Oberfläche gekommen und hatte sich erneut in Heinz' Psyche eingenistet.

Luis und Heinz.

Eine Weile hatten sie verborgen vor dem Rest der Welt nebeneinander existieren können, aber Luis war immer dominanter geworden. Von außen gesehen hatte Hauptkommissar Baldur am Ende mit sich selbst debattierend im Großraumbüro des Polizeipräsidiums Frankfurt gestanden. Eine Woche darauf saß er zu Hause, das a. D. war geboren.

Weitere drei Wochen später entschied er sich, der Stadt, auch dem Land den Rücken zu kehren und zu seiner Mutter Edith zu ziehen, die seit Jahrzehnten in Wien lebte. Sie hatte ihm das Apartment über den Kontakt zu einer Freundin aus ihrer Jolly-Kartenrunde vermittelt. Sie selbst residierte in Hietzing, im 13. Gemeindebezirk, was zumindest einen kleinen Sicherheitsabstand zwischen Mutter und Sohn bedeutete.

Heinz war umgezogen und zu einem Schattenermittler geworden.

»Luis, du weißt doch, dass mir der Doktor geraten hat, dich zu entmenschlichen, damit mir die Realität nicht völlig entgleitet.«

Dr. Harald Rannacher, der Therapeut, zu dem Heinz hier nun regelmäßig ging, trug einen weißen Kinnbart wie einst der in die Jahre gekommene Sigmund Freud. Das Diskutieren mit einem realen Gegenüber einmal die Woche tat Heinz gut.

»Dr. Quacksalber solltest du ihn nennen.«

Sie waren am Bruno-Kreisky-Park angekommen. Luis übersprang einen Ast, den das Gewitter gestern von einem der Bäume gerissen hatte. Er war kein Geist, er konnte nicht durch Wände gehen. Er wartete zum Beispiel, bis Heinz ihm die Haustür aufschloss, um einzutreten.

Heinz wollte den Park dreimal umrunden, sein Pensum für heute.

»Ich fühle mich ausgelebt«, nahm Heinz seine Überlegung wieder auf.

Luis grinste. »Kein Wunder. Du hast einen dicken Fisch an der Angel, den keiner sehen will.«

Fast so wie die Sache mit dir, dachte Heinz in einer Nische seines Verstands, in der ihn der andere nicht hören konnte. Hoffentlich nicht.

Aber Luis hatte recht. Seit dem Mord im Tiroler Ferienort Kufstein war Heinz' Jagdinstinkt wieder voll erwacht.

In Wahrheit reichten die ersten Fäden in seine Anfangszeit bei der Frankfurter Mordkommission zurück. Als er dort aktiv seinen Dienst verrichtete und eine Ermittlertruppe leitete, hatte es zwei Morde gegeben. Zwei Passanten waren innerhalb von drei Tagen spätabends niedergestochen worden. Der eine bei einem angeblichen Raubüberfall, der andere während einer Kneipenschlägerei.

Die beiden Männer hatten auf den ersten Blick keine Verbindung zueinander gehabt, die Taten waren in unterschiedlichen Vierteln Frankfurts verübt worden. Aber Hauptkommissar Baldurs Bauchgefühl hatte sich gemeldet. Obwohl damals andere Kollegen zuständig gewesen waren, hatte er sich einfach eingemischt.

Ein von ihm angeordneter Vergleich der jeweils tödlichen Verletzung hatte nach den Obduktionsberichten in beiden Fällen eine Übereinstimmung bei der Tiefe und der Art des Zustechens ergeben.

Allerdings war die Länge der Klinge als die eines handelsüblichen Küchenmessers von ungefähr zwanzig Zentimetern dargelegt worden, die Klingenbreite hatte bei circa acht Millimetern gelegen. Diese Angaben waren von der Rechtsmedizin deshalb nicht präzise bestimmbar gewesen, weil bei Messerattacken das Werkzeug in der Wunde immer auch bewegt worden sein konnte. Dadurch konnte die Übereinstimmung also Zufall sein.

Was Heinz jedoch stutzig machte, war die Ausführung der Bluttat. Fast gleiche Höhe im unteren Bauchbereich, ein einzelner Stich, der die Bauchaorta getroffen und ein inneres Verbluten bewirkt hatte. Der Tod kam zügig und unabwendbar.

Heinz konnte sich gut daran erinnern, wie er die Kollegen in seine Überlegungen einbezogen hatte und wie sie nach Gemeinsamkeiten der Opfer gesucht hatten. Es hatte keine gegeben.

Damit waren sie alle damals am Ende der Weisheit angelangt. Kein weiterer Mord durch einen präzise platzierten Messerstich in den Unterbauch geschah, und keine weiteren Spuren tauchten auf. Zwei ungelöste Fälle blieben, zwei von vielen.

Zeit war verstrichen, ihm war nichts untergekommen, was den beiden Delikten glich. Die Sache war untergegangen.

Erst in seiner Zwangspause hatte Heinz die losen Enden wieder aufgenommen. Die leeren Tage, die zähen Stunden bis zum Abend, um sich neben den aktuellen Hilfestellungen für seine Kollegen auch mit den sogenannten Cold Cases zu beschäftigen.

Fast nebenbei war ihm ein weiterer Tod durch Erstechen aufgefallen. Zwar war das Opfer in dem Fall eine Frau gewesen, aber der eine Stich in den Unterbauch, das Verbluten als Folge ließen ihn darüber stolpern. Hier war ebenfalls nie ein Täter ermittelt worden.

Er konnte nicht alles sichten und vergleichen, sein Zugang zu den Akten war nicht unmöglich, aber eingeschränkt. Also hatte er sich von einem befreundeten Computercop einen Algorithmus schreiben lassen, den er in einem Trojaner verbarg und in das Intranet der Polizei einspeiste. Er filterte Fälle heraus, bei denen der Tod durch einen Messerstich im Bauchraum erfolgt war. Bundesweit.

Zuerst schien sich seine Vorgehensweise als Flop zu erweisen. Hunderte Akten sichtete er, ohne einen roten Faden zu erkennen. Doch wie Sonnenstrahlen in einen dichten Nebel hatten sich einzelne Taten herauskristallisiert, die Heinz zu sammeln begann. Am Ende der Perlenkette war er sich sicher, einem Serientäter auf der Spur zu sein. Was ihm fehlte, waren das Motiv und ein Muster bei der Auswahl der Opfer.

In seiner Isolation redete Heinz mit ihm, dem Kumpel, der ihn keinen Extra-Strom kostete, aber immer für eine Diskussion zu haben war. Letzten Endes war Luis schlauer als Heinz gewesen.

Luis hatte hinter die Leinwand gesehen und die Sache auf den Punkt gebracht: Ein Auftragskiller musste am Werk sein. Einer, der für Geld in allen Teilen des Landes dezent und schnell Todeswünsche erfüllte.

Heinz hatte Luis gratuliert, sich sozusagen selbst auf die Schulter geklopft, aber die Ernüchterung war schneller als gedacht erfolgt. Keiner seiner ehemaligen Kollegen schenkte ihm Glauben, nicht einmal die kluge Neukommissarin Melek Arslan.

»Heinz.« Ihre Stimme hatte sanft geklungen, und da war ihm schon klar gewesen, dass auch sie in ihm den psychisch Kranken sah und nicht den instinktgeleiteten Hauptkommissar. »Heinz, ich kann nicht ohne Beweise eine deutschlandweite Fahndung ausschreiben lassen. Jeden Tag werden bei Streitigkeiten, bei Auseinandersetzungen, bei Überfällen Menschen mit Messern verletzt und getötet.«

»Ich spreche nicht von all diesen Fällen, Melek. Ich rede von einem Täter, der immer auf die gleiche Art und Weise tötet. Der Menschen ins Jenseits befördert wie eine Maschine. Luis geht von einem Auftragsmörder aus.«

Mit Luis' Erwähnung hatte er einen Riesenfehler begangen. Melek hatte geseufzt. »Ich habe mir deine Notizen angesehen und mit Thomas darüber gesprochen. Es tut mir leid, wir sehen die Sachlage nicht wie du.«

Eine vernichtende Ansage.

Dass sein früherer Assistent keinen Zusammenhang sehen konnte, war klar, Hauptkommissar Habermann war immer schon etwas linkisch gewesen. Aber dass sich Melek diesem Urteil anschloss, hatte Heinz in eine monatelange tiefe Depression gestürzt.

Es hatte Aussetzer gegeben, Heinz konnte sich nicht erinnern, was er in dem Zeitraum getan und gesagt hatte. Schlimme Phase. Dr. Rannacher musste zum Rezeptblock greifen, ohne eine zusätzliche Erhöhung der Medikamentendosis ging nichts mehr. Die Psychopharmaka hatten Luis zurückgedrängt. Doch der Preis dafür war der Kampf gegen die Nebenwirkungen gewesen, die Heinz hatten verzweifeln lassen.

Schließlich hatte er sich aus dem tiefen Tal nach oben gekämpft, begonnen, sich und sein Leben wieder aufzunehmen. Der Wille, zu arbeiten, zu ermitteln, hatte ihn vorangetrieben. Mehr noch. Sich gesund zu ernähren, sich zu bewegen, sich mit vernünftigen Tipps bei den Kollegen im aktiven Dienst einzubringen, ohne sich aufzudrängen. Wieder als ernst und klar bei Verstand wahrgenommen zu werden.

Ziele, die er erreicht hatte.

Dr. Rannacher hatte ihn gelobt, Melek Arslan erneut begonnen, ihn von Zeit zu Zeit bei neuen Fällen nach seiner Einschätzung zu fragen, wie am Anfang, nach seinem erzwungenen Rückzug.

Über seinen Verdacht bewahrte er seither Stillschweigen. Er sammelte weiter, nun auch in dem Land, in das er sich zurückgezogen hatte. Österreich.

Er verglich, er prüfte, er spürte nach.

Elf Fälle kamen zusammen, bei denen er sich sicher war. Noch mal dreizehn, die er mit einem »Vielleicht« vermerkte. Ein Fall in Belgien erregte seine Aufmerksamkeit, aber zu dieser Ermittlungsakte würde er überhaupt keinen Zugang erhalten.

Jetzt Tirol.

In Kufstein war ein Tourist auf der Brücke mit einem Messerstich in den unteren Bauch ermordet worden. Das Motiv unklar, der Mann mit seiner Freundin dort auf Urlaub.

Ein Detail passte allerdings nicht ins Schema. Nach der tödlichen Verletzung war der Mann in den Fluss geworfen worden. Heinz hatte hinter den Tod von Karsten Trinckas ein Fragezeichen gesetzt. Mehr konnte er nicht tun. Wieder war ihm bewusst geworden, dass er kaum Chancen auf eine nähere Auskunft hatte. Er musste sich über die Medien und das Internet informieren wie jeder andere.

Doch eine Neuigkeit hatte Heinz in den Bann gezogen, die sich als Glücksfall herausstellen mochte. Diesmal gab es eine Zeugin. Eine Frau hatte den Täter beobachtet.

Heute Morgen eine der Schlagzeilen in den News.

Heinz hätte am liebsten sofort Melek Arslan angerufen und sie bekniet, sich seine Aufzeichnungen anzusehen und Kontakt zur Polizei im Nachbarland aufzunehmen, aber er war Realist genug, es sein zu lassen. Lieber einen anderen Weg finden, den Namen der Zeugin ausfindig zu machen.

»Maria Sch. (29), wohnhaft in Salzburg«, hatte in dem Artikel gestanden. Über einhundertfünfundfünfzigtausend Menschen lebten in der Mozartstadt. Wie viele Maria Sch. mochte es unter ihnen geben?

Der Bruno-Kreisky-Park war dreimal umrundet. Über Heinz verdunkelte sich der Himmel, und ein erstes Donnergrollen war zu hören.

»Komm, lass uns nach Hause gehen«, sagte Heinz zu Luis. »Es zieht erneut ein Gewitter auf. Das kann heftig werden.«

Eine Spaziergängerin neben ihm sah ihn mit großen Augen an.

»Bitte?«

»Ich habe nicht mit Ihnen gesprochen.«

»Mit wem dann?«

Heinz fing nun doch zu laufen an.

Luis folgte ihm.

8

»Freddy?«

Aus dem Wohnzimmer waren laute Flüche zu hören.

Mitzi stellte ihren Koffer ab und zog sich die Schuhe aus. Die Luft roch abgestanden, und ihr war sofort klar, dass ihr Freund nicht gelüftet hatte. Ihre WhatsApp-Nachricht hatte er auch nicht gelesen, das Häkchen dahinter war nicht blau geworden. Keine große Überraschung, sie hätte sich die Zeilen sparen können.

Zuerst ging sie in die Küche.

Zwei große Teller, eine Kaffeetasse und ein leeres Joghurtglas standen in der Spüle. Ihr Freund war seit gestern wieder von seiner Tour zurück. Nein, er machte nur einen Zwischenstopp. Wenn sie sich richtig erinnerte, musste er morgen wieder los.

Seine Flüche wechselten sich mit Beschimpfungen ab.

»Schau dir den Depperten an. *Idióta!*«

Dass kein Besucher gemeint war, wusste sie, ebenso, dass Freddy ihr Kommen immer noch nicht bemerkt hatte.

Er leistete sich ein Sportabo bei Sky für seine Fußballleidenschaft, nahm zwischendurch auch Tennis, Golf und die Wintersportarten als Ersatz. Zu Hause und unterwegs per App. Wenn er nicht arbeitete, war Sport zu gucken seine absolute Lieblingsbeschäftigung.

Freddy war zwar selbst nicht völlig unsportlich, aber über gelegentliche Treffen mit seinen Kumpels am Fußballplatz kam er nicht hinaus. Diese Aktivitäten endeten meist im Vereinslokal des ASV Blau-Weiß-Salzburg, den Freddy auch finanziell unterstützte, wenn die Geschäfte gut liefen. Bei Bier und Schnapserln ließ sich gut diskutieren, und jeder der Männer wusste besser über die österreichische Fußballnationalmannschaft Bescheid als der jeweilige Trainer.

»Freddy. Servus.«

Seine Augen wurden groß. »Mitzi. Was machst du denn schon wieder zu Haus?«

Er wirkte, als hätte sie ihn beim Seitensprung ertappt, was Mitzi amüsierte. Wie es schien, hatte er in der Zeit seit seiner Ankunft ausschließlich ferngesehen, Pizza bestellt und mehrfach die Kaffeemaschine bedient. Ach ja, und ein Joghurt für die Verdauung gegessen.

»Ich hab meinen Urlaub abgebrochen. Schaust du nie in deine Textnachrichten?«

»Ach, mein Mitzi-Herzi, du weißt doch, dass ich das Tippen mit meinen kurzen Fingern nicht mag.«

Seine Antwort erklärte nicht, warum er nicht zumindest ihre Zeilen gelesen hatte, aber Mitzi kommentierte es nicht weiter. Freddy war, wie er sich von Anfang an gezeigt hatte. Deshalb hatte sie ihn aus Kufstein nicht angerufen und nichts erzählt, er hätte nicht wirklich zugehört und sie damit verärgert, vielleicht auch enttäuscht. Doch jetzt loderte das Erlebte in ihr auf. Mit drei Schritten war sie bei ihm und schwang sich auf seinen Schoß.

»Wenn du wüsstest.«

»Ah geh! Der Vollidiot hätte nur schießen brauchen. Auswechseln, sofort!«

Erst nach seinem Statement folgten eine Umarmung und ein Kuss seinerseits.

»Du wirst es nicht glauben, Freddy.«

»Mitzi-Herzi. Ich bin platt, dass du schon wieder da bist. Und freu mich narrisch. Aber im Moment is es schlecht. Schau, da spielen die Bayern gegen den BVB.«

Mitzi drehte den Kopf und sah das übliche Bild auf dem großen TV-Bildschirm. Männer in zweifarbigen Shorts und T-Shirts rannten über einen grünen Rasen und spielten sich einen Ball zu. Sie interessierte sich null für Fußball.

»Sind das nicht deutsche Mannschaften?«

»Ja schon, aber das ist genauso spannend wie die unsrigen. Ich hab eine Monstertour hinter mir und gleich wieder vor mir. Noch dazu hab ich endlich alles in mein Fahrtenbuch eingetragen, wie immer eine Scheißarbeit.«

Wie immer. Seit sie mit Freddy zusammen war, hatte es Touren und Sport gegeben. Dazu Freddys Beschwerden über die Notizen zu jeder Reise, zu jedem Verkauf, die sein Chef jedes Quartal verlangte. Er hasste es, das Fahrtenbuch handschriftlich zu führen, zusätzlich zu den Eintragungen in die vorgefertigten digitalen Listen der Firma. Deshalb vergaß er es regelmäßig zu Hause und ärgerte sich über die Stunden, die ihn das Nachtragen kostete.

»Hast du was eingekauft, Mitzi-Herzi?«

Seine Konzentration war zurück zum Spiel gewechselt, er schien bereits vergessen zu haben, dass Mitzi überhaupt in Tirol gewesen war. Sie vermutete, dass seine früheren Beziehungen an dieser Mischung aus Ignoranz und Langeweile gescheitert waren, aber Freddy redete nie über ihre Vorgängerinnen.

Trotzdem mochte sie ihn, und auch sein geringes Interesse an ihrer verfrühten Rückkehr konnte ihre Freude über das Wiedersehen nicht dämpfen.

Seit drei Jahren waren sie ein Paar.

Mitzi hatte den gebürtigen Ungarn Fred Balogh bei einem Feuerwehrfest in Leibnitz getroffen. Ihr war schnell klar, dass er ihr die Möglichkeit bieten konnte, den kleinen Ort in der Steiermark zu verlassen. Bereits seit einiger Zeit hatte sie den Wunsch gehabt, in eine größere Stadt zu ziehen, aber ihre freiberufliche Korrekturtätigkeit brachte zu wenig Geld ein, um sich einen Umzug und eine teure Miete leisten zu können. Bei Oma hatte sie frei Haus gewohnt.

Freddy hatte ihr schon nach drei Wochen Zusammensein angeboten, doch zu ihm nach Salzburg zu ziehen, er wäre ohnehin wenig zu Hause und seine Wohnung immer so leer. Das Zweizimmerapartment hatte ihm sein Vater vermacht, und aus diesem Grund hatte er sich dort niedergelassen.

Als Handelsvertreter bereiste er neben seinem Geburtsland Ungarn ganz Ost- und Südösterreich und vertrieb eine Reihe von Nahrungsergänzungsmitteln eines großen Budapester Konzerns. Er hatte sich vom Versicherungskaufmann zum Ernährungscoach umschulen lassen, um keine alten Leute mehr zu einem Abschluss überreden zu müssen. Die jetzigen

Produkte waren unnötig, wie er oft betonte, aber sie schadeten niemandem, und die bunten Boxen mit den Mineralstoff- und Vitamin-Mixturen machten angeblich superhappy. Dazu hatte Freddy es neben Supermärkten und Drogerien mit Fitnesscentern und Sportvereinen zu tun, was ihm die liebsten Termine waren. Er schuftete unermüdlich und war erst vor einem Monat in der Firma zu einem der fünf besten Vertreter aufgestiegen.

So hart er arbeitete, so sehr brauchte er seine Entspannung. Der Fernsehsport entstresste ihn, obwohl es sich meist anders anhörte, wenn er vor dem Bildschirm schrie und tobte.

»Eigentlich hab ich überhaupt keine Zeit für eine feste Freundin«, hatte er Mitzi schon nach der ersten gemeinsamen Nacht in seinem Einbettzimmer im Hotel Zur Alten Post in Leibnitz erklärt. »Aber schön wäre es schon. Eine Frau, die braucht ein ganzer ungarischer Kerl einfach.«

Sein leichter Akzent und sein gerolltes R, als er sie »Mitzi-Herzi« nannte, hatten von Anfang an süß und ein klein wenig exotisch geklungen.

Mitzi, die ihre Chance sah, nach Salzburg umzuziehen und dort auch finanziell mit seiner Hilfe über die Runden zu kommen, hatte blitzschnell beschlossen, es mit Freddy zu wagen. Mehr, als bei einem Scheitern der Liaison wieder bei der Oma vor der Haustür zu stehen und in ihr altes Kinderzimmer einzuziehen, war damals nicht zu riskieren gewesen.

Der Umstand, dass Freddy immer unterwegs und Mitzi ohnehin eine Eigenbrötlerin war, hatte sich als günstig für das Zusammenleben herausgestellt. Sein Desinteresse an ihrem Alltag machte Mitzi manchmal zu schaffen, aber es gab Schlimmeres und weitaus schlechtere Beziehungen als ihre, wie sie fand. Täglich konnte man in den Gazetten und Zeitschriften, die in den Cafés auslagen, über prominente Pärchen lesen, die sich Schlammschlachten lieferten.

Erst in den letzten Monaten, als die Demenzerkrankung ihrer Oma Therese Schlager rapide fortschritt und sie in ein Heim übersiedelt werden musste, hatte sich die Lage verändert. Omas Rente ging für die Kosten drauf, und das Haus würde bald verkauft werden müssen. Mitzi war in der Maxglaner Hauptstraße 20 in Salzburg gestrandet.

Gern dachte sie darüber nicht nach.

»Ich hab einen Mord gesehen, Freddy.« Diesmal würde sie ihn nicht in Ruhe lassen, bevor sie alles über die Kufstein-Nacht ausbreiten konnte. »Einer hat einen in den Inn geworfen, nachdem er ihn abgestochen hat. Stand überall in den Nachrichten.«

»Na geh!«

Er sah sie ungläubig an, und zumindest während der ersten Sätze hatte sie seine Aufmerksamkeit. Doch lange blieb seine Konzentration nicht an ihren Neuigkeiten haften, und im letzten Drittel ihrer Schilderung unterbrach er sie zweimal durch Zurufe, die den Spielern hinter ihr in der Flimmerkiste galten. Aus diesem Grund beschloss Mitzi, den Teil mit dem Buchcafé wegzulassen. Sie endete mit dem Gespräch mit der Inspektorin Agnes Kirschnagel.

Freddy nickte ihr zu, aber die Tragweite der Ereignisse hatte er nicht begriffen. Sie war nun doch enttäuscht.

»Ach, Freddy. Kufstein war echt gruselig.«

»Du sollst doch nicht mitten in der Nacht herumlaufen, mein Herzilein. Wie oft hab ich dir das schon gesagt, *kedvenc.*« Freddy gab ihr einen Kuss auf die Stirn und drückte sie an sich. Das gerollte R erinnerte sie an das Schnurren eines rolligen Katers. Ein klein wenig fühlte sich Mitzi besser.

»Es is ja nichts weiter passiert.«

»Blöde Idee, allein nach Tirol zu fahren.«

»Du hast doch keine Zeit gehabt.«

»Dann wärst mit einer Freundin gefahren.«

Ich hab keine, hätte Mitzi fast erwidert, aber eigentlich wusste Freddy darüber Bescheid.

»Gehen wir heute Abend essen?«

»Mitzi-Herzi, ich muss doch bald wieder los.«

»Ach so. Ich dachte, du bleibst bis morgen.«

»Mein Kofferraum ist voll. Dein Cowboy reitet in den Sonnenuntergang.«

Sie machte sich aus seiner Umarmung los und rutschte von seinem Schoß herunter. Dieser Vergleich war nach ihrer Schilderung eine Frechheit.

Sofort ballte Freddy seine Faust Richtung Fußballspiel und stieß einen seiner Motivationsschreie für Spieler aus, die ihn nicht hören konnten, und den Mitzi nicht verstand, weil er auf Ungarisch war. Es hatte wenig Sinn, sich zu beschweren, also ging sie in die Küche und wusch das Geschirr per Hand ab. Dann holte sie ihren Koffer und zog sich ins Schlafzimmer zurück, um auszupacken.

Wenn Freddy losfahren würde, konnte sie sich heute Abend noch ans Korrekturlesen einer Arbeit machen, die ihr eine Biologiestudentin gemailt hatte. Es ging darin um antarktischen Krill, vielleicht war der Text neben der Kommasetzung und der Rechtschreibprüfung inhaltlich interessant. Noch dazu würde es Geld in ihre Kasse spülen, die Ferienwohnung musste sie bis zum Ende bezahlen, trotz ihrer viel zu frühen Abreise.

Der einzige Vorteil ihrer kleinen Jobs zeigte sich wieder. Immer gab es neue Themen oder spannende Geschichten ganz unterschiedlicher Art zu korrigieren. Darin war Mitzi gut. Sie hatte ein Gespür für Satzstellung und Beistrichsetzung, und manches Mal traute sie sich, einen kleinen inhaltlichen Verbesserungsvorschlag zu machen.

Die erste berufliche Tätigkeit, die ihr auch geblieben war.

Sonst gab es nicht viel, was sie beendet hatte. Kurz vor dem Schulabschluss hatte sie sich für einen Monat nach Griechenland abgesetzt, um dort am Strand in einem Wohnwagen zu leben und sich ihren Unterhalt mit Erledigungen für Touristen zu verdienen. Als ihre Oma daraufhin krank geworden war, hatte sie die Idee wieder aufgegeben. Es hätte ohnehin nicht auf Dauer geklappt.

Ihren Abschluss hatte sie über die Abendschule nachgeholt, war zwischen Leibnitz und Graz gependelt, hatte danach drei Studiengänge begonnen, wieder abgebrochen. Sie hatte als Verkäuferin gearbeitet, als Servierkraft, einmal in einem Computerladen, einmal bei der Telefonseelsorge. Alles anfangs mit

Euphorie und Neugierde, bald aber öde und langweilig, am Ende immer trostlos.

Zum Textekorrigieren war sie über eine Freundin ihrer verstorbenen Mutter gekommen, die sie zufällig bei einem Besuch am Friedhof getroffen hatte. Sie hatten sich unterhalten, sich erneut in einem Café verabredet. Nach ihren Stärken gefragt, hatte Mitzi angemerkt, dass sie immer gut im Rechtschreiben gewesen war und ein Auge für Fehler hatte. Die Freundin der Mutter hatte ihr eine Woche später einen Vorabdruck eines Artikels gemailt, mit der Bitte, ihn zu überprüfen. Die Aufgabe war Mitzi kinderleicht gefallen, und sie hatte obendrein dafür noch Geld bekommen. Der Grundstein war gelegt.

Die Aufträge sprudelten nicht, dazu fehlte Mitzi der Ehrgeiz, aber sie waren eine fortlaufende Einnahmequelle. Die unterschiedlichen Themen hielten sie bei Laune.

Aus dem Wohnzimmer kam eine Fluchtirade, eine Mischung aus mehreren Sprachen, dann sah sie Freddy ins Bad stürzen. Gleich darauf sang er unter der Dusche.

Die Geräusche des Wassers ließen Mitzi sofort wieder an die Nacht am Inn denken. Der Täter und das Opfer, das über die Brücke geworfen worden war. Sie legte sich auf das Bett und zog sich die Überdecke über den Kopf. Schwarz war es darunter, und ihr wurde ziemlich heiß. Sie hielt die Luft an und stellte sich vor, sie wäre unter Wasser. In ihren Ohren sauste es, und ihr Herz schlug schneller. Schließlich zwangen sie ihre Lungen zum nächsten Atemzug.

Sie beschloss, sich die Tage noch mal die ersten beiden Teile vom »Weißen Hai« anzusehen, vielleicht auch einen anderen Gruselschocker wie den letzten der »Halloween«-Filme mit dem irren Michael Myers, der nicht totzukriegen war, zu streamen. Zwar ließ sich das Meer nicht mit einem Fluss vergleichen und Jamie Lee Curtis war eine schon in die Jahre gekommene Scream Queen, aber ein wenig virtuelle Gänsehaut würde ihre echten Ängste übertünchen. Von Krebstieren zu Haien und einem irren Maskenmörder, eine gute Reihenfolge.

»Was machst du denn da, Mitzi-Herzi?«

Mitzi schob die Überdecke nach unten. Sie war völlig verschwitzt.

Freddy stand nackt mit einem Handtuch als Turban auf seinem Kopf am Rand des Bettes.

»Verstecken spielen, Freddy.«

Er grinste und kniete sich auf die Bettkante. »Ich muss ja gleich los, aber kurz Liebe machen wär schön, wenn du eh schon wie hingegossen vor mir liegst.«

Mitzi nickte und zog sich ihr T-Shirt und die Hose aus. Sex war auch etwas, das sie und Freddy immer noch verband, wenn sich auch seine Vorgehensweise etwas phantasielos gestaltete und einen vorhersehbaren Ablauf hatte.

Als sich Freddy über ihr bewegte, stellte sich Mitzi ihn statt mit Handtuchturban mit einem Cowboyhut vor. Auf eine überraschende Art erregte es sie, und sie genoss den Akt mehr als erwartet.

Später begleitete sie ihn zu seinem Wagen, sie wollte danach ohnehin noch einkaufen gehen, und gab ihm einen Kuss auf die Stirn.

»Wie lange diesmal?«

»Zwei Wochen auf jeden Fall, vielleicht auch drei. Ich melde mich. Versprochen. *Ígért!* Mach keinen Blödsinn, wenn ich nicht da bin, Mitzi-Herzi.«

Als er wegfuhr, winkte sie, aber Freddy hatte bereits seine Kopfhörer aufgesetzt, eine Übertragung irgendeines Fußballspiels gab es immer zu hören. Er sah nicht zu Mitzi zurück.

9

Maxglaner Hauptstraße 20. Der Freund Vertreter. Die Wohnung klein, aber gemütlich. Maria Schlager ab sofort allein zu Hause.

Inzwischen wusste er mehr über sie. Einiges mehr. Der Rest, wie auch immer ein nächster Kontakt aussehen konnte, musste noch warten.

In der ersten Nacht in seinem Hotelzimmer in Salzburg hatte er tief und traumlos geschlafen. Er hatte sich früh wecken lassen und sich nach dem Frühstück noch einmal umgezogen, bevor er aufgebrochen war. Keine zwei Stunden später hatte er sein Ziel erreicht und stand vor einem Gebäudekomplex in Rosenheim. Einzelne Wohnhäuser reihten sich aneinander, Fenster an Fenster, unterbrochen von Balkonen. Die Fassade in einem dunklen Orange gestrichen. Ordentlich, aber schmucklos. Er erinnerte sich an vergangene Schlagzeilen von einem verheerenden Brand in der Sepp-Sebald-Siedlung, zu sehen war davon nichts mehr.

Beim Grenzübertritt hatte er sich auch auf Kontrollen gefasst gemacht nach all den markigen Ankündigungen, aber außer dem Zugbegleiter war niemand erschienen.

Umso besser.

»Sind Sie Hilde Kern-Wedel?«

Die Frau sah ihn nicht an. Sie war damit beschäftigt, in ihrem Korb zu kramen.

»Ja, is es denn die Möglichkeit, dass ich jeden Morgen extra eine Packung Taschentücher mitnehme und nie auch nur eines finde?«

Sie wühlte weiter, dann gab sie auf und stellte den vollen Korb ab. Sie wischte sich über die Stirn, schob ihre Brille die Nase hoch und lehnte sich gegen die kühle Mauer des Hausflurs. Über ihrem Kopf waren ein paar kryptische Zeichen an die Wand gesprayt, dazu ein Blitz, der in sie hineinzufahren schien.

»So eine Hitz! Schon am Vormittag.«

Er wartete noch zu, lauschte in den Gang, ins Treppenhaus hinein.

Die Stirn der Frau war gerunzelt, und ihre gesamte Körperhaltung drückte Erschöpfung aus. Plötzlich nieste sie gewaltig. Und noch einmal. Nach einer kurzen Pause ein drittes Mal in ihren Ärmel hinein.

»So ein verdammter Mist«, nuschelte sie nasal.

Ihre Haare waren hochtoupiert und in einem schlechten Lila gefärbt, an den Schläfen zeigte sich Grau. Die pinke Farbe ihrer Fingernägel schlug sich mit der Haartönung. Dazu eine gelbe Bluse und ein grüner Rock.

Wie eine Papageienfrau, dachte er.

Sie war wie von der Auftraggeberin angeführt keine Viertelstunde nach seinem Erscheinen pünktlichst aufgetaucht. Mit vollem Einkaufskorb, als er gerade eine Sichtung an den Klingelknöpfen vorgenommen hatte. Das Gesicht hatte auf dem Foto, das ihm mitgeschickt worden war, jünger ausgesehen. Ohne zu zögern hatte sie aufgeschlossen und ihn, als er ihr die Tür beim Hineingehen aufhielt, eingelassen.

Was war es, das die Auftraggeberin so an der Zielperson störte, extrem ärgerte oder in einen Strudel aus Hass und Rache trieb, dass sie es bis ins Darknet geschafft hatte, um ihn zu kontaktieren? Mit einem dringenden Appell, jetzt oder nie.

Das explosive Niesen doch wohl nicht. Die gemischte Farbpalette der Kleidung? Möglich, weil die Kombination bei längerem Hinsehen eine Zumutung war. Am Ende auch die anscheinend rituelle Pünktlichkeit, mit der die Papageienfrau sogar ihre Einkäufe zu erledigen schien. Die Auftraggeberin hatte ihm einen Zeitplan geschickt, an den er sich gehalten hatte. Mit schnellem Erfolg.

Doch warum stellte er sich wieder einmal diese unnötigen Fragen? Je weniger er wusste, desto einfacher war es. Früher hatte er sich nie vergewissert, ob der Namen stimmte, um einer Verwechslung vorzubeugen. Seine sentimentale Seite schimmerte durch die brüchig gewordene Schale seiner Kaltblütigkeit. Wenn er weiter so verweichlichte, würde er bald bei jeder Erledigung Rotz und Wasser flennen und die Zielperson davor um Verzeihung bitten.

Die Jahre zehrten, er wollte sich nichts mehr vormachen. Das fortschreitende Alter machte ihn sensibler. Er hätte sich seine Grenze früher setzen sollen. Es war das Gefühl einer Niederlage, das ihn davon abhielt, seine Karriere als besonderer Dienstleister schon zu beenden. Vorzeitig die Waffen zu strecken erschien ihm wie die Flucht vor einer Spinne in der Badewanne, selbst wenn sie groß war und behaarte Beine hatte.

Auf keinen Fall würde er heute aufgeben und den Auftrag sein lassen. Nicht hier und nicht in diesem Moment.

Rechts trug die Frau einen Ring mit einem großen schimmernden Stein über einem schmalen Ehering. Er würde Portemonnaie und Schmuck mitnehmen, ein tödlicher Raubüberfall in der Sepp-Sebald-Siedlung würde Wellen in der Presse schlagen.

»Gesundheit. Denken Sie an etwas Schönes, wäre mein Tipp. Frau Hilde Kern-Wedel?«

Bei der zweiten Nennung des Namens nickte die Frau. In ihren Brillengläsern spiegelte sich die Krone eines Baumes, der linker Hand vor dem Eingang stand. Dann fiel die Tür ins Schloss, und sie wurden vom Dämmerlicht des Flurs eingehüllt.

»Es is diese blöde Sommerallergie. Wenigstens is es hier kühler. Sind Sie neu im Haus? Kennen Sie wen, der mich kennt, oder was? Oder wollen S' mir was andrehen?«

Eine Reihe von Briefkästen begann hinter der Eingangstür, eine Vielzahl an Mietern bewohnte den Gebäudekomplex. Der Bau zog sich zusammen mit einem Hinterhaus in die Länge. Er musste zügig handeln, jeden Moment konnte einer der Bewohner zurückkommen oder das Haus verlassen. Dazu mögliche Besucher, der Paketservice oder vielleicht Hausierer, wenn es noch welche in Rosenheim geben sollte.

Eher selten führte er seine Aufträge am Wohnort der Zielperson aus. Es erregte mehr Aufsehen, wenn ein Mensch vor oder in seinem Zuhause Opfer eines Verbrechens wurde, als ob die vertraute Umgebung automatisch Schutz bedeuten würde. Doch die Gelegenheit war dermaßen günstig, und er griff gerne zu, wenn sich ein perfekter Moment ergab. Keine lange Observation vonnöten, der erste Kontakt und es passte.

Das Überstreifen der Handschuhe geschah in Sekundenschnelle, gefolgt vom Umfassen des Messergriffs unter seiner Jacke.

»Es is so schrecklich heiß, und Sie tragen Handschuh und was am Kopf? Jessas! Wozu denn?«

Ihre Frage überraschte ihn.

Aber die Frau brachte es auf den Punkt. Er schwitzte in seiner Jacke, und die Handschuhe taten ihr Übriges. Zu allen Jahreszeiten blieb seine Dienstkleidung die gleiche, in besonders kalten Wintern trug er darunter einen Pullover und einen Schal um den Hals.

Nur auf seinem Kopf wechselten die Accessoires.

Bereits vor Jahrzehnten hatte er die Erfahrung gemacht, dass Hüte, Hauben oder Mützen vom Gesicht ablenkten. Dazu bot eine Kopfbedeckung einen guten Schutz gegen ausfallende Haare. Obwohl seine DNA nirgends registriert sein konnte, achtete er immer darauf, keine Spuren zu hinterlassen. Hinterher würde er noch den Türgriff am Eingang abwischen. Auch beim Rückzug blieb er stets pedant und zugleich unauffällig.

Blut war an seiner dunklen Jeans und braunen Jacke kaum zu erkennen. Dunkle Farben, aber kein Schwarz. Schwarz hatte er nie gemocht, deshalb wechselte er zwischen Braun-, Grau- und Blautönen. Jeans hatte sich als bestes Material für die spätere Reinigung herausgestellt. Noch dazu wirkte ein Jeansoutfit gegebenenfalls normaler als eine schwarze Lederkluft.

Die Flecken ließen sich gut mit Salzwasser entfernen, für eingetrocknete Reste war eine Mischung aus Kaiser-Natron und Gallseife einmalig. Immer eiskaltes Wasser verwenden, das war das Wichtigste. Die Seidenhandschuhe wusch er extra mit der Hand aus.

Auf seinem Kopf trug er heute ein hellgrünes Barett aus Filz, was ihm besonders gefiel, aber die Wärme auf der Kopfhaut darunter verstärkte. Er hatte es sich noch gestern vor Ladenschluss in einem Hutladen auf der Klampferergasse in Salzburg gekauft, in dem es für jeden Kunden ein kleines Stück Apfelstrudel als Kostprobe gegeben hatte.

Österreich musste man mögen. Wobei Bayern ebenso schöne Ecken vorweisen konnte. Rosenheim war für seinen Geschmack als Stadt zu klein, er bedauerte es ein wenig, dass ihn noch kein Auftrag nach München geführt hatte.

Er lächelte der Frau zu. »Ich verglühe, da haben Sie völlig recht. Aber Sie haben, wie ich sehe, frische Erdbeeren gekauft?«

»Ja, saugut, was? Sind die letzten gewesen.« Sie sah in ihren Einkaufskorb. »Angeblich einheimisch. So schöne Ananas, wie man bei uns so sagt. Die nehm ich als Deko auf einem Maulwurfkuchen.«

Sein Lächeln wurde breiter. Nach Erledigung und Rückfahrt konnte er sich nachmittags noch in ein Café in Salzburg setzen und eine Torte genießen. Eine anregende Idee.

»Gott sei Dank, dass ich nicht auf die Ananas allergisch bin.«

Wieder nieste sie, vergaß aber diesmal ihren Mund abzuschirmen, und eine Ladung Speichel traf ihn.

Sie war fällig.

Die Klinge ging durch den grünen Rock und ihre äußere Bauchwand wie Butter, das Rot würde die Farbpalette noch um einen Ton erweitern. Hilde Kern-Wedel, die Papageienfrau, war so überrascht, dass sie nicht einmal schrie, nur leise stöhnte.

Dann schmiegte sich ihr Körper im Fallen in seine Arme.

Später nahm er ihre Geldbörse, den Ring und die Erdbeeren mit.

Die »Ananas«, wie die Zielperson sie genannt hatte, schmeckten herrlich.

Am frühen Abend tauchte die Sonne das Ufer in ein magisches gleißendes Licht.

Er saß an der Salzach in einem Liegestuhl und grub seine Zehen in den Sand. Auf dem aufgeschütteten Beach mit Bar tummelten sich um ihn herum Menschen aller Couleur. Es war ein Wunder gewesen, dass in genau dem Moment, als er sich mit seinem Cocktail einen Weg durch die Menge gebahnt hatte, eine Sitzgelegenheit frei geworden war.

Die heißen Tage ließen Urlaubsfeeling aufkommen. Musik rauschte durch die Lautsprecher, und der Anblick der vielen jungen Mädchen, die in Shorts und Minikleidern an ihm vorbeihopsten, erfreute ihn zusätzlich.

Jetzt trug er eine hellgrüne Leinenhose und ein weißes Polohemd, die Sandalen standen neben dem Liegestuhl. Keine Ähnlichkeit mehr mit dem Mann vom Vormittag in Rosenheim.

Auf der Bahnhofstoilette hatte er einen einzigen Flecken Blut an seiner Jacke auswaschen müssen, mehr hatte die gute Hilde nicht an ihn abgegeben. Die richtige Blutung hatte erst eingesetzt, als er das Messer wieder herausgezogen und sie auf dem Steinboden neben ihrem Einkaufskorb und den Briefkästen abgelegt hatte.

In den Breaking News war der schockierende Raubmord an einer bayerischen Mitbürgerin bereits Thema Nummer eins. Spekulationen kamen auf, und einer der Nachbarn hatte tatsächlich angegeben, einen südländisch aussehenden Mann vom Haus in der Sepp-Sebald-Siedlung wegrennen gesehen zu haben.

Er checkte die neuesten Meldungen auf seinem iPhone, während um ihn der Lärmpegel minütlich zunahm. Die Polizei fahndete demnach nach einem großen Mann mit krausem schwarzen Haar und einem Schnurrbart. Es war wie immer perfekt. Kommentare aus dem Umfeld und der Politik prangerten wieder einmal die gestiegene Ausländerkriminalität an. Keine einzige Erwähnung eines Mannes mit einem grünen Barett. Er beschloss, es bei Gelegenheit noch einmal zu tragen.

Dieser gelungene Ablauf hatte seine Zweifel über seine Tätigkeit, seine Profession, für den Moment zerstreut. Er fühlte sich wieder obenauf und bereit, doch noch zwei volle Jahre in Angriff zu nehmen.

»Hey, Süßer, allein hier?«

Eine nicht mehr ganz nüchterne junge Frau mit braunen

Zöpfen beugte sich über ihn und seinen Drink. Ihr Ausschnitt ließ mehr als tief blicken.

»Ich bin so müd, kann ich mich auf dein Knie setzen, Süßer?«

Er lachte und stand mit Schwung auf. »Setz dich, du Hübsche, ich muss ohnehin weiter.«

»Ah geh, wie schade. Ich hätt gern mit dir geplaudert.«

Doch im nächsten Moment tippte ihr ein junger Kerl auf die Schulter, und sie war wieder in einem völlig anderen Film.

Mit den Sandalen in der einen und seinem Cocktail in der anderen Hand ging er bis ganz nach vorne ans Wasser.

Ein anderer nächtlicher Fluss fiel ihm ein. Eine andere junge Frau.

Heute Abend noch.

10

»… ich bin also in die Bankfiliale und habe ihm gesagt, er muss die beiden Bankangestellten freilassen und sich stellen, sonst hätte auch mein Leben keinen Sinn mehr. ›Das kann ich meiner Marina nicht antun‹, hat er dann gemeint. Aufgegeben hat er und sich verhaften lassen. Jetzt will ich ihn jede Woche im Gefängnis besuchen, auch wenn das keiner in meiner Familie versteht. Aber ich kann nicht anders.«

In der Runde herrschte nach dem Ende von Mitzis Erzählung völlige Stille. Die heute Anwesenden, vier Männer, einer davon der Leiter der Selbsthilfegruppe, und eine Frau, sahen sie an, als hätten sie eben eine Erscheinung gehabt.

»Danke fürs Zuhören. Ich bin Marina, und ich bin beziehungssüchtig.«

Mitzi setzte sich und verschränkte ihre Arme.

Die erste Nacht zu Hause war erstaunlich gut verlaufen, die Erschöpfung hatte sie tief und fest schlafen lassen. Doch seit dem Morgen fühlte sie sich zu kribbelig, um weiter am Laptop zu sitzen und zu korrigieren. Gern hätte sie bei Agnes Kirschnagel angerufen und nach Neuigkeiten gefragt, vielleicht dazu eine Plauderei über Verbrechen im Allgemeinen angestoßen, aber bei einem Fahndungserfolg hätte sich die Inspektorin ihrerseits bei Mitzi gemeldet. Sie musste sich in Geduld üben, eine der härtesten Tugenden, wie sie fand.

Am liebsten wäre sie durch die Straßen der Stadt gelaufen, quer durch alle Stadtteile, auch wenn das bedeutet hätte, bei den Temperaturen einen Hitzschlag zu erleiden. Schließlich war ihr eingefallen, dass es heute eine bessere Gelegenheit gab, sich abzulenken. Einmal die Woche hatte sie die Möglichkeit, an einem Gruppentreffen teilzunehmen.

In den drei Jahren in Salzburg hatte Mitzi in unregelmäßigen Abständen die Meetings besucht. Von all ihren Versuchen, über ihren Schatten zu springen und nähere Kontakte zu ihren

Mitmenschen aufzubauen, fühlte sie sich hier am wohlsten. Die Geschichten der Hilfesuchenden, die sich hier trafen, waren traurig und manches Mal eigenartig und skurril. Mitzi konnte sich in jeden der Teilnehmer hineinversetzen, und auf einer gewissen Ebene fühlte sie sich dort mit anderen verbunden.

Sie mochte ihren Wohnort mit seiner kulturellen Vielfalt und den Sehenswürdigkeiten. Die Mentalität der Bewohner war ihr jedoch fremd geblieben. Manchmal fragte sie nach dem Weg, um mit einem echten Salzburger ins Gespräch zu kommen, meistens stellte sich der Angesprochene als Tourist oder ebenfalls Zugezogener heraus.

Wenn sie sich allein in eines der Cafés setzte, lauschte sie den Gesprächen an den Nachbartischen. Zwar wurde viel über das Wetter geschimpft, über die Politik gelästert und gejammert über das Leben im Allgemeinen, aber es hatte hier einen anderen Charakter, wie sie fand. Eine Mischung aus feinem Humor und liebevollem Geraunze, darüber ein Hauch von Noblesse, was mit den Festspielen und deren Stellenwert zu tun haben mochte.

Freddy, der viel länger als Mitzi in Salzburg lebte, hatte ihr einmal gestanden, dass er seinen ungarischen Akzent deshalb nie verbessert hatte, weil es selbst nach Jahrzehnten der Einbürgerung ohnehin unmöglich war, als Einheimischer angesehen zu werden.

Mitzi hatte vieles ausgetestet, um heimisch zu werden, mit eher mäßigem Erfolg. In den Volkshochschulkursen, mal eine Fremdsprache, mal Häkeln für Anfänger, war ihr immer langweilig gewesen. Im Fitnessclub war sie zu sehr außer Atem, um noch zuhören oder eine lockere Plauderei anfangen zu können. Im Theater oder eben in einem der wunderschönen Kaffeehäuser beschränkte sich die Konversation mit ihren Mitmenschen auf einen Austausch von Höflichkeitsfloskeln.

Bis sie die Selbsthilfegruppen entdeckte und nach mehreren Versuchen bei den Beziehungssüchtigen gelandet war. Noch dazu war der Treffpunkt dieser Gruppe in einem der unteren Räume der Volkshochschule, von ihrem Zuhause aus zu Fuß gut zu erreichen. Selbst wenn sie sich erst kurz vor Beginn entschloss, das Meeting aufzusuchen, reichte die Zeit immer noch.

»Ähm, ja, dank schön, Marina.«

Der Leiter der Gruppe, Hansi Hinterseer, wenn auch nicht *der* Hansi Hinterseer, den die Menschenmassen für seine Lieder liebten, knetete seine Finger. Man konnte ihm sein Unwohlsein ansehen. Sein Blick wanderte von Mitzi zur Decke und zum Neonlicht oben. Der Raum, in dem die Treffen stattfanden, war nüchtern, aber von der Stadt für die Sitzungen kostenfrei zur Verfügung gestellt worden. Hansi Hinterseer hatte alle Treffen bisher arrangiert, er kümmerte sich mit großer Hingabe um die Organisation und den Ablauf.

Mitzi sah in die Runde, und ihr wurde klar, dass sie diesmal den Bogen überspannt hatte. Die Liebe zwischen einem Bankräuber und einer geschiedenen Frau wirkte zu sehr nach einem schlechten Drehbuch für einen TV-Film.

Wobei ihre ursprüngliche Ausgangsgeschichte in Wahrheit auch nicht besser war.

Sie nannte sich hier Marina. Laut ihrer Biografie lebte sie von ihrem älteren Ehemann getrennt, der stinkreich, aber ein Ekel war und sie immer mit bösen Psychospielchen gequält hatte. Erst vor Kurzem war es ihr gelungen, ihn aus der gemeinsamen Villa hinauszuwerfen und die Scheidung einzureichen. Ihr stand das halbe Vermögen zu, welches er ihr nicht hatte gönnen wollen. Ein Rosenkrieg hatte stattgefunden.

Doch nach ihren Erlebnissen in Kufstein waren ihr ihre für heute vorbereiteten Erzählungen zu banal vorgekommen. Deshalb hatte sie sich eine neue ausgedacht. Getrennt und sofort wieder verliebt. In einen Mann, der ein Kleinkrimineller war und einen Banküberfall geplant hatte. Auf eine der Salzburger Sparkassenfilialen.

Je länger das Schweigen der Gruppe anhielt, desto mehr begann sie sich unwohl zu fühlen und auch zu schämen.

»Wollen wir Björn jetzt bitten, über seine Fortschritte zu erzählen?« Hansi Hinterseer streckte seinen Zeigefinger aus und deutete auf einen sehr dünnen Mann neben Mitzi.

»Hallo, ich bin Björn, und ich bin beziehungssüchtig.«

»Hallo, Björn.«

»Mir ging es ganz gut die Woche über. Ich habe es sogar durchgezogen, nicht fünfzig Mal am Tag meine Dani anzurufen. Nur fünfundzwanzig Mal. Also, die Hälfte geschafft.«

Gelächter ging durch die Runde. Mitzi atmete aus.

»Ich würd gern die Marina noch etwas fragen.« Bruno unterbrach Björn.

Er lebte seit dreizehn Jahren mit einer Frau zusammen, die ihn schlug und beschimpfte und ihn vor seinen Freunden demütigte, schaffte es aber nicht, sich zu trennen.

»Wenn einer in den letzten Tagen versucht hätte, eine Sparkassenfiliale auszurauben, hätten wir es doch alle mitgekriegt. Die Polizei wär mit einem Riesenaufgebot herangerückt. Dazu wär auch die Presse, das Internet voll mit Schlagzeilen und Kommentaren gewesen. Wie kommt's, Marina, dass keiner Wind davon bekommen hat? Oder hat jemand von euch von diesem Ereignis gehört?«

Alle schüttelten den Kopf.

Mitzi überlegte schnell. »Die Polizei ist diskret vorgegangen, so wenig Aufsehen wie möglich sollte sein, damit keine Panik in der Umgebung ausbricht.«

»Ah geh, hör auf. So wie du das schilderst, waren Dutzende Leut um euch herum, das muss doch einer mit seinem Handy gefilmt haben. Außerdem hätt es Großalarm gegeben. Das is Bullshit, was du da redest.«

Sie erinnerte sich, dass Bruno bei der Polizei arbeitete. Zwar im Innendienst, aber er wusste über solche Einsätze Bescheid.

»Deine Beziehungsszenen mit Karin klingen auch manchmal heftig, fast unglaubwürdig.« Die zarte Bernadette ergriff Mitzis Partei. Sie war sonst eher scheu wie ein Reh und hatte in den Sitzungen, die Mitzi erlebt hatte, oft geschwiegen. Sie und ihr Mann hatten ein Haus in Oberndorf, sie fuhr einen SUV, in dem sie kaum übers Lenkrad sehen konnte.

Einmal hatte sie Mitzi zu sich eingeladen. Elegantes Haus und großer Garten. Seither schien sie auf eine Gegeneinladung zu warten, die Mitzi niemals aussprechen würde, denn keiner von den Teilnehmern wusste, wie und wo sie tatsächlich wohnte. Bernadette lebte in ständiger Angst, dass ihr Mann sterben könnte. Selbst nachts überwachte sie seine Atemzüge und hielt sich mit Aufputschmitteln wach.

»Zwischen heftig und erfunden besteht ein Unterschied.« Brunos Ton wurde aggressiv, bei seiner Frau hätte er einen derartigen Einspruch niemals gewagt. »Du lügst. Wos schiabt's dir, Wabo?«

Hansi Hinterseer hob beschwichtigend seine Hände. »Keine Beleidigungen, bitte. Björn ist an der Reihe.«

»Ich glaub das nicht. Nie und nimmer. Blödsinn, was die schmallert.« Bruno verschränkte seinerseits die Arme und fixierte Mitzi aus zusammengekniffenen Augen.

Neben ihm stand Benno auf, ein Manager, der sein ganzes Erspartes nach und nach seinem spielsüchtigen Freund gab, um ihm immer wieder aus der Patsche zu helfen.

»Ich möchte etwas dazu sagen. Auch ich glaube Marina heute nicht. Am liebsten hätte ich sie unterbrochen. Ihre Schilderung weicht ja völlig ab von dem, was sie uns in den Monaten davor erzählt hat. Dazu habe ich aber eine Theorie: Wir wollen alle unsere Steine, die uns am Herzen hängen, loswerden. Vielleicht ist das Marinas Art, mit einer ganz anderen Sache umzugehen, über die sie nicht sprechen kann. Als eine Art Metapher. Vielleicht ist sie zurück zu ihrem gemeinen und bösartigen Mann.«

Mitzi war verdutzt. Benno hatte den Nagel auf den Kopf getroffen. Anders als er meinte, aber er hatte recht.

Die Kufstein-Geschehnisse nagten weiter an ihr, gruben sich mit jeder Stunde tiefer in ihr Empfinden. Der Cowboy, der Tote, die Begegnung im Buchcafé, alles formte sich wie in Schleifen in ihrem Kopf zu unterschiedlichen Gedankenspielen, zu Abläufen, die sie von den realen Ereignissen manchmal nicht mehr unterscheiden konnte.

Sie nickte Benno zu, während ihr auffiel, dass die Vornamen der Anwesenden außer ihr eigener und der des Gruppenleiters alle mit einem B anfingen.

»Benno, Bernadette, Björn und Bruno.« Sie musste sie in einer Reihe aufzählen, es ging nicht anders. Dann nach einer Pause: »Und auch du, Hansi.«

Die Angesprochenen hoben die Köpfe, Bruno sah immer noch wütend aus, aber damit konnte sie leben.

»Ich gebe es zu. Die Geschichte war gelogen. Von vorne bis hinten. Erfunden.«

Ein Raunen ging durch die Gruppe.

»Sag ich doch.« Bruno klatschte in die Hände.

Hansi Hinterseer raufte sich die Haare, aber bevor er oder einer der anderen etwas dazu sagen konnte, stand Mitzi auf.

»Benno, ich danke dir, denn genau so, wie du es eben beschrieben hast, ergeht es mir. Jetzt bitte ich um eine zweite Sprechzeit. Ich will, nein, ich muss euch eine Sache erzählen, die mir tatsächlich in meinem Urlaub zugestoßen ist.«

Die Gruppenmitglieder nickten.

Sofort schossen die Geschehnisse aus Mitzi heraus.

Sie redete schnell und ohne Pause. Zu ihrer Erleichterung merkte sie bereits während des Erzählens, dass sie die Aufmerksamkeit der Zuhörer nicht wie bei Freddy verlor. Sie kam in Fahrt, fügte überhaupt keine Flunkereien hinzu, arbeitete sich Punkt für Punkt durch diese Nacht. Sie durchlebte die Szene am Fluss noch einmal, sah den Cowboy vor sich und schilderte ehrlich ihr Gefühl, das sie am nächsten Tag am Ende der Begegnung im Buchcafé überrollt hatte.

Zehn Minuten später war sie mit allem durch. Jetzt erst fühlte sie sich zum ersten Mal befreit davon.

»Ich hab meinen Urlaub abgebrochen, das müsst ihr auch noch wissen. Ich bin wieder zurück hierher, egal, dass ich die Ferienwohnung über Airbnb noch Tage umsonst bezahlt hab. Von der Polizei aus durfte ich Kufstein verlassen, das war abgesegnet. Meine Aussage hab ich gemacht. Sollte der Täter gefasst werden, kann ich immer noch mal hinfahren und schauen, ob ich ihn erkenne. Aber ich glaube nicht. Denn wenn ich mit meinem Gefühl richtiggelegen habe und der Mann im Buchcafé derjenige war, dann kriegen die den nicht.«

Ihre Kehle fühlte sich trocken an, und sie musste eine Sprechpause einlegen.

Die Reaktion der fünf Mitanwesenden war wie bei Mitzis erfundener Geschichte zuerst nur Schweigen. Nicht einmal Hansi Hinterseer bedankte sich für den Bericht, wie er es sonst immer tat.

Der Erste, der sich meldete, war der dünne Björn. »Hast du der Polizei von der unheimlichen Begegnung am nächsten Vormittag erzählt?«

»Nein. Ich bin danach in die Ferienwohnung und hab angefangen, meinen Koffer zu packen, und mir ein Zugticket im Internet gebucht.«

»Aber du hättest eine Beschreibung geben können. Die hätten ein Phantombild gemacht für ›Aktenzeichen XY‹.«

Bruno mischte sich wieder ein. »Marina hat ihn doch nicht richtig sehen können mit dem Hut. Und danach hatte sie nur ein Gefühl. Damit kann kein Ermittler etwas anfangen. Wir brauchen Fakten.«

Sein Argwohn Mitzi gegenüber schien verpufft.

Mitzi selbst spürte die Erleichterung, die sich in ihr breitmachte. Wie Benno vorhin so schön gesagt hatte: Ein Felsbrocken gigantischen Ausmaßes hatte an ihrem Herzen gehangen und sich nun gelöst. Hätte sie dieses Gefühl früher einmal erfahren, hätte sie im Laufe der Treffen öfter auch wahre Geschichten aus ihrem Leben erzählt.

Nicht dass es viele gab. Bis auf die eine. Aber für die war noch keine Selbsthilfegruppe erfunden worden.

»Wenn du magst, kann ich mich mal umhören im Raum Kufstein. Ich hab einen Kollegen in Wörgl, den ich fragen könnt. Das is ganz in der Nähe.« Bruno hatte sich vom aggressiven Skeptiker in einen hilfsbereiten Mitstreiter verwandelt.

»Danke.« Mitzi war gerührt.

»Wenn du nach Kufstein zu einer Aussage musst, fahre ich dich.« Bernadette hatte glänzende Augen, und auf ihren ansonsten blassen Wangen zeigten sich rote Punkte.

Mitzi konnte die Truppe der Beziehungssüchtigen vor sich

sehen, wie sie gemeinsam auf Mörderjagd gingen. Wer weiß, vielleicht wurde die Story von Marina und ihrem B-Team sogar einmal verfilmt.

Hansi Hinterseer, der Leiter der Sitzung ohne B im Vornamen, stoppte Mitzis Gedanken.

»Ich glaube dir auch, Marina. Aber was ich nicht verstehe, ist, warum du in einer Airbnb-Wohnung gewohnt hast. Bei dem Geld von deinem Ex-Mann kommt mir das komisch vor.«

Wie eine Seifenblase zerplatzten Mitzis Ideen von einem Miteinander. Der Stein in ihrer Brust war durch eine Pfeilspitze ersetzt worden, die sie unerwartet, aber nicht unverschuldet traf.

Wenn sie der Runde nun eine weitere Lüge beichtete, ihnen mitteilte, dass sie all die Monate nur Schwindeleien aufgetischt hatte, nicht einmal ihr Vorname ganz der Wahrheit entsprach, würden die anderen an der einzig wahren Begebenheit zu zweifeln beginnen. Bruno würde zurück in seine skeptische Haltung verfallen und Bernadette sie niemals in ihrem SUV ins nächste Bundesland kutschieren.

Wieder war es geschehen. Sie hatte sich hinauskatapultiert, ohne wirklich drinnen gewesen zu sein.

Mitzi sah auf ihr Handgelenk, an dem es keine Uhr gab. »Oh mein Gott. Jetzt hab ich den Termin bei meinem Scheidungsanwalt ganz vergessen.«

Es erfolgte die nächste Gemeinschaftsreaktion, alle blickten Mitzi verwundert an.

»Entschuldigt, aber ich muss. Unabdinglich. Aber ihr habt mir sehr geholfen. Bruno, ich komme auf dein Angebot zurück. Ihr alle, danke noch mal, und bei unserem nächsten Treffen können wir gerne länger darüber reden. Ich wünsch euch von Herzen, dass ihr die Gelassenheit findet, die Dinge hinzunehmen, die ihr nicht ändern könnt, und den Mut, die Dinge zu verändern, die ihr ändern könnt, und die Weisheit, das eine vom anderen zu unterscheiden. Ich will das auch.«

Die Tränen drohten zu kommen.

»Servus an alle.«

Mitzi war schneller aus dem Versammlungsraum im Freien, als einer noch eine Bemerkung hätte anbringen können.

Natürlich würde sie nicht wiederkommen.

Auf der Straße zückte sie ihr Smartphone. Sie scrollte zu den Schlagzeilen, kam zur »Tiroler Tageszeitung« und vergaß für einen Moment, was eben passiert war.

Ein neuer Artikel war erschienen.

»Es gibt einem aktualisierten Bericht der Polizei zufolge eine Zeugin.«

Stand da zu lesen.

»Maria Sch. (29) aus Salzburg. Kann sie den Mörder von Karsten T. (57) identifizieren?«

11

Als Mitzi zu Hause angekommen war, musste sie sich erst einmal einen starken Kaffee zubereiten. Wenn sie die scheußliche Brühe in der Gruppe mitzählte, war es ihr vierter heute. Aber ohne eine Ladung Koffein würde sie sich auf der Couch einrollen und schlafen. Nach dem Kribbeln kam die Müdigkeit. Ein Fluchtweg nach dem anderen.

Während sie Wasser in den Behälter füllte, begann sie zu lachen. Ohne Grund. Ihre Nerven lagen blank. Besser als Weinen. Wenn Tränen kamen, war ein Ende lange nicht in Sicht. »Rotz und Wasser heulen« war eine Redensart, die für sie erfunden worden war.

Da Mitzi allein in der Wohnung war und sich niemand über den Lachanfall wunderte, kicherte sie vor sich hin, bis der Kaffee fertig war. Nach dem dritten Schluck griff sie zum Smartphone. Wozu hatte ihr die nette Inspektorin ihre Nummer gegeben, jetzt musste ein Anruf einfach sein.

»Kirschnagel am Apparat.«

»Agnes, hier Mitzi.«

»Frau Schlager.«

»Wie sieht es aus mit dem Fall?«

»Leider haben sich bei uns seit gestern noch keine weiteren Anhaltspunkte ergeben. Aber es wird ermittelt. Mit Hochdruck. Was kann ich sonst für Sie tun? Sie klingen aufgeregt.«

»Ich rufe an, weil ich in der Zeitung stehe. Also zumindest im Internet. Jeder kann darüber lesen. Ich bin aufgeflogen. Wenn mich der Mörder findet, dann geht es mir an den Kragen, verstehen Sie?«

Nachdem anfangs nichts über ihre Person in der Presse aufgetaucht war, hatte sie mit einer derartigen neuen Schlagzeile nicht mehr gerechnet.

»Ich sehe es mir sofort an.«

»Tiroler Tageszeitung online. Da steht es. Mein Name. Mein

Alter. Meine Adresse. Der Cowboy ist schon unterwegs, ich weiß es.«

Eine neue Lachsalve kam hoch. Mitzi stellte die Tasse mit dem Kaffee ab und zwickte sich fest in den Oberarm. Die Hautfalte wurde oben weiß, an den Rändern rot. Ihre Bauchmuskeln verloren durch den Gegenreiz an Spannung.

»Mitzi. Bitte bleiben Sie ruhig.«

»Entschuldigen Sie. Ich bin nur so erschrocken.«

Am anderen Ende der Leitung hörte Mitzi Agnes die Luft einziehen. »Gefunden.«

»Wie ist das denn passiert, Agnes? Jetzt weiß jeder, wer ich bin. So ein blöder Mist.«

»Frau Schlager, ich kann gut verstehen, dass Sie der Artikel aufregt, und ich kann Ihnen versichern, von uns hat die Presse keine näheren Informationen über Sie erhalten. Dass es eine Zeugin gibt, wurde bei der neuesten Pressekonferenz des Innsbrucker Teams erwähnt, so weit stimmt es allerdings. Aber, Mitzi, wenn Sie sich die Schlagzeile noch einmal genauer ansehen: Weder wurde Ihr Nachname ausgeschrieben noch sonstige Details.«

»Aber neunundzwanzig, mein Alter. Und Salzburg steht da.«

»Keine Panik, dazu besteht kein Grund. Was glauben Sie, wie viele Frauen in dem Alter es in Ihrer Stadt gibt? Auch immer noch genug, die Maria mit Vornamen heißen. Die meisten Leser überfliegen den Bericht einfach, und keiner denkt länger über Sie nach.«

»Der Cowboy schon.«

»Gibt es einen Grund, warum Sie denken, der Täter könnte Ihnen nachstellen?«

Er hat mich im Buchcafé angesprochen, dachte Mitzi, sprach es jedoch nicht aus. Sie trank einen weiteren Schluck Kaffee, und ihr Herz trommelte.

»Nein.«

»Frau Schlager, Mitzi, ich entschuldige mich für das Durchsickern dieser Infos, ich werde mich an Revierinspektor Renner wenden, und wir werden dem nachgehen. Aber ich denke nicht, dass Sie in unmittelbarer Gefahr sind. Wir gehen immer noch davon aus, dass es entweder ein missglückter Raubüberfall war oder ein Streit der Tat vorausgegangen ist. Betrunkene sind reizbar und unberechenbar. Wenn wir einen nächsten Verdächtigen haben und der Fall hoffentlich bald vor seiner Lösung steht, dann melde ich mich sofort bei Ihnen. Wie abgemacht.«

Mitzi dankte und legte auf.

Die bleierne Müdigkeit ließ sich nicht mehr zurückdrängen, und sie rollte sich doch auf ihrer Couch ein. Nicht einmal die Überdosis Koffein konnte der Ausschüttung des Schlafhormons Melatonin Herr werden.

Stunden später wachte sie desorientiert auf.

In der Wohnung war es dunkel, und auf dem Weg zum Lichtschalter stieß sie sich den linken großen Zeh an einer Leiste. Eine Träne lief über ihre Wange, aber richtig weinen musste sie nicht. Nachdem sie in allen Zimmern das Licht angemacht hatte, fühlte sie sich besser.

Sie wollte endlich weiterarbeiten, doch kaum am Computer, ging sie erneut auf die Suche nach Berichten.

Sie stieß auf zwei weitere Artikel über den Mord in Kufstein, in denen eine Zeugin erwähnt wurde. Der eine war sogar schon einen Tag nach dem Geschehen veröffentlicht worden, den musste sie anfangs übersehen haben. Ebenfalls mit der Altersangabe, als ob ihre Lebensjahre eine Rolle spielen würden. Wo hatten die Journalisten die Info her? Sollte sie Agnes Kirschnagel auch darüber in Kenntnis setzen? Nein, der eine Anruf genügte.

Sie schickte Freddy eine längere WhatsApp, erhielt ein einzelnes Herzsymbol als Antwort. Mehr nicht.

Schließlich zog es sie noch mal nach draußen. Ein paar Schritte durch die Stadt würden sie ins Lot bringen, aber vor Mitternacht wollte sie wieder zurück sein.

Langsam beruhigten sich Mitzis Nerven. Agnes' Stimme tauchte in ihrem Kopf auf und wiederholte die Argumente gegen eine nutzlose Panik. Es wirkte vorerst. Schon auf der

Treppe nach unten pfiff Mitzi eine Tonreihe, die sich nach der Titelmelodie von »Django Unchained« anhörte. Wenn sie zurück war, dann würde sie sich diesen Film ansehen. Zum dritten Mal.

An den Briefkästen stand ein Mann in Shorts und einem Hawaiihemd.

Mitzi blieb auf der untersten Treppenstufe stehen, ihr Pfeifen brach ab.

»Der Cowboy hat sich umgezogen, bevor er zu Maria Sch. (29) aus Salzburg gefahren ist, um die einzige Zeugin zu beseitigen«.

So würde die Schlagzeile morgen lauten.

Im nächsten Moment erkannte sie in dem Fremden ihren Nachbarn, der auf demselben Stockwerk, aber auf der anderen Seite des Flurs wohnte. Freddy und er hatten sich während der WM einige Male zusammen Fußballspiele bei ihnen im Wohnzimmer angesehen. Mitzi vermutete, dass er mehr an dem großen Bildschirm als an der Gesellschaft des fluchenden Ungarn interessiert gewesen war.

»Hey, Mitzi.« Ronald Hader hob seine Hand. Er war klein gewachsen und schmal und hatte von seiner Statur her überhaupt keine Ähnlichkeit mit dem Mann auf der Brücke.

»Hallo, Ronald. Ich dachte, du wärst noch bei den Menschenfressern im Urwald.«

»Blödsinn. Ich war die zwei Wochen in einem Vier-Sterne-Hotel in Borneo. Mit Klimaanlage und Pool. Nix Moskitos und Giftschlangen.«

»Ach so.«

»Gehst du so spät noch raus, Mitzi? Is ja schon finster. Was trinken?«

Nach dem Fußballereignis hatte er sich ein paarmal mit ihr allein verabreden wollen, wenn Freddy unterwegs war, aber Mitzi hatte abgeblockt.

»Ja und nein.«

»Ich versteh. Mit dem anderen Burschen?«

Er zwinkerte ihr verschwörerisch zu, obwohl es dabei nichts

zu verstehen gab. Welcher andere Bursche? Mitzi nickte trotzdem. Hauptsache, Ronald kam nicht auf die Idee, sich ihr anzuschließen. Begegnungen mit dem Nachbarn mochte sie höchstens im Hausflur. Vielleicht noch im schlecht beleuchteten Keller des Wohnhauses, wenn er sich eine Flasche von seinem Weinvorrat holte und Mitzi gerade ihren Wochenkalender umblätterte. Dort war sie über ein Zusammentreffen froh.

Aus einer lustigen Idee heraus hatte sie einen Wald-und-Wiesen-Wochenkalender neben das Kellerabteil an die Wand genagelt. Jetzt stieg sie Ende jeder Woche nach unten, um die Seiten abzureißen, und fragte sich jedes Mal, warum sie nicht einfach die Zeit dort im Dunklen stillstehen ließ. Keiner außer ihr sah sich die Motive an.

»Man sieht sich. Viel Spaß, Mitzi. Heiß is es. Tropennacht.«

»Siehst du, dafür hättest du nicht so weit wegfahren müssen.«

Sie lachten, und Mitzi verließ das Wohnhaus.

Draußen war die Temperatur gefühlt gleich hoch geblieben wie tagsüber. Während Mitzi die Maxglaner Hauptstraße entlang Richtung Innenstadt ging, blies ihr ein warmer Wind durch die Haare. Auf halber Strecke kam sie bei einem italienischen Restaurant vorbei. Die Gäste saßen im Freien, und ihre Stimmen hallten zwischen den Häusern.

Am äußersten Tisch saß ein Mann allein in einem roten Hemd.

Aber das ist er jetzt. Wieder merkte Mitzi, wie sie von Aufregung und Angst erfasst wurde. Im nächsten Moment kam eine Frau dazu, gab ihm einen Kuss und setzte sich.

Nächster Fehlalarm.

Mitzi zweigte ab und bewegte sich in einem Halbkreis durch die engeren Gassen. Schließlich kam sie an der Salzach an. Vor dem Überqueren der Brücke zögerte sie. Sie holte sich bei einer Trafik eine Handvoll Kaubonbons, in letzter Minute, bevor der Laden schloss. Ein Bonbon aus der Tüte holend, ging sie weiter und überlegte, ob sie nicht zurück nach Tirol fahren sollte. Gleich morgen früh. Die kleine Wohnung war immer noch für zwei Tage frei. Sie könnte die Inspektorin Agnes aufsuchen und mit ihr zuerst auf die Brücke, dann ins Buchcafé gehen. Wenn sie sich dort ihrem Schrecken noch einmal stellen würde, würde diese Vorstellung vergehen, den Mann mit dem Cowboyhut überall wiederzusehen.

»Na, Dirndl, was machst?« Ein abgehalfterter Kerl, ein Sandler, sprach Mitzi an. Wesentlich jünger als der Alte am Brunnen in Kufstein, aber nicht besser riechend. Zog sie neuerdings auch solche Menschen an? »Hast einen Euro?«

Immerhin wollte dieser keinen Schilling oder eine D-Mark haben, er schien die Währungsumstellung mitbekommen zu haben. Ihr eigener Witz brachte Mitzi zum Schmunzeln.

»Bist ein süßes Dirndl«, fügte der Sandler hinzu und grinste seinerseits zahnlos.

»Da«, sagte Mitzi und legte dem Mann die Kaubonbontüte auf die Handfläche.

Bevor er etwas erwidern konnte, beschleunigte sie ihren Schritt und lief am Schloss Mirabell vorbei auf die Franz-Josef-Straße zu. Dort lag das Café Wernbacher. Eines ihrer Lieblingscafés. In Salzburg ließen sich leicht welche finden, man hatte die Qual der Wahl.

Das Café war einer von Mitzis Gewohnheitsorten der ersten Stunde. In diesem Lokal, das im Stil eines Altwiener Kaffeehauses aufgemacht war, konnte sie einen halben Tag an einem der Tische draußen oder am Fenster sitzen. Manchmal nahm sie den Laptop mit und korrigierte Texte. Dabei Kaffee trinken. Einen großen Braunen, einen kleinen Braunen, eine Melange, einen Einspänner, einen Kaffee verkehrt, einen Franziskaner und so weiter und so fort. Eine unendliche Auswahl, und wenn man ans Ende gelangt war, hatte man den Geschmack vom ersten vergessen und begann erneut. Der einzige wirkliche Luxus, den Mitzi sich gönnte.

Der Spaziergang durch die abendlich wunderschön beleuchtete Innenstadt hatte das geschafft, was Koffein, Nickerchen und Selbsthilfegruppe nicht bewirkt hatten: Mitzi fühlte sich wieder wohl in ihrer Haut.

Gleich nach dem Betreten des Cafés sah sie einen leeren Zweiertisch am Fenster. Perfekt für sie, wie reserviert. Sie setzte sich und atmete mehrmals tief ein und aus. Zwar kannte sie die Karte in- und auswendig, aber sie mochte es, sie durchzublättern und nachzusehen, ob es ein neues Gericht darin zu entdecken gab.

Ein Mann ging am Tisch vorbei, und sie dachte nicht mehr, dass es der Cowboy aus Kufstein sein könnte. Ihre irrationale Angst schien nun ein Ende zu haben.

Das Café hatte bis Mitternacht geöffnet. Mitzi steckte die Speisekarte zurück in den Halter. Sie sah auf die Straße und auf die vereinzelten nächtlichen Passanten, die unter der Außenbeleuchtung zu sehen waren und wieder vom Dunkel verschluckt wurden. Gleich würde sie sich Eiernockerl mit Salat bestellen. Bevor die Küche schloss. Saftig und würzig.

Eine innere Zufriedenheit stellte sich ein. Mitzi rieb sich die Hände in Erwartung eines wunderbaren und schmackhaften Abschlusses dieses bisher verkorksten Tages. Die Selbsthilfegruppe würde sie vermissen, das stand fest, aber es gab andere, die sie ausfindig machen konnte.

»Was darf es sein?«

Den Ober, der heute Nacht bediente, kannte Mitzi nicht. Komisch, dass der Mann in Leinenhosen und einem weißen Poloshirt seine Arbeit versah. Normalerweise trugen die Kellner hier eine schwarze Bekleidung.

»Eiernockerl mit Salat, bitte.«

»Wohlschmeckend und saftig, gemeinhin.«

Mitzi lachte. »Was Ähnliches hab ich eben auch gedacht.«

»Dann nehme ich auch eine Portion, wenn ich mich zu Ihnen setzen darf. Servus.«

Mitzi sah den Ober an, der keiner war.

Entspannung. Zufriedenheit. Eiernockerl.

Worte, die in die Tiefe eines leeren Brunnenschachts fielen.

Inspektorin Agnes Kirschnagel hatte unrecht. Es bestand ab sofort ein Grund zur Panik. Mitzi war augenblicklich in Gefahr.

Da war er wieder.

Der schwarze Cowboy. Der Buchcafémann.

II.

EiernockerlTod

»Oma?«

Mitzi betritt das Schlafzimmer ihrer Großeltern selten. Da drinnen riecht es muffig. Und der große Schrank ist unheimlich.

Doch heute muss sie hinein, denn ihre Oma liegt mit Fieber im Bett. Eine Grippe, mit der man nicht spaßen darf, wie der Hausarzt gesagt hat.

»Oma, lebst du noch?«

Unschlüssig steht Mitzi im Türrahmen und starrt auf den Hügel aus Decke, unter dem ihre Oma sich vergraben hat.

Mitzi macht zwei Schritte in das Zimmer und sieht zum Schrank. Eine der Schranktüren steht einen Spalt offen, und Mitzi meint eine Bewegung dahinter zu erkennen.

Sie weiß, wer sich dort versteckt.

Es ist der Tod.

Nach Papa, Mama und Benni will er sich auch Oma holen.

»Mitzilein, was is denn?«

Der Deckenhügel bewegt sich, und darunter kommt der Kopf ihrer Großmutter hervor, ihr Gesicht gerötet vom Fieber.

Mitzi springt neben sie auf die Matratze.

»Nicht so wild, Spatzerl.«

»Ich hab gedacht, du bist tot, Oma.«

»Blödsinn. Eine Grippe bringt mich nicht um.«

Aber der Tod da im Schrank schon, denkt Mitzi.

Die alte Frau richtet sich auf, ihre Augen wirken glasig. »Einmal werd ich sterben und der Opa auch.«

»Aber nicht heut, versprochen?«

»Abgemacht.«

Mitzi beißt sich auf die Lippen. »Dann bin ich allein, und das wird ganz schön blöd werden.«

»Du wirst jemand finden, Mitzi.«

»Wen denn?«

»Einen Prinzen, so wie im Märchen.«

»Oma, Märchen sind blöd.«

Die Großmutter lächelt matt und gibt Mitzi einen Kuss auf die Wange.

»Es wird einer kommen, wirst sehen, Spatzerl. Für alles, was weggeht, kommt was nach. Geh jetzt aber weg von mir, sonst steck ich dich noch an.«

Beim Hinausgehen streckt Mitzi dem Tod hinter der offenen Schranktür die Zunge heraus.

1

»Die Polizei in Kufstein weiß Bescheid.«

Mitzi umklammerte den Rand des Tisches. Sie schielte an dem Mann vorbei und begann die Gäste im Café Wernbacher zu zählen. Vierzehn, fünfzehn, dazu das Personal. Wenn sich alle auf den Cowboy, der heute Nacht in seinem weißen Poloshirt eher wie ein Golfspieler aussah, stürzen würden, musste der Mann zu überwältigen sein.

»Keine falschen Hoffnungen, Sie können mich nicht aus dem Café wegzerren. Haben Sie gehört? Die Polizeistation um die Ecke is ebenfalls informiert. Gleich stürmen die das Lokal. So is das, Freunderl. Dann geht die Tür auf, und Sie sind verhaftet.«

Die Tür öffnete sich tatsächlich, ein älteres Pärchen betrat den Gastraum. Er hatte einen Spazierstock, immerhin.

»Lassen Sie mich sofort in Ruh!« Mitzi erhöhte ihre Lautstärke. Ein Mädchen aus einer Runde zwei Tische weiter drehte kurz den Kopf, mehr geschah nicht.

Statt sich zurückzuziehen oder Mitzi überhaupt erst mal zu bedrohen, lächelte der Kerl.

»Hören Sie. Hier muss eine Verwechslung vorliegen. Ja, wir haben uns schon mal gesehen. In Kufstein, Sie sind mir im Buchcafé aufgefallen. Deshalb war ich eben so überrascht, Sie hier in Salzburg im ›Wernbacher‹ wiederzutreffen. Was für ein grandioser Zufall. Aber warum Sie die Polizei verständigen möchten, verstehe ich nicht.«

»Reden Sie nicht so.« Ihre Stimme hatte sich zu hoch geschraubt. »Sie haben in Kufstein einen Mann in den Inn geworfen. Dabei habe ich Sie gesehen, und von dort sind Sie mir bis hierher gefolgt.«

Sie merkte, wie seltsam sich diese Behauptung anhörte.

Wie absurd zu denken, dass ihr ein Verbrecher bis in eine andere Stadt nachstellen würde, zumal ihre Aussage dürftig und ergebnislos gewesen war. Es hatte nicht einmal für ein Phantombild gereicht. Mitzi kannte sich und ihren Einfallsreichtum, es hatte genug Geschehnisse gegeben, bei denen sie nicht mehr zwischen Realität und Fiktion hatte unterscheiden können.

Sie atmete durch, hielt sich aber bereit, falls nötig, aufzuspringen und davonzulaufen.

»Besitzen Sie einen Cowboyhut?«

Der Mann wechselte vom Lächeln zum Lachen. »Ja, das tue ich.«

»Aha! Der Mörder hat auch einen.«

»Was? Denken Sie, ich würde es zugeben, wenn ich ein M. wäre, wie Sie behaupten?«

»M.?«

»Nun ja, ich wollte Sie nicht weiter ängstigen mit dem Wort ›Mörder‹. M. klingt wesentlich harmloser. Darf ich mich setzen, nachdem ich Sie durch einen Schicksalswink bereits das zweite Mal treffe, noch dazu an zwei völlig verschiedenen Orten? Fast ein wenig Magie. Darf ich?«

Mitzi fiel keine Antwort ein. Selbst ein schlichtes Ja oder Nein überforderte sie im Moment.

Der echte Ober zeigte sich. Er trug seine Kellnerlivree.

»Die Dame. Der Herr. Was darf's sein? Wenn Sie noch was essen wollen, bitte jetzt bestellen. Sonst is Schluss in der Küche.«

»Einmal Eiernockerl mit Salat, bitte.«

»Pardon, Fräulein, die sind schon aus. Darf's was anderes sein? Die Gulaschsuppe kann ich empfehlen.«

»Oh, das ist aber schade.«

Sie seufzte laut. Zuerst die Selbsthilfegruppe, dann die Berichte in der Presse und jetzt die Begegnung mit diesem möglichen M. Sie hätte den Geschmack solcher Nockerl gebraucht, um ihr Wohlgefühl von vorhin wenigstens zum Teil wiederherzustellen.

»Gibt es noch einen Apfelstrudel?« Wenn schon nichts Würziges, dann etwas Süßes.

»Ja, den haben wir. Warm mit Vanillesoße?«

Sie schüttelte den Kopf. »Nur so. Eine Melange dazu.«

Eigentlich hatte sie keinen Kaffee mehr trinken wollen, aber die Umstände schrien danach.

»Gerne. Und der Herr?«

»Ich nehme das Gleiche.«

Der Kellner verschwand, und Mitzi sah sich den Mann genauer an, der sie bereits zum zweiten Mal ein Herzstolpern gekostet hatte.

Braunes Haar, hoher Ansatz an der Stirn, an den Schläfen bereits graue Strähnen. Braune Augen, soweit sie es im Licht der Lampen unter der getäfelten Decke beurteilen konnte. Groß war er und ganz gut gebaut. Kein Athlet, aber sportlich. Sie stellte ihn sich mit einem Golfschläger in der Hand vor. Ihre Furcht wurde ein Stückchen kleiner.

Aus ihrer Erinnerung an die Brücke konnte sie sich beim besten Willen immer noch keine Gesichtszüge für einen Vergleich ins Gedächtnis rufen, nur der Hut war ihr weiterhin präsent. Im Buchcafé war es ihr Bauchgefühl gewesen, auch kein echtes Wiedererkennen.

»Ich entschuldige mich«, begann er erneut. »Ich wollte Sie nicht aufregen oder Ihnen Angst machen. Anscheinend ist Ihnen etwas Schlimmes zugestoßen, und meine Person ruft es in Ihnen wach. Servus und schönen Abend noch.«

Er ging quer durch das Café, bog um die Theke und verschwand damit aus Mitzis Sichtfeld.

Sie blieb unschlüssig sitzen.

»So, Fräulein, die zwei Kaffees und die Apfelstrudeln.«

Bevor der Ober die Tassen und Teller von seinem Tablett hob, stand Mitzi auf. »Wir haben den Tisch gewechselt. Bitte folgen Sie mir.«

Der Mann saß auf einer der gepolsterten Bänke an der Wand und hatte eine Zeitung in der Hand. Als Mitzi zu ihm aufschloss, lächelte er.

»Hallo. Und ein nächstes Servus, weil es ein so hübsches Wort ist.«

Erst als der Ober serviert hatte, nahm Mitzi gegenüber Platz.

»Ja, servus auch. Sie haben es geschafft, mich anzulocken. Ich bin übrigens Mitzi.«

»Ach.« Er zögerte, als würde er sich über ihren Namen wundern. »Freut mich, dass es mir gelungen ist, Ihren Schrecken in Neugierde zu verwandeln. Ich bin Sam.« Er hielt ihr seine Hand hin.

Mitzi musterte ihn. Es kam immer wieder vor, dass sie von Männern angesprochen wurde. Sie war noch relativ jung, eine hübsche Person und ständig allein unterwegs. Ob im Bus, beim Einkaufen oder in einem der Cafés, oft versuchte ein Kerl sein Glück bei ihr. Sogar online hatte nach ihrem Korrektorat ein Neuautor, dem sie über ein Dutzend extra phantasievolle Ideen zu seinem trockenen Text hinzugefügt hatte, sich mit ihr verabreden wollen.

Aber sie blockte ab. Immer.

Nicht nur wegen ihrem Freund Freddy. Der Grund wäre zu einfach gewesen.

Ein Gespräch führte sie gern, einen Austausch per Mail noch lieber, professionell über einen Text, zwanglos privat übers Wetter, über Vorlesungen, Politik, Sehenswürdigkeiten. Wenig Nähe gefiel ihr. Kurzes und schmerzloses Miteinander, ohne Preisgabe von Persönlichem. Dabei blieb Mitzi freundlich und interessiert, wenn sie danach wieder ihrer Wege gehen konnte, war alles gut. Was darüber hinauslief, erschöpfte sie rasch. So gesehen passte Freddy mit seiner Lebensart, damit, sich in Sportübertragungen zu verlieren und oft unterwegs zu sein, gut zu ihr.

Um sie herum freundeten sich Menschen an, gingen Beziehungen ein, wagten intime Kontakte und verbündeten sich in Gruppen. Mitzi blieb lieber bei sich. Sie und die Welt, die sie durchschritt, waren genug.

Umso erstaunlicher, dass sie sich zu dieser Verfolgungsaktion durch das Café hatte hinreißen lassen.

»Meine Hand beißt nicht.« Er unterbrach ihre Gedanken. Seine Finger waren ihr entgegengestreckt. Sie drückte sie kurz, seine Handinnenfläche war erstaunlich weich und sehr warm.

»Sam wie Samuel? Samwell? Samweis.«

»Sie fragen, ob ich wie eine Figur aus ›Herr der Ringe‹ oder ›Game of Thrones‹ heiße?«

Mitzi kicherte. »Das war ein Test, ob Sie die Filme und die Serie kennen.«

»Ich habe ihn bestanden. Beides großartige Produktionen. Aber mein Name ist einfach Sam. S-A-M. Kurz und bündig.«

»Was machen Sie hier? Was haben Sie in Tirol gemacht?«

»Gleich wieder misstrauisch?«

»Ich will es nur wissen. Weil wir uns dort und hier über die Füße gefallen sind. Im Allgemeinen mag ich Zufälle.«

»Ich hatte und habe Termine und wollte noch ein paar Urlaubstage anschließen. Österreich mochte ich immer schon.«

»Sie sind also kein Inländer.«

»Nein. Das haben Sie doch längst gehört.«

»Warum dann das ›Servus‹?«

Er lachte wieder laut. »Sie springen in Ihren Fragen wie ein Grashüpfer, den man nicht einfangen kann. Gefällt mir. Ich habe versucht, mich dem hiesigen Jargon anzupassen. Klappt nicht. Man merkt sofort, dass ich kein Einheimischer bin. Darf ich eine Gegenfrage stellen?«

»Okay.«

Sie staunte über sich. Mitzi redete sonst nie mehr als drei Sätze mit Fremden. Es war, wie Sam am Anfang gesagt hatte, ein wenig wie Magie.

»Warum haben Sie gedacht, ich wäre ein Mörder?«

Er sprach das Wort diesmal aus, und Mitzi wurde aus ihrer neuen Komfortzone gerissen. Sollte sie ihm die Geschichte von der Brücke erzählen? Sie entschied sich dagegen, stippte mit ihren Fingern stattdessen erste Krümel ihres Apfelstrudels auf.

Sam legte den Kopf schief. Seine Augen waren braun, jetzt konnte sie es deutlich sehen.

»Nur so.«

»Lieber Themenwechsel, Fräulein Mitzi? Hin zu banalen Dingen, die sich Menschen bei einem ersten Gespräch erzählen.«

Sie lächelte und nickte. »Fräulein Mitzi« hörte sich ganz

nett an. Ein neuer Mensch in ihrem Leben und eine schnelle Annäherung.

Völliges Neuland für Mitzi.

Los, Mitzi, trau dich! Die Stimme ihrer Oma in ihrem Kopf.

Mitzi spürte die Sessellehne in ihrem Rücken, hörte das Stimmengewirr und wurde sich bewusst, dass sie nach drei Jahren Salzburg das erste Mal nicht allein im Café Wernbacher saß. Selbst mit Freddy war sie nie hierhergekommen; wenn sie als Paar ausgingen, dann zum Italiener oder in sein Stammbeisl mit riesigem Flachbildschirmfernseher hinter der Theke.

»Herrlich, dieser Strudel.«

Sam hatte sich seinen ersten Bissen in den Mund geschoben, und Mitzi knurrte der Magen. Sie genossen schweigend, dann nahm er den Faden wieder auf und erzählte ihr, dass er sich die »Herr der Ringe«-Trilogie gleich zweimal innerhalb einer Woche am Stück angesehen hatte. Das gefiel Mitzi.

Ein Gespräch über einen neuen Kinofilm folgte. Fast hätte sie ihm gestanden, dass sie so gut wie nie ins Kino ging, weil sie das Knistern und Flüstern im dunklen Saal überhaupt nicht mochte, sondern sich die Filme lieber auf den Downloadplattformen suchte. Diese Eigenheit kannte nicht einmal Freddy. Doch Sam hatte bereits zu bekannten Buchtiteln gewechselt. Schließlich redeten sie über das heiße Wetter und die heftigen Gewitter, die im Umland niedergegangen waren und einen Wanderer am Gaisberg, vom Blitz getroffen, das Leben gekostet hatten.

»Wir müssen abkassieren, gleich is Sperrstund.« Der Ober unterbrach sie.

Sam hob seine Hand, als Mitzi zahlen wollte. »Geht alles auf mich. Auf jeden Fall.«

Während er die Rechnung beglich, rätselte Mitzi über sich und die Tatsache, dass sie gern weiter und länger mit Sam geplaudert hätte.

»Danke.«

»Gern geschehen. Wenn ich schon mit einer so jungen Frau gemeinsam Apfelstrudel essen darf, dann ist eine Einladung gemeinhin selbstverständlich.«

»›Gemeinhin‹ hast du schon bei unserer ersten Begegnung gesagt. Is mir aufgefallen.« Sie war zum vertrauteren Du übergegangen.

»Ein Wort, das ich mag. Manchmal sammle ich Wörter. Lieblingswörter.«

»Ich habe Gewohnheitsorte. Hier und überall, wo ich bin, suche ich mir welche.«

»Schön.«

»Wie alt bist du denn?«

»Einiges älter als du.« Er stand auf. »Soll ich dich nach Hause begleiten, Fräulein Mitzi? So in der Nacht?«

»Nein.«

Mitzi hätte ihm sagen können, dass sie oft allein mitten in der Nacht durch die Straßen lief. Auf die Art und Weise war sie in Kufstein dem Cowboy auf der Brücke begegnet. Sam konnte es nicht sein. Jetzt glaubte sie nicht mehr daran.

Gern wäre sie noch geblieben, aber das Personal begann bereits abzuräumen. Es war Zeit.

Im Freien war es immer noch so warm wie in einem Backofen.

Mitzi streckte ihrerseits Sam die Hand hin. »Hat mich gefreut. Echt.«

Er könnte mich fragen, ob wir uns wiedersehen wollen, dachte sie. Dann fiel ihr ein, dass er nicht in Salzburg lebte und bald abreisen würde. Sie wusste nicht, aus welcher Stadt er kam, in welchem Hotel er hier wohnte und welche Geschäfte er zu erledigen hatte. Sie wusste eigentlich nichts über ihn.

»Mich auch, Mitzi. Komm sicher nach Hause.«

Jetzt frag du ihn. In ihrem Kopf blinzelte etwas. Sie trat von einem Bein aufs andere, schaffte es nicht, den Mund aufzumachen.

»Na dann.« Er hob seine Hand und ging los, nicht in die Richtung, in die Mitzi musste.

»Sam?«

»Ja, Mitzi?« Er blieb stehen.

»Ich wollt morgen ins Theater gehen.« Eine spontane

Schwindelei, aber darin war sie geübt. »Wenn du mitkommen magst? Also, wenn du noch hier bist.«

Sein Lächeln zog sich von einem Ohr zum anderen. »Klar. Wann und wo?«

»Um sieben. Vor dem Haupteingang. Nein, besser an der Abendkasse. Das Theater ist nicht weit von hier. Richtung Salzach. Beim Mozart-Wohnhaus.«

»Ich werde es finden. Danach dann Eiernocken?«

Mitzi grinste auch. Ungewohnt breit. »Nock*erl* heißt das.«

»Ich merke es mir. Servus, Fräulein Mitzi.« Er winkte, wandte sich ab und setzte seinen Weg fort.

»Fräulein Mitzi« klingt doch ein wenig übertrieben, überlegte sie, lächelte aber auf dem Nachhauseweg über die Anrede. Selbst die Brücke überquerte sie diesmal ohne Angst.

2

Heinz hatte schlecht geschlafen. Wirre Träume um seine Ex-Verlobte. Bis Mittag hatte er unter starken Magenschmerzen gelitten. Erst nach seinem täglichen Walk fühlte er sich wieder fit.

»Möchtest du ein Bier, Kumpel? Selbstverständlich alkoholfrei.« Luis rief aus der Küche zu Heinz ins Wohnzimmer.

Manchmal tat es Heinz Baldur leid, dass Luis ausschließlich in seinem Kopf existierte und ihm kein kühles Getränk bringen konnte. Aber solange er noch wusste, wie die Realitäten lagen, hatte er die Sache mit Luis unter Kontrolle.

»Danke dir, gern, Luis.«

Er warf einen Blick zu seinem Sideboard im Wohnzimmer, auf dem die Schachteln mit den Medikamenten standen. Hübsch gestapelt und immer zur Hand. Nur schlucken wollte er keine einzige von den Tabletten mehr.

Luis war nach einer Woche Einnahme nicht mehr aufgetaucht, aber dafür hatte Heinz von einem trockenen Mund über Schweißausbrüche in der Nacht bis zu Problemen beim Urinieren jede Menge Nebenwirkungen zu ertragen gehabt. Übergewichtig war er geworden, aufgeschwemmt. Nach drei Monaten, als ihm zusätzlich die Haare büschelweise ausfielen, hatte er abgebrochen. Seinem Therapeuten berichtete er nach wie vor über seine Fortschritte und bekräftigte, dass er langsam wieder »der Alte« wurde, obwohl er sich unter dieser Bezeichnung nichts vorstellen konnte.

Dr. Rannachers prüfendem Blick hielt er stand.

Mit einem Kopfschütteln vertrieb Heinz das Bild von Harald Rannacher mit seinem weißen Kinnbart, der Halbglatze und seinem strengen Gesichtsausdruck, die Ähnlichkeit mit Sigmund Freud eingeschlossen.

Er hatte Wichtigeres zu tun.

Seine Suche nach dem Auftragsmörder, der durch die Lande tingelte und, symbolisch gesprochen, Köpfe rollen ließ, hatte ihn wie ein Fieber erfasst. Seit er von der Zeugin gelesen hatte, überlegte er sich Strategien, die Frau zu kontaktieren. Er hatte zurzeit rechtlich keinerlei Handhabe, musste demnach vorsichtig vorgehen. Wenn er einen Fehler machte, war die Chance auf Wiedereingliederung ins Berufsleben dahin, und keiner seiner früheren Kollegen würde ihn je wieder ernst nehmen.

Seine erste Idee, alle Maria Sch. aus dem Salzburger Telefonnummernverzeichnis herauszusuchen und anzurufen, hatte er schnell beiseitegeschoben. Es gab erschreckend viele Frauen, deren Nachname mit »Sch« anfing. Selbst mit dem Vornamen Maria war die Liste immer noch elend lang. Dazu kam, dass die Frau vielleicht verheiratet und nicht selbst verzeichnet war oder eine Geheimnummer hatte, vielleicht bei den Eltern lebte.

Deshalb hatte er sich zu zwei anderen Telefonaten entschlossen.

Bei dem ersten würde ihm ein völlig anderer Fall als Aufhänger dienen. Bei seinen Recherchen über den Kufsteiner Mord war er eher zufällig darauf gestoßen. In Kolbermoor, nahe bei Rosenheim, war ein Crystal-Meth-Transporteur festgesetzt worden, die Bande selbst hatte von Frankfurt aus agiert, mit Verbindungen nach Innsbruck und auch Kufstein. Der Fund war einer größten in den letzten Jahren und hatte die Schlagzeilen gefüllt. Den Leiter der deutschen Einheit, Hauptmann Tiller, kannte Heinz. Damit ließ sich arbeiten.

Er saß auf seiner Couch, den Laptop auf den Knien, Notizblock und Kugelschreiber links, das Telefon rechts neben sich. Die Vorhänge waren zugezogen, und die Hitze im Wohnzimmer staute sich. Obwohl er kein Kleidungsstück außer seinen Trainingsshorts trug, lief ihm der Schweiß in Rinnsalen über Oberkörper und Rücken. Gut, dass er nicht vorhatte zu skypen, sein Anblick wäre für einen Gesprächspartner eine Zumutung.

Er würde wie bei einem Verhör vorgehen, sich langsam vortasten. Keine Lügen erzählen, aber Wahrheiten weglassen.

»Kirschnagel am Apparat.«

»Schönen guten Tag, hier spricht Heinz Baldur, Hauptkommissar a. D.« Er kokettierte mit dem »außer Dienst«, damit die

Frau am anderen Ende der Leitung gleich wusste, dass er kein Offizieller war. »Oder, richtig formuliert, KHK im Krankenstand. Ich rufe aus dem schwülen Wien an.«

»Grüß Gott, Herr Hauptkommissar a. D. Was kann das verschwitzte Kufstein für Sie tun?«

Sie hatte Humor, ein guter Anfang. »Ich hätte gern den Leiter der Polizeiinspektion gesprochen. Sind Sie das?«

»Nein, ich bin Inspektorin Agnes Kirschnagel. Meinen Chef, Revierinspektor Sepp Renner, können Sie erst morgen wieder erreichen. Aber vielleicht kann ich Ihnen helfen.«

Er gab seine zurzeit ruhende Stellung bei der Frankfurter Mordkommission an und seine Dienstnummer durch und hörte sie tippen. Die Inspektorin konnte eine Überprüfung in Hessen starten. Zusätzlich nannte er seine Kollegin Melek Arslan als Kontakt bei der Frankfurter Mordkommission.

»Die Crystal-Meth-Sache. Die Frankfurt-Kolbermoor-Kufstein-Verbindung. Hauptmann Tiller hat sich sehr positiv über die Zusammenarbeit mit den österreichischen Behörden geäußert.«

»Oh, das hören wir gern. Allerdings wäre dazu mein Kollege Bastian Klawinder der bessere Ansprechpartner. Er ist bei uns der Einzige, der im Innsbrucker Team mit von der Partie ist. Leider haben Sie mit ihm auch kein Glück, vielleicht am späten Nachmittag.«

»Wenn Sie das Lob weitergeben würden?«

»Selbstverständlich. Was hat Sie denn nach Wien verschlagen, Herr Hauptkommissar, wenn ich fragen darf?«

Sie hatte das a. D. weggelassen.

Heinz war auf diese Nachfrage vorbereitet, erzählte von seiner Mutter Edith und seinen Wiener Wurzeln, seiner Kindheit in der österreichischen Hauptstadt.

»Und weil mich Mama nach einem Sturz gerade längerfristig als Hilfe gebraucht hat, bin ich für einen absehbaren Zeitraum zurückgekommen.«

Wenn die Inspektorin aus Kufstein Edith Baldur gekannt hätte, hätte sie über Heinz' letzten Satz laut gelacht. Anstrengend war Edith, und manchmal benutzte sie Krankheiten als

Erpressungsversuche ihrem Umfeld gegenüber, aber in Wahrheit war sie für ihr Alter topfit und vor allem geistig gesünder als ihr Sohn. Der Sturz war ein Stolpern mit einer daraus resultierenden Schürfwunde gewesen.

Er wechselte von seiner freundlichen Stimmlage zu ernst.

»Aber Sie können mir vielleicht bei etwas anderem helfen, Inspektorin Kirschnagel. In Bezug auf den aktuellen Mord bei Ihnen, der an Karsten Trinckas, dem Frankfurter Anlageberater, verübt worden ist. Wie laufen die Ermittlungen?«

Er hörte sie seufzen.

»Leider keine Fortschritte. Es ist so frustrierend.«

»Wie das?«

Die Inspektorin zögerte. Heinz legte nach, kehrte blitzschnell zu seinem charmanten Anfangston zurück.

»Als vorübergehend krankgeschriebener Kriminalhauptkommissar, der in Wien die Tage mit seiner Mutter verbringt, hätte ich die Zeit, Ihnen zuzuhören.«

Sie lachte, und er konnte fühlen, dass sie erzählen wollte.

»Nun? Ich bin ganz Ohr.«

Der Knoten löste sich. Agnes Kirschnagel berichtete Heinz von dem ersten Fehlschlag mit einem Hauptverdächtigen, von den wegen des Wassers nicht vorhandenen Spuren, von den Schwierigkeiten, die den Ermittlungen im Allgemeinen anhafteten, weil die Kollegen aus Innsbruck den Hauptteil übernommen hatten. Die Unzufriedenheit war klar herauszuhören.

Jetzt konnte er versuchen, weiterzugehen. »Die Mordwaffe, gibt es Details?«

Erneut ein Zögern am anderen Ende der Leitung. »Nun ja, ein handelsübliches Messer. Höchstwahrscheinlich. Die Tatwaffe wurde ja nicht gefunden.«

»Zwanzig Zentimeter Länge, acht Millimeter Breite? Ein einziger Stich in den Unterbauch?«

»Das ist korrekt.«

»In der Presse war zu lesen, dass es eine Zeugin in dem Fall gibt. Hat sie keine konkrete Beschreibung des Tatverdächtigen geben können?«

»Manchmal sind Zeugen keine wirkliche Hilfe, leider.« Agnes Kirschnagel stieß einen nächsten Seufzer aus. »Frau Schlager war sehr hilfsbereit, aber wir sind durch sie keinen Schritt weitergekommen.«

Heinz hatte sich eben seinem Ziel genähert. Er hatte den Nachnamen.

»Mit einem Kapitalverbrechen konfrontiert zu werden ist für einen Durchschnittsbürger dramatisch. Selbst wir müssen manches Mal ziemlich schlucken, Inspektorin Kirschnagel, oder?«

»Da gebe ich Ihnen recht. Aber dass sie uns mehrere Versionen erzählt hat, hat ihre Aussage unglaubwürdig scheinen lassen.«

»Ist diese Frau Schlager noch vor Ort? Oder wieder in ihrem Zuhause? In dem Bericht stand, dass sie in Salzburg wohnhaft ist.«

»Ja, sie ist zurück. Wenn es zu einer weiteren Verhaftung kommt, wird sie von der Polizei in Innsbruck vorgeladen werden. Ehrlich gesagt, hat es mich überrascht, dass sie nicht wollte, dass wir ihren Mann verständigen.«

»Herrn Schlager?«

»Nein, nur der Freund.« Heinz hörte erneutes Tippen im Hintergrund. »Ein Fred Balogh. Er hat sie nicht begleitet, sollte nicht verständigt werden. Mir ganz persönlich kam es seltsam vor, aber natürlich ist so etwas keine Straftat.«

Es war wie beim Bingo, gleich mehrere richtige Zahlen hintereinander. Heinz presste die Lippen zusammen, damit kein Freudenschrei aus seiner Kehle entwich.

Agnes Kirschnagel räusperte sich. »Ich hätte mir eine schnellere Lösung gewünscht.«

»Nichts Ungewöhnliches, wie ich aus meiner langjährigen Erfahrung weiß. Meistens läuft es zäh.«

»Ich hab Sie völlig zugeredet, Herr Hauptkommissar, tut mir leid.« Sie machte eine kurze Pause. »Ich will jetzt noch mal nachfragen: Sie sind im Fall Karsten Trinckas von Wien aus als Berater für die Frankfurter Polizei tätig? Ungewöhnlich.«

Es wurde doch noch brenzlig für Heinz. Er brauchte einen raschen Ausstieg aus dem Gespräch.

»Nicht direkt. Es geht um andere Fälle, die eine Ähnlichkeit mit dem Ihren aufweisen.«

»Wo jemand ins Wasser geworfen wurde?«

»Nein, der Messerstich in den Bauch ist es.«

»Ach. Mehrere Fälle? Eine Serie?«

»Nach dem allerdings, was ich von Ihnen gehört habe, wird meinen Kollegen die Zeugin auch nicht weiterhelfen können.«

Das musste genügen. Nach dem Austausch guter Wünsche legte er auf.

Nun ging es darum, sich abzusichern.

Bevor er erneut eine Zahlenfolge tippte, gab er bei seiner Personensuche den Namen des Freundes der Zeugin ein. Sofort tauchte ein Eintrag auf.

»Fred Balogh, Maxglaner Hauptstraße«. Mit einer Festnetznummer.

Heinz konnte nicht sitzen bleiben. Er stand auf, durchquerte das Wohnzimmer, machte einen Zwischenstopp im Bad und ließ sich kaltes Wasser über die Handgelenke laufen. Eine kalte Dusche würde er sich erst gönnen, wenn er für heute fertig war.

Noch würde er die Nummer in Salzburg nicht wählen, noch war es zu früh, um einen direkten Kontakt herzustellen, sagte ihm sein Instinkt. Er hatte keinen Plan, nicht einmal den Hauch einer Idee, wie er die Zeugin für seine Zwecke nutzen könnte, aber er spürte ein Ziehen in seinem Bauch. Mehr noch in seinem Kopf.

Wenn er früher einem Verbrechen auf der Spur gewesen war, hatte es immer wieder einzelne Puzzleteile gegeben, die anfangs nicht zuzuordnen waren. Gegen Ende, wenn sich der Weg zu möglichen Lösungen zuspitzte, waren es oft genau diese losen Teile gewesen, die ein ganzes Bild ergeben hatten.

Weiter jetzt, ohne Verzögerung.

Er ging zur Couch zurück, setzte sich an den Rand, um keine Gemütlichkeit aufkommen zu lassen. Eine andere Nummer kam an die Reihe.

»Hallo, Heinz. Steht der Stephansdom noch?«

Kommissarin Melek Arslan von der Frankfurter Mordkommission klang immer erfreut, wenn er anrief. Selbst wenn sie mit ihm nicht einer Meinung war – sie ließ ihn spüren, dass sie ihn mochte. Er bedauerte es, nicht mehr mit ihr arbeiten zu können.

Diesmal begann Heinz nicht auf Umwegen.

»Wien geht auch durch meine Anwesenheit nicht unter. Pass auf, Melek. Du weißt, dass ich an der Sache mit dem Auftragsmörder dran bin.«

»Die Sache, die kein Fall ist.«

»Noch nicht.«

»Heinz, und du weißt, dass ich dich schätze, auch deinen Instinkt, aber es gibt keine Anhaltspunkte.«

»Darüber will ich nicht wieder mit dir streiten. Nur kurz: Ich habe mich nach einer Zeugin erkundigt. Es kann sein, dass eine Inspektorin Kirschnagel aus Kufstein bei dir nachfragt. Vielleicht könntest du so einen Anruf annehmen?«

»Nein.«

»Ich bitte dich, Melek.«

»Tu das nicht, Heinz.«

»Bei den anderen Fällen, wo ihr mich gebraucht habt, war ich immer für euch da.«

»Das waren auch Fälle, Heinz, keine Jagd nach einem Phantom.«

»Nicht so ein Wort. Wenn ich recht habe, dürfen Habermann und du die Lorbeeren einsacken.«

Endlich hörte Heinz Melek lachen. »Ach, Heinz.«

Damit hatte er für den Moment gewonnen.

Kommissarin Melek Arslan würde die eventuelle Nachfrage von einer Tiroler Dienststelle zu sich weiterleiten lassen und Heinz' Anruf damit als legitim bestätigen.

Als er auflegte, merkte er, wie die Anspannung losließ und sich Erschöpfung in seinem Körper breitmachte. Diesmal stand er langsam auf, stöhnte dabei. Er öffnete die Vorhänge, die Fenster. Die Luft draußen war tatsächlich kühler als in der

Wohnung. Er schleppte sich ins Bad und gönnte sich endlich seine Dusche.

Danach klappte er den Laptop zu und machte den Fernseher an. In den Nachrichten kamen Berichte über ein Erdbeben, einen schweren Unfall vor dem Brenner-Tunnel und einen Raubmord an einer Frau in Rosenheim. Noch hatte die Polizei keine Details verlauten lassen.

Keine Nachrichten mehr, dachte Heinz. Später wieder realer Mord und Totschlag. Er suchte sich eine DVD aus seiner Sammlung aus. Heute nur einen Film über alternde Actionhelden. Gern wäre er noch so fit wie die Kerle am Bildschirm. Doch dazu hätte er neben seinem Walken ein gezieltes Muskelaufbautraining beginnen müssen. Vielleicht keine schlechte Idee.

»Mens sana in corpore sano«, sagte Luis, der aus der Küche kam und neben Heinz Platz nahm. »In einem gesunden Körper wohnt ein gesunder Geist.«

Darüber musste Heinz lachen. »Dann wärst du bald Geschichte, Luis.«

Luis verzog keine Miene. »Kumpel, dein Bier.«

Er hielt eine Flasche in der Hand, trank selbst einen Schluck, stellte das Bier geräuschvoll auf dem Couchtisch ab. Es wirkte so real mit dem Etikett, den Tropfen, die auf dem dunklen Glas glitzerten.

Heinz fühlte sich verführt, danach zu greifen.

3

Agnes schloss die Akte über den Mord auf der Brücke und tippte am aktuellen Fallbericht weiter. Letzte Nacht hatte es nahe dem Bahnhof eine Schlägerei gegeben, die Polizei hatte drei Jugendliche in Gewahrsam genommen.

Eine Fliege summte um Agnes' Nasenspitze, und sie schlug nach ihr. Sie traf ihre eigene Wange und fluchte.

Statt ihre Eingaben fortzusetzen, stand sie auf und ging ans Fenster. Am blauen Himmel über Kufstein war nicht ein einziges Wölkchen zu sehen. Sie zog ihre Packung Zigaretten samt Feuerzeug aus der Jeans und zündete sich eine an. Den Rauch blies sie durchs Fenster und malte Wölkchen in die perfekte Postkartenaussicht.

Die anderen waren unterwegs. Ihr Chef bei einer Razzia in einem Spielsalon in Angerberg, ein paar Kilometer von Kufstein entfernt. Ihr Kollege Bastian in Innsbruck, eben wegen jenem Fall mit dem Drogenring. Die Polizeiaspirantin Chantal klopfte immer an, bevor sie es wagte, eine Tür zu öffnen. Einzig auf den Feuermelder musste Agnes beim unerlaubten Rauchen im Großraumbüro achtgeben.

Wenn man sie schon als neuestes Mitglied im Team für die Schreibarbeit abkommandiert hatte und sie sich mit der Bürokratie beschäftigen musste, war ihr der blaue Dunst wohl vergönnt.

Was hatte dieser Hauptkommissar a. D. eigentlich gewollt?

Den vollen Namen der Zeugin. Die Adresse. Ganz klar. Agnes war nicht dumm. Trotzdem hatte sie sich um Kopf und Kragen geredet. Wie ein Wasserfall hatte sie ihm ihre Überlegungen und die gewünschten Informationen preisgegeben. Sie musste bei der Frankfurter Polizei anrufen. Was, wenn sie mit ihrer Auskunftsfreude dem Fall und der Zeugin geschadet hatte? Zwar hatte sie seinen Namen und seine Dienstnummer während des Telefonats im Intranet gegengecheckt, aber trotzdem war sie stümperhaft vorgegangen.

Kein künstliches Drama erzeugen. Agnes schüttelte den Kopf, und der Rauch bewegte sich in Schlangenlinien. Eins nach dem anderen. Nach der Zigarette würde sie nachfragen. Erst rekapitulieren.

KHK Heinz Baldur, zurzeit nicht im aktiven Dienst, aus Frankfurt am Main, jetzt in Wien zu Hause, interessierte sich für die Zeugin eines Mordfalles in Kufstein. Andere Fälle sollten damit zusammenhängen. Warum war er überhaupt im Krankenstand? Einiges konnte ihn dahin gebracht haben, eine Verletzung im Dienst war nie auszuschließen. Danach hätte sie fragen sollen, statt sich ihren Frust von der Seele zu plappern.

Die Wunde im Bauch des Opfers war eine Gemeinsamkeit mit anderen Fällen.

Diese Tötungsweise hatte auch sie die Tage über beschäftigt. Ein präziser Stich, gekonnt, wie oft ausgeführt. Obwohl der Gerichtsarzt ihr erklärt hatte, dass die Tiefe eines Stichkanals nicht mit der Klingenlänge übereinstimmen musste, da es durch Kompression der Weichteile zu einem tieferen Stich kommen konnte, als die Klinge lang war. Wie mochte sich daraus dann ein Muster ergeben?

Mit dem nächsten Zug an der Zigarette fühlte Agnes erneut den Ärger hochkommen, den sie seit dem Mord empfand. Nicht nur, dass sich die Ermittlungen noch keinen Schritt weiterentwickelt hatten, sie war nicht einmal ein Teil davon. Wenn sie eine Idee, eine Ahnung, eine Vermutung dazu hätte, würde sie darüber mit Bastian, ihrem Kollegen, oder zu Hause mit ihrem Hamster Jo schwadronieren können.

Wobei sie von Jo mehr Aufmerksamkeit erhalten würde.

Die Beamten vom Landeskriminalamt hielten sich bei Rückfragen an Revierinspektor Sepp Renner, er war der Leiter. Sie hingegen war die Jüngste und Unerfahrenste, sie musste im Büro bleiben und Berichte über Schlägereien schreiben. Dabei hatte sie die Lage in der Nacht unter Kontrolle gebracht. Sie hatte mit Maria Schlager geredet und den Suchtrupp organisiert.

Agnes klemmte sich die Zigarette in den linken Mundwinkel und ging zurück an den Schreibtisch. Sie gab den Namen des Hauptkommissars jetzt in die allgemeine Suchmaschine ein. Sofort erschienen Artikel über seine Ermittlungserfolge in Frankfurt und eine Auszeichnung in einer Zeit, als er noch für die Behörden in Nordrhein-Westfalen gearbeitet hatte. Schnell landete sie auch bei einem verhängnisvollen Ereignis. Seine damalige Verlobte hatte einen Giftanschlag auf ihn verübt und er nur mit knapper Not überlebt. Agnes spekulierte, ob dieser Eklat etwas mit seiner momentanen Lage zu tun haben könnte.

Sie klickte auf ein YouTube-Video einer Pressekonferenz, die vor längerer Zeit zu mehreren Morden an verheirateten Männern in Frankfurt gehalten worden war. Sie konnte sich sogar vage an den Fall erinnern, auch im österreichischen Fernsehen war damals darüber berichtet worden. Heinz Baldur saß auf dem Podium ganz außen, mehr mürrisch als kooperativ, und gab nur ein einziges Statement ab. Ein gut aussehender Mann in den Vierzigern mit Geheimratsecken.

Seine Stimme bei seinem Statement in die Kamera hatte den gleichen tiefen Klang wie vorhin am Telefon. Agnes beschloss, sich einen Anruf nach Deutschland doch zu sparen. Sie wollte ihr Fehlverhalten von vorhin nicht noch über die Grenze posaunen.

Bevor der Rauchmelder losging, war sie zurück am Fenster. Sie inhalierte noch einmal tief. Die Fliege surrte an ihr vorbei und produzierte mit ihren Flügeln kleine Kringel in der Rauchwolke. Asche fiel auf das Fensterbrett.

Der nächste Fluch war fällig.

Wenn ihre Mutter sie hören könnte, würde sie die Nase rümpfen. Diese erzieherische Maßnahme hatte bei Agnes und ihrer Schwester Katja genügt, beide Mädchen waren brave Kinder gewesen. Katja bis heute. Agnes war zur Polizei gegangen und fluchte manchmal, wenn sie in einem Raum allein mit sich war. Und sie rauchte, bis zu einer halben Schachtel am Tag. Nie in Gegenwart ihrer Familie, diese Selbstbeherrschung war antrainiert. Vielleicht fuhr sie deshalb selten auf Besuch nach Innsbruck.

Diese Gedanken brachten sie zur Zeugin zurück. Welches Geheimnis konnte Mitzi haben, welche schlechte Angewohnheit, welche verborgenen Tiefen?

Maria Konstanze Schlager hatte die Aufmerksamkeit eines Frankfurter Kommissars auf sich gezogen. Neugier konnte der Katze Tod sein, aber Agnes hatte ja ohnehin einen Hamster. Ihr fiel eine andere Möglichkeit ein, Heinz Baldur doch noch mehr auf den Zahn zu fühlen.

Mit drei Schritten war sie wieder am Schreibtisch. Sie zog die unterste Schublade auf. Zwischen einer Packung Kaugummi und einer Schachtel mit Disketten, die im Zeitalter von USB-Sticks und Clouds kein Mensch je mehr brauchen würde, stand ein Schälchen. Woher es stammte, daran konnte sich Agnes nicht erinnern, aber dass es in der Mitte bereits schwarz angekokelt war, kam von den Zschigg, den Glimmstängeln, die sie darin ausgedrückt hatte. Den Stummel würde sie zusammen mit der Asche am Fenster später entsorgen.

Erst mal ans Telefon, Baldurs Wiener Nummer war ja gespeichert. Die Idee eines überraschenden Rückrufs wollte sie sofort in die Tat umsetzen.

Es klingelte nur ein einziges Mal.

»Melek?«

»Äh, nein, hier ist Agnes Kirschnagel, Herr Baldur. Inspektorin Agnes Kirschnagel, Polizei Kufstein. Wir hatten eben erst telefoniert. Ich habe die Nummernerkennung benutzt.«

»Es hat sich nicht um einen Fake-Anruf meinerseits gehandelt, Frau Kirschnagel. Sie haben meine Dienstnummer, und meine Kollegin in Frankfurt weiß Bescheid.«

»Deshalb rufe ich nicht zurück.«

»Warum dann?«

Er hörte sich unwirsch und ungeduldig an, nicht mehr charmant wie beim Gespräch zuvor. Agnes wurde klar, dass er nun nichts mehr von ihr brauchte oder wissen wollte. Ähnlich den Ermittlern in Innsbruck, die keinen Wert auf ihre Meinung legten, oder ihrem Chef, der sie auch gern mal alte Fälle aus dem Archiv digitalisieren ließ.

»Sie haben von Ähnlichkeiten bei anderen Verbrechen gesprochen, dem Stich in den Bauch.«

»Ja. Darum ging es tatsächlich.« Sein Ton wurde vorsichtiger, fast lauernd. »Ist Ihnen dahingehend noch etwas eingefallen?«

»Nicht direkt, aber ich frage mal drauflos. Dann kann ich wiederum am Ball bleiben und Sie verständigen, wenn sich Neues ergeben sollte.«

Eine Pause am anderen Ende der Leitung.

Agnes hakte nach. »Hören Sie, Herr Baldur. Sie haben mir Informationen aus der Nase gezogen, die ich Ihnen überhaupt nicht hätte geben dürfen. Ich möchte jetzt von Ihnen einen Happen. Damit die Sache zwischen uns ausgeglichen ist.«

»Haben Sie eine private E-Mail-Adresse?«

»Klar. Wer nicht?«

»Dann schicke ich Ihnen meine Notizen zu zwei Fällen, die schon einige Zeit zurückliegen, aber interessant sind. Zwei ungelöste Verbrechen aus Frankfurt, die Ähnlichkeiten mit Ihrem Mord haben. Was die Waffe betrifft. Die Art des Zustechens. Das schnelle Verbluten.«

»Weiter.«

»Nein. Lesen Sie und sagen Sie mir Ihre Meinung dazu.«

»Gut.«

»Vielleicht gebe ich ein paar weitere gesammelte Infos dazu. Andere Mordfälle, ähnliches Muster.«

»Gerne.«

»Ach was, verdammt, ich schicke Ihnen das ganze Paket.«

»Okay.«

»Ich bitte allerdings um Diskretion.«

»Versteht sich von selbst, Herr Hauptkommissar.«

Er legte ohne Gruß auf.

Die Fliege war wieder da. Sie saß auf dem Rand des Computerbildschirms und putzte sich die Flügel. Agnes brachte es nicht übers Herz, erneut nach ihr zu schlagen.

Den Rest des Tages tippte sie Berichte.

4

Dort sollte ich nicht hinein, dachte Mitzi, ging aber schwungvoll durch die Tür, die Sam ihr aufhielt.

Zu ihm ins Altstadthotel Kaiserbräu mitzugehen, hatte er auf dem Spaziergang an der Salzach nach ihrer Einkehr ins Café Sacher Salzburg vorgeschlagen.

Das Landestheater war natürlich in der Sommerpause gewesen. Daran hatte Mitzi nicht gedacht, und als sie fast zu spät am Haupteingang ankam, hatte Sam davorgestanden und mit einem Achselzucken auf die geschlossene Abendkasse gezeigt.

»Oh«, war alles, was Mitzi dazu eingefallen war.

Sie hatte betreten dagestanden in ihrer schicken Bluse und dem engen Rock, extra Ton in Ton in einem Mintgrün. Mindestens ein Jahr war es her, dass sie sich so »aufgemascherlt« hatte, wie es ihre Oma bezeichnet hätte.

Sam hatte die peinliche Situation aufgelöst, indem er Mitzi an die Hand genommen und sie die Straße entlang bis ins Café geführt hatte.

»Wenn ich schon hier bin, will ich möglichst viele Kaffeehäuser ausprobieren und jede Sorte Kaffee. Dazu auf jeden Fall eine Sachertorte, auch wenn ich nicht in Wien gelandet bin.«

Der Abend hatte sich zu einem von Mitzis besten entwickelt.

Sie quatschten, sie lachten, und sie dachten sich ein Spiel aus. Immer wenn ein neuer Gast ins Café eintrat, erfanden sie eine Lebensgeschichte zu ihm. Ganz nach Mitzis Geschmack, sie fühlte sich blendend.

»Willst du an der Bar in meinem Hotel noch was trinken? Quasi ein Schluckerl nach dem letzten Glaserl, wenn ich das richtig ausgesprochen habe, Fräulein Mitzi.«

»Lass es, Sam. Bei dir klingt unsere Sprachmelodie wie ein atonales Musikstück. Und nenn mich bitte einfach nur Mitzi, ja? Langsam hört sich ›Fräulein‹ komisch an, wenn du es so oft sagst. Aber zu einem nächsten Glas Wein sag ich nicht Nein.«

Statt der Bar hatte er direkt die Treppe angesteuert, mit einem Blick zur Rezeption gecheckt, ob sie der Nachtportier beobachtete. Kein Hotelangestellter war zu sehen gewesen. Sam war in den dritten Stock hochgestiegen. Mitzi hinterher, als wäre sie ein Hündchen. Auf jeder Stufe hätte sie umdrehen können, zurück nach unten und sich auf den Heimweg machen. Doch erst vor seiner Zimmertür war sie leicht außer Atem stehen geblieben.

Sam hatte die Schlüsselkarte aus seiner Hosentasche geholt und auf das Fenster am Ende des Flurs gezeigt.

»Wunderbare Aussicht. Vom Hotel aus ist man überall in kürzester Zeit. Wenn nicht zu Fuß, dann mit dem Bus. Salzburg ist gemeinhin absolut einen Besuch wert.«

»Fürderhin«, sagte Mitzi mit einem tiefen Einatmen, das ihre Brust weit nach oben hob.

»Was meinst du?«

Ihr entging nicht, dass sein Blick über ihren Blusenausschnitt und weiter nach unten schweifte. Sie zupfte automatisch an ihrem Rock.

»Fürderhin. Könnte das nächste Wort in deiner Augustsammlung werden. Klingt schön, find ich.«

»Ja, nicht übel, aber ich lausche noch und warte. Wenn ich ein neues erspüre, gebe ich dir Bescheid. So, komm herein.«

Elegant überholte er sie, durchquerte den Eingangsbereich und machte das Licht im Zimmer an. Mitzi setzte bedacht einen Fuß vor den anderen, als wären unter dem Parkett Minen versteckt.

Dreh um. Geh aus dem Zimmer, meldete sich eine ihrer Kopfstimmen. Es konnte die ihrer Oma sein, klang aber jünger. Es mag sich super anfühlen, aber es ist nicht richtig. Du kennst den Mann gerade mal einen Tag.

Wieder dachte sie das eine und tat das andere.

Der Raum war außerordentlich apart eingerichtet. Ein Doppelbett nahm den größten Platz ein, gegenüber ein stuckverzierter Spiegel und zwei Lampen, die wie Miniaturlüster aussahen. Am Fenster stand ein zierlicher Tisch mit zwei samtgepolsterten

Armstühlen vor einem Fenster mit roten Vorhängen. Die Farbe Rot setzte auch auf dem weißen Bettbezug mit einem schmalen Querstreifen einen Akzent. Auf einem der Kissen lag eine Mozartkugel.

»Hübsch«, sagte Mitzi und setzte sich auf den Rand des Bettes. Die Matratze unter ihr gab nach.

Sam war zur anderen Seite gewechselt und wühlte in einer Tasche, die neben einem der Stühle auf dem Boden stand. »Ich wollte dir doch das Buch mitgeben. Von dem ich erzählt habe.«

Sie war nicht wegen des neuen Lesestoffs mit ihm nach oben gekommen. Der Moment war da, es sich einzugestehen: Sie saß auf dem blütenweißen Rand des Lakens, um mit Sam zu schlafen.

Ihr Herz stolperte gegen den Brustkorb.

Sex mit einem anderen Mann? Freddy, wie er bei ihrer Oma im Heim am Tisch saß, auf dem der mitgebrachte Kuchen stand, tauchte vor ihr auf. Dann sein immer gleiches Auf und Ab beim Bettensport und seine ungarischen Flüche beim Fußballgucken.

Mitzi-Herzi will fremdgehen.

Wirklich bereit?, fragte die Stimme, jetzt irgendwo tief aus ihrem Bauch aufsteigend, der leise zu gurren begann.

»Bist du hungrig, Mitzi?«

Sam hatte ihre Bauchgeräusche gehört und sah zu ihr hin. Mitzi verneinte, und er suchte weiter.

Irgendwann würde er das Buch gefunden haben, ihr geben und sich neben sie setzen. Vielleicht ihre Hand nehmen und küssen oder sie nach hinten drücken, dass sie zum Liegen kam. Ihre Bluse aufknöpfen. Durch ihre Haare fahren. »9½ Wochen«, der uralte Erotikfilm mit Kim Basinger und Mickey Rourke, fiel ihr ein, die Szene, wo er sie mit Leckereien füttert. Mitzi sah sich nach der Minibar um. »Fifty Shades of Grey« hatte sie doof gefunden, die Bücher und die Filme, aber was, wenn Sam auf Sadomaso stand?

Weiter konnte Mitzi nicht denken. Die Dinge mussten ihren Lauf nehmen. Wenn sie irgendein Spielchen nicht wollte, blieb ihr immer noch das Wörtchen »Nein«. Ob er Kondome in seinem Koffer hatte? In ihrer Handtasche hatte sie alles Mögliche verstaut, aber kein Präservativ.

Ihre spärlichen Erfahrungen kamen ihr in den Sinn.

Wie alles in ihrem Leben, das mit zwischenmenschlicher Interaktion zu tun hatte, waren auch ihre sexuellen Abenteuer eher schwierig gewesen. Hastig, das passte eher, weil die Affären, die sie gehabt hatte, sich in atemberaubender Geschwindigkeit wieder verflüchtigt hatten.

Ihr erstes Mal hatte sie herbeigezwungen. Sie war siebzehn gewesen und ihre Großeltern noch beide am Leben. Aus Büchern und dem Internet wusste sie alles über Sex, wusste jedoch nicht so recht, wie sie sich dem anderen Geschlecht nähern sollte. Die Wahrheit war, dass sie sich gern mit einer Freundin ausgetauscht hätte, sich aber auch auf dem Gymnasium mit keiner ihrer Mitschülerinnen angefreundet hatte.

Nach der harten ersten Zeit nach dem Tod ihrer Familie mit all den aufreibenden und langwierigen Formalitäten hatte Mitzi zuerst von der Volksschule in Graz nach Leibnitz gewechselt. Dort erinnerte nichts an die MörderMitzi, doch ihre Zurückgezogenheit manifestierte sich.

Zwar wurde sie an der neuen Schule nicht mehr als Außenseiterin wahrgenommen, aber sie schwebte wie ein durchsichtiges Wesen durch die Klassen und die Stunden. Sie war so unauffällig, als trüge sie eine Tarnkappe. Später auf dem Gymnasium änderte sich das nicht.

Oma und Opa und der lose Kontakt zu Nachbarn und Bekannten der Familie genügten ihr. Keine tiefen Bindungen mehr, die konnten in einem schrecklichen Augenblick verpuffen. Sehr schüchtern war die Mitzi, dachten die meisten, und mit zu viel Phantasie ausgestattet.

Jungfrau allerdings wollte Mitzi nicht bleiben, also suchte sie sich zwei passende Kandidaten aus. Sie beobachtete beide über zwei Wochen und entschied sich dann für Henry, wegen seiner Locken. An den Akt in seinem Jugendzimmer konnte sie sich nicht mehr erinnern, nur dass sie erleichtert gewesen war, als es vorbei war. Erledigt, abgehakt, sie würde nicht unberührt sterben.

Die anderen Male waren ein kurzes Aufflackern von Lust gewesen, ein One-Night-Stand mit einem Austauschstudenten aus Australien, eine Affäre mit dem Sohn des Bäckers auf der Wagnerstraße in Leibnitz. Jedes Mal aufreizend in der Backstube, während im heißen Ofen die Frühstückssemmeln aufgingen. Die Affären lagen Jahre zurück. Dann war Fred Balogh gekommen, auf dem Feuerwehrfest, ihr erster fester Freund. Sex mit ihm war wie Fahrradfahren. Man stieg auf und trat in die Pedale, mal mit mehr, dann wieder mit weniger Vergnügen. Keine Überraschungen, aber okay.

Neunundzwanzig, und sie war immer noch ein ziemlich unberührtes Pflänzchen, was die Leidenschaft anging. Vielleicht war es an der Zeit, neue Erfahrungen zu erschließen. Gerade der Mann gefiel ihr, der ihr bei den ersten beiden Begegnungen panische Angst bereitet hatte. Eine Prise Unheimliches, ein Hauch von Gefahr waren geblieben und reizten sie.

»Wo nie ein Mensch zuvor gewesen ist«, der Satz aus dem Vorspann der »Raumschiff Enterprise«-Serie fiel ihr ein. Die alten Folgen mit Jim Kirk und Mister Spock. Beide Männer fand sie anziehend, später auch die neu besetzten Schauspieler in den »Star Trek«-Filmen.

»Hier, na endlich.«

Sam hielt das Buch hoch wie eine Trophäe. »Egal, was du über ›Herr der Ringe‹ wissen willst, in diesem Lexikon kannst du es nachschlagen. Schwer und dick ist es, und ich habe deshalb kein zweites Paar Schuhe mit, weil im Koffer kein Platz mehr dafür war. Aber das Tolkien-Lexikon ist zum Blättern und Schmökern zwischendurch perfekt.«

Er senkte seine Hand, kniete sich auf seiner Seite auf die Matratze, und die Mozartkugel begann vom Kissen zu rollen. Mitzi rutschte von der Kante in die Bettmitte und fing sie auf.

»Iss sie, wenn du magst, Mitzi. Ich bekomme täglich eine neue.«

Statt sie auszuwickeln, schob sie die Süßigkeit unter das Kopfkissen.

Vom Knien kam Sam ebenfalls ins Sitzen und reichte ihr das

Buch. Sie strich mit dem Finger über den Einband, legte es am Bettrand ab. Mit klopfendem Herzen öffnete sie den ersten Knopf an ihrer Bluse. Zugleich streckte sie Beine und Füße ein Stück weit nach hinten und begann sich die Sandaletten abzustreifen. Sollte nun kommen, weswegen sie drei Stockwerke nach oben gestiegen war.

Statt sie zu berühren, drehte sich Sam zurück zum Tisch. »Bitte. Nicht.«

Mehr sagte er nicht, aber Mitzi stockte in der Bewegung. »Ich dachte, du hast mich heraufgebeten, weil du …« Weiter kam sie nicht.

Wenn sie sich geirrt hatte, würde es ein schlimmer, ein saublöder Restabend werden. Eine lange Nacht, später in ihrem eigenen Bett zu Hause, voll vom peinlichen Widerkäuen der Zurückweisung würde folgen. Ihr linker Schuh fiel zu Boden. Das Parkett gab einen knackenden Laut von sich, als wäre die Sandalette tonnenschwer. Die rechte schaukelte noch an ihrem großen Zeh.

»Das is jetzt aber ein schöner Schaas, oder, Sam?«

»Ach. Mitzi.«

Wieder nur zwei Worte.

Danach betretene Stille zwischen ihnen. Mitzi meinte von der Straße her Lärm zu hören, war sich aber nicht sicher, ob es nicht nur ein Rauschen in ihren Ohren war. Sie brauchte eine Geschichte, eine gute, die ihr Verhalten erklärte und sie aus der peinlichen Lage befreite.

»Du denkst ganz falsch, Sam.« Ihr Lachen war künstlich, besser bekam sie es nicht hin. »Ich habe Blasen an meinen Füßen, deswegen hab ich mir die Schuhe ausgezogen. Und mir is heiß, elendiglich warm is es hier drinnen. Dass du ein Gentleman bist, hab ich ja gewusst.«

Jetzt sah er sie an, Mitzi konnte den Gesichtsausdruck nicht deuten.

Sie wedelte sich mit einer Hand Luft zu. »Außerdem, es is spät. Es war toll, ein super Abend mit dir, aber ehrlich, Sam, daheim wartet mein Freund. Ich hab nicht darüber geredet bis jetzt, weil ich nicht zu privat werden wollte. Eigentlich is er mein Verlobter, große Hochzeit geplant, das wird eine Party. Danke für das Buch, da lese ich morgen rein, und bevor du abreist, treffen wir uns auf eine nächste Melange und ich geb es dir wieder.«

Der Redeschwall brachte sie mehr außer Atem als das Treppensteigen vorhin. Sie wäre gern zur »bezaubernden Jeannie« mutiert, jenem Flaschengeist aus der Siebziger-Jahre-Serie. Dann hätte sie einfach für einen Zauber geblinzelt und die letzten Minuten rückgängig gemacht.

»Komm, Sam, auf und nach unten, an die Bar. Ich gebe noch ein Schnapserl aus, dann ruf ich mir ein Taxi oder meinen *fiancé*, wie es so schön auf Französisch heißt, der Benni holt mich ab.«

Mitzi stoppte abrupt ab. Eben hatte sie als Namen für ihren angeblichen Verlobten den ihres toten kleinen Bruders benutzt.

Sam fasste ihr Handgelenk. »Bleib bitte noch etwas. Die Bar oder das Taxi kann warten.«

Sein Griff war fest, aber nicht schmerzhaft. Sein Blick blieb auf ihrem Busen haften. Gern hätte sie ihre Bluse bis über den Hals geschlossen. Am besten noch einen Schal umgewickelt, egal, wie heiß es war.

»Du bist eine bemerkenswerte junge Frau, Mitzi.« Seine Augen wanderten hoch und über ihr Gesicht. »Ich kann mir gut vorstellen, wie es ist, dich zu küssen, und mehr.«

Mitzi war vollends irritiert. Sie musste hier weg, kein weiteres Geplänkel mehr. Sie nahm Schwung, um sich aufzurichten.

»Sam, ich glaub, da gibt es Missverständnisse zwischen uns. Wir kennen uns ja erst ganz kurz, und ich suche keinen neuen Freund, wenn du das meinst. Ich hab ja schon einen, der wartet. Tut mir leid.«

Sie spürte einen nahenden Krampf in ihrem Gesäß, spätestens dann würde Sam sie loslassen müssen, damit sie aufspringen und sich massieren konnte. Ein komischer Tanz würde es werden, aber mehr Peinlichkeit zwischen ihnen war ohnehin unmöglich. Die zweite Sandalette landete wie die erste mit einem zu lauten Knacken auf dem Parkettboden.

Statt ihr Handgelenk freizugeben, rückte er dichter an Mitzi heran.

»Bitte«, flüsterte sie. »Ich muss mein Hinterteil entspannen. Lass los, sonst krieg ich einen Popokrampf. Ehrlich.«

Sam war so nahe, als wollte er sie doch küssen.

Er ist verheiratet, er ist schwul, er leidet unter einer erektilen Dysfunktion, er will keine schnelle Nummer, er ist traumatisiert durch seine Ex. Die Möglichkeiten liefen wie auf einem Spruchband ab.

»Ich muss nach Hause, Sam, es is höchste Zeit. Mein Verlobter …«

Er lächelte, es erreichte diesmal nicht seine Augen. »Mitzi. Du bist zurzeit allein in deiner Wohnung in der Maxglaner Hauptstraße, keiner wartet heute. Also bleib noch. Dein Freund ist auf Tour.«

Ihre Gedankenflut hörte auf. Schlagartig. Nur mehr weißes Rauschen in allen Bereichen ihrer bewussten Wahrnehmung. Sie schnappte nach Luft.

»Woher weißt du denn, dass ich dort wohne? Dass ich heut allein bin? Über all das haben wir nicht gesprochen, nicht dass ich mich erinnern kann.«

Sam hob seine Augenbrauen. Sein Gesicht nahm ihr gesamtes Blickfeld ein.

Sie entdeckte eine Narbe, die am Stirnansatz begann und sich in den Haaren verlor. Endlich ließ er ihr Handgelenk los und strich ihr stattdessen über den Kopf, hielt in der Bewegung an ihrem Nacken an. Die Haut seiner Fingerkuppen rieb sich an ihrer.

»Hör zu, Mitzi. Ich habe dich nicht erst gestern Abend im Café Wernbacher wiedergesehen, sondern dich schon seit Kufstein observiert. Dein Gefühl war vollkommen richtig.«

»Observiert«? Was für eine Bezeichnung, dachte Mitzi, die hätte das Zeug, alle anderen zu übertrumpfen.

»Ich war im Zug.« Sam redete weiter, leiser, aber deutlich genug. »Nach der Ankunft bin ich dir hinterher, bevor ich im Hotel eingecheckt habe. Deinen Namen habe ich bereits in

Tirol herausgefunden. In der Maxglaner Hauptstraße gab es nur einmal »Schlager« auf den Klingelknöpfen. Zusammen mit »Balogh«. Ein wenig geduldiges Beobachten meinerseits und bingo! Du und dein Freund, ihr seid aus dem Haus, er mit einem Koffer. Als er fort war, bist du ein Stück die Straße hinunter in den Laden. ›Billa‹ heißt das Geschäft, nicht wahr? Ich habe mir eine Viertelstunde gegeben und bin in eure Wohnung. Zu klein für zwei. Aber ganz hübsch. Fred ist Handelsvertreter, nicht?«

Sie hatte das Gefühl, auf Knopfgröße zu schrumpfen.

Mitzi, raus mit dir aus diesem Zimmer, aber dalli!

5

Der Anhang der E-Mail, die Agnes Kirschnagel bekam, war viel umfangreicher, als sie erwartet hatte. Tatsächlich ein Paket. Heinz Baldur hatte ihr nicht nur seine Aufzeichnungen zu den zwei Frankfurter Tötungsdelikten zugesandt, sondern auch eine Liste von weiteren Mordfällen mit persönlichen Hinweisen, Kommentaren und Querverweisen.

Sie überflog seine Recherche. Nur die offiziellen Akten aus Frankfurt fehlten. Dieser Umstand störte sie. Sie mochte es nicht, Einschätzungen und Schlüsse anderer nicht überprüfen zu können.

Die Bürotür öffnete sich, Bastian kam herein. Agnes verkleinerte die Datei, er sollte nicht sehen, dass sie eine private Mail in ihrer Arbeitszeit las. Doch der Bereitschaftsdienst heute Abend hatte sich in die Länge gezogen, und sie hatte nicht warten wollen.

»Hab ich dir gefehlt?«

»Klar, Bastl, ich dachte schon, du bist unterwegs verloren gegangen. Dann hätte ich eine Vermisstenanzeige aufgeben und mich auf die Suche machen müssen.«

»Wusst ich's doch, du mogst mi.«

Er schlenderte quer durch das Großraumbüro und setzte sich auf die Kante von Agnes' Schreibtisch.

»Natürlich, Bastian, mehr, als ich je zugeben würde, das steht fest.«

Ihr Lächeln war gekünstelt, in Wahrheit nervte sie der Kollege oft. Agnes bereute es, dass sie in ihren ersten Wochen in Kufstein eine Affäre mit ihm begonnen hatte. Obwohl sie damals noch mit Max, einem aufstrebenden Anwalt für Mietrecht aus Innsbruck, liiert gewesen war. Aber die fremde Umgebung und der neue Job hatten sie empfänglich gemacht für Bastians Werben. Nach fünf Wochen hatte sie an einem verregneten Samstag die Beziehung zu beiden Männern beendet.

Mit Max war sie freundschaftlich verbunden, er blieb die Lieblingswahl ihrer Eltern, und zu Bastian versuchte sie ein gutes Kollegenverhältnis zu bewahren. Nicht so einfach, täglich seine Nähe und seine andauernden Avancen auszubalancieren.

»Nach Dienstschluss auf ein Bier oder ein Kracherl?«

Er stellte ihr immer wieder diese Frage, obwohl sie ihn nach dem Ende ihrer Kurzbeziehung nie noch einmal ermutigt hatte. Agnes beschloss, einen Vorstoß in eine völlig andere Richtung zu wagen.

»Weißt du, wie man an Fallunterlagen aus Deutschland kommen kann, ohne dass man einen Antrag stellen muss? Unter der Hand, quasi. Damit es schnell geht und ich nicht Tage oder Wochen auf Genehmigungen warten muss. Zwei Fälle aus Hessen. Liegen bereits länger zurück. Lässiger gesagt, zwei Cold Cases aus Frankfurt.«

Bastian rutschte von der Tischkante und verlor für einen Augenblick sein Gleichgewicht. Es sah so aus, als würde er Limbo tanzen, sein Oberkörper bog sich nach hinten, sein Becken kam hoch. Gleich würde er auf dem Boden landen, das Gesäß voraus. Er ruderte mit den Armen, schaffte es, mit einer Hand den Boden zu berühren, um sich vor einem endgültigen Aufprall abzustützen. Agnes legte sich die Hand auf den Mund, damit er ihr jetzt echtes Grinsen nicht sehen konnte.

Um sein Missgeschick zu kaschieren, sprang Bastian schnell wieder hoch und schüttelte seine Beine.

»Wieso willst du denn unter der Hand was einsehen? Hab ich was verpasst, derweil ich unterwegs war?«

»Nein, keine Angst. Mich interessiert eine Sache, und ich wollte einen Vergleich haben zu einer Theorie, die mir jemand erläutert hat. Ich hacke mich nicht ins deutsche Polizeinetz.«

»Könntest du so was?«

»Nein, sonst würde ich dich nicht fragen, Kollege.«

Bastian hob seine Hände und streckte ihr die Handflächen entgegen. »Das Zauberwort, das dazu nötig is, bringt man schon den Kindern bei, liebe Agnes.«

»Jetzt spann mich nicht auf die Folter.«

Er setzte sich wieder, ein Stück näher zu ihr. Agnes roch sein Rasierwasser.

»Ich kann dir meinen Zugang geben.«

»Du hast einen Zugang?«

»Agnes, der Crystal-Meth-Fall, die Drogenkuriere. Frankfurt, Kolbermoor, Innsbruck und wir hier. Ich komm doch eben von der Teambesprechung. Da muss ich mich jederzeit einklinken können.«

»Stimmt. Na, machst du's? Verrätst du mir dein Passwort? Bitte!«

»Das Zauberwort, perfekt. Und ein Busserl extra hätt ich gern.«

Mit einem Seufzen nickte Agnes.

Bastian würde zwar genau rückverfolgen, für welche Unterlagen sie sich interessierte, aber das ging in Ordnung. Ohne einen Zusammenhang mit Heinz Baldur würde ihr Kollege am Ende auf eine Blindspur tippen.

Sie erhob sich und drückte ihm einen Kuss auf die Wange. Als er die Augen schloss und seine Lippen nach vorne stülpte, tätschelte sie seine Wange. »Das reicht.«

»Ein echter Schmatzer hätt es schon sein können, Inspektorin Kirschnagel.«

»Nicht übermütig werden, Kollege Klawinder.«

»Im Ernst: Worum geht's?«

»Eine Recherche zu unserem Touristenmord.«

»Dem Karsten Trinckas?«

»Genau.«

»Dafür sind doch die Innsbrucker zuständig. Wir außen vor.«

»Stimmt.«

»Neue Fakten?«

»Bastian, du klingst so, als wolltest du mich verhören.«

»'tschuldige, ich bin nur neugierig. Am Ende würd's auf mich zurückfallen.«

»Ich habe nichts vor, was dir und deinem Ruf schaden könnte. Ehrenwort. Ich verspreche dir, wenn sich von meiner Seite aus etwas Neues ergibt, erfährst du es zuerst.«

Bastian nahm Agnes' Hand. »Komm rüber zu mir. Am besten, du loggst dich über meinen PC ein.«

»Gute Idee, danke.«

Agnes befürchtete, dass Bastian an ihrer Seite bleiben würde, aber stattdessen ließ er sie nach Eingabe seines Zugangscodes allein im Büro. In wenigen Minuten war sie im digitalen Archiv und begann mit der Suche. Wieder kurze Zeit später hatte sie die Akten gefunden.

Doch hier begannen die Probleme. Ein offizieller Antrag war erforderlich.

Sie raufte sich die Haare. Die Anfrage würde protokolliert werden. Zwar wurde nur in seltenen Ausnahmefällen nachgeprüft, warum ein Aktenzugriff stattgefunden hatte, aber wenn doch, würde es Rückfragen geben. An Bastian, weil es sein Zugang war. An ihren Chef, Sepp Renner. Sie musste sich outen. Allerdings war davon auszugehen, dass die beiden Männer die Angelegenheit als nicht relevant einstufen würden. Oder sie leiteten Heinz Baldurs Recherchen an das Landeskriminalamt Innsbruck oder direkt nach Frankfurt weiter. Der Hauptkommissar würde alles andere als erfreut sein.

Sie beschloss, sich zuerst doch mit den Informationen von Baldur zu begnügen und sich mit ihnen im stillen Kämmerchen zu beschäftigen, bevor sie Pferde scheu machte. Je überzeugter sie später selbst war, desto größer war die Chance, dass sie auch ihre Kollegen überreden konnte.

Als Bastian mit zwei Bechern Kaffee in den Händen zurückkam, saß Agnes bereits wieder an ihrem Schreibtisch.

»Schon fertig?«

»Ja, war doch nicht relevant.«

»Willst du etwa schon nach nicht mal einem Jahr wechseln, Agnes?«

»Ich verstehe nicht?«

»Dich im Nachbarland bewerben? Die Karriereleiter hinaufklettern?«

»Nein, Bastian. Ich bleibe Kufstein erst mal treu. Mir gefällt es hier.«

Wenn nur die Berge nicht so hoch wären, dachte Agnes, sagte es aber nicht.

Wieder zu Hause, nach einem späten Abendessen und der Raubtierfütterung von Hamster Jo, setzte sich Agnes an ihren privaten Computer.

Die aufgelisteten Tötungsdelikte von Baldur waren interessant, führten jedoch nicht zwingend zu einem Täter. Unterschiedliche Orte, lange Pausen zwischen den Verbrechen, die Opfer hatten keine Verbindung zueinander.

Sie fischte zwei ungelöste Fälle aus Baldurs Unterlagen als Exempel heraus.

Juni 2013, Münster. Selbe Stadt, selber Monat. Damit hörten die Gemeinsamkeiten aber auf. Bei dem Mann stand die Vermutung über das Motiv im Zusammenhang mit seiner Zugehörigkeit zu einer Rockergruppe, die Frau war auf dem Nachhauseweg von einem Clubbesuch überfallen worden, ihre Handtasche geraubt.

Sie speicherte die Dateien und nahm sich die Zeit, noch mal alles genau durchzulesen. Die Querverbindungen, die Baldur auflistete, waren interessanter. Sie vertiefte sich darin.

Das Fieber packte Agnes ziemlich rasch.

Der rote Faden zwischen den möglicherweise zusammenhängenden Fällen war dünn, wurde aber sichtbarer. Der Algorithmus faszinierte sie, und die Schlussfolgerungen waren viel überzeugender, als sie es sich anfangs vorgestellt hatte. In diesem Licht konnte man die Morde tatsächlich wie an einer Schnur aufziehen.

Sie begann sich zu wundern, dass sich keiner der Offiziellen mit der Möglichkeit befasste, dass hier eine Serie am Laufen sein konnte. Ein Auftragsmörder, wie der Hauptkommissar vermutete? Seine Sammlung ähnlicher Verbrechen reichte weit zurück, was Agnes kaum fassen konnte. Über Jahre und mit einer hohen Zahl an Opfern.

Agnes konnte spüren, wie ihre eigenen Spekulationen Fahrt aufnahmen.

Handlanger von Drogenkartellen und mafiösen Vereinigungen wurden öfter dingfest gemacht, aber ein Killer, der sich der Problemlösung in privaten Bereichen annahm, würde wie eine Bombe in den Medien einschlagen. Zu wie vielen Durchschnittsmenschen, die sich als Auftraggeber schuldig gemacht hatten, würden seine Spuren führen?

Agnes machte sich Gedanken über die Kontaktaufnahme zu einem Anbieter solch krimineller Dienstleistungen. War es wieder das Darknet, das in der modernen Zeit eine immer größere Rolle bei Verbrechen spielte? Waffen, Drogen, Menschenhandel. Agnes wusste, dass auch in der Crystal-Meth-Geschichte große Mengen der Substanz über mehrere Stellen im Deep Web vertrieben worden waren. Sie hätte Bastian gern gefragt, ob er einer der Beamten im Team gewesen war, die verdeckt ermittelt hatten.

Noch dazu wurde ihr klar, dass sie sich schnell Hoffnungen auf eine größere Sache zu machen begann. Der Ehrgeiz erfasste sie, vielleicht konnte sie sich einklinken.

Nachdem sie Hamster Jo aus seinem Käfig gehoben hatte – abends durfte er immer in dem Einraumapartment herumtigern –, druckte sie jeden einzelnen Fall, den Baldur aufgelistet hatte, noch einmal auf einem extra Blatt Papier aus. Sie breitete die Blätter über dem gesamten Zimmerboden aus und malte per Hand unterschiedliche Zeichen darauf – für Geschlecht, Zeitpunkt, Ort und Todesart.

Jo saß in einer Ecke und sah sie mit seinen Knopfaugen an.

»Frauchen ist vielleicht was Unglaublichem auf der Spur.«

Agnes umrundete ihr Werk und verglich die Fälle noch einmal.

Die Ernüchterung kam ein paar Minuten später und holte sie auf den Boden der Tatsachen zurück.

Im Gesamtbild zeigte sich der Unterschied zwischen den Mutmaßungen von Heinz Baldur und den Fakten. Die Übereinstimmung bei der Wahl der Mordwaffe und der Tötungsart waren die einzigen Verbindungsglieder. Der Rest war zu weitschweifig, zu beliebig.

Wenn man von Baldurs Auflistung zu Verbrechen im Allgemeinen hin dachte, würde man auf eine unüberschaubare Anzahl an Messern dieser Stärke und Länge stoßen, die als Waffen benutzt worden waren. Jemandem bei einem Kampf oder Überfall in den Bauch zu stechen, war ebenso kein seltenes Vorkommnis. Sonst zeigte sich für Agnes kein weiteres Muster.

Was einerseits für einen Auftragsmörder sprechen konnte, andererseits auch dafür, dass es schlicht keine Verbindungsnaht zwischen den Fällen gab. Der rote Faden löste sich in lose Punkte auf. Wenn eine einzelne Person als Täter in Frage kam, hätte es ihrer Meinung nach zumindest eine weitere Spur geben müssen, die an verschiedenen Orten entdeckt worden wäre. Ungelöste Verbrechen gab es zuhauf, nicht jede Ähnlichkeit schloss eine Verkettung mit ein.

Sie sammelte die Blätter wieder ein und setzte Jo in sein Gitterhaus zurück.

Bei zweiter Betrachtung fand Agnes nun auch den Algorithmus zu beliebig, um auf seinen Treffern aufzubauen. Viel Wirbel um zu wenige Fakten.

Sie unterbrach ihre Recherche für eine Zigarette auf ihrem winzigen Balkon. »Einraumwohnung mit *Austritt*« hatte in der Beschreibung gestanden, und diese Bezeichnung konnte man wörtlich nehmen. Ein Schritt aus dem Zimmer hinaus, und sie stand im Freien, ein Schritt zurück, und sie war wieder im Inneren ihres Apartments. Ging sie von der Größe ihrer Behausung aus, die sie sich ausgesucht hatte, mochte Bastian mit seiner Vermutung recht haben, dass sie plante, sich beruflich weiterzuentwickeln und Kufstein bald wieder zu verlassen.

Trotz der beengten Fläche genoss sie die warme Nachtluft. Über den Dächern die Bergkulisse, darüber die Sterne. Zwei gelblich erleuchtete Fenster ihr gegenüber, hinter den Scheiben flackerte das Licht. Vielleicht ein Candlelight-Dinner.

In der Zigarettenpackung steckten noch über zehn Stück, sie hatte es geschafft, ihr Limit zu unterbieten. Irgendwann würde sie die ungesunde Angewohnheit ganz sein lassen, sowie sie irgendwann auch einen ersten Mordfall allein bearbeiten würde.

Aber nicht heute.

Wieder am Computer, tippte sie eine Antwort an Heinz Baldur ein.

Sie bedankte sich für sein Vertrauen ihr gegenüber, sie wünschte ihm Glück. Sie listete ihrerseits ein paar mögliche weitere Schritte auf, die sie selbst aber aus Zeitmangel nicht unternehmen könne. Das Darknet zu durchforsten sei zu aufwendig neben ihrem Job. Aber sie sollten in Verbindung bleiben. Bla, bla, bla.

Mit vielen lieben Grüßen aus Tirol.

Hinter sich hörte sie die Geräusche des Rades, auf dem Jo seine immer gleichen Runden drehte. Der Vergleich mit dem Hauptkommissar, der sich in einem Hamsterrad zu bewegen schien, drängte sich Agnes auf.

Bevor sie den PC herunterfuhr, loggte sie sich mit ihrem eigenen Passwort ins Intranet der Tiroler Polizei ein. Wie stand es mit dem Fall Karsten Trinckas? Waren die Innsbrucker Kollegen vorangekommen? Sie brauchte nach Heinz Baldurs verführerischen Spekulationen etwas Handfestes. Doch auch hier wurde Agnes enttäuscht, es gab keine Neuigkeiten zum aktuellen Mordfall in Kufstein.

Ein Raubmord in Rosenheim schien neu auf. Das Opfer, eine Frau, war infolge einer Messerattacke tödlich verletzt worden. Die Suche nach dem Täter lief.

Was, wenn?

Agnes schüttelte ihre dunklen Locken. Sie durfte und wollte sich nicht von Heinz Baldurs Ideen anstecken lassen und hinter jeder neuen Tat einen Auftragsmörder vermuten.

6

Mitzi legte die Strecke vom Altstadthotel Kaiserbräu bis nach Hause im Laufschritt zurück, sah sich kein einziges Mal um. Bereits im Hotelzimmer hatte eine Art Autopilot ihre nachfolgenden Handlungen übernommen.

»Bitte, lass mich los, ich muss jetzt auch dringend auf Toilette«, hatte sie gehaucht.

Sam hatte sie schließlich freigegeben. Mitzi war aufgestanden, hatte sich ihre Sandaletten und die Handtasche geschnappt. Statt ins Bad hinein-, war sie aus dem Zimmer hinausgestürzt. Es war wie ein Wunder, dass er die Tür nicht abgeschlossen hatte.

Den Gang entlang, die Treppen hinunter war sie mehr gestolpert als gelaufen. An der Rezeption hatte nun ein Hotelangestellter gestanden. Er hatte seine Hand in ihre Richtung ausgestreckt, vielleicht um sie zu fragen, wer sie war, doch Mitzi hatte Fersengeld gegeben.

Immer weiter, kein Blick zurück, denn genau dieses Umdrehen wurde jedem Opfer in den Gänsehautszenen aller Horrorfilme zum Verhängnis.

Endlich in den eigenen vier Wänden, knallte Mitzi die Wohnungstür hinter sich zu, drehte den Schlüssel zweimal um.

Zum ersten Mal, seit sie zu Freddy in das Zweizimmerapartment mit Wohnküche gezogen war, machte sie die Sicherheitskette vor. Noch Freds Vater hatte sie angebracht. Dazu schob sie das Schuhregal vor die Wohnungstür, kickte die herauspurzelnden Schuhe zur Seite.

Als nächste Aktion rannte sie ins Wohnzimmer und zog die hohe Zimmerpalme mit schwerem Übertopf quer durch den Raum, um sie ebenfalls als Bollwerk zu verwenden. Erde rieselte auf den Teppich, hinterließ eine braune Spur. Darum konnte sie sich später kümmern.

Anschließend drehte sie eine Runde durch die gesamte Wohnung, ließ an allen Fenstern die Rollos herunter. Wie ferngesteuert holte sie Tassen und Teller aus dem Wandschrank in der Kochnische und begann sie auf den Fensterbrettern zu stapeln.

Sollte Sam noch mal versuchen, in ihr Zuhause zu gelangen, würde sie es hören. Wer konnte schon sagen, ob er nicht an der Fassade hochkletterte?

Nach den hektischen Maßnahmen trank sie drei Gläser Wasser jeweils in einem Zug leer, als müsste sie ihr Erlebnis ausschwemmen. Der Bestecksschublade entnahm sie die Küchenschere. Vor den Messern zuckte sie zurück. Dann hastete sie wieder in den Vorraum. Im Schneidersitz platzierte sie sich vor Schuhregal und Zimmerpalme auf dem Boden. Jetzt sollte Sam es ruhig wieder versuchen, sie war vorbereitet.

Sam! Abgesehen von allem anderen, konnte Sam niemals sein richtiger Name sein.

Er war der Cowboy aus Tirol.

Diese Bezeichnung klang lächerlich, aber eine bessere wollte ihr nicht einfallen. Ihr Atem ging stoßweise, während sie die Schere aus ihrer verkrampften Hand löste und ablegte.

Sam! Dabei würde sie bleiben.

»Sam. Sam. Sam!« Diesmal laut ausgesprochen, wie um einen bösen Geist zu vertreiben.

Langsam wurde sie ruhiger. Sie holte ihr Smartphone aus ihrer Handtasche und scrollte durch die Nummernliste.

War es nicht höchste Zeit, erneut die Polizei, die Rettung und auch den Hausärzte-Notdienst Salzburg anzurufen? Diesmal war sie vor Ort, und einer der Notärzte würde kommen, wenn sie einen Ernstfall erfand. Doch der Mediziner würde merken, dass sie eine Krankheit vortäuschte.

Aber würde ihr die Polizei ihre Geschichte glauben? Unwahrscheinlich. Bereits die Inspektorin Kirschnagel hatte anfangs ihre Zweifel gehabt.

Freddy. Schon lag ihr Zeigefinger auf seinem Namen, als ihr klar wurde, dass sie ihm dann beichten müsste, dass sie mit einem anderen Mann unterwegs gewesen war. In einem Hotelzimmer. Nachts. Auch wenn Freddy oft ihr gegenüber ignorant war, zwei und zwei konnte er zusammenzählen.

Die Oma.

Der Nachtdienst im Pflegeheim in der Steiermark würde sie nicht durchstellen. Doch selbst wenn sie darauf bestand, ihre Großmutter würde nicht einmal wissen, wer sie aufgeschreckt hatte. Das Schlimmste an Omas Demenz war die Tatsache, dass Mitzis letzter Rest an Familie zwar noch lebte, aber nicht mehr wusste, dass es Mitzi gab.

Sie könnte packen, nach Leibnitz fahren und sich im Haus der Großeltern verschanzen. Einen Schlüssel hatte sie noch. Vor drei Monaten war es einem Makler übergeben worden, bisher hatte sich kein Käufer gefunden, zu renovierungsbedürftig war das Gebäude. Das Mobiliar allerdings hatte eine Entrümpelungsfirma längst ausgeräumt, nicht einmal eine Matratze gab es dort.

Also lieber hier die Stellung halten.

Auf der Liste gab es noch den Pizzadienst, den Taxiruf und eine mehr oder weniger lose Bekanntschaft von einem Vortragsbesuch. Sonst nur die beruflichen Kontakte ihrer Lektoratsjobs.

Am längsten schwebte Mitzis Zeigefinger über der Nummer von Agnes Kirschnagel. Mit ihr hätte sie am besten reden können, aber mitten in der Nacht mit einer neuen wirren Story anzurufen, war keine gute Idee. Vielleicht morgen.

Ihr letzter Eintrag war die Nummer von Sam.

Er hatte sie ihr im Café Sacher Salzburg gegeben. Sie hatte die Zahlenreihe gespeichert, dann gewählt, damit er ihre Nummer bekam. Sein iPhone hatte vibriert.

Oh Gott, er hatte ihre Mobilnummer. Morgen würde sie sich ein neues Handy und einen neuen Vertrag besorgen.

Als wäre es zu etwas Ekligem mutiert, fasste Mitzi das Smartphone nur mehr mit Daumen und Zeigefinger an, legte es ebenfalls am Teppichboden ab. Sie starrte das schwarz gewordene Display eine Weile an, dann hob sie den Kopf und stierte auf den Türspion.

Lauerte er bereits draußen?

Sie stand auf, zog ihre Schuhe aus und kletterte über die Zimmerpalme auf das Schuhregal. Kniend lehnte sie sich gegen das Holz, legte ihr Auge ans Glas. Nichts als Dunkelheit im Hausflur. In der Schwärze hätte sich jeder verstecken können. Sie bewegte sich rückwärts, blieb mit ihrem Fuß an der Pflanze hängen und wäre fast gefallen. Am Ende der sinnlosen Aktion setzte sie sich wieder wie zu einer Meditation in den Schneidersitz.

Zeit verstrich, und langsam dämmerte ihr, dass ihre Barrikade viel zu spät kam. Sam war längst hier drinnen gewesen. Während sie ahnungslos einkaufen gewesen war, war er hereinspaziert, hatte sich Zutritt verschafft. Unerwünscht, gewaltsam.

Nein, nicht gewaltsam. Seit Monaten funktionierte die Gegensprechanlage nicht, und die Bewohner hatten die Verriegelung der Eingangstür des Mehrparteienhauses seither aufgehoben. Unten war Sam demnach mühelos ins Haus gelangt. In der Wohnung selbst hatte Mitzi keine Spuren eines Einbruchs wahrgenommen. Weder am Türschloss noch in den Räumen hatte sie die kleinste Veränderung bemerkt. Er war geschickt vorgegangen.

Was hatte er hier gemacht? Warum hatte er alles sehen wollen?

Mitzi stand auf, griff sich wieder die Schere und drehte eine weitere Runde durch das Wohnzimmer. Keine Veränderung war zu erkennen. Die blauen Polster am Sofa, die Fernbedienung auf dem Couchtisch. Ihre Dekosachen standen wie eh und je auf der Kommode, die gerahmten Fotos hingen unversehrt an der Wand, der Schreibtisch mit dem Laptop darauf wie immer.

Sie blätterte durch Freddys Fahrtenbuch. »Steiermark« stand da und »Kärnten«. Darunter ein Pfeil und »Budapest«. Termineintragungen, Geschäftsadressen, Verkaufszahlen und Namen, die ihr nichts sagten. Die nächsten Wochen waren dick eingekringelt, daneben neue Bestelllisten. Sam musste alles gelesen haben.

Im Schlafzimmer erging es ihr ebenso. Der Schrank, das Bett mit der Tagesdecke, der Schaukelstuhl, der zweite kleinere Fernseher auf der Wäschekommode.

Alles vertraut, alles wie immer.

Eine Weile stand sie einfach da, aufgelöst und verloren.

Sie stellte sich vor, Sam zu sein. Sie kniff die Augen zusammen, wartete auf einen fremden Impuls, etwas suchen oder herausfinden zu wollen. Ihre Stirn zog sich kraus, ihre Nase zog den Geruch der Behausung und ihrer Bewohner ein. Es war Freddys Wohnung, aber von ihr war mehr Seele hier drinnen. Sie bewohnte die Zimmer, er war zu oft unterwegs, um tiefe Spuren zu hinterlassen. Mitzi strahlte aus den Ecken und Winkeln. Ihre Note, ihr Duft.

Sie meinte ein leises Klicken in ihrem Kopf zu hören.

Er musste längst wissen, dass ihre Aussage nichts gebracht hatte. Trotzdem war er hinter ihr her. Sam hatte erspüren wollen, mit wem er es zu tun hatte. Darum ging es.

Er war die drei Stockwerke hochgestiegen, hatte professionell und spurlos das Türschloss geknackt und seine Runde gedreht. Sie sah zu dem Doppelbett. Hatte sie nicht vor weniger als einer Stunde mit diesem Mann schlafen wollen? Nicht hier, aber auf einer anderen, eleganteren Liegestatt. Sam zog sie an. Und umgekehrt.

Passt doch, sagte Oma irgendwo tief drinnen.

Nein, Oma, passt nicht. Ich wollte mit ihm schlafen, weil er gut aussieht und weil ich jung bin und mehr körperliche Bedürfnisse hab als das Hin und Her nach der Sportschau.

Du Tschopperl, lautete die Antwort, mach dir nix vor. Überleg lieber.

Mitzi nickte niemandem Bestimmten zu. Ja, richtig, es hatte genug Gelegenheiten gegeben, sich für eine Affäre mit jemandem zu verabreden. Es hatte immer Kerle gegeben, die ihr gefallen hatten und sie ihnen. Freddy war so viel unterwegs, er hätte es nicht bemerkt.

Sie hatte diesmal eine Anziehung gespürt, weil sie ihm ähnlich war.

War sie das? War sie auf seiner Wellenlänge, weil Sam ein Killer und sie die MörderMitzi war?

Mitzi schob diese Frage vehement zur Seite.

Etwas anderes stimmte nicht. Selbst wenn Sam ihre Adresse herausgefunden und sie beobachtet hatte, wie hatte er wissen können, dass er an der richtigen Wohnungstür war? Es gab kein Schild unter dem Klingelknopf. Alle Türen auf dem Flur sahen gleich aus.

Ronald Hader fiel ihr ein. Der Nachbar. Er hatte von einem Burschen gesprochen. Dem Burschen. Der Groschen fiel. Sam hatte einfach an den Türen geklingelt und war an Ronald geraten. Was hatten die beiden geredet?

»Servus, wohnt hier eine Mitzi Schlager?«

»Zur Mitzi wollen Sie? Echt?«

»Gemeinhin, ja.«

»Gleich da wohnt die Süße.«

Und dann? Hatte Sam mit einer Haarnadel das Schloss geöffnet wie in einem Agentenfilm?

Keine Hinterlassenschaften, keine Beweise. Weder hier noch in Kufstein. Nichts an dem Opfer führte zu ihm. Deshalb musste er den Mann ins Wasser geworfen haben. Wie in einem Thriller. Und Mitzi war als Zeugin nutzlos.

Er musste sich unter einem anderen falschen Namen in dem Touristenort einquartiert haben, vielleicht auch in einem der Nachbarorte. Keine Verbindung möglich. Perfekte Vorgehensweise. Er hatte den Mord an dem Mann demnach genau vorbereitet, er hätte auch bei Mitzi niemals einen Fehler gemacht.

Aber war es nicht bereits ein Fehler gewesen, sich vor ihr zu outen?

Nein, er hatte nichts zugegeben, nicht gesagt, dass er der Täter war. Nur, dass er sie »observiert« hatte.

Unheimlich und unerhört.

Warum hatte er überhaupt getötet? Hatte es Streit gegeben? Ging es um eine Frau, um eine Erbschaft, um eine Freundschaft, die in Hass umgeschlagen war? Geld? Sex? Liebe? Oder, völlig banal, um einen Streit unter Tirol-Touristen?

Vor Mitzi begann sich das Zimmer zu drehen. Sie taumelte zur Couch, setzte sich. Sprang wieder hoch. Was, wenn er darauf gesessen hatte?

Frag ihn, sagte eine Stimme in ihrem Kopf. Nicht die ihrer Oma.

Nein, keine Kontaktaufnahme mehr. Zu gefährlich.

Dann ruf trotzdem die Polizei. Führ sie ins Hotel, in sein Zimmer. Erzähl von Kufstein, gib ihnen die Nummer von Agnes Kirschnagel.

Selbst wenn er nicht überführt werden konnte, hätte Mitzi etwas Zeit gewonnen. Zeit, um doch die Stadt zu verlassen. Nicht nach Leibnitz, sondern ganz woanders hin. Abwarten, bis sie hier wieder sicher war. Über Airbnb eine Wohnung mieten.

Sie holte sich ihren Laptop und kehrte damit zurück in den Vorraum und vor den Sicherheitswall.

Ihre Hände blieben über der Tastatur in der Luft hängen. Sam konnte auch in ihre virtuelle Welt eingedrungen sein. Das Kameraauge starrte sie an. In einem Hotelzimmer saß Sam und hatte die Kontrolle über Mitzis Leben übernommen.

Sie zog sich ihre Bluse und den BH aus.

»Schau, du M.! Jetzt kannst du meinen Busen sehen«, schrie sie Laptop und Kamera an.

Dann warf sie das Kleidungsstück über die obere Hälfte des Bildschirms. »Ha, das hast du jetzt davon.«

Mitzi kreuzte ihre Beine und faltete ihre Finger. Eine Weile saß sie so am Teppichboden im Flur und ging in ihrem Kopf immer weitere, immer absurdere Szenarien durch. Panische, schreckliche, wilde und gefährliche. Irgendwann nickte sie ein. Schreckte wieder hoch, rollte sich am Boden zusammen und schlief endgültig ein.

7

Er würde sie töten müssen.

Sam saß auf der Kante des Hotelbetts, auf der vor einer Viertelstunde noch Mitzi gesessen hatte. In der einen Hand hielt er sein Messer, in der anderen seinen Schleifstein. Immer wieder von vorne strich er mit der Schneide über den Stein und lauschte dem Geräusch. Die regelmäßige Bewegung war wie Hypnose. Nach einer Weile hielt er inne.

Mit Zeige- und Mittelfinger seiner linken Hand berührte er den glänzenden Stahl. Nach jedem Auftrag vollführte er das Ritual, sein Tötungsinstrument wurde zuerst gereinigt und dann geschärft. Der Schleifstein gehörte wie die Zahnbürste immer ins Gepäck. Jetzt spiegelte sich der Deckenlüster in der Klinge und reflektierte das Licht. Hochwertiges Material, teure Anschaffung, die sich lohnte. Immer wieder aufs Neue. Seit seinem letzten runden Geburtstag arbeitete er ausschließlich mit dem Messer.

In dem Jahr davor hatte er eine längere Pause eingelegt, das Töten sollte nicht überhandnehmen. Bis dahin waren Variationen sein Ding gewesen. Statt Lieblingswörtern hatte er Lieblingsszenarien entworfen.

Noch vor der langen Auszeit, als er ungewöhnlich viele Anfragen erhalten hatte, war er stolz darauf gewesen, zwischen neun verschiedenen Todesarten zu variieren. Methoden, die sich für seinen Job eigneten und die er alle im Laufe dieser Zeitspanne mehrfach unterbringen konnte.

Das Gesicht eines stark übergewichtigen Mannes hatte er so lange an seine Jacke gedrückt, bis dieser erstickt war. Es war auf dem Parkplatz hinter einer Reihenhaussiedlung gewesen, im Wagen der Zielperson. Auf der Konsole des Mercedes war ein Wackeldackel platziert gewesen, der die gesamten letzten Minuten des Dicken mit seinem Kopf gewippt hatte. Manche Bilder vergaß man nie.

In der Todesanzeige stand später zu lesen, dass der Mann plötzlich und unvermutet aus dem Leben gerissen worden war. Anscheinend hatte es nicht einmal Ermittlungen gegeben. Ob ein Arzt eine lächerlich nachlässige Totenschau durchgeführt hatte oder vielleicht sogar an der Vertuschung beteiligt war, hatte ihn damals nicht interessiert.

Bei einer Frau hatte er einen einfachen Sturz über eine Treppe in der Dämmerung gewählt. Sie hatte danach noch gelebt, aber bei ihrer Obduktion war der zusätzliche Genickbruch als eine Folge des Unfalls beurteilt worden. Einmal eine Strangulation als Suizid getarnt, einmal Ertrinken im Swimmingpool. Und so weiter, eins bis neun, und wieder von vorn.

Nie eine Schusswaffe, davor scheute er zurück.

Mit einer Pistole samt Schalldämpfer durch die Lande zu ziehen, passte seiner Meinung nach in einen fiktiven Filmplot oder mochte eine Mafiamethode sein. Seiner Art, den Job, den er für sich gewählt hatte, auszuführen, entsprach es jedenfalls nicht.

Am Ende der Reihe war er damals krank geworden, eine Grippe, die in einer doppelseitigen Lungenentzündung mündete. Sein Fieber war hoch gewesen, er hatte halluziniert und meinte sich zu erinnern, dass er über Ersticken, Erwürgen und Erschlagen gefaselt hatte. Gefährlich für ihn und die Menschen in seinem näheren Umfeld.

Heute wollte er keine Varianten mehr durchführen, wenn er seine Zielpersonen aufsuchte. Sam war zufrieden damit, dass ihm die Härte der Klinge die Kraft verlieh, die in seinem Inneren immer öfter zu fehlen schien.

Nie hatte er ohne Grund getötet, ohne Auftrag, ohne dafür bezahlt zu werden. Seine Vorgabe an sich selbst wie auch der Plan war, die Beseitigungen bis zur magischen Fünfzig durchzuziehen.

Also würde er sie doch am Leben lassen. Sie war kein Auftrag. Niemand hatte für Maria, sprich Mitzi, den Weg ins Darknet gesucht und gefunden, keiner für ihren Tod bezahlt.

Wieder kam dieses Erstaunen in ihm hoch, dass er der jun-

gen Frau reinen Wein über die beiden Zusammentreffen einge-
schenkt hatte. Es wäre so leicht gewesen, sie zu täuschen, selbst
nach ihrer anfänglichen Panik, als sie ihn wiederzuerkennen
geglaubt hatte. Er hätte nur schweigen müssen.

Gern hätte er mit ihr geschlafen. Weiche Haut und große
Augen, das mochte er. Aber seine Kopfentscheidung, es nicht
zu tun, war richtig gewesen.

Der Stahl der Messerklinge fühlte sich kühl an. Sich dieses
Messer in Mitzis Bauch vorzustellen, bereitete ihm Unbehagen.
Er hob das Kissen hoch und schob das Messer darunter, als
würde der verschwundene Anblick sein Verhalten ihr gegenüber
besser machen. Den Schleifstein verstaute er im Seitenfach seines
Koffers. Auch das Buch, das sie natürlich nicht mitgenommen
hatte. Vielleicht würde er es ihr vorbeibringen, allein schon, um
noch mal ihren erschrockenen Gesichtsausdruck zu erleben.

Wie es schien, war sie eine Einzelgängerin wie er. Der Nach-
bar hatte geredet wie ein Wasserfall, höchst überrascht, einem
Menschen zu begegnen, der nach Maria Schlager und nicht nach
Freddy Balogh fragte.

Später in der Wohnung hatte er sie spüren können. In der
Dekoration im Badezimmer, in den kleinen Figuren auf einer
Kommode, in den Farben der Überdecke auf dem Doppelbett.
Im Schrank hatte er ihre Kleider und T-Shirts berührt, aber in
die Schublade mit ihrer Unterwäsche nur einen kurzen Blick
geworfen. Er war kein Spanner, er wollte sich umsehen, einen
Eindruck bekommen.

Die Wand über dem Schreibtisch war voller Fotos gewesen.
Mit Mitzi darauf hatte er nur zwei entdeckt. Eines mit ihrem
Freund, ihrem Partner, den sie zum Wagen begleitet hatte. Ein
blasser Typ mit heller Haut, trotz dunkler, krauser Haare. Er
wirkte, als hätte ihn in diesem Sommer noch kein Sonnenstrahl
erwischt. Das zweite mit einem älteren Paar, anzunehmen, dass
es sich um Eltern oder Großeltern handelte. Sonst jede Menge
Bilder von diesem Fred. Im Fußballdress, mit einer Männer-
gruppe, vor einem Firmengebäude mit zwei großen Pulverdosen
in den Händen, mit einer Frau, die seine Mutter sein mochte, ein

weiteres vor einem neuen Opel Corsa. Dazwischen gerahmte Autogramme von Sportlern samt Widmungen.

Dass Mitzi oft allein in der Maxglaner Hauptstraße zurückblieb, war ihm beim Durchblättern eines dicken gebundenen Heftes klar geworden, in dem Fred Balogh über seine Fahrten Buch führte. In einer krakeligen Handschrift vollgekritzelt, einzelne Wörter am Rand, die in einer anderen Sprache verfasst waren. Allein in den letzten drei Monaten war der Mann fast durchgehend unterwegs gewesen. Neben seinen Reisen waren Verkaufszahlen aufgelistet von unterschiedlichen Pillen, Brausetabletten und Pulvermengen. Unter dem Schreibtisch türmten sich Fußballzeitschriften.

Mitzi lebte mit einem Ernährungsberater oder Nahrungsmittelvertreter zusammen, der gern das Runde in das Eckige fliegen sah.

Doch Sam wollte mehr über sie erfahren. Das Observieren und die Wohnung vermittelten zu wenige Inhalte. Ihr Name im Internet eingegeben, hatte enttäuschend wenig Treffer ergeben. Als Korrektorin war ihr Name mehrfach angeführt. Eine Gruppe Fotos wurden angezeigt, auf denen Mitzi jünger war und die sie mit ihrem jetzigen Freund auf einem Fest zeigten unter anderen Feiernden. Kein Account auf Facebook, kein Instagram-Konto. Andere »Maria Schlager« waren weit mitteilungsfreudiger.

Schon in der ersten Sekunde auf der Brücke hatte er eine Anziehung gespürt. Ihr Erschrecken im Buchcafé, ihre Panik im Café Wernbacher, das alles gefiel ihm. Ihre grünen Augen, das kurze blonde Haar, das abstand, ihre Art, sich auszudrücken.

Sam griff unter das Kopfkissen und holte sich das Messer zurück. Er hob es hoch, und ein Teil seines Gesichts spiegelte sich darin. Seine Oberlippe, seine Nase und seine Augen. Nichts hätte ihn jemals verraten. Allerweltsgesicht, vertrauensvoller Blick und erste tiefere Falten um Mund und Augen. Ein halbwegs gut aussehender Durchschnittstyp. Umso schlimmer, dass er Dinge preisgegeben hatte, die im Verborgenen zu bleiben hatten.

Würde es anders sein, wenn Mitzi am Ende losließ und in seine Arme sank?

Sam stieß einen undefinierbaren Laut aus und fasste den Messergriff mit Daumen und Zeigefinger. Er schleuderte es quer durch das Zimmer über das Bett, in die Wand hinein. Die Spitze riss die Tapete auf und blieb einige Sekunden im Mauerwerk, dann fiel es scheppernd auf den Parkettboden.

»Scheiße«, sagte er laut und rieb sich die Schläfen.

Das Messer hätte stecken bleiben müssen. Sogar für einen richtig kraftvollen Wurf fühlte er sich zu erschöpft.

Sam stand auf, und statt das Messer vom Boden aufzuheben, holte er sich aus der Minibar einen Schnaps. »Aus steirischen Marillen« stand auf dem Etikett. Mitzi hatte ihm erzählt, dass sie aus Graz stammte, der Hauptstadt dieses österreichischen Bundeslandes.

»Fräulein Mitzi«, das klang angenehm.

»Totes Fräulein Mitzi« nicht.

Er sollte aufhören. Erneut hielt er diese Option hoch. Keiner konnte ihn dafür zur Rechenschaft ziehen. Keiner sich beschweren, reklamieren. Keiner kannte seine Identität. Eine Weile würde sein Verdienst der letzten Jahre reichen. Wenn er die Bitcoins in Euro umwandelte, selbst bei den momentan schwankenden Kursen, blieb ihm ein gut bestücktes Depot.

Der Schnaps brannte in seinem Magen und in seinem Kopf.

Zumindest musste er abreisen. Nichts wie weg aus Salzburg. Damit würde die Begegnung mit Mitzi Geschichte sein. Zurück nach Tirol, dann weiter Richtung –

Er stockte.

Zuspruch aus einem ganz anderen Leben, das brauchte er.

Er stand auf und holte sein iPhone, scrollte zu einer Nummer mit Kölner Vorwahl, die er sogar im Schlaf hätte eintippen können. Doch wie ein kostbares Gut benutzte er sie auf seinen Touren sparsam. Auch jetzt zögerte er. Es war bereits nach Mitternacht. Wenn er anrief, würden alle längst schlafen und sich Sorgen machen, weil es so spät noch klingelte. Vielleicht morgen früh, nach dem Frühstück.

Mit drei Schritten kam er stattdessen an das Nachtkästchen und hob den Hörer des Hoteltelefons an, wählte die Null.

»Herr Farocker, was kann ich für Sie tun?« Der Hotelportier hörte sich wach und auf dem Sprung an.

Kurt Farocker, unter dem Namen hatte Sam sich eingetragen, diesen Personalausweis hatte er vorgezeigt. In Kufstein war er Erich Maar gewesen, die Zugkarte hatte er auf Konrad Zeilinger und über einen für diese Person eingerichteten E-Mail-Account gebucht. Das Jonglieren mit Namen und wechselnden Personalien hatte ihm immer gelegen.

Er irrte sich nie, unterschrieb immer korrekt und reagierte auf seine jeweilige Identität. Seine Quelle für gefälschte Ausweise arbeitete zuverlässig und sehr penibel, die Fälschungen zu erkennen hätte schon eines Spezialisten bedurft. In dieser Welt bewegte er sich sicher und routiniert.

Umso verstörender das Gefühl der Schwäche, dazu seine Fehleinschätzungen, sein eigentümliches Verhalten. Vielleicht deshalb die Sehnsucht nach einer Frau wie Mitzi. Mit der freien Hand griff er erneut nach seinem iPhone und startete den »Onion«-Browser, der ihn ins Darknet führte. Wie immer baute sich die Verbindung nur langsam auf.

»Ich würde unerwartet morgen früh schon auschecken. Natürlich zahle ich die Stornogebühr. Könnten Sie die Rechnung vorbereiten?«

»Selbstverständlich, Herr Farocker, möchten Sie geweckt werden?«

Statt dem Hotelangestellten zu antworten, kam ein Pfiff über seine Lippen. Jemand fragte seine Dienste an. Aus genau dieser Stadt.

Zufall? Schicksal? Magie?

Ohne weiter zu überlegen, gab er sein Okay. Erst danach konzentrierte er sich wieder auf das Gespräch.

»Hallo, noch da?«

»Selbstverständlich, Herr Farocker. Ihr Check-out morgen früh ist notiert.«

»Sorry, eben hat sich meine Situation verändert. Ich disponiere um. Wäre das Zimmer noch weiter zu buchen? Wie lange? In dem Fall zahle ich im Voraus.«

»Ich sondiere die Möglichkeiten, Herr Farocker. Bitte haben Sie einen Moment Geduld.«

Er hörte den Hotelangestellten tippen. In der Zeit gab er der Person hinter der Anfrage die Bedingungen ein, verlangte seinerseits nach genaueren Angaben. Routine für Sam.

Damit hatte Mitzi übrigens recht gehabt. Sam war genauso wenig wie all die anderen Identitäten sein richtiger Name. Zumindest nicht außerhalb des dunklen Netzes und seiner Besucher.

8

Sich im Darknet zu bewegen war wie durch dichten Nebel zu fahren.

Heinz tastete sich vor.

Auf einem zweiten neuen Laptop hatte er den Tor-Browser installiert und sich eine kryptische und elend lange ».onion«-Adresse zugelegt. Er segelte durch den dunklen Internetkontinent ohne genaues Ziel.

In seiner aktiven Zeit hatte er erst in Köln, dann in Frankfurt in der Abteilung für Kapitalverbrechen gearbeitet und dort jeweils ein Team für Mordfälle geleitet. Es hatte nicht nur in seiner Truppe einen Experten für die Ermittlungen im digitalen Bereich gegeben, sondern er hatte auch aus einer ganzen Spezialeinheit für Cyberverbrechen Hilfe ins Boot holen können. Hauptkommissar Heinz Baldur selbst war mit einem veralteten Handy herumgelaufen und hatte seine Kollegen dazu genötigt, ihn per SMS auf dem Laufenden zu halten.

Im Alleingang gestaltete sich die Angelegenheit weitaus schwieriger. Sein Wissen suchte er sich bei Google zusammen und kam sich dabei wie ein dummer alter Mann vor. Lieber wäre er bei Verbrechen zu Zeiten von Sherlock Holmes auf Spurensuche gegangen, jedoch ohne auf Neuerungen wie DNA-Vergleiche und Verbrecherdatenbanken verzichten zu wollen.

Wieder überlegte er, sich bei Inspektorin Agnes Kirschnagel zu melden. Sie war jung, sie schien dynamisch, und sie hatte ihn überhaupt erst auf die Idee gebracht, sich näher mit dem Darknet zu beschäftigen. Wie verbohrt war er gewesen, wie blind vor Eifer, dass er diese Möglichkeit noch nicht in Betracht gezogen hatte. Schande über ihn.

Deshalb und weil er sich nicht dazu überwinden konnte, sein Versäumnis einer fremden jungen Frau gegenüber einzugestehen, saß er im Schweiße seines Angesichts vor den Untiefen des Netzes.

Wenn es Hausfrauen, Schüler und Pensionisten schafften, sich für ihre illegalen Beruhigungspillen, Downloads und unerhörten Sehnsüchte einen Weg in die Anonymität des Untergrunds zu bahnen, durfte Heinz nicht hintanstehen.

In den Hidden Services gab es leider keine praktische Suchleiste, sondern er war auf Linklisten und andere Nutzer angewiesen.

Dazu kam das Problem mit der Illegalität. Zwar surfte er anonym, aber er hatte Relais-Verkehr erlaubt, weil er damit auf die harten Seiten über Menschenhandel, Waffengeschäfte, Drogen und Auftragstötungen zugreifen konnte. Er konnte somit zum Komplizen für Kriminelle werden, die seinen PC für den Transfer mitnutzten.

Er hatte keine Übersicht, wer in den kreuz und quer verflochtenen Netzwerken Daten schleuste. Die Dinge, die hier feilgeboten wurden, waren allesamt nicht für eine legale Freigabe gedacht. Außer die Plattformen, wo sich verfolgte Oppositionelle aus diktatorischen Staaten austauschten oder ein Leak deponiert wurde.

Er war schnell an einen Abzocker geraten, der vorgegeben hatte, Heinz einen Kontakt zu einem Killer zu vermitteln, der angeblich mit einem Messer tötete. Kaum hatte er die verlangte Vorauszahlung getätigt, war der Anbieter auf Nimmerwiedersehen im Bitcoin-Universum untergetaucht.

Es gab zu viele Möglichkeiten. Ein Labyrinth an verschlungenen Wegen.

Auf einer Seite hatte Heinz ein Angebot für eine »Hinwegbeschaffung«, wie man es dort nannte, für hundert Bitcoin entdeckt. In Euro umgerechnet lag diese Summe beim aktuellen Kurs unter einem Tausender.

Er hatte fassungslos auf den Bildschirm und die geringe Summe für ein Menschenleben gestarrt. Nachdem er sich einen Benutzernamen und ein Passwort gegeben hatte, hatte sich der Anbieter beim zweiten Versuch, auf die Seite zu kommen, in Luft aufgelöst.

Die für ihn größte Unsicherheit war, dass er auf Seiten gelangen konnte, die von einem verdeckten Ermittler betrieben wurden. Er würde sich in Teufels Küche bringen, wenn er dort nach der Möglichkeit fragte, einen Mord in Auftrag zu geben. Neulich hatte er in einem intern veröffentlichten Bericht gelesen, dass das FBI eine Anti-Tor-Malware in Umlauf gebracht hatte, die Tor-Nutzer enttarnte.

Mit einem Spezialisten an seiner Seite, der ihm, wie schon einmal mit dem Suchalgorithmus, helfen würde, wäre die Sache überschaubarer geworden. Doch den Kollegen erneut zu kontaktieren und zu bitten, wagte Heinz nicht. Damit würde er einen Familienvater in Bedrängnis bringen. Die erste Gefälligkeit war bereits eine Zumutung gewesen. Es reichte, wenn er Melek Arslan von Zeit zu Zeit mit seinen Anrufen nervte.

Weitere Schwierigkeiten wie ein lästiger Trojaner und andere sich auf der Festplatte seines Laptops einnistende Schädlinge traten auf, während der Auftragsmörder, das Phantom mit dem Messer, weiterhin unbeschadet unterwegs war.

Es war an der Zeit, die andere Möglichkeit auszuloten. Zurück in die reale Welt, wo er sich sicher bewegen und seine Erfahrung ausschöpfen konnte.

Zurück zur Zeugin.

Er hatte einen vollen Namen, eine Telefonnummer, eine Adresse.

Heinz drehte den Notizblock in seinen Fingern, zuoberst mit allen Daten, die Agnes Kirschnagel über Maria Schlager preisgegeben hatte. Die Frau lebte in Salzburg. Er kannte die Stadt kaum, war vor Jahrzehnten einmal mit seiner damaligen Verlobten dort gewesen. Sollte er es trotzdem wagen, Maria Sch. persönlich aufzusuchen und sie zu überrumpeln? Als Polizeibeamter aus Frankfurt an ihrer Tür zu klingeln? Heinz verwarf die Idee. Der Schuss konnte allzu leicht nach hinten losgehen, wenn sie sich bei den tatsächlich im Fall Karsten Trinckas ermittelnden Beamten nach ihm erkundigen würde.

Er drehte sich im Kreis. Keiner seiner Pläne würde ihn weiterbringen. Nicht der mit dem Auftragsmörder, nicht der mit der Zeugin.

Bevor Heinz sich weiter in Selbstmitleid suhlen konnte, klingelte sein Telefon. Es war seine Mutter Edith.

Sofort schmerzte sein Magen. Seit seine Verlobte seinem Leben vor einer Ewigkeit mit Gift ein Ende hatte setzen wollen, reagierte sein Inneres auf jede Art von Stress empfindsam. Obwohl er seine Mutter liebte und freiwillig hierhergezogen war, mochte er es nicht, wenn sie sich zu oft meldete.

»Mutti?« Heinz begann mit der freien Hand um seinen Nabel zu kreisen. »Gibt es etwas Wichtiges?«

Sie gingen ohnehin regelmäßig alle zwei Wochen essen, dieses Ritual genügte eigentlich beiden. Immer in Ediths Lieblingslokal, dem Café Dommayer in Hietzing, ihrem Bezirk. Sie und ihre Damenrunde hatten dort ihren Stammplatz. Er konnte sich nicht erinnern, je woanders mit ihr gesessen zu haben. Selbst bei Sonnenschein bevorzugte sie es, drinnen zu speisen.

»Karl-Heinz«, sie nannte ihn immer bei seinem vollen Namen, »ich könnte tot im Wohnzimmer liegen, und du wüsstest es nicht.«

Neben dem Jolly-Spiel waren kleinere und größere Schuldzuweisungen ihr Spezialgebiet.

»Sorry, Mutti. Ich bin beschäftigt.«

»Du bist im Ruhestand, Karl-Heinz.«

»Nein, Mutti, du bist Pensionistin. Ich bin nur vorübergehend nicht aktiv.«

»Wie auch immer. Du meldest dich ja nie. Die Putzfrau seh ich öfter als meinen Sohn.«

»Dieses Wochenende gehen wir essen. Da kannst du darauf wetten, Mutti.«

»Wer's glaubt. Karl-Heinz, wie geht's dir?«

»Gut, Mutti, prima.« Sein Magen schlug eine Kapriole.

»Kommst du zurecht?«

Sie nervte mit dieser Frage, die ihn zu einer bösen Antwort verführen wollte, aber er hielt sich zurück.

»Ich ernähre mich gesund, ich walke, ich arbeite an einem neuen Fall.«

»Ein neuer Fall? Wie das? Bist du Privatdetektiv geworden und spielst Sherlock Holmes?«

Heinz musste jetzt doch schmunzeln. Er überlegte, wie viel er preisgeben wollte. »Nein, Mutti. So eine Mütze würde mir nicht stehen, und Geige spiele ich nicht.«

»Ich würde als Mrs. Hudson passen. Fehlt uns nur noch ein Doktor.«

»Mrs. Hudson? Nein. Betreuen und beaufsichtigen, solche Dinge tust du nie.«

»Weil ich's am Herzen hab, mein Sohn. Deshalb kann ich mich weniger kümmern, als ich möcht. Aber das schert dich ja nicht.«

»Entschuldige, Mutti.«

»Papperlapapp. Zurück zu deinem Fall. Interessiert mich. Erzähl.«

»Er ist nicht neu in Wahrheit. Mehrere Auftragsmorde, eine Zeugin, die ich mir noch vornehmen muss. Ich übe eine Beraterfunktion aus, Mutti. Mit einer Kollegin.«

Heinz redete, als wären er und die Inspektorin aus Kufstein in einer offiziell laufenden Sache gemeinsam zugange. Er merkte, dass ihn diese Schwindelei aufbaute und seine Magenschmerzen sich zurückzogen.

»Hier bei uns in der Stadt? So wie der Moritz Eisner mit seiner Bibi Fellner im ›Tatort‹?«

»Ja, so ähnlich. Die Dienststelle in Frankfurt mit Melek Arslan und Thomas Habermann ist ebenso involviert.« Die Lügen flossen leicht über seine Lippen.

»Schad, dass ich die beiden zu deiner Frankfurter Zeit nie persönlich kennenlernen konnte. Vor allem Frau Arslan scheint nett und kompetent zu sein. Aber du hast ihr nie deine alte Mutter vorgestellt.«

»Ich lasse sie immer von dir grüßen, Mutti. Alle. Unbekannterweise.«

»So was machst du niemals, mein Sohn. Ich kenn dich gut genug, um das zu wissen.«

Edith irrte sich, er hätte Grüße ausgerichtet, wenn es offiziell einen Fall mit den Kollegen gegeben hätte. Er hasste den Konjunktiv.

»Gibt es noch etwas Bestimmtes, Mutti?«

»Nein. Ich wollt nur deine Stimme hören, Karl-Heinz. Und dir sagen, dass ich heut wieder Bluthochdruck hatte. Die neuen Tabletten wirken genauso wenig wie die alten. Ach, es is ein Krampf mit dem Alter.«

»Du bist doch topfit. Und fesch wie eh und je.«

»Du bist ein Schwindler, Karl-Heinz, aber ich hab dich trotzdem lieb.«

»Ich muss jetzt aufhören, Mutti. Muss zur Befragung der Zeugin.«

»Wird's schwierig?«

»Ja, kann sein. Ich kann nicht mit der Tür ins Haus fallen und habe noch keinen Plan, wie ich an Infos komme.«

Heinz stockte. Er besprach einen nicht vorhandenen Fall mit seiner Mutter. Fehlte nur noch Luis, der ihm in der Zeit ein imaginäres Essen kochte. Auf Frittatensuppe hatte er Appetit.

Edith lachte einmal laut auf. »Dann reiß doch mit der Wahrheit das Haus nieder und lass die Tür stehen.«

»Ha, ha. Mutti. Veralber mich nicht.«

»Tu ich gar nicht, Karl-Heinz. Aber ich freue mich, dass es wenigstens meinem Herrn Sohn gut geht.«

»Mutti, ich muss.«

»Schon gut. Dann bis im Café Dommayer, Karl-Heinz. Wenn ich es erlebe.«

»Das hoffe ich doch, Mutti.«

Heinz legte auf.

Er klappte den Laptop zu, verschränkte seine Arme darauf und legte den Kopf ab. All seine Überlegungen kreisten in seinem Hirn wie Geier über Aas.

Eine Weile blieb er so sitzen, nickte kurz weg.

Der Geruch weckte ihn auf. Es roch nach dem Frittatenteig, wie ihn seine Mutter früher gemacht hatte. Leicht angebräunt. Sein Gusto während des Gesprächs mit Edith musste eine intensive Halluzination in ihm geschaffen haben.

»Ich hab gekocht, während du gepennt hast, Kumpel.« Luis war hinter ihm aufgetaucht.

Heinz wünschte sich eine Tür, die Luis aussperren könnte. Eine Gefängniszelle, die ein sicheres Schloss hatte.

Er seufzte und sog den Geruch trotzdem ein. Ein Groschen fiel.

Was hatte seine Mutter vorhin gesagt?

»Dann reiß mit der Wahrheit das Haus nieder. Und lass die Tür stehen.«

Etwas Anlaufzeit brauchte er noch, aber im Prinzip keine schlechte Idee.

9

Es hätte tatsächlich einer der von Mitzi sonst so gemochten Zufälle sein können, die sie mit Sam am Mirabellplatz erneut zusammentreffen ließ. Nur dass sie sich dieses Mal alles andere als freute.

Mitzi war eben dabei, die Paris-London-Straße zu überqueren, und Sam war aus einem der Busse an der Haltestelle ausgestiegen. Sie entdeckte ihn als Erste und blieb einfach stehen. Er auch, als er sie in der Menschenmenge erkannte. Zwischen ihnen lag ein Zebrastreifen.

Keiner von beiden bewegte sich.

»Wirst du mich töten?« Mitzi schrie.

Sie erwartete, dass Sam rasch weiterging, so tat, als würde ihr Rufen nicht ihm gelten. Doch stattdessen blieb er am Rand des Bürgersteigs stehen und hielt den Blickkontakt.

»Wollte ich, habe ich überlegt!« In nicht minderer Lautstärke brüllte er zurück. »Aber eine Mitzi killt man nicht!«

»Eine Maria schon?«

Sam zuckte mit den Achseln.

»Und eine Mia oder eine Melitta? Die könntest du jederzeit abmurksen mit deinem albernen Cowboyhut auf dem Kopf? Ja, ist es so?«

Immer lauter rief Mitzi. Es tat ihr gut nach dieser Nacht voller Angst, Hysterie und Panik. In der Öffentlichkeit fühlte sie sich zumindest im Moment vor einem möglichen Übergriff sicher.

Das Erstaunliche jedoch war, dass keiner der vorbeihastenden Menschen beim Inhalt der gerufenen Sätze stutzig wurde. Keiner hörte zu. Es war, als wäre sie mit Sam in einer Blase inmitten von Leuten, die es nicht scherte, was um sie herum geschah.

Einer der Hop-on-Hop-off-Busse, die die Sehenswürdigkeiten Salzburgs abfuhren, näherte sich und verschluckte fast Sams nächstes Rufen.

»Ich werde dir nichts tun, Mitzi. Ehrenwort!«

Sie sollte sich aus dem Staub machen, sollte die Flucht ergreifen, doch stattdessen blieb sie einfach stehen. Sein Versprechen schien ihre Muskeln in Marmor zu verwandeln. Als hätte er sie mit einem Zauberspruch erstarren lassen.

Die Nacht davor mit all ihrem Schrecken lief vor ihrem inneren Auge noch mal ab. Der Morgen danach. Sie sah sich vor ihrer verbarrikadierten Tür auf dem Vorzimmerteppich liegend erwachen.

Ihr eigenes Schnarchen hatte sie geweckt.

Ihre Muskeln waren steif, und ihr linkes Knie knackte schmerzhaft beim Aufrichten aus der gekrümmten Haltung. Sie zog sich ächzend hoch. Im Badezimmerspiegel sah ihr Gesicht aus, als hätte sie durchgefeiert. Sie wusch es mit eiskaltem Wasser ab, ihre Lebensgeister kamen zurück.

Nach zwei schwarzen Kaffees mit viel Zucker begann sie den Eingang frei zu räumen und stellte den Staubsauger an, überall war noch Erde vom Blumentopf. Das stetige Brummen beruhigte sie etwas. Sie bräuchte einen Schlauch, der die Erlebnisse der letzten Tage aus ihrem Kopf heraussaugte, ein solches »Hirnhaltsgerät« wäre eine gute Erfindung, überlegte sie.

Jedes Mal, wenn sie die losen Enden ihrer inzwischen drei Treffen mit Sam wieder aufnehmen und miteinander verknüpfen wollte, gab es einen Kurzschluss in ihrem Denken. Ein normaler Tagesablauf mit Einkaufen, Textarbeit und einem Film zur Entspannung schien unmöglich. Aber sie wagte sich wieder ins Internet. Bei den News fand sie keinen weiteren Artikel über den Mord in Kufstein. Die Toten von gestern interessierten heute schon niemanden mehr.

In ihrem E-Mail-Postfach war eine Anfrage für eine weitere Korrekturarbeit eingegangen, diesmal ein Skript für ein Buch mit Kindergeschichten eines kleinen Verlages am Attersee. Wieder über eine Empfehlung. Eigentlich eine großartige Überraschung. Wie lange hatte sie sich einen neuen Text gewünscht, der für Kinder geschrieben war. Der Zeitpunkt passte jedoch

ganz und gar nicht. Trotzdem tippte sie in zwei Sätzen eine
Zusage ein.

Nicht einmal wenn Jigsaw, Mike Myers und Hannibal Lecter
gemeinsam vor ihrer Tür gestanden hätten, hätte sie auf so eine
Gelegenheit verzichtet. Gott, sie hatte zu viele Horrorfilme
gesehen.

Mitzi gab »Sam« in die Suchmaschine ein.

Außer dass Wikipedia ihr sagte, dass Sam ein Vorname sowie
ein Nachname sein konnte, und sie schließlich zu Samsung-
Mobiltelefonen weitergeleitet wurde, gab es nichts zu entdecken. Wie auch.

Schließlich bekam sie Hunger und beschloss, zur Bäckerei
die Straße weiter vor zu laufen, wo sie immer frische Semmeln
und Brezeln einkaufte.

Für ihre ersten Schritte vor die Eingangstür wollte sie sich zur
Sicherheit bewaffnen. Sie suchte die Schere von gestern Nacht,
konnte sie aber nirgends entdecken. Ein Blick durch den Türspion zeigte ihr einen leeren Flur. Sie riss die Eingangstür auf,
sah schnell nach links und rechts, kein Mensch war zu sehen.

Der Weg zur Bäckerei war, wie sonst auch, völlig unspekta-
kulär. Nach einem frischen Buttersemmerl und einem weiteren
Kaffee an der Theke, diesmal mit viel Milch, fühlte sie sich zumindest gesättigt.

Statt sofort zurück nach Hause zu eilen, entschied sie sich,
bis zur Dreifaltigkeitskirche weiterzugehen, um in das Anliegenbuch einen Fürbittenwunsch für ihre Familie zu schreiben,
danach eine Kerze anzuzünden. An manchen schwierigen Tagen
hatte Mitzi das kleine Ritual geholfen. Ein wenig Glaube und
die Hoffnung, dass im Himmel ihre Lieben auf sie aufpassten,
konnten nicht schaden. Schon gar nicht nach einem Zusammentreffen mit einem M.

So weit Mitzis Morgen, bis sie ihm hier begegnet war.

Sam winkte jetzt und begann sich von Mitzi zu entfernen.

Er wechselte über die Straße auf den Platz, auf dem der Tou-
ristenbus für Rundfahrten hielt.

»Komm, Mitzi.« Seine Finger hatten einen Trichter gebildet, damit sie ihn besser verstehen konnte. »Fahr ein Stück mit mir. Derart öffentlich bist du auf jeden Fall sicher.«

Mitzi traf eine ihrer schnellen Entscheidungen und setzte sich ebenfalls in Bewegung. Ein Auto stoppte wenige Zentimeter vor ihr.

»Hey, bist blind? Zebrastreifen!«, keifte sie.

Der Fahrer hinter der Windschutzscheibe hob entschuldigend seine Hände. Sie musste spontan daran denken, dass ein vorgetäuschter Verkehrsunfall eine gute Lösung wäre, wenn man eine unliebsame Person loswerden wollte.

Sam hatte sich auf die Stufen des Einstiegs gestellt und verhinderte, dass sich die Schiebetür schloss. Mitzi, darauf bedacht, ihn nicht zu berühren, sprang hinein. Der Bus fuhr an.

Er zeigte sein Ticket vor und bezahlte für Mitzi ein zweites, dann steuerte Sam die letzte Sitzreihe an.

»Wir setzen uns nach hinten.«

Beim Durchgehen zählte Mitzi die Mitfahrer an diesem Vormittag unter der Woche, es waren neun. Plus der Fahrer vorne, aber der würde als potenzieller Teil einer Notfallhilfstruppe zu lange brauchen, bis er den Bus gestoppt hätte. Immerhin könnte er Hilfe über Funk holen.

Drei alte Frauen schieden ebenso aus, eine hatte einen Rollator neben sich stehen, auch die beiden anderen sahen nicht so aus, als wären sie in der Lage, Mitzi zu verteidigen. Ein junger Mann erschien ihr geeignet, aber die Kopfhörer über seinen Ohren würden ihn eventuelle Hilfeschreie nicht hören lassen. Ein Pärchen schmuste, sie waren mit sich beschäftigt. Blieben noch drei japanische Touristen, die sich leise unterhielten, während sie Fotos mit ihren Handys schossen.

Wenn Sam vorhatte, ihr in aller Öffentlichkeit doch noch den Garaus zu machen, würde sie es ihm nicht einfach machen. Das inzwischen altbekannte Kribbeln lief einmal durch ihren ganzen Körper, begann zwischen ihren Zehen und löste sich erst an ihrer Kopfmitte wieder auf.

Gänsehaut zeigte sich auf Mitzis Armen, doch diese Reaktion

konnte ebenso von der Klimaanlage kommen, die das Innere des Busses stark abkühlte.

Sam setzte sich, und Mitzi nahm ihm gegenüber Platz. In der Position konnte sie ihn besser beobachten, falls sich seine Körperhaltung bedrohlich veränderte. Sam schlug ein Bein über das andere und sah aus dem Fenster.

»Wenn ich in größeren Städten zu tun habe, dann nehme ich mir immer Zeit, um mit der einen oder anderen Bahn bis an die Endstation und wieder zurück zu fahren oder eine banale Sightseeingtour mitzumachen. Ich mag es, viel zu sehen. Sehenswürdigkeiten, Menschen, Umgebung und Flair von unterschiedlichen Städten. Ich habe gelesen, dass es auch einen Bus gibt, der das Salzkammergut durchfährt. Aber heute probiere ich diesen aus. Guck, das Schloss Mirabell, traumhaft.«

Eine wohlklingende männliche Stimme erklärte über Lautsprecher die Details und Fakten. Er lauschte. Mitzi dachte angestrengt darüber nach, ob sie mit ihm tatsächlich eine Konversation über Tourismus führen sollte, doch Sam kam ihr zuvor.

»Nach der Rundfahrt wäre ich zu dir gekommen. Und ich hätte, wie es sich gehört, geklingelt. Du hast mir eine schlaflose Nacht bereitet.«

»Du mir erst«, flüsterte sie.

Ihr Herz klopfte zu schnell. Die ganze Situation hatte etwas Unwirkliches.

Sam blieb in seiner lässigen Sitzposition und sah weiter hinaus. Die Sonne strahlte auf die renovierten Altbauten und verlieh der Stadt einen Glanz und südländisches Flair. Hinter den Fassaden hätte sich auch ein Strand erstrecken können, an einem Meer, in dem man sich an solchen heißen Augusttagen abkühlen konnte. Mitzi merkte, dass sie sich von dem Anblick und der einlullenden Lautsprecherstimme ablenken lassen wollte.

Sie schluckte und nahm all ihren Mut zusammen.

»Sam, bist du der Mann von der Brücke in Kufstein? Ich steig aus, wenn du nicht redest. Ich muss das jetzt sofort wissen.«

»Du bist nur eingestiegen, weil ich tatsächlich ein Verbrecher sein könnte? Weil du es aufregend findest, mit einem von den Bösen Bus zu fahren?«

Hatte Sam recht? Die Angst, die Mitzi vor ihm ausgestanden hatte, machte einen Teil der Anziehung aus, damit traf er den Nagel auf den Kopf, aber das würde sie nicht zugeben.

»Warum hast du mich ausspioniert, Sam? Oder, wie du gesagt hast, ›observiert‹? Ich glaub, ich werd nie wieder in meinem Bett schlafen können.«

»Ich bin nur durch die Räume durchgelaufen. Ich bin kein Stalker.«

»Aber das Heft vom Freddy hast du studiert, sonst wüsstest du nicht, dass er jetzt grad unterwegs is.«

»Nette Deko, nette Bilder. Du bist fotogen.«

»Lenk nicht ab.«

»Wir sind am Mozarteum. An der Haltestelle könnten wir aussteigen, später wieder ein.«

»Nein.«

Der Bus hielt. Sam und Mitzi blieben auf ihren Plätzen. Vier weitere Japan-Touristen erklommen den Einstieg, dann ein Mann mit zwei Hunden. Mischlinge in einer passablen Größe. Der könnte Mitzis Retter werden, wenn sie einen brauchen sollte.

Eine Weile hörte er wieder der Ansage zu, sah aus dem Fenster und betrachtete wie die anderen Mitfahrer die Stadt. Schließlich konnte Mitzi das Schweigen nicht mehr halten.

»Sam. Um Gottes willen, red! Was bist du?«

Sie merkte, dass sie nicht nach seiner Person gefragt hatte. Kein »Wer bist du?« oder ein »Was machst du?«. Es war wie in einer Quizshow für Kuriositäten, in der die normalen Begrifflichkeiten keine Rolle mehr spielten.

Er stellte sein übergeschlagenes Bein auf den Boden. Mitzi sah sich rasch um, der Mann mit den Hunden war drei Reihen vor ihnen. Als sie sich zu Sam zurückdrehte, hatte er seine Finger auf seinem Schoß gefaltet, ein Angriff stand demnach nicht bevor. Seine braunen Augen wirkten sanft, kein mordlustiger Blick.

»Pass auf, Mitzi: Hast du jemanden, den du gerne verschwinden lassen würdest?«

Die Gegenfrage überraschte sie. Allerdings war die Antwort darauf leicht.

»Keinen.«

»Nicht einen Menschen, der dich verraten, geärgert, betrogen hat? Dem du schon mal Unglück an den Hals gewünscht hast?«

Mitzi verneinte wieder.

Nun schien Sam erstaunt.

Sie wollte ihm nicht erklären, dass es in ihrem näheren Umfeld einfach niemanden gab, über den sie sich dermaßen aufregen könnte. Und ihre Oma und Freddy kamen nicht in Frage. Das Einzelgängerleben hatte demnach einige Vorteile. Keine Enttäuschungen und Streitereien, keine Verletzungen und große Dramen. Ihr einziges Drama war das schwarze Loch ihres Verlustes, das den Rest ihres Lebens aufgesogen hatte.

»Höchstens mir selbst wünsch ich grad einen Tritt in den Hintern, damit ich nie wieder zu solchen Typen wie dir in den Bus einsteige, statt die Polizei zu rufen. Was ich immer noch tun kann.«

Statt darauf zu reagieren, zuckte er mit den Schultern, als würde ihm ihre Drohung nichts ausmachen.

»Anders, Mitzi: Wenn du, sagen wir einmal, auf diesen Mann mit den Hunden hinter dir eine unsägliche Wut hättest und du ihn beseitigen lassen wolltest.«

Eigentlich hatte Mitzi sich den als ihren Schutz auserkoren, aber sie nickte. Es war ohnehin nur ein Gedankenspiel.

»Warum?«

»Keine Ahnung. Denk dir etwas aus. Ihr wolltet heiraten, und er hat dich verlassen und ehelicht eine andere. Deswegen hasst du ihn.«

Mitzi winkte ab. »Unsinn. Wenn er so einer ist, kann ich froh sein, dass er mich nicht wollte.«

»Aber du hast ihn geliebt. Er muss dafür bezahlen. Stell es dir einfach vor, Mitzi. Kann nicht so schwer sein bei deiner Phantasie. Ein Racheplan, los!«

»Okay.«

Plötzlich war ihre Panik fort, als hätte es die letzte Nacht mit Sams gräulicher Offenbarung nicht gegeben. Die Vertrautheit zwischen ihnen kam zurückgeschlichen. Es war faszinierend und unfassbar zugleich.

»Na gut. Also, pass auf, Sam, folgender Ablauf: Während der Hochzeit mit der anderen kippe ich meinem Ex ins offene Cabriolet, das er für die Fahrt in die Flitterwochen extra gemietet hat, Schwefelsäure. Dann stinkt das Innere nach verdorbenen Eiern, und er muss vor allen Gästen kotzen.«

»Du bist süß, weißt du das?« Er sah ihr in die Augen. »Aber etwas so Banales habe ich ganz und gar nicht gemeint.«

Sam löste seine Haltung, beugte sich zu ihr hin. Mitzi hatte den Mann mit den Hunden vergessen, auch die mögliche Gefahrenlage.

»Du meinst, dann soll ich dich anrufen?«

Sam nickte. »So ungefähr. Verstehst du, Mitzi?«

Sie verstand, und er stand auf. Streckte sich, hielt sich an einer der Schlaufen fest und sah sich den Rundfahrplan an.

»Wir sind gleich an der Dreifaltigkeitskirche. Dort steigen wir aus und gehen hinein. Was meinst du, Mitzi?«

Hatte sie nicht geplant, die Kirche zu besuchen und einen Eintrag in das Anliegenbuch zu machen? Wie seltsam sich bei ihnen beiden die Wege kreuzten. Mitzis Gänsehaut kam wieder und breitete sich über ihren Rücken aus. Doch ihr Herz blieb bei seinem normalen Rhythmus.

Er hatte nicht vor, sie zu töten. Sie nicht.

»Du würdest jemanden ermorden, wenn ich es dir sage, Sam. Oder?«

»Nicht, wenn du es mir sagst.«

»Sondern?«

»Wenn du mich dafür bezahlst.«

Auch das Kribbeln war wieder da, stärker als die Male davor. Wie unter Eis und Strom fühlte sie sich. Beides zur selben Zeit.

10

»Hallo, Sam!«

»Mitzi! Ich habe mich schon gewundert, wer klopfen könnte. Du hier im Hotel? So spät?«

»Ja, ich. So spät. Meinst du, ich hätt schlafen können? Schon die zweite Nacht in Folge.«

»Wie bist du …?«

»Ich hab den Nachtportier überredet, dass ich kurz hochgehen darf. Er hat mir fünf Minuten gegeben.«

»Wie hast du das geschafft?«

»Ich hab ihm eine Geschichte erzählt von einem verlorenen Schlüssel und einem Auftrag und … Ach, ich hab's schon wieder vergessen. Es kann sein, dass er gleich bei dir anruft. Aber ich bin eh sofort wieder weg.«

»Komm rein.«

»Nein, ich werde nicht noch einmal dein Hotelzimmer betreten. Aber ich muss dir mehr Fragen stellen.«

»Warum erst jetzt? Dazu hattest du doch bei unserem Ausflug genug Zeit.«

»Was denkst du? Ich bin mir wie in der ›Twilight-Zone‹ vorgekommen. Das hat gedauert, deine Geschichte zu verdauen. Wenn es überhaupt stimmt, dass du Leute gegen Bezahlung aus dem Weg schaffst, und du dir nicht einen bösen Scherz mit mir erlaubt hast.«

»Kein Scherz, Mitzi.«

»Kann einem aber wie ein Witz vorkommen.«

»Kein Witz, kein Scherz.«

»Okay. Dann muss ich Luft holen und jetzt meine Fragen stellen, Sam.«

»Nicht auf dem Hotelflur.«

»Ich rede leise.«

»Entweder du kommst herein, oder ich mache die Tür zu.«

»Dann schreie ich.«

»Nie im Leben.«

»Ich mach das, Sam. Ich kann lauter schreien, als du es dir vorstellen kannst. Was willst du dagegen tun? Mich ohne Bezahlung ermorden? Das wäre sehr unprofessionell.«

»Leise, Mitzi. Bitte.«

»Ich stelle meine Fragen, und du gibst mir Antworten, Himmel, Arsch und Zwirn. Lach nicht.«

»Entschuldige.«

»Ach, egal. Lach. Ich muss es auch. Nicht, weil ich es lustig find, sondern weil ich sonst umkippen könnte.«

»Kann ich verstehen.«

»Antworte mir. Ganz von vorne, Sam: Sag mir bitte, dass du mich für deppert verkaufst, also verarscht hast – stimmt's?«

»Noch mal: Nein.«

»Ich glaub es nicht.«

»Glaube es, Maria Schlager.«

»Du machst das wirklich?«

»So ist es.«

»Ich möchte doch hineinkommen.«

»Bitte.«

»Stopp. Ich bleibe im Vorraum stehen. Ich will nur rein, damit uns keiner hört.«

»Wie du möchtest.«

»Also, sagen wir, ich glaube dir. Was ich aber immer noch nicht ganz fassen kann. Du bist also ein – ich kann das Wort nicht aussprechen –, ein … na, du weißt schon, was.«

»Ich bin ein Auftragsmörder, Mitzi.«

»Oh Gott! Du tötest auf Zuruf?«

»Nein, ich töte per Auftrag.«

»Alle? Jeden?«

»Ich habe Anfragen und Angebote.«

»Von wem?«

»Von Fremden. Auftraggebern. Nenn sie Kunden, wenn du magst. Von Menschen, die mir eine bestimmte Summe zahlen, damit ich jemanden in ihrem Umfeld beseitige.«

»Das sind keine Menschen, die so was tun.«

»Du würdest dich wundern, was für nette Menschen es manchmal sind. Mitmenschen, die ein stinknormales Leben führen, sich hinter Fassaden verstecken. Leute, die Angst vor jemandem haben, sich an jemandem rächen wollen. Die meisten sind gebildet, haben einen anständigen Beruf, haben Partner, Familie, Kinder. Haustiere.«

»Welche Art von Aufträgen nimmst du an?«

»Nach Gefühl.«

»Nach Bauchgefühl oder Kopfempfinden oder Herzklopfen oder was?«

»Ich gehe die Anfragen durch und entscheide. Umgekehrt könnte auch bei den Suchenden ein Polizeispitzel darunter sein, der mir auflauert.«

»Tötest du mehr Männer?«

»Kann ich so nicht sagen.«

»Auch junge Frauen?«

»Wie dich?«

»Ich stelle die Fragen. Wenn ich dir also ein Angebot machen würde, Sam, würdest du es annehmen?«

»Ich dachte, du kennst kaum jemanden richtig.«

»Gib mir Antwort, sonst hau ich dir eine runter.«

»Du willst mich ohrfeigen? Hast du keine Angst?«

»Ich hab so viel Angst, dass ich schon über die Stufe hinaus bin, bei der ich sie noch empfinden kann. Ich bin wieder dran.«

»Okay.«

»Würdest du mich töten, wenn dich einer dafür bezahlt?«

»Nein.«

»Für eine Million?«

»Keiner zahlt mir eine Million.«

»Bist du reich damit geworden?«

»Wirklich reich? Nein.«

»Kinder?«

»Wie, Kinder? Was meinst du damit?«

»Ob du Kinder tötest?«

»Nie.«

»Und sonst? Alte Leute?«

»Tiere. Ich würde nie ein Tier töten.«

»Alte Leute schon?«

»Ja.«

»Bis zu welchem Alter? Ich hab eine Oma, die is über neunzig. Wenn du der etwas tust, dann bring ich dich um.«

»Entschuldige, aber ich muss wieder lachen.«

»Ich finde es nicht komisch, Sam. Wieso Kufstein? Und jetzt Salzburg? Wohnst du eigentlich in Wahrheit in der Gegend und tust nur so, als wärst du ein Tourist?«

»Nein. Deinetwegen habe ich einen kleinen Umweg gemacht. Ich habe noch etwas zu erledigen in Tirol.«

»Etwas oder jemanden?«

»Frag nicht weiter, Mitzi. Es reicht.«

»Was, wenn ich zur Polizei gehe?«

»Tust du nicht.«

»Kannst du nicht wissen. Was machst du dann?«

»Probiere es aus. Geh hin, erzähle alles, beschreibe mich. Berichte von unserem ersten Treffen, vom nächsten, von unserer Unterhaltung vorhin. Unter der Nummer, die ich dir gegeben habe, kannst du mich danach anrufen und mir sagen, wie es gelaufen ist.«

»Es gibt immer einen, der solch einer unfassbaren Geschichte wie meiner glaubt.«

»In Kinofilmen. Dort schon.«

»Ist denn Sam dein richtiger Name?«

»Ja und nein.«

»Blöde Antwort. Was machst du, wenn du Freizeit hast?«

»Banalere Dinge, als du denkst.«

»Wie Rasen mähen?«

»Zum Beispiel.«

»Träumst du?«

»Manchmal, ja.«

»Schlecht?«

»Nicht mehr Alpträume als jeder andere auch.«

»Wie lange merkst du dir die Gesichter derjenigen, die du ermordest?«

»Überhaupt nicht. Das Leben geht weiter.«

»Wenn dich ein Kunde nicht bezahlt, schickst du ihm dann eine Mahnung?«

»Mitzi, du bist das seltsamste Wesen, das ich je getroffen habe.«

»Tust du es?«

»Was?«

»Eine Mahnung oder Warnung oder auch Drohung schicken?«

»Ich arbeite auf Vorkasse. Die Hälfte bleibt mir immer.«

»Echt?«

»Wenn du wüsstest, wie viel Angst meine Kunden haben, entdeckt zu werden, aufzufliegen, ihrerseits ins Gefängnis zu müssen, würdest du mir diese Frage nicht stellen. Ich lebe seit Jahren mit dem Risiko, erwischt zu werden, sie lernen dieses Gefühl erst kennen, wenn sie mir die Anfrage senden.«

»Wie alt bist du?«

»Ich bin achtundvierzig.«

»Bist du in der Midlife-Krise?«

»Was auch immer mein Alter mit mir oder uns zu tun haben soll, nein. Ich denke nicht.«

»Ich hab überlegt, dass du mich deshalb ausgesucht hast.«

»Du meinst, ich bin der klassische ältere Herr, der sich ein junges Ding anlacht, um sich wieder jünger zu fühlen?«

»Nein. Dafür bist du zu jung und ich zu alt. Das kann es nicht sein. Warum dann ich?«

»Wieder nur ein Gefühl.«

»Kann ich mitkommen?«

»Was?«

»Kann ich dich begleiten?«

»Bist du verrückt?«

»Nein, aber ich meine es ernst. Erst dann weiß ich, dass du mir nicht einen Riesenbären aufgebunden hast.«

»Meine Antwort ist Nein. Nicht in Tirol und nicht hier.«

»Hier? Um Gottes willen.«

»Bitte nicht so laut.«

»Hier in Salzburg auch?«

»Genug geredet.«

»Dann schreie ich wirklich gleich.«

»Und wenn du das Hotel zusammenbrüllst, die Fragestunde ist vorbei.«

»Ich fall eh gleich um. Aber nicht hier drinnen. Ich gehe jetzt wieder. Lässt du mich?«

»Was meinst du, Mitzi? Denk nach.«

»Mein Hirn brennt. Mein Herz schreit. Mein Bauch fühlt sich an, als hätte ich Wackersteine gegessen. Ich stehe hier mit einem Mann, der ein Auftragsmörder ist, und lebe noch. Vielleicht gehe ich nach Hause und betrink mich, obwohl ich sonst selten trinke. Vielleicht spring ich auch in die Salzach und lass mich treiben. Tausend Fragen hätte ich noch, aber ich kann kein Fragezeichen mehr verdauen.«

»Geh nach Hause und leg dich schlafen. Soll ich dir ein Taxi rufen?«

»Ich gehe zu Fuß. Die fünf Minuten sind längst um.«

»Von hier bis in die Maxglaner Hauptstraße? Mitten in der Nacht?«

»Was zum Teufel soll mir denn jetzt noch passieren?«

11

Als das Telefon im Vorzimmer am nächsten Morgen schrill klingelte, zuckte Mitzi zusammen. Auf der Festnetznummer von Freddy und ihr meldete sich selten jemand. Beruflich wie privat telefonierten sie beide über ihre Smartphones, den Anschluss hatten sie wegen des Gesamtpakets mit schnellem Internetzugang behalten. Bevor sie nach dem Hörer griff, konnte sie die Staubschicht sehen, die sich auf der Tastatur gebildet hatte. Die ersten Zahlen auf der Nummernerkennung waren 01. Eine Nummer aus Wien.

»Hallo?«

Zuerst nur schweres Atmen.

Ein nächster Wahnsinniger. Solche Typen schienen in diesem Monat an ihr kleben zu bleiben wie Insekten an einem Fliegenfänger.

»Wer is denn da?«

Keine Antwort, auch kein Atmen mehr. In der Sekunde, als sie wieder auflegen wollte, hörte sie ein Rascheln.

»Spreche ich mit Maria Schlager?«

»Ja. Maria Konstanze Schlager, um genau zu sein. Aber wir nehmen an keiner telefonischen Umfrage teil. Trotzdem noch einen schönen Tag. Danke.«

»Darum geht es nicht, Frau Schlager.«

Wieder eine Pause am anderen Ende. Mitzi merkte, wie sie nervös wurde.

»Worum sonst? Wir kaufen nichts und geben keine Auskunft.«

»Entschuldigen Sie die Störung. Es geht um Kufstein.«

»Wie bitte?«

Hatten die Ermittler einen zweiten falschen Verdächtigen geschnappt? Warum meldete sich nicht Agnes Kirschnagel, sondern jemand aus der Hauptstadt?

Eine Möglichkeit könnte auch sein, dass eine andere Behörde

Mitzi im Auge behalten hatte, sie »observiert« hatte, um Sams Wort zu benutzen.

Der Anrufer zögerte erneut. »Ich melde mich aus Wien.«

»Ja, hab ich an der Vorwahl erkannt.«

»Natürlich. Meine Mutter hat mich überredet, wieder ins Land meiner Geburt zu ziehen. Eigentlich bin ich ein Frankfurter Piefke.«

Sein Versuch zu scherzen wirkte gekünstelt. Mitzis Hirn arbeitete weiter.

Ein Journalist, dem »Maria Sch. (29)« zu wenig Information war und der die Identität der Zeugin recherchiert hatte und sie interviewen wollte. Von der »Kronenzeitung«, vielleicht sogar vom »Standard«. Wie hieß das? Investigativer Journalismus.

Der Anruf konnte sich aber auch um eine völlig andere Sache drehen, die mit dem Mord nichts zu tun hatte. Ein Wiener Reisebüro fragte nach ihren Erfahrungen im Touristenort Kufstein, oder sie sollte eine Auskunft für Airbnb abgeben. Oder der Mann war mit der falschen Maria Konstanze Schlager verbunden, es musste mehr Frauen mit ihrem Namen geben, die in Salzburg lebten.

»Ach, dann sind Sie quasi ein halbes Frankfurter Würstchen.«

Der Anrufer lachte kurz auf. »Wiener und Frankfurter in einem, könnte man sagen.«

»Haben Sie denn auch einen Namen?«

»Entschuldigung. Hauptkommissar Heinz Baldur.«

»Oh.« Mehr kam nicht aus ihrem Mund, aber ihr wurde heiß. Sie hörte ihn durchatmen. »Also Hauptkommissar a. D. zurzeit, Frau Schlager, eine Bezeichnung, die formal so nicht stimmt, die ich aber gerne verwende.«

»Aha.« Auch jetzt fehlten Mitzi mehr Worte.

Seit sie mit Sam zusammengetroffen war, war ihr Alltag ersetzt worden durch eine irre Mischung aus den unterschiedlichsten Emotionen. Gleich den Tönen einer Ziehharmonika quetschten und dehnten sich Faszination, Panik und das Gefühl, in einem irrationalen Spiel gefangen zu sein. Die Melodie dazu klang schaurig.

Apropos: a. D., außer Dienst. Das hieß doch, dass der Anrufer im Ruhestand war, oder?

Die Sache wurde immer seltsamer. Sie suchte nach etwas Unverfänglichem.

»Wie is denn das Wetter in der Hauptstadt?«

»Heiß. Gewittrig. Dunkle Wolken ziehen auf.«

»Hier ebenso. Trotzdem noch ein tolles Badewetter.« Mitzi begann zu plappern. »Aber nicht ungefährlich. Ich war gestern am See, und da sind zwei Leute ertrunken. Ein Pärchen, man kann also sagen, Romeo und Julia vom Baggersee. Es heißt ja, man soll zwei Stunden vor dem Schwimmen nichts essen, aber die zwei haben sich mit Pommes vollgestopft. Hab ich gehört. Deshalb –«

»Ich habe Ihre Daten von Inspektorin Kirschnagel, Frau Schlager.«

Mitten in ihrer eben erdachten Story stoppte Heinz Baldur sie. Eine minimale Erleichterung beim Nennen des Namens von Agnes. Trotzdem stimmte etwas an diesem Anruf nicht. Es war Zeit, auf den Punkt zu kommen.

»Was kann ich denn für Sie tun, Herr Kommissar?«

»Es ist nicht meine Art, um den heißen Brei herumzureden, deshalb schieße ich los. Besser, ich lege los, die andere Redensart klingt bei einem Kriminalbeamten immer so sheriffmäßig.«

»Na dann, Herr Sheriff, zeigen Sie mir Ihre Marke.«

Ein längeres Lachen ging in ein trockenes Husten über, und Mitzi musste währenddessen an den Zusammenhang zwischen Cowboy und Sheriff denken. Es konnte nichts Gutes bedeuten.

»Sie sind die Zeugin im Mordfall Karsten Trinckas.«

»Stimmt. Meine Aussage is gemacht, ich sollte nur wiederkommen, wenn es einen neuen Verdächtigen gibt. Allerdings hab ich kein Gesicht gesehen, also bin ich eigentlich nicht in der Lage, jemanden zu identifizieren. Ich hab wenig Zeit, ich bin Freiberuflerin und mit Arbeit ausgelastet.«

Sie musste endlich ihren Mund halten, sonst würde sie nie erfahren, was der Mann wollte.

»Bitte um Entschuldigung, ich rede Sie ja tot.« Was für eine

Formulierung. Mitzi hätte sich ohrfeigen können. »Sie sind dran, Herr Kommissar.«

»Danke. Es geht nicht nur um Karsten Trinckas und den Mord an ihm. Ich gehe einer ganzen Reihe von Verbrechen nach. Nicht nur in Österreich, sondern ebenfalls in den angrenzenden Ländern. Allein in Deutschland könnten mehr als ein Dutzend Fälle zusammenhängen.«

»Mehrere Verbrechen?« Mitzi zuckte neben dem Telefon zusammen. Gut, dass der Anrufer sie nicht sehen konnte.

»Sozusagen.«

»Immer vom Selben begangen?«

»Wenn ich recht habe, dann ja.«

Mitzi hätte schreien können, biss sich stattdessen auf die Lippen, dass es wehtat. »Interessant.«

»Im Moment kann ich dazu nicht mehr sagen, aber ich verfolge eine Theorie. Noch keine heiße Spur. Ich wollte, dass Sie das wissen.«

»Ach so.«

Dieser Hauptkommissar a. D. hatte sich an Sams Fersen geheftet. Sie war also nicht der einzige Mensch, der Bescheid wusste. Sam hatte sich geirrt. Wer wohl noch alles hinter ihm her war? Vielleicht auch hinter ihr, wenn herauskam, dass sie sich mit ihm getroffen hatte.

Und Sam? War er heute unterwegs, um einen weiteren Auftrag auszuführen? Hier in der City? Sie lehnte sich mit dem Hörer in der Hand an den Spiegel der Garderobe. Ihr Blick war nach unten gerichtet. Ihre nackten Füße spiegelten sich.

Vier Beine, vier Füße und zwanzig Zehen.

Renn, Mitzi, renn, so schnell du kannst, und komm nicht zurück, bis der Alptraum ein Ende hat. Versteck dich in der Spiegelwelt, in diesem seitenverkehrten Universum könnte Sam vielleicht einer von den Guten sein.

Warum ich? Warum is mir das geschehen?

Eine neue Idee tauchte aus Mitzis Verzweiflung auf, ein möglicher Grund für ihre schicksalhafte Begegnung.

Vielleicht ging es bei ihrem Zusammentreffen darum, dass

sie die Person war, die ihn aufhalten konnte. Möglicherweise hatte sie ihn nur aus dem Grund gefragt, ob er sie mitnehmen würde. Ihr Unterbewusstsein signalisierte ihr am Ende damit die Chance, ein nächstes Opfer zu retten. Diese Aussicht fühlte sich besser an als alles zuvor.

Sie griff nach dem Smartphone, tippte: »Was auch immer du heute vorhast, Sam, lass es. Melde mich gleich. Mitzi«.

»Hallo, sind Sie noch dran, Frau Schlager?«

»Bin ich. Is das echt wahr, was Sie sagen? Unglaublich. Wann werden Sie ihn verhaften?« Es gelang ihr, locker zu klingen.

»Nein, nein. Noch habe ich keinen Namen, kein Gesicht. Ich wollte nur ehrlich zu Ihnen sein.«

Etwas anderes kam ihr in den Sinn. »Herr Kommissar, warum kümmert sich nicht die Kriminalpolizei in Frankfurt oder die Polizei in Tirol darum, sondern Sie als Pensionistenermittler rufen mich an?«

Wieder das trockene Lachen. Gefolgt vom Husten. »Schöne Kreation. Aber ich bin nicht pensioniert.«

»Aber das a. D.?«

»Verzeihen Sie, jetzt habe ich Sie damit in die Irre geführt. Ich bin vorübergehend nicht im Dienst. Ich habe jedoch die Zeit, die meinen Kollegen fehlt, um mich mit ungelösten Fällen zu beschäftigen. Frau Schlager, es ist so: Wenn ich auf der richtigen Fährte bin und die Fäden, die ich lose einsammle, ein ganzes Bild ergeben, haben wir es hier mit einem Phantom zu tun, das schon seit Jahren, wenn nicht seit Jahrzehnten Menschen tötet. Ich rede offen mit Ihnen: Wäre ich im Dienst, sähe die Lage anders aus. Vor meinem Anruf bei Ihnen habe ich überlegt, wie weit ich meine Karten auf den Tisch legen soll, aber Sie sind die Einzige, die bisher überhaupt in die Nähe des Verdächtigen gekommen ist und noch lebt. Sie könnten ein wichtiger Wendepunkt sein. Das ist der Grund meines Anrufs.«

Sie hatte sich geirrt, dieser Mann hatte Sam noch lange nicht.

Sollte sie sich ihm offenbaren? Hier und jetzt diesem Fremden am Telefon ihre Lage schildern? Mitzi öffnete den Mund und wusste in der Sekunde, dass sie anders vorgehen musste.

»Offiziell glaubt Ihnen also keiner, Herr Baldur?«

»Was haben Sie beobachtet, Frau Schlager?«

Eine Gegenfrage und keine Antwort. Mitzi hätte schwören können, dass der Anrufer ihrer Vermutung mit Absicht auswich, als hätte auch er trotz seiner Offenheit ein Geheimnis. Ihm nun nur von Kufstein und dem Geschehen dort zu erzählen, war mit einem Mal einfach.

In allen Details schilderte sie Heinz Baldur ihr Erlebnis in der Nacht auf der Brücke über dem Inn. Sie musste nichts auslassen und nichts hinzuerfinden, sich keine Versionen ausdenken. Keiner ihrer Sätze war gelogen. Sie endete mit dem Auftauchen von Agnes Kirschnagel.

»Okay, Frau Schlager. Ich habe mir Notizen gemacht.«

»Wie geht's weiter? Ich bin neugierig.«

»Ich kann es Ihnen nicht sagen. Meine Arbeit, meine Recherche läuft. Ich werde die Informationen, die Sie beigetragen haben, hinzufügen.«

»Aber wer es is, wissen Sie doch jetzt auch nicht.«

»Bei einem großen Puzzle kann man das ganze Bild auch nicht nach dem zwanzigsten oder dreißigsten Teilchen erkennen. Es wächst.«

»Tausend Teile, tausend Jahre.«

»Wie bitte?«

»Ich will damit nur sagen, dass es mir leidtut. Für Sie.« Mitzi stellte sich einen gebeugten alten Mann vor, der sein Leben auf der Suche verbracht hatte.

Heinz Baldur gab Mitzi seine Handy- und seine Festnetznummer durch. Sie notierte sich sogar seine Privatadresse, er bestand darauf. Jederzeit würde sie sich bei ihm melden können, wenn ihr noch etwas einfallen würde. Jederzeit.

Kaum hatte sie aufgelegt, checkte sie ihr Smartphone. Sam hatte nicht geantwortet.

12

Charly Schneider hatte es nicht so mit der Sauberkeit und hätte darauf geschworen, in einem seiner früheren Leben ein Stinktier gewesen zu sein, das mit seinem penetranten Abwehrgeruch jegliche Annäherungsversuche von außen abwehrte. Dazu kam, dass Charly das Prinzip des Einzelgängertums perfektioniert hatte, er lebte seit Jahren im Schatten der »normalen« Welt. Als waschechter Nerd verbrachte er seine Tage – und auch Nächte – in Computerwelten, wie sie »World of Warcraft«, »Counter Strike« oder »Tomb Raider« mit Lara Croft erschufen. Ja, er war sogar seit mehr als zehn Jahren, seit seiner Schulzeit bereits, in einer festen Liaison mit jener Lara und ihr treu.

Charly genügten die phantastischen Polygon- und Pixelwelten der Spieleentwickler für sein irdisches Leben, das sich immer noch durch seine Eltern finanzierte. Die wohnten in Klagenfurt und wähnten ihren einzigen Sohn in Salzburg bei einem teuren Pharmaziestudium an der PMU. Sie lebten ohne Verdacht und ohne Ahnung, dass ihr Sohn leider ein Semester verbummelt hatte. Karl-Leopold, so sein Taufname, hatte auch nicht vor, es ihnen mitzuteilen.

Immer wenn er aus einer seiner harten Spielphasen ohne Schlaf und Dusche, mit Pizza und Redbull als Verpflegung, emportauchte, nahm er sich vor, loszulegen und ein ordentlicher Pharmazeut zu werden. Ein Bachelor-Abschluss würde ihm erst mal genügen. Auch damit konnte man in die Pharmaindustrie einsteigen, denn Apotheker war ausschließlich die erste Wahl seiner Eltern.

Gute Vorsätze hatte Charly, die bis zum nächsten Einloggen anhielten. Seine Gegner kannten und fürchteten ihn zurzeit als »War-Zar11«.

In seiner Charly-Höhle, wie er die Wohnung gern bezeichnete, war er der Meister aller Welten. Um ihn herum herrschte eine Unordnung, die keine reale Freundin ertragen hätte. Einzig die Teller im Schrank der Küchenzeile waren sauber, weil er seine Nahrungsbestellungen immer direkt aus der Verpackung aß.

Das Beste an seiner Bude war der eigene Eingang, den man über eine Treppe nach unten erreichte. Früher war hier ein Kellerraum gewesen, weswegen die Fenster vergittert waren, aber für Charly bedeutete die Abgeschiedenheit trotzdem Freiheit. Er konnte seine Passion ausleben, ohne dass er der Vermieterin auf der Treppe begegnete und sie sich über seinen strengen Geruch wunderte oder ihr auffiel, wie oft der Pizzaservice bei ihm klingelte.

Charly war nach außen eine ziemlich verkrachte Studentenexistenz, aber in seinem Kosmos als Gamer ein erfolgreicher Profi.

Doch selbst in den Tiefen des Spieleuniversums konnte man sich Feinde schaffen, und ein erbitterter Gegner, der seit Jahren gegen Charly in einem der härteren Online-Ballerspiele kämpfte, fühlte sich von ihm bedroht. Auf dem virtuellen Schlachtfeld hatte Cyber-Killer_889 keinen einzigen Zweikampf gegen War-Zar11 gewonnen.

Cyber-Killer_889, Nico Wassiliski im realen Leben, bestellte beim selben Pizzaservice wie sein Erzfeind und hatte herausgefunden, dass War-Zar11 Karl-Leopold Schneider hieß und tatsächlich in derselben Straße wie er wohnte.

Daraufhin hatte Nico ohne weiter nachzudenken über seine ».onion«-Adresse im Darknet einen Auftragskiller für seinen Straßennachbarn bestellt. Keine Kosten und Mühen wollte er scheuen, wenn es darum ging, den Gegner endlich auszuschalten. Wenn er es allein im Spiel nicht schaffte, den Erzfeind zu besiegen, dann wenigstens mit externer Hilfe, was unterm Strich den gleichen Effekt hatte.

Man konnte Cyber-Killer_889 trotz seiner Straftat keinen realen Vorsatz anlasten, denn Sams neuer Auftraggeber für Salzburg hatte bereits seit Längerem die Fähigkeit eingebüßt, zwischen wahrem Leben und virtueller Existenz klar zu unterscheiden. Er schickte die Bitcoin-Summe auf den Weg und erwartete, dass im Ballerspiel eine neue Figur auftauchte und War-Zar11 aus der apokalyptischen Zwischendimension herausballerte. Dass der echte Karl-Leopold Schneider sterben könnte, kam ihm überhaupt nicht in den Sinn.

Im Ego-Shooter-Universum tat sich demzufolge erst einmal nichts, aber Sam, in dunkler Jeans und Jacke, mit seinem neuen Strohhut auf dem Kopf, klingelte mit zwei Pizzaschachteln in der Hand an Charlys Wohnungstür.

Sam hatte seine Zielperson nach Erhalt der Details wie Adresse, Foto und Tagesablauf kurzfristig auszuspionieren begonnen. Schnell war ihm klar, dass der Student, genau wie in der Nachricht beschrieben, so gut wie nie seine Wohnung verließ. Da Sams Zeitplan durch Mitzi eingeschränkt war, hatte er sich einen anderen Weg gesucht, um Karl-Leopold zu begegnen und abzuhaken.

Bei bisher zwei seiner Observierungsbesuche in der Rottmayrgasse hatte Sam den Pizzaservice Azzuro vorfahren und den Pizzaboten die schmale Seitentreppe nach unten laufen sehen. Nach der zweiten Lieferung hatte er den erschöpften Mann nach dem Weg gefragt und war schnell in eine Plauderei über die harte Arbeit übergegangen. Das Gespräch war wie von selbst auf den Kunden in der Anliegerwohnung geschwenkt. Sam hatte die nötigen Informationen.

Heute hatte er selbst zwei Pizzen bestellt und fing den Lieferanten im Hauseingang nebenan ab. Er gab ein großzügiges Trinkgeld, lüftete auffällig seinen Strohhut. Der Mann hatte ihn nicht wiedererkannt.

Sam hatte gewartet, bis der Wagen um die Ecke verschwunden war, und war beschwingt die Stufen hinuntergetrippelt. Er hatte die Pappschachteln kurz abgestellt, um sich die Handschuhe überzustreifen. Dann mit einem Tuch die Kartons abgewischt und anschließend auf den Klingelknopf gedrückt.

Von drinnen waren Explosionen und Maschinengewehrsalven zu hören, aber nach einem erneuten, wesentlich längeren

Klingeln hörten die Detonationen auf. Ein Spalt in der Tür öffnete sich.

»Was is?«

Der Geruch, der Sam traf, war eine Mischung aus Peperoni, Knoblauch und Schweißfüßen. Er zog die Nase kraus.

»Pizza für Karl-Leopold Schneider. Sind Sie das?«

»Charly heiß ich. Es wurd keine von mir bestellt. Zumindest heute noch nicht.«

Der Türspalt wurde wieder kleiner. Sam schob seinen Fuß in die Lücke hinein.

»Eine kleine Aufmerksamkeit von Ihrem bevorzugten Pizzaservice. Nicht zwei zum Preis von einer, sondern gleich zwei zum Nulltarif. Salute.« Wieder lüftete er seinen Strohhut und lehnte sich dazu mit der Schulter gegen die Tür.

»Ehrlich?«

Der Spalt wurde erneut größer. Sam hätte ohne Pizzaschachteln bereits hindurchgepasst. Auch der Gestank nahm zu.

»Die Gratislieferung ist jedoch nur an Karl-Leopold abzugeben.«

»Nur meine Mama nennt mich so. Und ich muss gleich wieder zu meinem Game zurück, stecke mitten im Battle. Wo is denn der Gustavo, der sonst immer kommt?«

»Hat heute frei. Wir sind gleich fertig, Charly. Kann ich rein? Du müsstest mir den Erhalt bestätigen.« Sam duzte den jungen Mann automatisch. »Und nebenbei, denk an etwas Schönes, Charly.«

Er drückte mit der Schulter weiter gegen die Holztür und Charly zugleich die beiden Pizzaschachteln in die Hand. Sams rechte Hand verschwand in seiner Jeansjacke. Die Aktion würde in wenigen Minuten erledigt sein.

Charly machte einen Schritt nach hinten. Sam fasste den Griff seines Messers.

Mitzi tauchte an der oberen Treppenstufe auf.

»Sam, hallo! Wart auf mich.«

Größer hätte die Überraschung nicht sein können, ein »Wa...?« rollte über Sams Lippen, und er wirbelte herum.

Tatsächlich war hinter ihm Mitzi, außer Atem und mit großen Augen, wie ein Kind, das dem Weihnachtsmann gefolgt ist. Sie rannte über die Stufen und kam neben ihm zum Stehen. Seine Finger ließen den Messergriff los.

»Was in aller Welt machst du hier?«

Mitzi hatte ein fröhliches Lächeln aufgesetzt, das der Situation völlig widersprach. »Ich hab doch gesagt, ich will einmal dabei sein.«

»Hast du mich verfolgt?«

»Ja, hab ich.« Ihr Strahlen ging von einem Ohr zum anderen. »Nichts hast du bemerkt. Wie klasse is das denn?«

Für einen Moment schaffte es Mitzi, ihn sprachlos zu machen.

»Ich bin zum Hotel gelaufen, du bist in dem Moment raus. Da hab ich gedacht, ich geh dir hinterher. Wie du es mich gelehrt hast. Du hast dich überhaupt nie umgedreht. Lustig. Als dann der Pizzaservice vorgefahren is, hab ich an der Ecke gestanden. Du hast nicht hingesehen.«

»Ich denke, Sie sind vom Pizzaservice. Oder nicht?«

Sam hatte Charly Schneider vergessen.

Er drehte sich zurück. In seinem Kopf herrschte eine bunte Mischung aus Ungläubigkeit, Ärger und Amüsement. Mit Mitzis Auftauchen hätte er nie gerechnet.

»Mein Gott, hier stinkt es aber.« Mitzi hatte sich zwischen Tür, Sam und Charly gezwängt.

Als War-Zar11 hätte Charly gern in dem Moment eine richtige Waffe gehoben. Kein Messer, sondern eines seiner Schnellfeuergewehre aus dem Arsenal der Spielfigur, um den beiden fremden Leuten an seiner Tür, die ihn mitten in einem Battle gestört hatten, den Garaus zu machen. Blutspritzer und Hirnmasse auf der Fußmatte inklusive.

Er verstand die Szene, die sich an seiner Eingangstür abspielte, nicht, und er verlor wichtige Zeit. Drinnen musste das Game fortgesetzt werden, der Pausenknopf kostete ihn Punkte.

Doch einer der Überraschungsbesucher war ein Mädchen, also eine weibliche Person, und mit dem anderen Geschlecht in natura hatte Charly immer schon große Berührungsängste gehabt. Sein strenger Körpergeruch war selbst für ihn nicht mehr standesgemäß, und er bekam einen feuerroten Kopf.

»Tut mir echt leid«, stammelte er. »Ich kann nicht so lange afk … äh, weiterfighten, sorry.«

In einer Aufwallung von Mut und Dreistigkeit, gepaart mit dem Wunsch, sich doch eine nächste Mahlzeit neben dem Spiel einzuverleiben, presste er die Pizzaschachteln an seine Brust. Er drückte mit seinen Zehen Sams Fuß aus dem Spalt und knallte die Eingangstür vor Mitzi und Sam wieder zu. Die beiden konnten hören, wie er den Schlüssel zweimal umdrehte. Wenige Sekunden später setzte erneut die kriegerische Geräuschkulisse ein.

»Puh, den hättest du aber vorher unter die Dusche stellen müssen.«

Mitzi setzte sich auf die erste Treppenstufe. Sam packte sie am Oberarm und zog sie sofort wieder nach oben. Der Griff war schmerzhaft.

»Was zum Teufel machst du hier?« Er flüsterte, obwohl klar war, dass Charly Schneider sie bei dem Lautstärkepegel drinnen unmöglich belauschen konnte.

»Eben mitkommen.«

»Woher wusstest du, dass ich hier bin?«

»Wusste ich nicht. Ich hab dir eine Nachricht geschickt, dann bin ich losgerannt. Ich hatte Glück, und du warst unaufmerksam.«

»Finde ich nicht lustig.«

»Ach geh, sei nicht beleidigt. Ich wollt zuerst nach dir rufen, als ich dich gesehen hab, aber dann bin ich dir aus Spaß hinterher.«

»So eine Sache ist nichts für dich.«

»Lässt du ihn jetzt am Leben?«

»Bitte?«

»Na, den stinkenden Burschi da drinnen. Oder trittst du die Tür ein und murkst ihn ab?«

»Solange du an meiner Seite bist, tue ich nichts mehr. Wir gehen. Es ist unglaublich.«

»Jetzt hab ich dich ›observiert‹. Wir sind quitt. Du hast ein ziemliches Tempo drauf.«

»Mitzi, lass uns von hier verschwinden. Wir diskutieren woanders weiter.«

»Ich hab trotz des strammen Geruchs Hunger bekommen. Lass uns Pizza essen gehen.«

Mitzi machte sich los und lief die Treppen ganz nach oben. Sam folgte ihr.

»Du bist ein erstaunliches Fräulein, Mitzi.«

»Nenn mich nicht so, bitte.«

»Beschatte du mich nicht. Nie mehr.«

Sie gingen den Weg zurück. Eine Mischung aus Erleichterung und emotionaler Erschöpfung breitete sich in Mitzi aus.

»Sam?«

»Was noch?«

»Wenn ich dich bitten würde, den Kerl auch später noch zu verschonen, würdest du es machen?«

»Er ist ein Auftrag.«

»Mir zuliebe. Ich fand den Stinker irgendwie süß.«

»Ich dachte, du hast mich verfolgt, damit du ihn sterben siehst!«

Mitten im Schritt hielt Mitzi inne. Die aufgesetzte gute Laune war nicht mehr zu halten. Ihre Mundwinkel sackten nach unten, und ihre Augen wurden feucht. Die lockere Show davor hatte sie ihre gesamte Kraft gekostet.

»Nein, Sam. Wie kannst du so was denken? Wie er dagestanden hat. Ungewaschen und ahnungslos. Der soll noch ein langes Leben haben.«

»Du willst es nicht verstehen.«

»Doch, doch. Ich kapier alles. Leider.« Sie streckte ihre Hand nach oben, wollte nach Sams Strohhut greifen. Aber ihr Arm schien mit unsichtbaren Gewichten ausgestattet zu sein. »Ich bin übrigens wegen einer anderen Sache zu dir ins Hotel gerannt. Ich hab einen Anruf bekommen von einem, der dich auch verfolgt.«

Sam umfasste ihr Handgelenk, diesmal griff er hart und unnachgiebig zu.

»Was sagst du?«

»Au. Nicht so fest. Ein ehemaliger Kommissar aus Frankfurt, der momentan in Österreich wohnt. Ich glaub, du denkst, dass du unsichtbar bist. Was nicht stimmt.«

»Erzähl mir mehr. Hier in der Stadt?«

»Nein.«

»Wo genau?«

»In Wien. Aua, du tust mir richtig weh.«

Mitzi sah zu ihm hoch, und Sam war wieder der dunkle Cowboy. Sie meinte weit entfernt das Aufklatschen eines Körpers im Wasser zu hören. Am Ende landete der Hauptkommissar a. D. noch in der Donau. Durch ihre Schuld.

Ohne weiter zu überlegen, schwenkte sie spontan um. »Ha, ha! Reingelegt. Es gibt keinen Kommissar, und schon gar nicht einen, der dich durchschaut hätte.«

Sein Griff wurde noch härter, Mitzi spürte die ersten Tränen rollen.

»Ehrlich nicht, Sam. Bitte, es brennt.«

»Du und deine Geschichten.«

Als er sie losließ, konnte sie auf ihrer Haut seine Fingerabdrücke sehen. Mitzi blinzelte, wischte ihre Wangen trocken. Dazu gelang ihr ein nächstes breites Lächeln, obwohl ein großes Stück des Schreckens, den sie im Buchcafé und im Wernbacher empfunden hatte, zurückgekehrt war. Sogar vor sich selbst lächelte sie das Gefühl weg.

»Aber das Stinktier bleibt am Leben bis zu seinem natürlichen Tod. Versprochen?«

»Kein Kommentar.«

An diesem Nachmittag wurde Cyber-Killer_889 wieder von War-Zar11 vernichtend geschlagen. Den Rest der Woche auch.

Nico Wassiliski erhielt über das Darknet seinen geleisteten Vorschuss zurück. Er amüsierte sich über die zurückerstatteten Bitcoins. Ihm war immer noch nicht bewusst, dass er einen echten Auftragsmörder angeheuert hatte.

Charly Schneider bekam gegen Ende der Woche überraschend den nächsten Besuch. Diesmal war es seine Mutter, die ihm im wahrsten Sinne des Wortes nicht nur den Kopf wusch.

13

Das Hotelzimmer war auf einmal zu klein. Zu eng. Er bekam keine Luft mehr.

Sam machte das Fenster auf und sah auf die weiße Stuckfassade des Hauses gegenüber. Die reflektierenden Sonnenstrahlen auf der Mauer taten ihm in den Augen weh. Er zog die roten Stoffvorhänge vor und dunkelte den Raum ab. Ganz ließen sich die schweren Stores nicht schließen. In der Mitte blieb ein Streifen Helligkeit, der einen Riss aus Licht über den schmalen Schreibtisch, den Stuhl und das Bett warf.

Es fiel ihm immer schwerer zu atmen. Je mehr er sich bemühte, Luft einzusaugen, desto weniger Sauerstoff schien durch seine Luftröhre zu kommen.

Vor seinen Augen begannen Punkte zu tanzen, und er sackte vor dem Bett auf die Knie. Seine Kehle schloss sich, seine Lungen verkrampften. Er atmete ein, ohne ausatmen zu können. Ihm war, als würde er aufgepumpt bis zum Platzen. Er wollte sich räuspern, husten, wenn nötig erbrechen, aber jeder Versuch misslang. Das Telefon, um Hilfe zu holen, war zu weit entfernt, kein Spielraum mehr möglich.

Die Enge setzte ein. Nach dem Pumpen kam das Zusammenziehen, enger und enger drückte sich ein unsichtbarer Ring um Mund, Kehle und Brust.

Er musste atmen, ATMEN.

Oder sterben. War heute er an der Reihe?

Hilfe, dachte er. Was war mit ihm los, verdammte Scheiße noch mal?

Panikattacke.

Das musste es sein.

Letzte Kraft mobilisierend, kroch er auf allen vieren über das Bett, streckte seine Finger nach der Einkaufstüte aus, die über der Lehne des Schreibtischstuhls hing.

Den Rest des Tages war er, statt seinen Auftrag an dem Nerd

doch noch durchzuziehen, lieber mit Mitzi durch die Innenstadt spaziert, hatte ein Eis mit ihr gegessen, in einem kleinen Laden zwei T-Shirts mit lustigen Aufdrucken gekauft. Sam und shoppen, die Aktion war ihm so fremd wie die Panikattacke, an der er zu ersticken drohte.

Er packte die Tüte, drehte sie und ließ die T-Shirts auf das Parkett fallen. Auch sein Körper glitt nach unten, und er kam mit einem dumpfen Laut auf dem Boden auf. Seine Hand formte mit dem Plastik einen Ring, und er setzte seine Lippen darüber. Zuerst hatte es überhaupt keine Wirkung, eher das Gegenteil trat ein. Kein Atemzug mehr möglich. Er hatte das Gefühl, dass sein Kopf in den nächsten Sekunden implodieren würde. Er würde in diesem hübschen Hotelzimmer ersticken wie ein Fisch, den man aus dem Wasser geholt hatte.

Falsches Ende, falscher Zeitpunkt.

Morgen würde eine aus der Putzkolonne ihn entdecken, die panisch nach dem Portier schreien würde. Blau angelaufen würde er hier liegen, die Finger verkrampft um die Plastiktüte geklammert, zwischen einem »I love Salzkammergut«- und dem »Baba & fall net«-T-Shirt in Gelb beziehungsweise Dunkelblau. Man würde seine Personalien überprüfen und herausfinden, dass es eine Person namens Kurt Farocker nicht gab, man würde seine vielen anderen Identitäten aufdecken und am Ende seine Profession. Polizei, Interpol, wer weiß, wer sich um seinen Körper scharen würde. Am Ende könnte es sogar Mitzi sein, die sich nach ihm erkundigte und direkt in die Mangel genommen werden würde, weil sie in diesem Zimmer auftauchte, um nach Sam zu suchen.

Mit dem Gedanken an Mitzi ließ er los.

Zuerst ein Ausatmen, ein Stöhnen, gefolgt von einem minimalen Einatmen, das in den Lungen brannte. Noch einmal, und der gesamte Vorgang des Atemholens entspannte sich weiter. Sams Körper gab nach. Während endlich wieder Luft sein System weiter am Leben erhielt, lag er auf dem Bauch, den Kopf zur Seite gedreht, die Papiertüte an den Lippen.

Von draußen ertönte Musik, eine Blaskapelle näherte sich.

Unter den Trompeten waren auch Pfeifen und Trommeln zu hören, die Lautstärke schwoll an. Er wollte sich die Ohren zuhalten, aber nach der Atemlosigkeit und der Panik setzte die Erschöpfung ein. Die Klänge stiegen von der Straße hoch, drangen durch die Vorhänge ins Zimmer und in Sams Ohren, trompeteten, trommelten und dröhnten in seinen Hirnwindungen.

Schließlich zog das Musikgewitter vorbei, und die normalen Straßengeräusche nahmen ihren zumutbaren Geräuschpegel an.

Jetzt schaffte Sam es, sich aufzurichten und zumindest vom Parkett zurück auf das Bett zu wechseln. Die Tüte hatte ihren Zweck erfüllt. Sam knüllte sie zusammen und warf sie quer durch den Raum. Danach lauschte er eine Weile seinen Atemzügen.

Der Mann kam ihm in den Sinn, der Mitzi angeblich angerufen hatte. Über den er längstens hätte nachgrübeln sollen.

Ein ehemaliger Kommissar aus Frankfurt? Jetzt in Wien? Wo genau dort? Und ihm auf den Fersen? Unmöglich, oder?

Er war sich fast sicher, dass sie gelogen hatte. Nicht was den Anruf betraf, sondern gleich darauf, als sie die Sache als Scherz abgetan hatte. Wie war dieses Gespräch abgelaufen? Er hätte unnachgiebig bleiben und Mitzi zur Wahrheit zwingen sollen.

Mit einer solchen Entwicklung hatte er immer schon gerechnet. Sich über Jahre im Darknet zu bewegen, tödliche Dienstleistungen anzubieten, Aufträge auszuführen, das konnte nicht auf Dauer gut gehen. Bisher hatte er Glück gehabt. Nein, nicht nur schnöden Dusel, seine Vorsicht, seine Auswahl, sein Bauchgefühl hatten ihn über die Jahre gehievt. Letztlich vor allem sein einsames Vorgehen. Er vertraute niemandem, keiner wusste über ihn Bescheid. Seine wahre Identität war geschützt. Er war ein lonesome Cowboy, ob mit oder ohne Hut.

Doch nun wusste Mitzi Bescheid.

Aber warum sollte sich ein Ermittler aus Wien bei ihr melden? Darum musste er sich kümmern. Er würde ihr die näheren Informationen noch entlocken und quasi auf dem Heimweg dem Bullen einen Besuch abstatten. Doch zuerst wollte er von Salzburg aus zurück nach Tirol, es warteten nächste Erledigungen. Der Rückzieher bei dem Nerd hatte einen üblen Beigeschmack.

Er könnte sie mitnehmen. Nach Kitzbühel. Sie unterwegs nach diesem Kommissar befragen. Wenn er ehrlich war, wollte er sie sogar dabeihaben. Zum ersten Mal in all den Jahren wäre er nicht allein unterwegs.

Was für Gedanken. Fast blieb ihm dabei erneut die Luft weg. Eine Zeit lang lag er auf der kühlen Überdecke, reglos, in sich hineinhorchend.

Vielleicht wäre es unter den Umständen besser, direkt nach Hause zu fahren.

Nach Hause.

Mit einem Ruck setzte er sich auf und wischte alles, was mit seinem Leben außerhalb von Sam zu tun hatte, beiseite. Er schwang sich aus dem Bett, stieg über die immer noch am Boden liegenden T-Shirts und ging zum Schrank im engen Vorraum. Er schloss ihn auf und holte aus seiner dunklen Jacke das Messer heraus. Kaum hatte er es in der Hand, fühlte er sich besser. Wieder stärker, wieder Herr der Lage. Mit der Stichwaffe setzte er sich an den Schreibtisch.

Sam legte seine linke Hand, die Finger gespreizt, auf die Tischplatte und begann mit der Messerspitze in die freien Zwischenräume zu stechen. Jeder Treffer auf dem Holz erzeugte mit einem Ton, der eine Mischung aus Klopfen und Knallen war, eine Kerbe. Zuerst ganz langsam übersprang er mit dem Messer einen Finger nach dem anderen und wieder retour, dann erhöhte er die Geschwindigkeit.

Das Klopfen und Knallen wurde lauter als die Blasmusik vorhin und erzeugte mit seinem Rhythmus einen Rückhall auf seinen Trommelfellen. Während die Messerspitze tanzte, erhöhte Sam die Geschwindigkeit, nahm bewusst eine Verletzung in Kauf.

»Neues Lieblingswort: ›Messerspitzenwalzer‹«, flüsterte er keuchend.

Die Spitze traf die Tischplatte zwischen Haut und Fleisch von Sams Fingern. Immer schneller, immer berauschender.

Kein Dreivierteltakt, aber die Lebensgeister erweckend, die Kraft und die Energie zurückholend, die Sam brauchte, um weiterzumachen.

Mit einem Schrei riss er seine rechte Hand mit dem Messer nach oben.

Aus. Genug. Vorbei.

Vor seiner Abreise würde er die Schäden, die er an der Tapete und auf der Tischplatte angerichtet hatte, mit einer guten Ausrede ersetzen.

Die Aktion hatte sich gelohnt. Er fühlte sich befreit.

14

Die Aspirantin Chantal klopfte diesmal an den Türrahmen. Wegen der gestauten Schwüle im Revier standen alle Türen weit offen, um Durchzug zu erzeugen.

»Agnes?«

»Was denn?« Agnes sah hoch. Sie wollte jetzt nicht gestört werden.

Neben ihr standen Revierinspektor Sepp Renner, ihr unmittelbarer Vorgesetzter, und Bastian. Der Chef hatte Agnes zu einer Besprechung in sein Büro hinzugebeten und in ein brandneues Verbrechen mit einbezogen. Die Chance, dem Berichteschreiben zu entkommen.

In der Nacht von gestern auf heute war das Auto eines Juweliers angezündet worden und abgebrannt. Zudem hatte der Betroffene angegeben, seit Wochen Drohbriefe mit Geldforderungen erhalten zu haben. Agnes hatte die Aussage zweier Angestellter aufgenommen und sich eigene Notizen gemacht. Sie genoss es, mitten im Geschehen zu sein.

»Es will dich jemand auf deinem Handy sprechen, Agnes. Ich bin beim dritten Mal rangegangen, weil es auf deinem Tisch lag und das Klingeln genervt hat. Sorry.«

»Schon okay. Kannst du bitte sagen, dass ich gleich zurückrufe?«

»Hab ich eh. Aber es ist dringend, meinte die Anruferin. Sie ist immer noch dran.«

»Wer ist es?«

»Das wollte sie mir nicht sagen.«

»Geh nur, Agnes.« Sepp Renner klopfte ihr auf die Schulter.

»Ich berichte dir gleich alles, was du versäumst«, fügte Bastian hinzu.

Sie öffnete den Mund, um zu widersprechen, ließ es aber.

Auf dem Weg lief ihr Chantal hinterher. »Entschuldige noch einmal, Agnes. Die Frau klang ein bisserl verstört.«

»Ist gut.«

Im Großraumbüro angekommen, schloss Agnes die Tür vor der Nase der Aspirantin. Wehe, sie würde anklopfen. Mit drei Schritten war sie an ihrem Schreibtisch und schnappte sich das Mobilteil.

»Ja?« Ihr Ton war unwirsch.

»Hallo, Agnes.«

»Oh, Frau Schlager. Im Moment ist es ungünstig. Kann ich Sie zurückrufen?«

»Ich hab es schon dreimal versucht. Sie sagten doch, ich kann mich immer melden.«

Die Stimme hörte sich schwach an. Agnes verdrehte die Augen, aber ihr Beschützerinstinkt sprang erneut an. Sie entschloss sich, auf die Zeugin einzugehen.

»Legen Sie nicht auf, Mitzi. Wenn es dringend ist, dann bitte, reden Sie.«

»Ich versuch, mich kurzzufassen. Versprochen. Die letzten Tage waren für mich wie die Fahrt auf einem Riesenrad. Von unten nach ganz oben und wieder hinunter, aber in einer rasanteren Geschwindigkeit.«

»Das hat zu tun mit ...?«

»Bitte, nur eine Minute einfach zuhören. Geht das?«

Agnes atmete durch. »Aber gern.«

»Meine Korrekturen am antarktischen Krill sind fertig, Rechtschreibfehler zuhauf und fast kein Beistrich richtig gesetzt. Krill, das ist eine Art von durchsichtigen Krebstierchen. Der Abgabetermin für das Kinderbuch hat sich in den September verschoben, Gott sei Dank. Aber das is ja alles nicht wichtig. Ich wollte nur sagen, dass die Faszination wächst, und das macht mir Angst.«

»Welche Faszination?«

»Warten S', ich komm gleich darauf. Ich erwarte jedes Mal ein Monster, begegne aber einem Menschen.«

»Bitte, Mitzi, kommen Sie auf den Punkt, ich verstehe nicht, was Sie mir sagen wollen.«

»Entschuldigen Sie. Sie haben keinen neuen Verdächtigen, stimmt's?«

»So ist es. Ich hätte mich gemeldet, wenn die Innsbrucker Kollegen eine Verhaftung vorgenommen hätten.«

»Innsbruck?«

»Das Landeskriminalamt hat doch den Mordfall übernommen, Mitzi. Zusammen mit den Deutschen. Darüber haben wir gesprochen, erinnern Sie sich? Es kann durchaus sein, dass die sich bald bei Ihnen melden. Ihre Aussage mit Ihnen noch einmal durchgehen wollen.«

»Ja, natürlich. Aber im Moment rutscht mir einiges durch.«

»Mitzi, ich könnte mich erkundigen und Ihnen eine gute psychologische Beratung vermitteln, damit Sie Ihr Erlebnis besser verarbeiten können.«

»Nein, danke. Damit komm ich klar. Sind Sie und Ihre Kollegen denn überhaupt nicht mehr dafür zuständig?«

»Nur am Rande, ehrlich gesagt. Obwohl ich natürlich an der Sache dranbleibe.«

»Wenn ich Ihnen sagen würde, dass ich jetzt mehr über den Cowboy auf der Brücke erzählen könnte, würden Sie sich darum kümmern?«

Die Besprechung beim Chef wurde unwichtig. Agnes horchte auf. »Was genau meinen Sie damit, Mitzi?«

Eine Pause am anderen Ende der Leitung.

»Frau Schlager! Können Sie sich an weitere Details erinnern? Es ist nichts Ungewöhnliches, dass neue Puzzleteile erst viel später aus dem Unterbewusstsein hochkommen.«

»Nicht direkt.«

»Mitzi, Sie brauchen nicht mit den Beamten aus Innsbruck zu reden. Ich würde auch persönlich zu Ihnen kommen.«

Das stimmte nur zum Teil. Agnes konnte Maria Schlager aufsuchen, wenn sie wollte, aber die Zeugin würde auf jeden Fall mit den zuständigen Ermittlern zusammenarbeiten müssen. Sie wunderte sich, dass sich nicht längst einer aus dem Team bei der Frau gemeldet hatte.

Damit kam ihr Ärger wieder hoch. Den Kollegen aus Innsbruck schienen die Hauptstadtfälle wichtiger zu sein. Sie verstand einmal mehr nicht, warum sich ihr Chef den Fall aus der

Hand hatte nehmen lassen. Sie würde bei Sepp Renner dieses Thema anschneiden, ihn ermutigen, die Sache wieder in den Zuständigkeitsbereich der Kufsteiner Polizei zu holen.

Doch wenn Agnes ehrlich war, wusste sie bereits jetzt, dass ihre guten Absichten wenig Chancen hatten. Sie hatte es satt, so unwichtig zu sein, dass man sie jederzeit mit einem Schulterklopfen aus einer Dienstbesprechung gehen ließ.

»Mitzi? Sind Sie noch dran? Was haben Sie zu Ihrer Aussage hinzuzufügen?«

»Nichts. Ich wollte nur, dass mir jemand zuhört, das is alles. Und jetzt hab ich Sie mit meinem dummen Geschwafel von Ihrer Arbeit abgehalten.«

»Schon gut.«

»Immerhin hab ich einem jungen Kerl kürzlich das Leben gerettet. Meine gute Tat für den August.«

»Wie das?«

»Ach, die Story würde zu lange dauern. Ich hab es mehr bildlich gemeint. Trotzdem danke, Agnes.«

Mehr Informationen gab es nicht. Sie tauschten ein paar Floskeln aus, bevor Mitzi das Gespräch beendete.

Agnes setzte sich auf die Schreibtischkante und knabberte an ihrem Daumennagel. Was sollte sie von diesem Anruf halten? Sie schwankte zwischen einem sofortigen Rückruf mit intensiverem Nachfragen und einer Vorladung, die sie aber erst bei ihrem Vorgesetzten durchbringen musste. Was nicht wahrscheinlich war. Hier schloss sich der Kreis, und hier endeten Agnes' Möglichkeiten.

Wieder entkam ihr ein Fluch.

Sie musste zu Sepp Renner und Bastian zurück, die Männer sollten nicht zu lange ohne sie weitermachen. Doch sie zögerte. Denn einen Schritt weitergedacht: Was wäre, wenn Mitzi den Täter vielleicht sogar wiedererkannt hatte? War in Salzburg etwas geschehen, das über eine verwirrte Frau, die sich immer noch nicht beruhigt hatte, hinausging?

Wie hatte sie es eben formuliert? »Die Faszination wächst.« Ein Monster und ein Mensch. Konnte die Zeugin in Gefahr sein?

Agnes stieß einen Seufzer aus. Wie sie Mitzi kennengelernt hatte, war es jedoch genauso möglich, dass sich die junge Frau wieder in variantenreichen Geschichten verloren hatte.

Wie sollte sie vorgehen?

Sie öffnete die Tür. Aspirantin Chantal stand immer noch davor.

»Und, war es wirklich so wichtig?«

15

»Schmeckt's dir?«, fragte Mitzi.

Vor dem Fenster begann sich der Dunst aufzulösen, der heute Morgen noch über der Stadt gelegen hatte. Sommernebel, hatte Sam ihr erklärt, konnte es auch bei sehr schwülen Luftmassen geben, Kondensation konnte auch bei milden Temperaturen einsetzen.

»Ja, bestens.« Sam schmierte sich ein Marmeladenbrötchen, dann goss er sich eine Tasse aus dem Kännchen ein. »Ich mag diesen starken Kaffee am Morgen.«

Mitzi schlürfte den Schaum von ihrer Tasse.

»Ich hab noch ein paar Fragen.«

»Muss das sein?«

Mitzi nickte. Sie überlegte, mit welcher sie beginnen sollte. Eine war wie die andere, auf keinen Fall zu frischen Kipferln passend.

»Tötest du immer mit einem Messer?«

»Das interessiert dich beim Frühstück, Mitzi?«

»Ja.«

Er faltete die Hände. »Seit einigen Jahren wiederhole ich mich. Wie bei dem Mann auf der Brücke.«

»Mit was für einem Messer? Wo genau in den Bauch hinein stichst du?«

»Solche Details willst du nicht wirklich wissen. Wenn ich es dir erzähle, dreht dein Kopfkino durch, und du probierst es am Ende selbst aus.«

»Ich würde so etwas nie tun, Sam.«

»Wer weiß. Nächste Frage?«

»Hat dich außer mir je jemand dabei beobachtet?«

»Du bist die Einzige.«

»Wie lange machst du das schon?«

»Zu lange, denke ich manchmal.«

»Hast du nichts Besseres gelernt?«

»Lass uns die Story, wie aus mir ein Auftragsmörder wurde, auf ein anderes Mal verschieben. Vielleicht an einen düsteren, dunklen Ort, wo ich dir eine Gänsehaut verpassen kann.«

»Die hab ich dauernd seit Kufstein.«

»Trotzdem sitzt du hier bei mir.«

Eine Weile redete keiner von beiden.

Mitzi musste an Agnes denken. Sie schloss ihre Augen und wünschte sich, dass die Inspektorin wie aus dem Nichts auftauchen und Sam verhaften würde. Fast meinte sie, das Klicken von Handschellen zu hören, doch als sie ihre Augen wieder aufschlug, sah sie eine Dame am Nebentisch in ihrer Handtasche wühlen. Nachdem sich die Frau einen Lippenstift herausgenommen hatte, klickte es erneut, als sie den Verschluss betätigte.

Mitzi erinnerte sich, dass ihre Oma nie ohne ihre große Umhängetasche vor die Tür gegangen war. Jetzt hing das Teil nutzlos im schmalen Schrank, der Therese Schlager zugedacht war. Das Zimmer im Heim war bedrückend klein.

»Wenn wir später an einer Kirche vorbeigehen, Sam, möchte ich eine Kerze anzünden.«

»Jetzt stelle ich mal eine Frage, Mitzi. Für wen?«

»Für meine Familie.«

Sie wartete, ob er mehr wissen wollte, aber stattdessen blätterte er in einem Salzburg-Führer, den er mitgebracht hatte.

Am liebsten hätte sie es ihm erzählt. Das Ereignis aus ihrer Vergangenheit, das zu der Nacht in Kufstein eine Brücke zu schlagen schien. Im wahrsten Sinn des Wortes. Das außerdem der Grund sein mochte, weswegen sie hier saß und nicht in einem Polizeirevier.

»Sam. Was war dein allererster Mord?«

»Keine Ahnung.«

»Bitte, sag es mir.«

Er strich ihr über die Wange. »Ich weiß es nicht mehr.«

»Dann eben nicht.«

»Ehrlich.«

Mitzi glaubte ihm. Deshalb würde er ihre Geschichte doch nicht erfahren. Weder hier noch in einer Kirche noch sonst wo.

»Ich werde dich für eine halbe Stunde allein lassen, Mitzi.«
Sam sah auf sein iPhone.

Mitzi schluckte. »Du gehst weg?«

»Nur kurz. Du kannst hier warten, wenn du magst. Bestell dir noch etwas. Ich bin bald zurück. Dann ziehen wir weiter. Okay?«

»Du wirst doch nicht …?«

»Nein, Mitzi.«

Sam lächelte.

Während sie wartete, begann es leicht zu regnen. Der berühmte Salzburger Schnürlregen, der diesen Sommer bisher noch kein einziges Mal niedergegangen war. Der Klimawandel machte auch vor klassischen Wetterkapriolen nicht halt.

Mitzi hörte das leise Klopfen gegen die Fensterscheibe und wäre gern aufgestanden und hinaus in den Regen gegangen. Stattdessen blieb sie artig sitzen, bestellte sich ein Pago und löste ein paar Sudokus auf ihrem Handy.

Wieder überlegte sie, ob sie es sein konnte, die Sam endlich dazu brachte, das Töten aufzugeben. Die Idee hatte sich festgesetzt.

Die MörderMitzi stimmt den Cowboy aus Tirol um.

So einfach. So klar.

Galgenhumor war besser als jeder andere Gedanke an ihre Treffen mit diesem Mann. Aber: Er hatte sie nicht gezwungen, sie war freiwillig gekommen. Auch heute.

»An meinem letzten Tag regnet es. Es ist zum Heulen.«

Er war zurück, schneller als angekündigt, und setzte sich jetzt neben sie.

»Plaatzen heißt das bei uns, Sam.«

»Tolles Wort.«

Sam hatte sich umgezogen. Er trug die grünen Hosen und das weiße Poloshirt von ihrer ersten Begegnung im »Wernbacher«, in dem er sie an einen Golfspieler erinnert hatte. Auf seinem Kopf saß eine Baseballkappe, ebenfalls in Weiß, schlicht und ohne Aufdruck, als Schutz gegen den Regen.

»Wohin geht's von Salzburg aus?« Wie beiläufig stellte sie die nächste Frage.

»Kitzbühel zuerst.«

»Wieder Hotel?«

»Nein, dort wohne ich in einem Apartment.«

»Privat gemietet? Über eine Online-Plattform, wie ich es immer mache?«

»Nein. Es ist eine Wohnung von einem Freund. Kennst du die Stadt?«

»Nein, Kufstein war mein erster Besuch in Tirol.«

»Danach fahre ich noch nach Wien.«

Vor ihrem inneren Auge sah Mitzi Heinz Baldur tot in seiner Küche liegen, auch wenn sie seinen Anruf als Scherz abgetan hatte. Und obwohl sie keine Ahnung hatte, wie der Mann oder seine Küche aussah.

»Ich werde deinem Kommissar nichts tun. Versprochen, Mitzi.«

»Was?« Es war ein Wunder, dass sie nicht zusammenzuckte. Ihre Gedanken schienen für ihn ein offenes Buch zu sein.

»Na, der Typ, von dem du erzählt hast. Der sich bei dir gemeldet hat.«

»Blödsinn, hab ich doch gesagt. Ein Gschichterl von mir.«

»Ehrlich?«

»Sam! Der is nur eine Fantasyfigur. Wie Commissioner Gordon in den Batman-Filmen.« Mitzi schüttelte den Kopf. »Dass du daran noch denkst.«

»Ist mir eben eingefallen. Im Zusammenhang mit meiner Abreise.«

Mitzi rieb sich die Oberarme.

»Ist dir kalt?«

Er legte seinen Arm um Mitzi. Wie selbstverständlich berührten seine Finger ihre nackte Haut. Sie ließ die Umarmung zu.

»Eher heiß. Aber alles is gut.«

Der Regen draußen wurde stärker.

»Wo is denn nur der Paraplü?« Die Frau vom Nebentisch

war aufgestanden und wühlte erneut in ihrer Tasche. Sie redete mit sich selbst. »Alles hat man dabei, nichts findet man. Was für ein Pallawatsch.«

Sam runzelte die Stirn.

»›Regenschirm‹ meint sie«, erklärte Mitzi. »Und ›Durcheinander‹.«

Die Frau ging weiterschimpfend und -suchend an ihnen vorbei.

Sam erhob sich grinsend und wechselte die Tischseite. Die Stelle an Mitzis Oberarm, die er vorhin berührt hatte, juckte.

»Wenn du weg bist, Sam, könnte ich dich dann unter der Handynummer weiter erreichen?«

»Klar.«

Sie sah ihn ungläubig an. »Ja?«

»Diese Nummer bleibt. Für dich.« Sam streckte die Hand über die Tischplatte aus. »Willst du mitkommen?«

»Wohin?« Mitzi erschauerte. Nicht vor Überraschung, sondern weil sie genau damit gerechnet hatte. Es war, als hätte sie ein Fieber erfasst, das ständig stieg und sie aus der Welt, die sie kannte, herausbrannte.

»Kitzbühel eben.«

Es graute ihr vor ihrer Antwort. Ein Teil in ihr schrie Nein, ein anderer, leiserer konnte es sich vorstellen.

»Und, Mitzi? Ja oder nein?«

»Na ja, es würd schon gehen. Ich könnte dem Freddy sagen, dass ich noch ein paar Tage wegfahre, weil ich den Urlaub in Kufstein abgebrochen hab. Er wird ohnehin erst Ende der nächsten Woche zurückkommen, vielleicht sogar noch später. Es wäre kein Problem. Ich schreib ihm gleich eine WhatsApp, die liest er erst in ein paar Stunden. Er ist auch kein eifersüchtiger Mensch, ganz abgesehen davon, dass wir zwei ja eh nichts miteinander haben.«

Sie redete so schnell, dass kleine Speicheltröpfchen aus ihrem Mund flogen.

Sam trommelte mit Zeigefinger und Mittelfinger auf das Tischtuch. Das Geräusch passte zu den Regentropfen.

»Das heißt also Ja?«

Eine junge Frau und ein älterer Herr setzten sich an den Nebentisch, wo vorhin die Dame mit der Handtasche gesessen hatte. Die Haare und Jacken der beiden glitzerten von der Nässe, die sie mitgebracht hatten. Er nahm ihre Hand und küsste sie. Sie lächelte verliebt.

Ein Pärchen. Wie Mitzi und Sam eines hätten sein können.

16

Es als einen kleinen Umweg zu bezeichnen, war lachhaft.

Nach dem halben freien Tag, den Agnes mit ihrer Mutter bei einem Brunch in Innsbruck verbracht hatte, sollte sie um drei Uhr am Nachmittag ihren Dienst antreten. Doch sie war an Kufstein vorbeigerauscht.

»Inspektor Bastian Klawinder, was kann ich für Sie tun?«

»Bastl, hier Agnes.«

»Meine Hübsche, das is eine Freud.«

»Du, hör mal, ich muss mich für heute krankmelden.«

»Wieso denn?«

»Mir ist schon seit heute Morgen schlecht, und jetzt sind starke Kopfschmerzen dazugekommen.«

»Rufst du mich aus dem Auto an? Wolltest du nicht nach Innsbruck?«

»War ich. Es gab Stress mit meiner Mama, vielleicht auch deshalb die Kopfschmerzen.«

»Was Schlimmes?«

»Nein, nur ein anstrengender Mutter-Tochter-Meinungsaustausch. Ich bin auf dem Weg. Ich lege mich sofort ins Bett, wenn ich zu Hause bin. Tut mir leid.«

»Kein Problem. Soll ich später bei dir vorbeikommen?«

»Lass es. Ich brauch Ruhe. Morgen bin ich wieder fit.«

Nachdem sie Kufstein links liegen gelassen hatte, hatte Agnes sich die weitere Fahrt über von einem Hörbuch unterhalten lassen. Ein Geschenk ihrer Mutter, damit sie neben dem harten Polizeijob etwas Muße genießen konnte.

Die gesamte Strecke über hatte es geregnet, und je näher sie Salzburg kam, desto heftiger klatschten die Tropfen gegen die Windschutzscheibe. Seit Verlassen der Autobahn schüttete es wie aus Eimern. Das Navi lotste sie bis zur Maxglaner Hauptstraße, aber einen Parkplatz fand sie erst in der zweiten Querstraße.

Jetzt stand Agnes immer noch unschlüssig vor dem Wohnhaus Nummer 20. Ihre Haare, ihr T-Shirt waren bereits klatsch-
nass.

Nach einem langen Ausatmen drückte sie auf den Klingelknopf und wandte sich der Gegensprechanlage zu. Nichts tat
sich, keine Nachfrage, weder von Mitzi noch von ihrem Freund.
Agnes probierte es ein zweites Mal, ließ die Fingerkuppe länger auf dem Knopf. Wieder keine Reaktion. Passend zu ihrem
spontanen und unüberlegten Verhalten.

Ihre Optionen waren dürftig.

Sie konnte einen Spaziergang machen, sich die nächsten Stunden die Stadt ansehen. Es war ihr erster Besuch in Salzburg, und
was lag näher, als zumindest eine der Sehenswürdigkeiten zu
erkunden. Danach zurück und einen zweiten Versuch starten.
Doch das schlechte Wetter war alles andere als verlockend. Zumindest könnte sie sich nach einem Lokal umsehen, einem Café
oder einer Bäckerei und einen Imbiss zu sich nehmen.

Agnes lehnte sich gegen die Tür, die unverschlossen war und
sofort aufsprang. Nach kurzem Zögern betrat sie den Hausflur.

Eine Weile stand sie vor den Briefkästen im Parterre. In
der dritten Reihe trug einer die Aufschrift »Balogh/Schlager«.
Die Wohnung lag demnach im dritten Stock. Sie konnte nach
oben gehen und sich vor die Eingangstür hocken. Eine halbe
Stunde, mehr nicht. Wenn Mitzi bis dahin nicht auftauchte,
würde Agnes wieder gehen und ihren Kurztrip verschweigen.
Sang- und klanglos.

Was hatte sie erwartet?

Der Drang, noch einmal Auge in Auge mit Mitzi zu sprechen, schrumpfte mit jeder Sekunde. Auch ihre Sorge um die
junge Frau kam ihr lächerlich vor. Dafür sehnte sie sich nach
einer Zigarette, obwohl sie vor dem Aussteigen entgegen ihrer
eigenen Regel, im Wagen nicht zu rauchen, eine gepafft hatte.
Sie holte die Packung aus der Hosentasche, sah sich um und
bemerkte den Rauchmelder an der Decke. Vor der Tür war der
Regen zu stark, zum Auto zurückzulaufen war lächerlich. Sie
würde sich beherrschen. Dreißig Minuten, nicht kürzer, nicht

länger, würde sie warten und anschließend nach Kufstein zurückfahren. Viele nutzlose Kilometer lagen vor ihr.

Die Außentür wurde geöffnet.

Vielleicht spielte der Zufall mit, und es war Mitzi. Große Augen würde sie machen, wenn sie die Inspektorin leibhaftig und unangemeldet vor sich stehen sah.

Ein Mann trat ein. Sein Polohemd und seine Baseballkappe trieften vor Nässe, auch auf seiner Leinenhose konnte man nasse Flecken sehen. Die Kopfbedeckung war unauffällig, trotzdem ging Agnes' Blick dahin, ohne das Gesicht weiter ins Auge zu fassen. Er blieb kurz stehen, musterte sie, begann dann gemächlich die Treppe hochzusteigen.

Sie fasste die Gelegenheit beim Schopf.

»Entschuldigen Sie.«

Er stoppte und wandte sich ihr zu. Das Licht vom Flurfenster fiel in seinen Rücken, sein Körper war nur als Kontur um eine dunkle Mitte wahrzunehmen. Wieder zog die Kappe ihre Aufmerksamkeit auf sich. Sie konnte die Regentropfen sehen, die darauf glitzerten.

»Ja?«

»Wohnen Sie hier?«

»Warum fragen Sie?«

Agnes spürte eine leichte Irritation. Selten stellte jemand auf eine Frage direkt eine Gegenfrage.

»Ich will zu Maria Schlager. Vielleicht kennen Sie sie?«

»Schlager, sagen Sie?«

In den nächsten Sekunden wurde Agnes von einem Gefühl überflutet, das sie bisher nur ein einziges Mal kennengelernt hatte.

Gegen Ende ihres Praktikums in Innsbruck war sie selbst Zeugin eines Diebstahls geworden. Ein Mann hatte einer älteren Dame die Tasche aus der Hand gerissen und sie zu Boden gestoßen. Da sich sofort zwei Passanten um die alte Frau kümmerten, hatte Agnes die Verfolgung aufgenommen.

Der Mann war in einen Säulengang geflüchtet und sie hinterher. Als sie um die Ecke gehetzt war, hatte sie ihn nicht mehr sehen können. Trotzdem hatte sie ihre Geschwindigkeit nicht gedrosselt, denn sie vermutete ihn hinter der fünften Säule linker Hand. Sie war sich so sicher gewesen, dass der Mann in dem Schatten dahinter lauerte, dass sie die anderen Möglichkeiten unbeachtet ließ, obwohl man es den jungen Polizisten während ihrer Ausbildung anders beigebracht hatte.

Am Ende hatte sie recht behalten, aber es hätte auch schief-gehen können.

In diesem Augenblick war sie sich sicher, dass mit dem Mann mit der Kappe etwas nicht stimmte. Er strahlte eine Gefährlich-keit aus, eine Unberechenbarkeit. Ihre Muskeln spannten sich an, sie wappnete sich gegen einen Übergriff.

»Genau. Maria Schlager.«

»Nein, keine Ahnung. Ist ein großes Haus.«

Sie bemerkte, dass der Mann hochdeutsch sprach, wie Agnes meistens auch. Aber er tat es ohne eine österreichische Sprach-melodie. Er musste ein Zugezogener sein. Aus Deutschland vermutlich. Ihr Verstand verknüpfte ihr ungutes Gefühl mit diesem Umstand. Lächerlich, aber es mochte tatsächlich sein, dass sie das Fehlen eines Akzents verunsichert hatte. Schon allein, weil sie eine andere Erwartungshaltung gehabt hatte.

Die Gefahr war vorbei. So schnell, wie das Gefühl gekommen war, löste es sich auf.

»Okay, danke. Ich sehe mich einfach um.«

»Man sieht an den Postkästen, in welchem Stockwerk jemand wohnt.«

»Habe ich mir gedacht. Der dritte also.«

»Tja, und ich habe vergessen, Milch einzukaufen.«

Er kam die Treppen wieder herunter, an Agnes vorbei. An der Haustür drehte er sich noch einmal zu ihr um.

»An den Türen sind keine Namensschilder.«

»Oh, blöd.«

»Gemeinhin dumm, könnte man sagen. Servus.«

Als die Haustür ins Schloss fiel, setzte sich Agnes auf die unterste Stufe. Sie konnte genauso gut weiter hier warten, an-statt hochzulaufen.

Mitzis Aussage, dass vor allem der Hut des Mannes auf der Brücke sie in den Bann gezogen hatte, kam Agnes in den Sinn. Hätte heute und hier ein Mord stattgefunden, würde sie eine ähnliche Aussage über die Begegnung eben machen müssen, obwohl eine Baseballkappe alles andere als auffällig war.

Hatte Heinz Baldur je in Erwägung gezogen, einen Algorithmus für Kopfbedeckungen zu verwenden?

Statt der Zigarettenpackung holte sie ihr Smartphone aus der Jeans und tippte eine Nachricht an Mitzi ein. Bevor sie auf »Senden« drückte, löschte Agnes die Zeilen wieder. Es war eine ihrer schlechten Ideen gewesen, hierherzufahren. Es gab keinen fallrelevanten Grund, die Zeugin privat zu überraschen. Trotzdem wartete sie die halbe Stunde. Kein einziger Bewohner ließ sich blicken, auch der Mann mit der Kappe kam nicht zurück.

Agnes gab auf.

Wieder im Auto schüttelte sie über sich selbst den Kopf. Der Hauptkommissar mit seiner Jagd nach einem Phantom, Maria Schlager mit ihren Andeutungen, Geschichten und ihrer eigenartigen Verhaltensweise. Beides tat Agnes nicht gut. Was sie brauchte, war ein handfester Fall, gern auch eine Wirtshausschlägerei oder der Juwelier mit seinem ausgebrannten Wagen.

Nichts wie nach Hause. Hamster Jo wartete auf sie und sein Fressen. Agnes sehnte sich danach, das Tier in die Hand zu nehmen und sein Fell zu kraulen.

17

In dieser Nacht will sie es versuchen.
»Null Uhr zwanzig.«
Mitzi spricht die Uhrzeit laut aus.
Aber sie weiß, dass sie träumt.
Trotzdem geht der Alp weiter.
Sie umfasst den Griff der Schere und bewegt sich durch den Hausflur. Ihre Beine fühlen sich schwer an, so als müsste sie sich durch zähen Schleim oder klebrige Gummimasse vorankämpfen. Bis sie vor der Tür des Nachbarn zum Stehen kommt, keucht sie.
Zu fühlen, was Sam fühlt.
Weil sie mitkommen wird.
Nicht nur nach Kitzbühel, sondern später vielleicht auch nach Wien oder Innsbruck und von dort über die Grenze ins Nachbarland, immer weiter an einen Ort nach dem anderen.
Sie werden nie irgendwo lange bleiben, sich nie als die zeigen können, die sie sind, aber auf ihre Art und Weise tut das Mitzi seit ihrem siebten Lebensjahr nicht. Seitdem ein Knall, ein Feuer, eine Explosion ihre Welt verschoben hat. Die Schallwellen umhüllen sie noch heute. »Normale« Leute kann sie nicht verstehen und umgekehrt.
Es ist an der Zeit.
»Null Uhr siebenundzwanzig«, sagt sie wieder laut.
Ronald Hader, ihr Nachbar, geht immer um halb eins ins Bett. Zumindest hat er diese Angewohnheit bei Plaudereien im Hausflur öfter erwähnt.
In den Bauch oder besser in den Oberkörper?
Die letzte Frage, die bleibt.
Wenn sie sein Herz trifft, ist es schnell vorbei. Wenn sie mit zu wenig Kraft in seinen Bauchbereich stößt, könnte nur der Muskel in Mitleidenschaft gezogen werden. Überleben darf Ronald jedoch nicht. Die Aufgabe lautet: Er muss durch ihre Hand sterben.

Mitzi klingelt.

Als hätte Ronald hinter der Tür gelauert, reißt er sie auf.

Mitzi ist so erschrocken, dass ihr die Schere aus der Hand fällt.

Als sie sich bückt und danach greift, merkt sie, dass sie ihre Gummihandschuhe vergessen hat.

Die Küchenhandschuhe, mit denen sie ihren Abwasch tätigt, hat sie überziehen wollen. Doch in Wahrheit werden ihre Haare und Hautschuppen ohnehin überall sein, ein paar Fingerabdrücke sind dabei unbedeutend.

Die Füße des Nachbarn stecken in blutroten Socken. »Was gibt's? Is was passiert?«

Mitzi richtet sich auf.

Er hat ein Unterhemd und Boxershorts an, und er riecht nach Alkohol.

»Kann ich reinkommen?«, fragt Mitzi.

Ronald grinst, als hätte er in den drei Jahren, seit sie beide auf demselben Flur wohnen, etwas in der Art erwartet.

Er dreht sich um.

Dann eben in den Rücken.

Mitzi umklammert die Schere und holt aus.

In dem Moment erwacht sie, und ihr Herz bleibt stehen.

Sie hätte nichts dagegen, wenn es jetzt vorbei wäre. Doch eine Sekunde später kann sie wieder den gewohnten Rhythmus in ihrer Brust fühlen.

Sie wird weiterleben und weiter gefährlichen Unsinn machen.

18

Sie saßen im Speisewagen.

Sam hatte morgens am Bahnhof nicht überrascht gewirkt, als Mitzi mit Handtasche und Rucksack erschienen war.

»Ich habe hier deine Fahrkarte, Mitzi.«

»Hin und zurück?«

»Erst mal hin.«

Warum nur eine Hinreise?, hatte sie fragen wollen, aber schon während des Packens hatte sie beschlossen, sich mögliche Zukunftsszenarien zu verbieten. Ihre einzige Vorstellung war gewesen, dass Sam hinter ihr stünde und sie dazu zwingen würde, mitzukommen. Dass sie ihm freiwillig folgte, fühlte sich wie eine Halluzination an.

Sam blätterte durch eine Zeitung.

Während Mitzi auf den Kaffee und das Kipferl wartete, tippte sie eine WhatsApp an Freddy: »Bin auch unterwegs wie du«.

Diesmal antwortete er wenige Sekunden später: »Echt, wohin denn? Zur Oma?«

Bei ihrem letzten Besuch im Pflegeheim hatte ihre Großmutter ständig mit dem Kopf gewackelt und mit glasigen Augen vor sich hin gestarrt. Seither hatte Mitzi ein nächstes Wiedersehen aufgeschoben. Das schlechte Gewissen meldete sich auf der Stelle.

Sie schrieb: »Nein. Ich will den verpfuschten Tirolurlaub wiedergutmachen. Fahre ein paar Tage nach Wien.«

Immer diese Schwindeleien. Diese Gschichterln. Wo in all den Phantastereien blieb sie selbst? Das Beste wäre, sie würde tatsächlich einen Abstecher in die Hauptstadt machen, dann wäre es nur eine halbe Lüge. Sie googelte nach der Fahrplanauskunft. Über vier Stunden würde es dauern, aber es war an einem Tag zu schaffen.

Freddys Antwort kam: »Hast recht. Gönn es dir. Puszi von deinem Freddy. PS: Rapid Wien hat gegen den Sturm Graz gewonnen. 3:1«.

Sie schickte einen gehobenen Daumen und ein Herz zurück. Freddy hatte seinen Sport und Mitzi ihren Auftragskiller.

Nach dem Speisewagen suchten sie sich ein Abteil.

Sam schlief ab dem nächsten Zwischenhalt. Seine Lippen waren leicht geöffnet, und sein Kopf neigte sich von Zeit zu Zeit nach vorn, kippte nach unten, um sich dann in einer ruckartigen Bewegung wieder nach oben an die Sitzlehne zu ziehen. Friedvoll sah er aus. So normal. Doch wenn er es wäre, würde sie hier nicht sitzen.

Ihre Blase meldete sich, und sie stand vorsichtig auf. Sofort war er wach.

»Wohin?«

»Gott, hast du einen leichten Schlaf. Aufs Klo. Rausspringen wollt ich schon nicht.«

»Hätte ich niemals gedacht.« Er lächelte. »War gestern übrigens noch eine Freundin bei dir?«

Der Zug ruckelte, und sie hielt sich an seiner Schulter fest. »Nein, wie kommst du jetzt darauf?«

»Ich dachte, du hättest mir etwas von einem Besuch erzählt.«

»Keine Ahnung, wovon du redest.«

»Vergiss es. Hätte doch sein können.«

Hätte nicht, dachte Mitzi. Davon wusste Sam nichts, genauso wenig wie von ihrer Vergangenheit.

Sie zogen sich an wie fremde Planeten, eine Kollision wurde immer wahrscheinlicher.

Auf der Toilette erfasste Mitzi unerwartet ein Gefühl der Todesangst. Aus dem Zug zu springen erschien ihr mit einem Mal doch keine schlechte Idee. Oder die Notbremse ziehen und um Hilfe rufen.

Sie wusch sich die Hände. Im zerkratzten Spiegel über dem Waschbecken konnte sie die dunklen Ringe unter ihren Augen sehen. Ihre Träume und ihre Entscheidung setzten ihr enorm zu. Tatsächlich mit Sam im Zug zu sitzen, kam ihr wie Wahnsinn vor.

An der Schiebetür zum Waggon blieb sie stehen. Sie konnte ihn sehen, Sam blätterte im Zugjournal. Mitzi musste an all die

Filme denken, in denen der Hauptdarsteller erst ganz am Ende erkennen konnte, dass ein Freund oder Weggefährte nicht existierte. Vielleicht eine Erklärung für ihren unfassbaren Entschluss.

»Entschuldigen Sie.«

Ein Mann quetschte sich an ihr vorbei. Er war in Sams Alter und trug einen Anzug mit Krawatte. Seine Stirn zeigte den Ansatz einer beginnenden Kahlköpfigkeit, und Schweißtropfen hatten sich darauf gesammelt. Mitzi berührte seine Schulter.

»Darf ich Sie um einen komischen Gefallen bitten?«

Der Mann zog seine Mundwinkel nach unten und sah auf seine Uhr, als würde der Zug sich dadurch verspäten.

»Worum geht es?«

»Ich muss im Rahmen meines beginnenden Studiums ein Experiment durchführen. Mir die Antwort wildfremder Leute notieren.«

Sie hatte zwar keinen Schreibblock bei sich, setzte aber stattdessen ein süßes Lächeln auf, strich sich kess übers blonde Haar. Der Mann entspannte sich etwas.

»Was kann ich für Sie tun?«

»Bitte sehen Sie dahin. Linker Hand, in der vierten Sitzreihe. Können Sie dort einen Mann sehen?«

»Was ist das für ein Experiment?«

Im Improvisieren war sie immer schon gut gewesen. »Wahrnehmung und Gestaltung. Gehört zum Fach der Psychologie. Es würd zu lange dauern, Ihnen alles zu erklären. Sitzt dort einer?«

Der Mann lockerte seine Krawatte. »Klar.«

»Groß und mit braunem Haar und blättert jetzt in einem Magazin?«

»So ist es. Sonst noch was?«

Mitzi verneinte und kehrte zu ihrem Sitzplatz und Sam zurück. Alles echt. Alles real.

»Es könnt alles so lustig sein, doch an den Kanten reißt es ein.« Ein Spruch von Mitzis Opa. Sie vermisste ihre Großeltern so sehr, dass sie meinte, sich unter dem Seelenschmerz krümmen zu müssen.

Nach einer Weile begann die Sehnsucht zu verblassen. Mitzi sah nach draußen auf die vorbeifliegende Landschaft. Der Regen hatte aufgehört, aber der Himmel war voller dunkler Wolken.

Zurück nach Tirol. Diesmal Kitzbühel. Mit Umsteigen in Wörgl.

Und weiter ins Herz der Finsternis.

III.
MörderMitzi

Es gibt eine Zeit in Mitzis Leben, da begehrt sie auf.

Fünfzehn ist sie, und ihre Pubertät hat spät, aber wuchtig eingesetzt.

In ihrem Kopf herrscht Chaos, noch mehr als seit Jahren.

Ganze drei Monate schleicht sie immer mal nachts durch den Ort Leibnitz, in dem sie seit dem Tod ihrer Familie bei Oma und Opa lebt, und sprayt Hauswände an.

Nachts klettert sie aus dem Fenster ihres Zimmers im Hochparterre und springt den halben Meter wagemutig nach unten in das Gestrüpp. Deshalb sind ihre Schienbeine in diesem Frühjahr andauernd zerkratzt.

Besonders das Bäckereigeschäft Friesinger am Hauptplatz macht Mitzi wütend. Wegen der Brotschnitten, die einen sauren Geschmack haben und die sie jeden Tag essen muss, obwohl sie lieber helle Brötchen hätte.

Deshalb besprüht sie die seitliche Mauer.

Man kann die Stelle von der Straße aus nicht einsehen. Aus dem Inneren der Backstube schimmert die Notbeleuchtung durch ein Oberlicht und spendet Mitzi genug Helligkeit für ihre Sprayaktionen.

Keine Sätze oder Bilder, sondern Strichmännchen malt sie.

Am Ende soll es eine Geschichte werden.

Sie nimmt dazu den schwarzen Lack in Dosen, von dem zehn Stück in der Garage stehen, ihr Großvater hat sie im Billigangebot gekauft.

Noch nie ist sie erwischt worden.

Heute allerdings hat sie Pech.

»Hallo, hallo, was machst du denn da?«

Zu Tode erschrocken versteckt sie die Lackdose hinter ihrem Rücken. Ihre rebellische Aktion ist aufgeflogen.

Sie weiß sofort, wer der Mann ist, der wie sie nachts in dem ausgestorben wirkenden Ort unterwegs ist.

Der Strahl einer Taschenlampe wandert entlang der Mauer.

»Bist du narrisch, Mitzi, was treibst du denn?«

»Opa.« Mitzi möchte im Boden versinken, dass ausgerechnet ihr Großvater sie erwischt hat.

Es ist eine Nachricht, will Mitzi erklären, die Wahrheit über das, was damals geschehen ist. Doch es gibt zu den Bildern keine Worte.

Der Strahl der Taschenlampe erreicht ihre Strichmännchen. Das Licht zittert.

»Opa, es tut mir leid.«

Der Großvater atmet einmal lautstark durch.

»Schon gut, Kind. Das Glück is ein Vogerl, Mitzi, keiner von uns kann's festhalten. Komm, wir gehen heim, bevor die Oma aufwacht und sich aufregt.«

Mitzi und ihr Opa gehen schweigend nebeneinanderher.

Die Strichmännchengeschichte an der Mauer bleibt unvollendet, im folgenden Sommer wird dort neu geweißelt.

1

»Wow!« Mitzi war wie ein kleines Mädchen durch das Apartment gelaufen. »So schön hab ich echt noch nie gewohnt.«
Sam schmunzelte. »Nun ja, ich wollte dir etwas bieten.«
»Eine hübsche Pension hätte es auch getan.«
Eine offene Treppe führte zu einem oberen Bereich. Eine Maisonette der gehobenen Klasse. Die Räume waren elegant eingerichtet.
»Wenn der Regen heute Abend ausbleibt, trinken wir auf dem Balkon ein Glas Wein. Genießen das Alpenpanorama und die gute Luft.«
»Ich frag mich schon die ganze Zeit, warum jemand eine so elegante Behausung vermietet. Solcher Luxus is schwer zu kriegen.«
»Von einem Bekannten, der viel unterwegs ist. Er wohnt hier mit seiner besten Freundin. Also eine Art Luxus-WG. Ich kenne Ralph und Mariela aus …«
Sam zögerte eine Sekunde lang, es reichte, um sie beide in ihrer Bewegung erstarren zu lassen. Dann musste er niesen, und der Moment war vorbei.
»Gsundheit.« Mitzi rieb sich die Schläfen. Ein leichter Kopfschmerz hatte bereits im Zug eingesetzt.
»Eine Abwechslung zum Hotelleben.« Sam erreichte das Ende der Treppe als Erster. »Ich war auch erst einmal hier, hatte es kleiner in Erinnerung. Schön, dass es dir gefällt.«
»Das tut es.«
»Was hast du übrigens deinem Freund erzählt?«
»Noch nichts. Über WhatsApp hab ich geschrieben, dass ich mir nach dem verhagelten Kufsteinurlaub ein paar Tage Auszeit als Entschädigung gönne.«
»Es wundert ihn nicht, dass du wieder nach Tirol fährst?«
»Er denkt, ich wär in Wien.«
»Lügnerin.«

»Nur ein bisserl. Ich will ihm nicht wehtun, aber auch keine Nachfragen von ihm. In Wien war ich schon öfter.«

Mehr wollte Mitzi dazu nicht sagen. Sie überholte Sam und begann die oberen Räume zu erkunden.

»Das Extraklo is toll. Und noch ein Balkon. Und noch ein Badezimmer. Die riesige Badewanne wird schnellstmöglich eingeweiht, darin kann man ja schwimmen. Ich bin echt hin und weg.«

Mit schallendem Gelächter holte Sam Mitzi ein. »Berauschend, die Bude mit deinen Augen zu sehen.«

»›Bude‹ is gut. Heute Abend muss ich in der schönen Küche was kochen. Im Verhältnis dazu ist meine Kochecke zu Hause ein Witz.«

»Heute gehen wir lieber essen. Wenn ich mich richtig erinnere, gibt es zwei Straßen weiter einen sehr guten Italiener.«

»Na schön. Aber morgen will ich selber was typisch Österreichisches zusammenpanschen. Vielleicht was mit Knödel oder Spätzle. Oder noch besser, einen Kaiserschmarrn mit Zwetschkenröster. Den wirst du besonders mögen.«

»Ich bin ein Allesfresser.«

Mitzi hatte an der Balkontüre haltgemacht und sah nach unten auf den Alfons-Petzold-Weg. Blank gefegte Zufahrten, die Häuser gepflegt und mit Blumenschmuck an jedem Fenster und Balkon. Weiter hinten die Anfänge einer Wiese, von alten Bäumen gesäumt. Schräg gegenüber gab es ein Schild, das ein Schwimmbad kennzeichnete, Mitzi hätte ihren Badeanzug einpacken sollen.

Dann blickte sie in die Ferne. Die Kitzbüheler Alpen am Horizont, das Panorama war, ähnlich wie in Kufstein, atemberaubend schön. Die steinernen Felsenzacken in den Höhen kamen Mitzi wie Finger vor, die das Blau des Himmels über ihnen zu greifen versuchten. Sie verlor sich zu gern in der Idylle, die sich ihr bot. Es würde romantisch sein, auf dem Balkon zu sitzen und Wein zu trinken.

Seit ihrer Ankunft hatte sich Mitzi mit einer übertriebenen Euphorie Mut gemacht, auch indem sie mit aller Macht verdrängte, mit wem sie mitgefahren war. Vielleicht pochte und klopfte es deshalb in ihrem Schädel. Ihr war immer noch kalt, nicht äußerlich, sondern in ihrem Herzen. Irgendwo in ihrem Rucksack hatte sie eine Packung Aspirin verstaut.

»Ich könnt uns auch einen Kuchen backen. Hier funktioniert das Backrohr sicher top. Bei mir in Salzburg spinnt der alte Ofen immer mal, und die Hitze geht zurück.«

»Ehrlich, du kannst Kuchen backen?«

»Also einen einfachen Gugelhupf ja.«

»Nein. Bitte lieber den Kaiserschmarrn.«

Sam entfernte sich ins zweite Schlafzimmer. »Ich nehme das hintere.«

Sie würden getrennt schlafen, wie erwartet.

»Gut, dann komm, Sam, wir gehen einkaufen. Aus dem Taxi heraus hab ich einen Billa gesehen.«

»Du kannst gehen, wenn du willst.« Seine Stimme hallte aus dem Nebenzimmer durch den Flur. »Ich muss gleich wieder los und gebe dir Geld für deine Besorgungen.«

»Wieso?«

»Ich beginne mit zwei Observationen. Ich möchte meine nächsten Erledigungen bald abgeschlossen haben.«

»Observationen«, »Erledigungen«. Ihre aufgeblähte Stimmung verpuffte. Es war unmöglich, die Realität auszublenden.

Sams Hand berührte sie an der Schulter. Sie zuckte zusammen, sie hatte ihn nicht kommen hören.

»Auch morgen wirst du vermutlich allein bleiben. Den ganzen Tag über sogar. Ich werde sehr früh aufbrechen und erst abends wiederkommen. Geh los, sieh dich um. Vielleicht fährst du mit einer der Bahnen in die Berge hoch. Urlaub eben.«

»Wie lange kannst du in dieser Wohnung bleiben? Hat dein Freund nichts dagegen, dass ich auch hier bin?«

»Es geht in Ordnung, glaube mir.«

Mitzi überlegte, ob ihm die Maisonette sogar gehören könnte. »Zahlst du eigentlich Steuern, Sam?«

»Wie meinst du das?«

»Du lebst von deinen Aufträgen, aber du musst doch irgendwo dein Einkommen melden. Ich meine, du hast doch in Deutschland einen Wohnsitz. Oder woanders?«

Er lachte. »Du redest von Geldwäsche.«

»Davon versteh ich nichts. Aber wie versteuerst du deine Einnahmen? Niemand entkommt dem Finanzamt.«

»Ich bin Geschäftsmann.«

»Was verkaufst du? Beerdigungen? Gibst du dein Kärtchen hinterher in den Briefkasten der Hinterbliebenen?«

Er legte seinen Finger auf ihre Lippen.

Plötzlich musste sie es wissen. Was auch immer sie mit so gefährlichen Informationen anfangen würde.

»Sag mir: Wo lebst du, wenn du nicht auf Killertour bist?«

»Im Westen.«

»Von was?«

»Von Deutschland eben.«

»Geht's genauer?«

»Nein, Liebelein.«

»Als Geschäftsmann?«

»Sozusagen.«

»Unter deinem richtigen Namen? Hans, Friedrich, Marcel, Paul?«

»Es ist genug. Mehr werde ich dir heute nicht verraten, Mitzi. Du weißt ohnehin zu viel.«

»Morgen dann? Übermorgen?«

Wieder lachte er. Seine Finger strichen ihr übers Haar.

»Wenn ich später deine Kochkünste überlebe, vielleicht. Jetzt muss ich los.«

»Ich könnt dich begleiten. Wie ein Schatten an deiner Seite sein.«

»Um mich wieder abzuhalten? Ein zweites Mal schaffst du es nicht.«

»Wer weiß.«

Ihr Kuss folgte schnell und hielt nur eine Sekunde. Ihre Lippen berührten die seinen, und sie spürte es wie ein kurzes Brennen.

2

Warum ihr einfiel, wie Blaubarts letzte Frau diese Tür zum verbotenen Zimmer geöffnet und die Köpfe ihrer Vorgängerinnen entdeckt hatte, konnte Mitzi nicht sagen. Sie hatte das Märchen als Kind gelesen und sich wochenlang gegruselt.

Doch auch die Erinnerung an diese Geschichte hatte Mitzi nicht davon abgehalten, Heinz Baldur aufzusuchen. Nach dem Einkauf der Zutaten für ihren geplanten Kaiserschmarrn mit Zwetschkenröster hatte sie die Fahrtzeiten von Kitzbühel nach Wien und zurück noch mal eingehend studiert. Die Adresse des Hauptkommissars lag in der Nähe vom Westbahnhof. Von ihrer Ankunft bis zu einer Rückfahrtmöglichkeit am Abend blieben ihr ein paar Stunden. Für den Fall, dass Sam vor ihr wieder im Apartment sein sollte, hatte sie sich auf der Hinfahrt eine kleine Story mit einer interessanten Bergwanderung ausgedacht.

Sie drückte auf den Klingelknopf, drehte ihren Kopf und sah die Straße links, dann rechts entlang. Nur ein Pärchen mit einem Hund war zu sehen.

Ein Summton ertönte, und Mitzi drückte die Eingangstür auf. Schon auf halber Treppe kam er ihr entgegen.

»Sie brauchen nicht hochzukommen, ich kaufe nichts, ich lasse mich nicht bekehren, und ich bin mit all meinen Strom-, Internet- und Versicherungsverträgen rundum zufrieden. Also danke und tschüss.«

Mitzi hatte sich Heinz Baldur vollkommen anders vorgestellt.

Sie hatte einen älteren Herrn erwartet mit Geheimratsecken, dazu passend einen gut gestutzten Bart, eine Brille, die an einer Kette auf seiner Brust baumelte. Sein beim Telefonat angeführtes a. D. hatte sie an einen Pensionär denken lassen, der in der Zeit, die ihm blieb, noch ein paar Bösewichte verhaftet sehen wollte.

Er trug Jeans und ein offenes Hemd, darunter ein blassblaues

T-Shirt. Ein Dreitagebart, halblanges Haar. Sie schätzte ihn auf höchstens Mitte vierzig, er konnte durchaus jünger als Sam sein.

Wie mich meine Phantasie doch immer auf die falsche Fährte führt, dachte sie und hob ihre Hand zum Gruß. »Hallo, Herr Kommissar. Mein Name is Schlager. Maria Konstanze Schlager.«

»Ach, Frau Schlager.« Wenn er überrascht war, konnte Mitzi es ihm nicht anmerken. »Zu Besuch in Wien?«

Umdrehen und wieder wegrennen erschien ihr plötzlich als die bessere Idee. Doch Heinz Baldur war nicht nur wesentlich jünger, als Mitzi erwartet hatte, er sah auch durchtrainiert und fit aus. Sie konnte sich vorstellen, dass er sie eingeholt und nach den Gründen ihrer Flucht befragt hätte. Dann wäre sie noch mehr in Erklärungsnot geraten.

»Im Treppenhaus sollten wir nicht stehen bleiben, was, Frau Schlager? Kommen Sie hoch.«

Er wartete, bis Mitzi an ihm vorbeigegangen war, und dirigierte sie einen Stock nach oben zu seiner Eingangstür. Zumindest sah die Wohnung in etwa so aus, wie Mitzi sich die Behausung eines unermüdlichen Ermittlers vorstellte, der keine Zeit für Schnickschnack hatte.

Eine kränkelnde Zimmerpflanze in der Wohnzimmerecke neben einer Couch, die auch als Schlafplatz zu dienen schien, übereinandergetürmte Kissen und eine ausgebreitete Decke. Gegenüber ein Fernsehgerät, weiter rechts eine Schiebetür, die auf einen leeren Balkon führte. Ein einfacher Schreibtisch stand halb davor, mit einem Computerbildschirm darauf, der PC darunter. Neben einem Ohrensessel waren drei Umzugskisten übereinandergestapelt. Linker Hand gab es einen breiten Durchgang ohne Tür in ein Schlafzimmer. Das Bett, das Mitzi sehen konnte, sah unbenutzt aus.

Er hob entschuldigend die Hände. »Ich habe Besuch, deshalb ist es etwas unordentlich.«

»Sie haben ja nicht wissen können, dass ich grad heute spontan vorbeikomm.«

Mitzi hatte keine Sekunde daran gedacht, dass der Mann

eine Frau oder Freundin, sogar Kinder haben könnte. Ihr Blick huschte durch die Räume.

»Mein Besuch ist unterwegs.« Heinz Baldur sah zu Boden, und Mitzi war sich sicher, dass er log, wusste aber nicht, warum.

»Ich bleib nicht lange. Tut mir leid, dass ich nicht vorher angerufen hab.«

»Nein, nein, ich finde es großartig, dass Sie spontan zu mir gekommen sind. Mein Anruf hat also Früchte getragen, was mir sehr gelegen kommt. Sind Sie beruflich in der Stadt? Oder auf Sightseeingtour?«

»Privater Besuch. Bei einer Freundin. Die musste zur Arbeit. Sie berät Restaurants beim Weineinkauf und hat einen Termin bei einem Kunden hier um die Ecke. Ich hatte Ihre Adresse immer noch auf einem Zettel in meiner Handtasche und hab mir gedacht, ich versuche es einfach.«

Heinz Baldur musterte sie prüfend, nickte dann. »Wunderbar. Setzen Sie sich. Tee? Kaffee?«

»Einen Kaffee mit Milch, bitte.«

»Ich glaube, Milch habe ich nicht, aber Zucker.«

»Auch gut. Meine Freundin wohnt außerhalb, deshalb hab ich nicht lange Zeit.« Mitzi hatte keine Ahnung, welches Viertel am Stadtrand sie benennen sollte. »Schön is es in Wien. Ich war schon viermal kurz hier, dabei einmal in der Oper und einmal im Musical ›Elisabeth‹. Toll.«

»Ja, das stimmt. Obwohl Salzburg ebenfalls kein Dorf ist.«

»Ich hab vorher in einem kleineren Ort gelebt. Leibnitz. Also nach Graz, wo ich geboren bin. Graz hat mehr Einwohner als Salzburg, wenn man die Touristen nicht mitzählt.« Sie deutete auf die Kisten. »Sie sind erst kürzlich hier eingezogen?«

Heinz Baldur zeigte ein sehr einnehmendes Lächeln. »Meine gesamte Zeit wird von anderen Dingen beansprucht. Wenn ich ehrlich bin, weiß ich nicht einmal, was in den Umzugskisten immer noch verstaut ist. Noch dazu habe ich mein Frankfurter Apartment behalten, also herrscht Dauerchaos. Bitte wundern Sie sich nicht darüber.«

Er verschwand in die Küche. Sie hörte ihn rumoren.

»Durcheinander hab ich auch bei mir.« Mitzi rief ihm hinterher. »Bei mir im Kasten sammeln sich Sachen an, die ich schon Jahre nicht mehr angezogen oder benutzt hab. Haben Sie zufällig was Süßes dazu?«

Heinz Baldur sagte etwas, das Mitzi nicht verstand. Sie schlenderte zum Schreibtisch, auf dem sich Papiere und Akten stapelten. Sie schlug die oberste Mappe auf. Ein Polizeibericht mit dem Foto eines Mannes. Es war nicht Sam, wie Mitzi feststellte.

Sie versuchte sich vorzustellen, wie sie dem Kommissar von ihrer neuen Bekanntschaft erzählen, wie er sich mit ihr auf den Weg zurück nach Kitzbühel machen und Sam in der Maisonette mit Blick auf die Berggipfel in Gewahrsam nehmen würde. So lange, bis Tiroler Polizisten folgten, darunter vielleicht auch die Inspektorin Kirschnagel, um dem Schurken ein für alle Mal das Handwerk zu legen. Schluss mit Observierungen, bevor mehr aus ihnen wurde.

»Ich versuche, auf dem Laufenden zu bleiben, in der Hoffnung, bald wieder der Truppe anzugehören.«

Mitzi wirbelte herum. Heinz Baldur stand im Türrahmen.

»Vielleicht lasse ich auch deshalb die Kisten unausgepackt.«

Sie merkte, wie ihre Wangen heiß wurden.

Jetzt sag es ihm, ertönte Mitzis Oma-Stimme.

Nein, antwortete Mitzi, es geht nicht.

Warum bist du dann hier, Kinderl?

Mitzi legte die linke Hand auf ihre Stirn, wie um den inneren Dialog nicht sichtbar werden zu lassen. »Ich wollt nicht schnüffeln.«

»Ist in Ordnung. Dort liegen keine Staatsgeheimnisse. Wenn Sie möchten, zeige ich Ihnen später, was ich über den Auftragsmörder gesammelt habe. Dass ich zurzeit nicht im aktiven Dienst bin, hat den Vorteil, dass ich keinerlei Geheimhaltung unterliege und selbst entscheiden kann. Wie war das noch mal? Zucker oder Milch?«

»Milch, wenn Sie eine gefunden haben.«

»Habe ich. Einen vollen Tetra Pak sogar. Ich hole sie.«

Mitzi setzte sich an den äußersten Rand der Couch, sie wollte die Kissen und die Decke nicht eigenmächtig umlagern. Sie hörte Heinz Baldur in der Küche wieder reden, aber der Lärm der Kaffeemaschine machte seine Sätze unverständlich.

Als er mit zwei Jumbotassen zurück ins Wohnzimmer kam, sah Mitzi, dass er sich die Haare nach hinten gekämmt und das Hemd zugeknöpft hatte. Er stellte eine Tasse ab, drückte die zweite Mitzi in die Hand, raffte Kissen und Decke zusammen.

»Bitte, machen Sie es sich gemütlich.«

»Alles okay, Herr Kommissar, ich sitz gut hier. Danke für den Kaffee.«

Als Mitzi einen ersten Schluck nahm, schmeckte sie hauptsächlich Milch. Viel zu viel davon. Dadurch war das Heißgetränk bereits wieder kalt. Aber sie verkniff sich eine Bemerkung.

Heinz Baldur umrundete die Couch, steuerte auf den Ohrensessel zu. Im nächsten Moment stoppte er ab und kam stattdessen neben Mitzi zum Sitzen. Sein Blick schwenkte zur Seite, und Mitzi hätte schwören können, dass er dort etwas oder jemanden wahrnehmen konnte.

»In medias res, Frau Schlager.«

Oh Gott, jetzt verhört er mich, dachte sie.

Der Ermittler würde sie bei kaltem Kaffee in die Mangel nehmen und hatte längst durchschaut, dass sie mehr über den Gesuchten wusste, als sie zugegeben hatte. Allein ihr Auftauchen war verdächtig genug. Am Ende würde er seine Kollegen rufen, und statt Sam würde sie in einer Zelle landen.

»Ich weiß gar nicht mehr, was ich Ihnen am Telefon erzählt hab. Ich bin hier, weil ich …« Ihr Hirn war mit einem Mal blank. Keine einzige Geschichte wollte sich zeigen.

»Bevor wir uns weiter unterhalten, Frau Schlager«, Heinz Baldur rückte ein paar Zentimeter näher, »es gibt etwas, das Sie über mich wissen müssen. Persönlich. Auch in der Beziehung unterliege ich keiner Schweigepflicht und lege die Karten auf den Tisch. Mit mir und meinem geistigen Innenleben, also mit meiner Psyche, stimmt etwas nicht so ganz.«

»Ach.« Nicht nur mit Ihrer, Herr Kommissar, musste Mitzi sofort denken und darüber seufzen. Aber sie war dankbar für den Themenwechsel.

Er holte tief Luft und erläuterte Mitzi seine dissoziative Identitätsstörung.

Je länger er redete, umso beeindruckter war Mitzi. Hauptkommissar Heinz Baldur lebte in dieser Wohnung mit einem Mitbewohner, den nur er sehen konnte. Hatte sie doch erst gestern im Zug über Sam Ähnliches vermutet. Mit Baldurs Offenlegung bekam sie eine bessere Story geliefert, als sie sich je hätte ausmalen können.

Gegen Ende hatte Mitzi die ganze Jumbotasse kalten Milchkaffee ausgetrunken. Sie war verblüfft über seine Offenheit. Heinz Baldur hingegen wirkte beschwingt, als hätte er eine Anekdote aus seiner Jugend erzählt.

»Sehen Sie, Frau Schlager, ich bin so ehrlich, weil ich Sie im Anschluss noch einmal zu dem Vorfall in Tirol befragen möchte. Wenn Sie einverstanden wären, würde ich einen Mitschnitt mit meinem Handy machen. Manchmal finden sich beim Abhören zwischen den Zeilen winzige Dinge, die sonst untergegangen wären. Das Unterbewusste ist unergründlich, und die Seele ist ein See ohne Boden.«

»›Ein weites Land‹, hat mal einer unserer Dichter gesagt. Arthur Schnitzler. Ich hab einmal im Theater ein Stück von ihm gesehen. ›Liebelei‹. Sogar mit einer Mitzi Schlager darin. Mein Rufname is auch Mitzi, wissen Sie.«

Der Hauptkommissar schmunzelte. »Meine Mutter ist in unserer Familie die Theatergängerin, sie liebt überhaupt die gesamte Wiener Kunstszene. Ich habe genug Dramatik mit mir selbst.«

»Herr Hauptkommissar …« Mitzi zögerte.

»Lassen Sie das ›Haupt-‹ ruhig weg. Wie Sie es sonst sagen, mag ich es lieber.«

»Also, Herr Kommissar, ich würde sehr gerne mehr über Ihre Ideen erfahren.«

»Ermittlungen sind es, Frau Schlager. Viel mehr, als Sie ohnehin schon wissen, gibt es nicht. Genau darin liegt das Problem. Deshalb kann jedes zusätzliche Detail wichtig sein.«

Er stand auf, ging zum Schreibtisch und holte unter Papierblättern ein Mobiltelefon hervor. Beim Zurückkommen stoppte er erneut am Ohrensessel, warf einen langen Blick auf die Sitzfläche.

»Es kann losgehen, Frau Schlager.«

»Darf ich Sie vorher was fragen, Herr Baldur?«

»Nur zu.«

»Ist denn Ihre Störung jetzt auch aktiv?«

»Sie meinen, ob Luis anwesend ist?«

»Luis heißt er?«

»Genau.«

»Ja. Er sitzt in dem Sessel.«

»Ist er mit dem Besuch gemeint?«

»Ein inzwischen nerviger Dauergast, wenn ich so sagen darf.«

Heinz Baldur begann zu lachen.

Mitzi starrte auf den leeren Sitz.

3

»Harro de Närtens, Rechtsmedizin Köln. Was liegt an?«

Der Leiter des Rechtsmedizinischen Instituts in Köln meldete sich wie immer dynamisch.

Die Frankfurter Kommissarin Melek Arslan hatte Baldur erzählt, dass Harro abgenommen hatte, aber Heinz konnte sich ihn nicht ohne seine Plauze vorstellen. In längst vergangenen Ermittlerzeiten hatte er oft mit dem Rechtsmediziner zusammengearbeitet, ihn bei einer Reihe von Mordfällen angefordert. Heute war er der Bittsteller.

»Hallo, guter Freund.«

»Heinz Baldur, altes Haus. Das ist eine Überraschung.«

»Hast du meine E-Mail nicht erhalten?«

»Doch, aber dein Anruf erstaunt mich jetzt doch.«

»Tatsächlich? Haben dir Melek und Thomas nicht bereits per Buschtrommel geflüstert, dass sich der Irre aus Wien auch bei dir melden könnte?«

Harro schwieg eine Sekunde, und Heinz war sofort klar, dass es genau so gewesen sein musste. »Keiner redet schlecht über dich. Ich jedenfalls nie.«

»Mir wäre lieber, sie würden über mich herziehen und mir trotzdem Glauben schenken. Und du, Harro, du bist zu wohlerzogen oder hast ein zu gutes Herz. Das tut dir als Pathologe nicht gut.«

»Rechtsmediziner.«

»Sorry. Leiter des Rechtsmedizinischen Instituts am Melatengürtel in Köln. Kölle Alaaf!«

»Bist du betrunken, Heinz?«

»Nein, entschuldige meinen schlechten Humor.«

»Warum hast du dir eigentlich Österreichs Hauptstadt ausgesucht, Heinz? Du hättest in Frankfurt bleiben können.«

»Weil ich meiner Mutter zur Hand gehen will. Sie ist alt und schwächelt. Nein, stopp. Das ist Quatsch. Ich musste einfach weg aus meinem früheren Jagdrevier, und etwas Besseres, als in Muttis Nähe zu ziehen, ist mir nicht eingefallen.«

»Verstehe. Wie geht es dir jetzt dort?«

»Ich bin extrem frustriert, stehe unter Druck.«

Seit dem Besuch von Maria Schlager hatte sich Heinz ohne Pause mit den bisher gesammelten Morden beschäftigt, sich zum wiederholten Mal den Kufsteiner Fall vorgenommen. Es fehlten ihm Analysen, Laborberichte, Aktenvermerke. Er war an seine Grenzen gestoßen. Schließlich hatte er sich wieder ins Darknet begeben, aber auch dort war er keinen Schritt weitergekommen. Ein blindes Huhn ohne ein einziges Korn.

Noch dazu konnte ein aktueller Mord, der Fall in Rosenheim, ins Schema passen. Messerstich in den Bauch, wie inzwischen publik geworden war. Von den Behörden bis jetzt als Raubüberfall dargestellt. Heinz hatte ihn auf seine Vielleicht-Liste gesetzt. Auch dabei waren ihm die Hände gebunden. Es war zum Verzweifeln.

Harro stieß einen undefinierbaren Laut aus. »Frustriert und unter Druck? Du als freier Mensch ohne Dienstzeiten. Wie ich allerdings deiner E-Mail entnehmen konnte, macht dir deine Auftragskilleridee zu schaffen.«

»Nicht nur Idee. Eine Theorie, gespeist aus meinem Gespür und einzelnen Hinweisen, die ich als brisant definiere.«

»Heinz. Wir waren und sind befreundet. Dass du dich nach deiner Krankschreibung von allen Menschen zurückgezogen hast, gestehe ich dir zu. Ich habe mich öfter nach deinem Befinden erkundigt, und ja, Melek und ich stehen in Verbindung. Sie spricht von dir in höchsten Tönen. Immerhin hast du deiner ehemaligen Truppe in Hessen seit deinem vorübergehenden Krankenstand zu ein paar weiteren guten Abschlüssen bei Mordfällen verholfen.«

»Schnee von gestern. Aber gut, dass sie dir davon erzählt hat. Somit muss ich nicht von vorne beginnen, um dir zu beweisen, dass ich durchaus diensttauglich wäre.«

»Melek macht sich hervorragend. Auch Thomas Habermann hat immer von dir profitiert.«

»Kann sein.«

»Da du anscheinend keine Lust auf eine längere Plauderei mit mir hast, lasse ich die Nettigkeiten sein. Was willst du von mir, Heinz?«

»Es geht um den Assassinen, richtig kombiniert.«

»Klasse Bezeichnung. Leg los, Heinz. Ich höre dir zu. Was nicht selbstverständlich ist und zeigt, dass ich dich und dein Urteilsvermögen weiterhin schätze.«

»Ich habe verstanden, Harro. Nun zu meinem Phantom: Ich bin ihm auf den Fersen. Ich denke, dass ich mit meiner Vermutung richtigliege. Inzwischen gibt es eine Zeugin, zu der ich Kontakt aufgenommen habe.«

»Entschuldige, wenn ich dich unterbreche, Heinz. Wie du es schilderst, müsstest du die Sache längst offiziell über die Polizeidienststellen laufen lassen, oder?«

»Das Problem ist, dass dort keiner einen Zusammenhang sieht. Der Mann arbeitet in unregelmäßigen Rhythmen. Er führt seine Aufträge über die Grenzen hinweg aus.«

»Oder die Frau.«

»Glaubst du wirklich, dass ein Auftragskiller eine weibliche Person sein könnte?«

»Selbstverständlich.«

»In dem Fall tippe ich allerdings auf einen männlichen Protagonisten, Harro. Die Art, wie er tötet, der Messerstich in den Bauch. Die kalte Präzision, die Kraft sprechen dafür. Die Zeugin will übrigens einen Mann gesehen haben. Leider kann sie keine weiteren Angaben machen.«

»Eigentlich müsste ich sofort auflegen, weil ich mit dir über solche Angelegenheiten nicht diskutieren darf.«

»Eigentlich.«

Harro seufzte. »Nun, weiter.«

»Es gab nach Kufstein in den letzten Tagen in Rosenheim ein weiteres Verbrechen. Hilde Kern-Wedel. Dieser Fall könnte ebenso unserem Mann zugeordnet werden. Beide Tötungsdelikte passen in den Algorithmus, den ich mir habe erstellen lassen. Frag mich bitte nicht, von wem, dazu verweigere ich die

Aussage. Offiziell wird einer der Fälle als möglicher Raubüberfall behandelt, bei dem anderen gibt es mehrere Ermittlungsansätze. Bei beiden war jedoch ein Messerstich in den Bauch die Todesursache.«

»Woher weißt du das?«

»Zum Teil aus der Presse.«

»Ach du Schande, gerade du vertraust auf Pressemitteilungen?«

»Ich habe mich zusätzlich bei den Behörden erkundigt und hatte Glück. Man hat mir Auskunft erteilt.«

»Weil du ihnen nicht gesagt hast, dass du nicht mehr aktiv im Dienst bist, richtig?«

»Ich greife manchmal auf unorthodoxe Methoden zurück. Muss ich. Jetzt pass auf! Die Tatwaffe ist auch in diesen Fällen wieder ein handelsübliches Messer. Er ist wieder unterwegs. In Tirol und nahebei. Die Chancen, ihn dingfest zu machen, sind wenigstens um ein paar Prozentpunkte angestiegen.«

»Bei dir klingt es so offensichtlich, dass ich mich wundere, warum kein anderer den Braten riecht.«

»Harro, wenn es mir gelingt, den ersten Dominostein umzuwerfen, wäre es der Durchbruch. Wald und Bäume, verstehst du?«

»Nein, aber ich ahne es. Wo komme ich ins Spiel?«

»In meiner E-Mail habe ich dir Details zur Stichwunde und zu den Opfern aus den früheren Fällen geschickt. Zumindest die, die ich in Erfahrung bringen konnte.«

»Ich habe sie bereits gelesen. Mehr als das, ich habe mich damit beschäftigt.«

»Dafür schon mal Dank, Harro. Verschaffe du mir jetzt die Bestätigung. Damit finde ich Gehör.«

Eine Pause erfolgte. Heinz befürchtete schon, dass Harro ohne ein weiteres Wort auflegen könnte. Schließlich folgte der nächste Seufzer, länger und lauter.

»Muss ich dir erklären, wie schwierig es ist, eine tödliche Messerwunde genau zu definieren? Länge und Breite eines Stiches sind generell nicht genau festzulegen, weil das Werkzeug im Körper bewegt werden und es deshalb zu einer viel größeren Verletzung kommen kann, als die Klinge breit ist. Dazu –«

»Entschuldige, dass ich dir jetzt das Wort abschneide. Das alles höre ich nicht zum ersten Mal. Aber hier wurde immer auf die gleiche Weise getötet: ein Stich, Baucharterie getroffen, Opfer verblutet. Wenn du die Akten vergleichen könntest, würdest du das Muster wie ich erkennen, Harro.«

Heinz hörte sich selbst und wie flehend und jämmerlich seine Stimme klang. Er schwieg, biss sich auf die Lippen.

Im Hintergrund war das Klacken einer Tastatur zu hören.

»Pass auf, Heinz. Im Ausland ist es schwierig, da ich Anträge stellen muss. Aber von meinem letzten internationalen Rechtsmedizinerkongress ist mir ein Kollege aus Innsbruck in Erinnerung geblieben. Ich werde ihn anrufen. In einer Großstadt gibt es natürlich nicht nur einen Forensiker, aber über ihn könnte ich womöglich an die rechtsmedizinischen Unterlagen des Kufsteiner Opfers kommen. Oder ich versuche mein Glück in Frankfurt, nach der Überstellung der Leiche aus Kufstein hat eine zweite Obduktion stattgefunden, wie ich aus den Unterlagen ersehen kann.«

»Wasser auf meine Mühlen.«

»Freu dich nicht zu früh. Ohne Hilfe eines ermittelnden Polizeibeamten komme ich nicht weit. Und wie ich dein Anliegen sehe, müssen wir sehr behutsam vorgehen, damit nicht deine ehemaligen Vorgesetzten davon Wind bekommen. Könnte Melek sich überreden lassen, mir die Akten zuzuschicken?«

»Wenn du sie fragst, bin ich mir fast sicher. Karsten Trinckas heißt der Mann.«

»Ja, das hast du mir bereits in deiner E-Mail geschrieben. Deutscher Staatsbürger. Er war mit seiner Freundin, nicht mit seiner Ehefrau, auf Urlaub in Tirol. Würde ich denken wie du, Heinz, würde ich spontan auf seine Witwe tippen.«

»Als Auftraggeberin durchaus möglich. Es wäre nicht das erste Mal, dass eine betrogene Ehefrau aus Eifersucht einen Mord inszeniert. Allerdings hätte dann auch die Geliebte das Ziel der Rache sein können. Das Opfer war übrigens Anlageberater, da kämen ebenso alle in Verdacht, denen er Verluste eingebracht hat. Die offiziellen Ermittlungen umfassen einen großen Täterkreis und viele Möglichkeiten. Ich konzentriere mich auf den Auftragsmörder. Das ist der Unterschied.«

»Wenn du dich irrst?«

»Gegenfrage: Was, wenn ich recht habe?«

»Touché. Wer ist die Zeugin?«

»Eine Frau, die in Kufstein Urlaub gemacht hat. Maria Schlager. Wirkt ein wenig konfus. Sie konnte nicht viel zur Sache beitragen, aber mein Bauchgefühl hat angeschlagen. Wenn ich auch nicht sagen kann, was dieser Umstand zu bedeuten hat.«

»Wie hast du Kontakt zu ihr aufgenommen?«

»Ich habe sie angerufen. Dann hat sie mir von sich aus einen Besuch abgestattet.«

»Etwas merkwürdig.«

»Wohl kaum seltsamer als meine Eigenheiten.«

»Dem kann ich nicht widersprechen, Heinz.«

»Zurück zu meinem Phantom, Harro. Nimm nun den Mordfall in Rosenheim: Hilde Kern-Wedel. Durch einen einzelnen Stich in den Unterbauch getötet.«

»Okay. Dabei müsste ich wieder einen Beamten im Grenzgebiet um einen Gefallen bitten. Aber es wäre möglich, an die Akten zu kommen. Langsam steckst du mich an.«

»Gefällt mir.«

»Ja? Es wird Nachfragen geben, Heinz. Ich hoffe, bis dahin bist du entscheidend weitergekommen. Wie lange vermutest du bereits einen Zusammenhang?«

»Schon als ich noch in Amt und Würden war. Ich habe dir die ersten beiden Fälle, die mich beschäftigt haben, mit aufgelistet. Doch ich denke, das gezielte Morden läuft bereits seit Jahren.«

»Mir gegenüber hast du nie etwas in der Richtung erwähnt.«

»Es war zu vage. Und du warst mit der Institutsleitung und deinen Leichen ausgelastet.«

»Ich und meine Toten. Wobei wir uns in der Rechtsmedizinischen Ambulanz durchaus auch mit den Lebenden beschäftigen.

Gut, ich könnte mir diese frühen Fälle ebenfalls ansehen. Wäre sogar unauffälliger, als mich in die brandneuen einzumischen.«

»Nächste großartige Idee. Du hast Blut geleckt, nicht?«

»Um Gottes willen, Heinz. Ich bleibe bei aller Liebe zu dir nur ein Umriss im Hintergrund. Damit meine Rolle klar ist.«

»Ich stehe in deiner Schuld.«

»Ist okay.«

»Danke vor allem dafür, dass du nicht denkst, meine Recherche ist nur ein weiteres, meiner Krankheit geschuldetes Hirngespinst.«

»Da dich deine Störung nie davon abgehalten hat, dich realistisch mit Mordfällen auseinanderzusetzen, glaube ich, dass an deinen Vermutungen etwas dran sein könnte.«

»Luis würde toben, wenn er hören könnte, dass du ihn eine ›Störung‹ nennst.«

»Es gibt ihn also immer noch.«

»Manchmal meine ich, dass ich weniger existiere als er.«

»Heinz, du bist aber weiterhin in Behandlung?«

»Ja, natürlich.«

»Das ist wichtig.«

»Zurück zu unserer Sache.«

»Ich verspreche dir nichts, sehe aber zu, dass ich an weitere Infos komme. Pass auf dich auf, Heinz.«

4

Agnes lag in ihrer Mini-Badewanne. Der einzige wirkliche Luxus ihres Apartments. Auch der Grund, warum sie sich letztlich für die Wohnung entschieden hatte. Zwar musste sie die Beine angewinkelt lassen, aber daran hatte sie sich gewöhnt. Mitzi tauchte in ihren Überlegungen auf wie ein Song, dessen Refrain man sich nicht entziehen kann.

Nach ihrer überstürzten Fahrt nach Salzburg hatte Agnes sich eine Gedankenpause auferlegt, was den Fall Karsten Trinckas und ihre neue »Bekanntschaft« mit Heinz Baldur und Maria Schlager anging.

Durch die intensive Beschäftigung mit dem ausgebrannten Auto und den Drohbriefen an den Juwelier war es ihr anfangs gut gelungen. Jetzt war der Fall gelöst, und die Verhaftung eines Cousins hatte stattgefunden. Wie so oft war der Täter im näheren Familienumfeld zu finden gewesen. Die Krönung war, dass sie von Revierinspektor Sepp Renner lobend erwähnt worden war, denn das letzte Puzzlestück, die Kreditkartenschulden, hatte sie zutage gefördert.

Der Alltag im Revier war zurück und mit ihm der Ohrwurm Mitzi.

Sie hob ihre Hände aus dem Wasser und betrachtete die schrumpelige Haut an den Fingerkuppen. Obwohl sie für ihr Leben gern badete, mochte sie die Waschhaut als Nebenwirkung absolut nicht. Genauso wenig wie Haut auf warmer Milch oder Kakao.

Mitzi könnte sie dagegen mögen, spekulierte Agnes und stellte sich die junge Frau vor, wie sie ihre Lippen über einen Tassenrand stülpte.

Verantwortung für dieses seltsame Wesen Mitzi, das war es, was Agnes empfand. Dabei war Maria Schlager fünf Jahre älter als sie, und es gab überhaupt keinen Grund, sich immer weiter mit ihr zu beschäftigen. Wenn sie sich in Zukunft auf jeden

Zeugen und jedes Opfer einlassen würde, mochte sie bald ausgebrannt sein.

Das Badewasser war kühl geworden, ohne dass es Agnes aufgefallen wäre. Die Sommerhitze machte ein lauwarmes Bad sogar angenehm. Trotzdem war es an der Zeit. Sie stieg aus der Wanne. Sie wollte nicht völlig verschrumpeln wie eine Berghexe aus den Tiroler Alpen.

Agnes grinste, im Zusammenhang mit Mitzi kamen ihr immer wieder Märchenfiguren in den Sinn.

Ohne sich abzutrocknen, ging Agnes an ihren Schreibtisch und rief die Suchmaschine auf. Eine Sache hatte sie seit dem Mord auf der Brücke nicht gemacht. Zeit, das Versäumte nachzuholen.

Sie gab eine Reihe von Suchbegriffen ein, nicht nur den vollen Namen, sondern auch die Kurzform Mitzi, dazu die Steiermark. Über zweitausend Treffer zeigten sich, von denen nur vier etwas mit der jungen Frau zu tun hatten. Es ging um Texte, bei denen sie als Korrektorin angeführt war. Aktivitäten in den sozialen Netzwerken gab es nicht. Wieder so eine Eigenartigkeit, die Mitzi mit sich brachte.

Agnes versuchte es weiter mit Jahreszahlen, begann mit dem Geburtsdatum, dann arbeitete sie sich Jahr um Jahr weiter voran.

Sozusagen sieben Jahre nach Mitzis erstem Schrei im Leben wurde es interessant. Ein kurzer Presseartikel aus einer Grazer Tageszeitung. »Familientragödie im Grazer Umland« lautete die längst vergangene Schlagzeile.

Darunter: »Ehepaar und 4-jähriger Sohn tot: Drei Menschen sind dieses Wochenende in Kalsdorf bei Graz bei einem Brand ums Leben gekommen. Die Feuerwehr spricht von einem tragischen Unfall. Die siebenjährige Tochter Maria hat überlebt. Lesen Sie weiter auf Seite 8.«

Keine weiteren Details. Konnte es sich um Mitzi handeln?

In der Zeit war noch nicht jeder angezündete Furz ins Internet gestellt worden, kein Facebook, kein Instagram, kein Twitter. Eine gemütlichere Epoche als heute, es gab noch Privatsphäre und Respekt, hätte ihre Mutter behauptet. Agnes mochte ihr weder widersprechen noch zustimmen, sie profitierte von der Möglichkeit, schnelle Infos aus dem Netz zu ziehen, lehnte aber den oft rüden Umgangston in der Online-Welt ab.

Im Archiv der Zeitung hatte sie kein Glück, die Seite 8 war nicht zu finden. Als sie weitere Suchbegriffe austestete, erschien neben den sich wiederholenden Treffern ein Foto. Ebenso in einem Zeitungsbericht, doch diesmal war es ein Gemeindeblatt der Stadt Leibnitz, ein Jahr später.

Ein Mädel mit blonden Zöpfen stand da. Ihr Gesicht war verpixelt. Eine Schultasche über den Schultern, zu wuchtig für die Kleine. Ein Fuß überkreuzte den anderen, ein Wunder, dass sie nicht das Gleichgewicht verlor.

Auch hier fanden sich unter dem Bild ein paar Zeilen: »Nach all dem Drama ist die kleine Maria im neuen Zuhause bei ihrer Oma angekommen. Jetzt geht es für sie mit der Schule los. Wir wünschen ihr viel Glück.«

Drama, Tragödie, Familie verstorben. Würde zu Mitzi passen, könnte eine Erklärung für ihr eigenartiges Verhalten sein.

Zu gern hätte Agnes mehr erfahren. Aber selbst das Netz hatte seine Grenzen.

Stattdessen entschloss sich Agnes zu einem Spaziergang.

Im Sommerkleid und mit der Sonnenbrille auf der Nase hätte keiner in Agnes die Inspektorin vermutet, die sich auf Tour durch die Kufsteiner Fußgängerzone machte. Auf Mitzis Spuren diesmal. Wie immer wirkte die Stadt trotz der Menge an Ausflüglern und Besuchern beschaulich und idyllisch.

Ihren ersten Halt machte Agnes hinter dem Bahnhof, am Beginn der Brücke.

Das Absperrband war längst entfernt worden. Sichtbare Spuren eines Verbrechens kamen bei den Touristen nicht gut an. Doch sie konnte sich an die Stelle erinnern, an genau die Laterne mit ihrem üppigen Blumenschmuck.

Agnes versuchte sich die Szenerie aus Mitzis Perspektive vorzustellen. Mitten in der Nacht, allein unterwegs, auf dem Rückweg in ihre Ferienwohnung. Zuerst der Blick auf zwei Männer, die dicht aneinandergedrängt am Geländer stehen. Zwei Kumpels, die sich nach zu viel Alkoholkonsum gegenseitig stützten, oder ein Liebespaar in lauer Nacht unter den Sternen.

Mitzi war weitergegangen, in Richtung der Männer. Auch Agnes bewegte sich vorwärts, bis zum Tatort.

Jetzt, am frühen Abend, war der Lärmpegel hoch, die Brücke voller Passanten. Doch um zwei Uhr morgens war Mitzi die Einzige gewesen, die sich neben Opfer und Täter auf der Brücke befand. Sie war es gewohnt, hatte sie ausgesagt, nachts umherzulaufen, also hatte sie vor den Männern keine Angst gehabt. Bevor sie die beiden erreicht hatte, hatte der eine den anderen hochgehoben und über das Geländer geworfen. Ein Aufklatschen war zu hören gewesen.

Vielleicht, weil der Ablauf so unerwartet gewesen war, hatte sich Mitzi drei Versionen des Geschehens ausgedacht. Es passte zu ihr. Trotzdem musste mehr vorgefallen sein.

Was hätte Agnes getan? Gerufen. Laut.

Mitzi hatte ihren Mund gehalten, war leise näher gekommen. Der Mann, der das Verbrechen begangen hatte, konnte sie tatsächlich überhört haben. Das Rauschen des Wassers war selbst jetzt laut. Er wähnte sich unbeobachtet und allein mit seinem Opfer.

Agnes drückte sich ans Geländer, sah in den Fluss. Wellen, Schaumkronen, Strudel.

Also bemerkt er Mitzi erst, als sie neben ihm steht. Seine Tat ist vollzogen, sein Opfer treibt stromabwärts. Was dann? Er kann auch die Zeugin packen und übers Geländer befördern. Kann ihr mit dem Messer ebenso einen tödlichen Stich versetzen. Ein zweiter Mord spielt keine Rolle. Nichts davon tut er. Er verschwindet. Lässt die junge Frau geschockt, aber unversehrt stehen.

Wäre ich der Täter und wäre gesehen worden, wollte ich doch wissen, inwieweit mich die Zeugin identifizieren kann, dachte Agnes. Noch dazu, wenn an Heinz Baldurs Theorie etwas dran sein sollte und ich ein Auftragsmörder bin.

Ihr schwindelte, und sie riss ihren Blick vom Wasser los. Ihre Höhenangst machte ihr selbst auf der Brücke zu schaffen.

Agnes lief weiter die Fußgängerzone hoch. Sie ging an dem Laden vorbei, in dem es neben Tiroler- und Strohhüten auch Cowboyhüte zu kaufen gab. Immer noch, wie sie bemerkte. Neben Kuhglocken, Hosenträgern und bunten Tüchern lagen die Kopfbedeckungen übereinandergestapelt im Außenbereich.

»Grüß Gott. Was mitnehmen, bevor wir Feierabend machen?«

Die dralle Verkäuferin im Dirndl war am Tag, als Agnes und Bastian die Angestellten befragt hatten, nicht zugegen gewesen. Hatten die Kollegen aus Innsbruck dem Laden einen weiteren Besuch abgestattet?

»Verkaufen sich denn die Cowboyhüte?«

»Besser als man denkt. Berge und der Wilde Westen schließen sich nicht aus. Einen probieren?«

Agnes nahm einen Hut vom Stapel und setzte ihn sich auf. Er war ihr zu groß und rutschte über die Stirn.

»Wir haben drinnen kleinere Größen.«

»Passt schon, danke.«

Am Postkartenregal war ein kleiner Spiegel angebracht. Agnes betrachtete sich darin.

Die Verkäuferin klatschte einmal in die Hände. »Sehr hübsch sehen Sie aus. Und auffallen würden S' damit. Wobei dann aber keiner mehr in Ihr hübsches Gesicht schauen tät.«

Genauso war es gewesen. Der Hut hatte den Mann auf der Brücke zu einem Phantom werden lassen. Wahrscheinlich hätte sich Mitzi nicht einmal an sein Gesicht erinnert, wenn sie ihn in praller Sonne überrascht hätte.

Agnes bedankte sich und ging weiter. Dachte weiter. Er hat Mitzi deutlicher gesehen als sie ihn. Hat sie am Leben gelassen, jedoch nicht aus den Augen verloren. Er hat sich versichert, dass sie wirklich nichts über ihn preisgeben kann.

So musste es gewesen sein. Aber wie war er vorgegangen? Über Mitzis Aussage auf der Polizeiwache hatte er nichts wissen können.

Was macht er also? Er zeigt sich ihr. Testet sie.

Agnes war am Buchcafé im Lippotthaus angekommen. Sie blieb abrupt stehen. Etwas zupfte in ihrem Kopf.

»Im Buchcafé«, hatte Mitzi zu ihr gesagt. Nachdem sie Agnes gefragt hatte, ob sie jemandem ansehen könne, dass er ein Mörder war. Waren die beiden hier aufeinandergetroffen und Mitzi hatte sich doch besser erinnern können, als es ihr erst bewusst gewesen war? Was dann?

Sie erkennt ihn wieder. Aber sie unternimmt nichts, schreit nicht, verständigt nicht sofort die Polizei wie in der Nacht. Auch später taucht kein Beamter im Buchcafé mit Mitzi zusammen auf, keine Truppe durchkämmt die Stadt.

Nur Mitzi reist verfrüht ab.

Und er? Was denkt er darüber? Wie wirkt Mitzi dadurch auf ihn? Was macht es mit ihm?

Agnes setzte sich an einen der Tische im Freien.

Wenn der Mann Mitzi gefolgt oder vielleicht wie sie nach Salzburg unterwegs war, hatte er noch einmal direkten Kontakt zu ihr aufgenommen? Wie weit war er dieses Mal gegangen? Wie hatte Mitzi darauf reagiert?

In diesem Licht rekapitulierte sie das letzte Telefonat, das sie mit Mitzi geführt hatte.

Die Faszination wächst. Ein Monster, das nur ein Mensch ist.

Es konnte möglich sein.

Ein weiteres Zusammentreffen. Mitzi musste mitgespielt haben. Weil er sie bedrohte? Nein, dafür hätte es überhaupt keinen Grund mehr gegeben, er war aus dem Schneider, keine einzige Spur führte zu ihm.

Weil er die Situation ausreizen wollte, weil es ihm gefiel, wie Mitzi war? Eine Mischung aus naiv, verstört und angstvoll fasziniert.

Möglich.

Bevor sie sich in zu vielen Spekulationen verlor, verlegte Agnes ihre Gedankenspiele wieder auf handfeste Möglichkeiten.

Weitere aktuelle Mordfälle in Tirol, aber auch im Salzburger Land offiziell zu checken wäre eine Option. Es mochten weitere Verbrechen geschehen sein. Sie konnte sich mit Bastian beraten, ihn mit ins Boot holen. Gemeinsam mit ihm zu ihrem Chef gehen und um Erlaubnis bitten, sich einzuklinken. Doch wie sie Bastl kannte, würde er Heinz Baldur als Spinner abtun.

Besser war, den Kontakt zum Hauptkommissar zu vertiefen. Bei ihm liefen die Fäden zusammen. Auch wenn er nicht offiziell handelte. Oder es sogar später bei seinen ehemaligen Kollegen zu versuchen.

Und Mitzi? Das mulmige Gefühl, das sie spontan von Innsbruck nach Salzburg hatte fahren lassen, erfasste sie wieder.

Das kleine Mädchen mit den blonden Zöpfen und der Schultasche. Ein Fuß über den anderen gekreuzt, als könnte es keinen Halt mehr auf dem Boden der Realität finden.

Zurück in ihrem einen Zimmer, fiel Agnes der Mordfall in Rosenheim ein. In den Medien und im Netz hatte es Schlagzeilen und zahlreiche Kommentare gegeben. Immer noch keine Festnahme. Und das Opfer? Details waren nun abrufbar. Ein Stich. In den Bauchraum. Tödlich.

Agnes' Nerven begannen zu vibrieren.

5

Der Parkettboden unter ihren nackten Fußsohlen fühlte sich warm an. Auch sonst trug Mitzi kein Kleidungsstück mehr am Körper. Eine Weile stand sie unschlüssig vor der Tür des hinteren Schlafzimmers.

Sam war seit einer halben Stunde wieder in der Wohnung und hatte sich nach einer Dusche zurückgezogen.

Mitzi klopfte.

»Herein, herein.«

Auf Zehenspitzen trippelte sie weiter. Er saß in Jeans und mit nacktem Oberkörper auf dem Bett und war in seinen Laptop vertieft, während er mit ihr sprach.

»Mitzi, ich hab Hunger, wollen wir uns gleich etwas beim Italiener holen?«

Für Sekunden übermannte sie Panik. Wenn sie kehrtmachte und in rasantem Tempo das Zimmer verließ, würde er ihre Nacktheit nicht bemerken. Andererseits war dieser letzte Versuch für Mitzi zwingend. Nach ihrer Rückkehr, keine zwanzig Minuten vor Sam, hatte sie sich übergeben müssen. Danach hatte sie gelacht und geweint, ohne die Gefühlsreaktionen noch unterscheiden zu können. Schließlich hatte sie die Furcht, dass Sam sie so desolat sehen könnte, dazu getrieben, aufzuhören. Kaum hatte sie sich das Gesicht gewaschen, hatte sie unten die Eingangstür gehört.

Während er duschte, hatte sie auf dem Balkon gestanden und über das Kitzbüheler Horn hinaus in den Himmel geblickt. Ein erster Stern war aufgegangen, sein Glitzern hatte die Notwendigkeit der nächsten Aktion in ihr aufleuchten lassen. Mit ihm zu schlafen würde ihren Erlebnissen und Entscheidungen der letzten Tage einen Hauch von Begreifbarem geben. Sie würde eine Affäre mit ihm unter »normal« einordnen können, wenn es diesen Zustand je für sie gegeben hatte.

Sie räusperte sich. »Später, Sam. Danach.«

»Oder wir könnten zu McDonald's.« Sam tippte konzentriert. »Nicht wirklich was Österreichisches, aber ich hätte Lust auf einen banalen Burger und Pommes. Das Praktische an der Lage hier ist, dass es in der Nähe für jeden Geschmack etwas gibt. Kulinarischer Kurzausflug.«

Wenn Sam wüsste, dass sie heute einen Ausflug der anderen Art zu Kommissar Heinz Baldur unternommen hatte, wäre ihm der Appetit vielleicht vergangen.

»Schau mich an.«

Sam sah auf.

Durch ihn ging ein Ruck. Sein Blick sauste über ihren nackten Körper, blieb an ihrem Gesicht kleben, nein, noch höher, auf ihren blonden Haaren. Er richtete sich im Bett auf, ohne jedoch Anstalten zu machen, den Laptop zuzuklappen.

»Bitte zieh dir etwas an, Mitzi.«

»Nein.«

Mitzi machte einen Schritt nach vorn. Ihre Schienbeine berührten die hölzerne Kante des Bettes. Es war nicht so breit wie das im Altstadthotel Kaiserbräu in Salzburg, wo sie sich das erste Mal einander genähert hatten, aber sie würden gut beide darin Platz haben. In seinen Armen würde sie sich einreden können, Sam wäre einfach nur ein Mann, der sie in einem Café angesprochen hatte.

»Es is an der Zeit, find ich.«

»Kein Sex.« Sams Augen fixierten immer noch ausschließlich ihren Kopf.

»Doch.« Mitzi klang wie ein trotziges kleines Kind, das unbedingt eine Süßigkeit wollte.

Sie hob ihr Bein, kniete sich auf das Laken, schob sich ein Stück nach vorne. Ihr war die Lächerlichkeit bewusst, mit der sie versuchte, ihn zu verführen. Ihr fehlte Erfahrung, und all die Filme und Serien, die sie gesehen hatte, halfen ihr nicht, denn darin wurde in schwierigen und peinlichen Momenten übergeblendet.

Immer noch machte Sam keine Anstalten, sich ihr zuzuwenden. Mitzi hatte das zweite Bein hochgehoben und hockte

nun wie ein Frosch zwischen Decke und Kissen. Ihre Ober-
schenkelmuskeln begannen zu zittern. Lange konnte sie ihre
Position am Bett nicht mehr halten.

Sam hob seine Hand, die Finger wie einen Fächer gespreizt
zwischen seinem Gesicht und ihrem Kopf.

»Zieh dich wieder an. Dann holen wir uns Essen. Bitte.«

Sie wollte nicht aufgeben, obwohl ihr klar war, dass sie mit
der Aktion auch keinen anderen Mann verführt hätte. Die ver-
korkste Situation ließ sich kaum mehr retten. Sie spürte erneut
die lachenden Tränen von vorhin aufsteigen.

Jetzt nur nicht durchdrehen, dachte sie.

»Worauf wartest du? Bin ich dir nicht hübsch genug?«

»Du bist wunderschön, Mitzi.«

»Na dann.«

»Mitzi«, er klopfte mit dem Knöchel seines Zeigefingers
gegen ihre Stirn, »du musst die Geschichten lassen. Ich und
du, das ist kein Film. Keine Komödie, kein Actionknaller und
auf keinen Fall ein Liebesfilm.«

»Weiß ich doch.«

»Weißt du eben nicht. Wir sind Fleisch und Blut, Haut und
Knochen. Wenn wir miteinander schlafen, gibt es danach keinen
Szenenwechsel, wo wir in der nächsten Einstellung unterwegs
in den Sonnenuntergang sind.«

»Genau das, Sam. Hinterher sind wir Menschen. Sterbliche
Normalos.«

Nicht MörderMitzi und CowboyhutKiller, dachte sie weiter,
sprach es aber nicht aus.

»Lass es gut sein, Mitzi. Und glaube mir, ich will dich, aber
es geht nicht.«

»Weil du außerhalb von Sam verheiratet, schwul oder im-
potent bist?«

»Nein, es geht nicht um mich. Ich tue es um deinetwillen
nicht. Vielleicht das einzig Gute, das ich für dich entscheide.«

Ihr angespannter Körper musste loslassen. Mitzi kippte zur
Seite und rollte sich zusammen. In ihren Muskeln vibrierte es
bis tief in ihr Inneres.

Endlich kam Bewegung in Sam. Er setzte den Laptop am Ende der Matratze ab. Dann beugte er sich nach vorn und schnappte sich die Tagesdecke. Er ließ sie sanft über Mitzi und ihren nackten Körper gleiten.

»Besser so, Mitzi.«

»Deck mich gleich ganz zu, übern Kopf, ich fühl mich schrecklich. Sterbenselend.«

Sam rückte von sich aus näher an sie heran. »Mitzi, ist dir nicht aufgefallen, dass ich nach ›gemeinhin‹ kein nächstes Lieblingswort mehr gefunden habe?«

»Was hat das denn mit dem anderen zu tun?«

»Ich verrate dir etwas. Mit diesen Wortsammlungen wollte ich meine Einsamkeit vertreiben. Seit ich mit dir unterwegs bin, tust du das. Ich wehre mich gegen dieses Gefühl, aber es ist da.«

Dann hör auf, wollte Mitzi herausschreien. Hör auf mit dem Schrecklichen. Sei ein Mensch, lass das Monster verfaulen!

»Möchtest du etwas Intimeres als Sex mit mir teilen?« Sam kam ihr zuvor.

Mitzi stutzte. »Noch nackiger werd ich nicht.«

Sam strich ihr über den Kopf. »Ob nackt oder angezogen. Das ist im Darknet egal.«

»Versteh ich nicht.«

»Ich gebe dir meinen ›.onion‹-Link. Damit du mich auf der Silk Road 2.0 finden kannst.«

»Ist das wichtig?«

»Damit entblöße ich mich völlig vor dir. Sex kannst du mit jedem haben, aber mein Angebot ist einmalig.«

Mitzi hatte die Zugangsdaten mehrmals nachsprechen müssen. Sam hatte ihr verboten, sie aufzuschreiben. Immerhin hatte diese Übung einen beruhigenden Effekt auf sie. Was sie sonst damit anstellen sollte, war ihr völlig unklar.

Danach hatte sie sich angezogen und demonstrativ in die Küche gestellt. Ihren Kaiserschmarrn mit Zwetschkenröster zubereitet. Nicht ganz gelungen, zu mehlig der Schmarrn und die Zwetschken zu sauer, aber Sam hatte zugelangt und sie gelobt.

Sie selbst hatte während des Essens überlegt, wie leicht sich eine Verbindung zwischen dem Darknet und einer Portion Kaiserschmarrn herstellen ließ, und einen Vergleich zu Sam und sich selbst gezogen. Jetzt saßen sie unter dem Sternenhimmel auf der Terrasse. Jeder mit einem Glas Wein in der Hand. Von einem der Balkone gegenüber erklang leise Musik. Die Nacht hatte etwas Südliches, die Stadt hätte auch Venedig oder Lissabon sein können, das Meer ein paar Straßen entfernt.

»Es ist deine Wohnung hier, oder? Die Namen auf dem Schild unten, ›Heym/Kremser‹, die gibt es gar nicht.«

»Doch, die gibt es. Aber die beiden reisen viel.«

»So wie du?«

»Du meinst, ob es Auftragskillerkollegen sind?«

»So ähnlich.«

»Nein. Ich kenne keinen, der etwas Ähnliches macht wie ich.«

»Hast du die Narbe auf deiner Stirn von einer deiner Erledigungen?«

»Nein, ich bin mit dem Fahrrad gestürzt als junger Mann.«

»Wie ist es?«

»Vom Fahrrad zu stürzen?«

»Du weißt, was ich meine.«

»Rasch, kalt, einfach. Du würdest dich wundern, wie banal und schnell es geht. Hinterher wärst du enttäuscht, weil du dir die ganze Angelegenheit anders vorgestellt hast.«

»Hast du auch Menschen erschossen?«

»Ich verwende nie eine Schusswaffe. Ich besitze auch keine.«

»Warum?«

»Ist einfach so.« Er räusperte sich. »Morgen übrigens. Morgen denke ich, dass es so weit ist. Zumindest Kitzbühels Nummer eins, könnte man sagen.«

Es schien Jahrhunderte her zu sein, dass sie daran gedacht hatte, ihn zu bitten, ihretwegen aufzuhören.

»Ziehst du Mörder-Kreise von hier aus oder was?«

»Ja, kann man tatsächlich so sagen.«

»Das heißt, ich bin mindestens noch einen Tag allein?«

»Ich ziehe erst am frühen Abend los.«

»Das is trotzdem schön blöd. Ich langweile mich.«

»An einem so herrlichen Ort?«

Sie zuckte mit den Achseln, als wäre ihr sein Vorhaben egal.

»Mitzi.«

»Was noch?«

»Möchtest du dabei sein?«

»Du meinst, mitkommen?«

»Beides.«

6

Heinz sah Luis an.

Statt sich weiter mit den neuen Informationen zu beschäftigen, die ihm Harro de Närtens hatte zukommen lassen, befand er sich in einer Art Schockstarre.

Sie saßen in der Küche. Auf dem Tisch zwischen ihnen stand eine Papiertüte vom Supermarkt am Beginn der Straße. Die Balkontür war offen, eine leichte Brise kam vom Wohnzimmer herüber. Ein Schwarm winziger Mücken schwebte in der Luft. Heinz registrierte jedes Detail und hatte zugleich das Gefühl, ins Bodenlose zu fallen.

Luis deutete auf die Einkäufe. »Was regt dich daran so auf, Kumpel?«

Heinz hätte seine Dienstwaffe ziehen können, um Luis einen Schuss direkt in sein Gesicht zu verpassen. Doch seine P6 hatte er längst abgegeben. Wobei es besser wäre, wenn er sich selbst in den Kopf schießen würde. Genau an der Stelle, wo Luis entstanden war.

»So etwas darfst du nicht tun, Luis.«

»Was denn?«

»Die Kontrolle übernehmen. Das werde ich nicht zulassen.«

»Ich verstehe kein Wort von deinem Gelaber. Hör mal. Du hast vorhin gepennt, und der Kühlschrank war leer. Morgen früh bist du mir dankbar, dass frisches Obst und Müsli im Haus sind.«

Luis, dachte Heinz im hintersten Winkel seiner angeschlagenen Psyche, dort, wo er hoffte, dass der andere ihn nicht hören konnte. Luis, du hast eine Grenze überschritten. Ich bin der, der dich erschaffen hat, der dich auch zwingen kann, wieder zu gehen. Eine Einweisung durch Dr. Rannacher in die geschlossene Psychiatrie, ein hübscher Medikamentencocktail, und du bist Staub. Nicht einmal das, da du ja nie existiert hast.

Wie lange schon machte sich Luis selbstständig? Wie lange

schlafwandelte Heinz bereits? Schlafwandeln war es nicht, sondern mehr. Er spaltete sich tatsächlich. Dr. Jekyll und Mr. Hyde, die klassische Geschichte. Nicht ganz klar, wer von ihnen beiden der Böse war, denn Hyde hatte wohl nie Orangen, Bananen und Müsli eingekauft.

Sein Handy klingelte. Heinz blieb sitzen.

Luis beugte sich vor. »Geh ran, Kumpel, sonst tue ich es.«

Heinz stieß einen wilden Schrei aus, packte die Tüte und warf sie gegen Luis. Noch bevor der Lärm des Aufpralls erklang, presste er seine Hände vors Gesicht.

Das Klingeln hörte auf. Der Windhauch streifte seine Haut. Er spreizte die Finger.

Luis war verschwunden. Heinz war allein in der Küche. Die Einkäufe lagen auf dem Boden verstreut, eine Orange berührte seine Zehenspitzen.

Bevor er sich bei der Anruferin zurückmeldete, öffnete Heinz die E-Mail und den Anhang vom Rechtsmediziner aus Köln auf seinem Laptop.

Harro de Närtens war schnell und fleißig gewesen. Bei dem aktuellen Mord in Rosenheim gab es bei der Tatwaffe eine mögliche Übereinstimmung mit dem Trinckas-Fall in Kufstein. Die Wunde passte diesmal genau, was die Klingengröße und die tödliche Stichverletzung anging. Hilde Kern-Wedel, eine Hausfrau mit ihren Einkäufen auf dem Weg nach Hause, im Hausflur ermordet. Börse und Schmuck fehlten, deshalb tippte die Polizei auf einen Überfall mit Todesfolge.

Aber für Heinz war es ein weiterer Name in seiner Sammlung. Für Harro de Närtens wie es schien nun ebenso.

Er leitete die E-Mail an die Anruferin weiter und drückte auf »Rückruf«.

»Ich habe das Klingeln zu spät gehört, tut mir leid.«

»Kein Problem, ich hätte es später noch mal versucht.«

»Eine E-Mail ist zu Ihnen unterwegs, Inspektorin Kirschnagel. Behandeln Sie sie bitte ebenso vertraulich. Einen Freund von mir, den Leiter des Rechtsmedizinischen Instituts in Köln, habe ich quasi in unsere Truppe geholt, wenn ich unser inzwischen gemeinsames Interesse so benennen darf. Harro de Närtens. Seine Anmerkungen darin werden Sie aufhorchen lassen. Ein weiterer Mord in Rosenheim steht auf der Liste.«

»Tatsächlich habe ich mich zu diesem Fall ebenfalls bereits umgehört.«

»Sie klingen skeptisch.«

»Noch bin ich nicht ganz überzeugt. Aber auf dem Weg.«

»Dann lesen Sie, Frau Kirschnagel.«

»Doch zuerst zu meinem Anliegen, Herr Hauptkommissar.«

»Was gibt es?«

»Ich glaube, Maria Schlager verheimlicht uns allen etwas. Ich bin mir sogar sicher.«

»Mein Gefühl war ähnlich, als ich mit ihr geredet habe.«

»Sie waren in Salzburg?«

»Nein, Frau Schlager kam nach Wien. Sie war wohl bei einer Freundin zu Besuch.«

»Ja?«

»Zumindest hat sie es mir erzählt. Und da ich mit ihr bereits Kontakt aufgenommen hatte, hat sie mich spontan aufgesucht.«

»Ach. So war das.«

»Jetzt klingen Sie verärgert.«

»Nein, es ist in Ordnung, wir leben in einem freien Land. Jeder kann jeden besuchen. Wie viel haben Sie ihr gegenüber preisgegeben?«

»Einiges.«

»Ihre Entscheidung. Was haben Sie für einen Eindruck, Herr Baldur?«

»Bitte, Sie zuerst.«

Agnes Kirschnagel schilderte Mitzis Anruf. Legte ihre Vermutungen offen. Nur ihren eigenen spontanen Ausflug zu Mitzis Wohnadresse gestand sie Heinz nicht.

»Mein Fazit ist, sie könnte wissen, wer der Mann in Kufstein war. Das beunruhigt mich sehr.«

»Die wirklich wichtige Frage ist, Inspektorin Kirschnagel, warum würde sie ihn decken und beschützen?«

»Sie macht gemeinsame Sache mit ihm.«

»Nein, nicht anzunehmen. Der Mann mordet seit Jahren, er arbeitet allein.«

»Dann bedroht er sie, hat etwas gegen sie in der Hand.«

»Klingt schon wahrscheinlicher.«

»Wenn Mitzi in Gefahr sein sollte, müssen wir handeln.«

»Inspektorin Kirschnagel, was, denken Sie, könnte Ihre Behörde unternehmen? Eine junge Frau verhaften, die nichts anderes getan hat, als eine Zeugenaussage zu machen, und danach zu einer Freundin nach Wien gereist ist? Noch bewegen wir uns auf dem Feld der Spekulationen, zu wenige konkrete Beweise. Vergessen Sie Ihre Skepsis nicht, denn damit haben Sie zum Teil sogar recht. Uns sind jedoch die Hände gebunden.«

»Was dann?«

»Wir sammeln, wir puzzeln. Sie in Tirol, ich hier. Ich finde es wunderbar, dass wir uns austauschen können.«

»Was mich auch noch beschäftigt: Warum sollte er sich ihr zu erkennen geben? Nach dem Mord war schnell klar, dass sie niemanden identifizieren kann.«

»Vielleicht hat er einfach ein Spiel mit ihr angefangen.«

7

Sie hätte wieder und wieder Nein sagen können. Tausend Mal nein. Als er es ihr angeboten hatte, als sie losgefahren waren, selbst hier und jetzt noch. Nein.

Doch das Wörtchen kam nicht über ihre Lippen.

Sam sollte aufhören, stattdessen machte Mitzi mit.

Verkehrte Welt. Auf den Kopf gestelltes Leben. Verirrte Seele eines traumatisierten Kindes, das auch zweiundzwanzig Jahre später auf der Suche war.

Natürlich würde sie es nicht selbst tun. Aber sie könnte ihm zusehen. Teilhaben mit Augen und Ohren, mit all ihren Sinnen.

Wie hatte Sam es wiederholt formuliert, bevor sie sich auf den Weg gemacht hatten? »Du wirst dich wundern, wie banal und schnell es geht. Hinterher bist du enttäuscht, weil du dir die ganze Angelegenheit anders vorgestellt hast.«

Mitzi hatte sich bisher alles und nichts vorgestellt. Es war nicht wie bei ihren sonstigen Phantasiespielen, in denen mögliche Szenarien in bunten Farben und scharf skizzierten Bildern in ihrem Kopf abliefen. Sam und sein Tun glichen einem Weg durch eine Nebellandschaft. Hinter dem grauen Dunst konnten sich alle möglichen Dinge verbergen. Ungeheuer oder Offenbarungen.

Sie dachte an die Gaffer, die Schaulustigen, die bei Unfällen die Rettungsgassen verstopften und sich vor dem Absperrband der Polizei drängten. Grausiges erleben, ohne selbst Schaden zu nehmen. Mit Smartphone und Kamera im Schlepptau. Danach hatte man der Tante, den Nachbarn, in den sozialen Medien etwas zu erzählen.

Wem sollte sie davon berichten? Der Selbsthilfegruppe? Freddy? Oder ihrem Nachbarn Ronald Hader, den sie im Traum mit einer Schere erstechen wollte?

Heinz Baldur oder Agnes Kirschnagel. Sie wären die richtigen Ansprechpartner.

Doch dazu war es jetzt zu spät.

Denn jetzt stand sie hier neben Sam.

Am liebsten hätte sie sich an den Stoff seiner Jacke gekrallt, wäre mit dem Gesicht, dem ganzen Körper darin verschwunden, hätte sich aufgelöst.

Ihr blieb die Möglichkeit, die örtliche Polizei zu verständigen, Alarm zu schlagen. Wieder einen Notruf abzusetzen. Doch das Verbrechen lag nicht hinter ihr, sondern vor ihr. So viele Filme hatte sie gesehen, die von Zeitreisen und deren Paradoxa handelten, und niemals hätte sie gedacht, dass sie selbst einmal vor einer scheinbar unabwendbaren Zukunft stehen würde.

Mitzi spürte die Anspannung wie einen eisernen Panzer um ihre Brust. Sie begann nach ihrem Smartphone zu suchen, bis ihr bewusst wurde, dass sie es in dem eleganten Apartment vergessen hatte. Zufall? Oder Absicht, von ihrem Unterbewusstsein gesteuert, dem Drang, abermals dem Tod ins Auge zu schauen?

In der Nacht davor hatte sie geschlafen wie eine Tote. Der Vergleich passte.

Abends waren sie aufgebrochen.

Bis dahin hatten weder Sam noch Mitzi ein einziges weiteres Wort über sein Vorhaben gewechselt. Wie in Trance hatte Mitzi die Stunden des Tages erlebt, eingehüllt in normale Gespräche, ein leichtes Mittagessen und einen Spaziergang durch den Legendenpark, der nahe der Wohnung lag. Sam hatte die Namen der Gewinner des Hahnenkammrennens laut vorgelesen, die auf einer Tafel verewigt waren. Danach waren sie auf den Aussichtsturm gestiegen und hatten sich an dem Ausblick auf das Ziel der Streif erfreut. Ein Touristenpaar wie tausend andere.

Mitzis kleiner Bruder hatte Bilderbücher und Geschichten, die mit Skifahren und Schnee zu tun hatten, immer geliebt. Mitzi hatte sich die Erinnerung daran erlaubt. Es hatte sie freier atmen lassen.

»Für den Fall, dass uns jemand fragen sollte«, Sam zwinkerte ihr zu, »unterwegs oder später im Apartmenthaus: Wir sind Herr und Frau Zeilinger. Okay? Deinen süßen Vornamen kannst du beibehalten.«

Mitzi nickte. In ihrem Nacken knackte es.

Sie hatte die Orientierung verloren und war Sam hinterhergelaufen wie ein Hündchen seinem Herrn.

Als die Sonne tiefer stand und der Himmel einen leichten Orangeton anzunehmen begann, hatten sie den Promenadenweg an der Kitzbüheler Ache erreicht. Wieder ein Fluss.

Sam war stehen geblieben. Er hatte auf sein Handgelenk gesehen, als würde er dort eine Uhr tragen, dann hatte er mit der Hand seine Stirn abgedeckt.

»Es könnte leicht werden.«

An ihnen waren jede Menge Menschen vorbeigegangen. Einige trugen Tracht, andere liefen in Shorts und bunten Hemden oder Blusen herum. Mitzi sah an den Füßen der Vorbeiziehenden abwechselnd feste Wanderschuhe oder Sandalen. Sam hatte sich eine dunkelbraune Jeans und ein passendes T-Shirt angezogen. Dazu eine Jacke, obwohl es an diesem Abend mitten im August warm wie in einem Backofen war. Mitzi selbst trug ein gelbes Sommerkleid, mit ihren blonden Strubbelhaaren wirkte sie wie ein Zitronenfalter.

»Komm, Mitzi!«

Plötzlich war er rasch weitergegangen, hinter einer Dreiergruppe her.

Schließlich waren sie an einem kleinen Biergarten auf einer Wiese, die am Wasser endete, angelangt. Ein mit einer Holztheke ausgestatteter großer Wagen stand dort, an dem sich die Spaziergänger Getränke holen konnten. Davor gab es drei Reihen Bänke und lange Tische. Stangen waren rundum in regelmäßigen Abständen in die Erde gedrückt worden, oben waren sie mit Schnüren verbunden, an denen bunte Lämpchen leuchteten. Ein idyllischer Ort, der zu einer Pause geradezu einlud.

Sam war ein paar Meter entfernt stehen geblieben und Mitzi mit ihm. Jetzt beugte er sich zu ihr. Im einsetzenden Dämmerlicht sah sein Gesicht aus, als wäre es mit dunklen Flecken übersät.

»Hier, Mitzi. Hier.«

Mitzi sah sich erstaunt um. »Bei der Menge an Leuten?«

»Manchmal kann es hilfreich sein. Wenn die Erledigung heute klappt, dann wird es ziemlich schnell vorbei sein. Zuerst halte Abstand, fall nicht auf. Ich gehe mit ihm in diese Richtung, zu den Bäumen und dem Gebüsch dahinter, siehst du?«

Mitzi sah seinem Zeigefinger hinterher. Am linken Rand der Wiese ragten vier Bäume in den abendlichen Himmel. Dahinter blickdichtes Buschwerk, in dem sich bereits Schwärze gesammelt hatte.

»Du kannst mir folgen, wenn du willst.«

»Okay.«

»Siehst du die Stufen links hoch? Dort gibt es eine wunderschöne alte Trauerweide mit einer Bank. Auch dorthin kannst du dich zurückziehen. Und warten, falls es dir zu viel wird.«

»Okay.«

Sams Zeigefinger beschrieb einen Halbkreis und wies zu dem Thekenwagen. »Ich war gestern schon hier. Schöne Ecke. Magst du ein Bier und eine Brezel?«

Mitzi schüttelte energisch den Kopf. Essen und Trinken war das Letzte, was sie jetzt wollte.

An den Biertischen und Bänken genossen Einheimische wie Touristen die laue Nacht. Mitzi konnte nicht fassen, dass Sam seinen Auftrag inmitten einer derart großen Anzahl an möglichen Zeugen erledigen würde.

»Du willst es echt hier machen?«

Sie hörte ihn leise lachen.

»Ja, echt. Oft schützt dich die Einsamkeit, manchmal aber auch die Menge. Was heute richtig sein kann, musst du beim nächsten Mal neu bewerten. Du bündelst die Informationen, die du von dem Auftraggeber erhältst, mit deinen eigenen Eindrücken. Du beobachtest, du wartest, du lauerst und schlägst im richtigen Moment zu. Lass dich überraschen.«

Sam nahm ihre Hand, und sie gingen ein paar Schritte vom Biergarten auf ein aufgestelltes Toilettenhäuschen zu. Mitzi hätte gemusst, aber wie ihr Magen war auch ihre Blase nicht bereit, ihre üblichen Tätigkeiten auszuführen.

Als würde er ihr eine Zaubernummer vorführen, hielt Sam

ein hellgrünes Barett zwischen den Fingern. »Das Spiel kann beginnen.«

Mitzi schnappte nach Luft. Sam hatte sich eines Zitats des berühmten Sherlock Holmes bedient. Nie wieder würde sie sich über den fiktiven Detektiv einen Film ansehen oder ein Buch lesen können, ohne an diesen Abend zu denken.

Sam setzte die Mütze mit Schwung auf. Sie ließ ihn jünger wirken. Die Kopfbedeckung war jetzt das einzig Helle an ihm, sonst verschmolz seine Gestalt in dunkler Jacke und Jeans mit den spätabendlichen Schatten.

»Wenn ich meine Hüte, Mützen und Kappen sammeln würde, könnte ich Kisten damit füllen.«

Mitzi hatte nicht mit seiner gelassenen Heiterkeit gerechnet, seine Laune ließ die Situation ins Unwirkliche abgleiten, als wäre sie in eine ihrer erfundenen Geschichten gefallen.

Sie waren nicht die Einzigen, die nahe den Toiletten standen. Mitzi konnte weiter vorne eine Gruppe von Jugendlichen erkennen, die rauchten. Ihr Lachen schwappte zu ihr und Sam herüber. Ein Radfahrer fuhr mit einer atemberaubenden Geschwindigkeit an ihnen vorbei. Mitzi spürte den Luftzug in ihrem Haar.

Jetzt erst bemerkte sie, dass Sam ebenfalls eine Zigarette in seinem rechten Mundwinkel hängen hatte, die allerdings nicht brannte. Wie ein weißer Wurm sah sie aus.

»Hast du ihn im Blick?«, fragte er.

»Ja, schon.«

Von ihrem Standort aus war es der erste Biertisch, an dem die Zielperson saß.

Sam hatte ihr den jungen Mann unterwegs ohne Vorwarnung gezeigt. Sie waren ihm bereits eine Weile auf dem Weg gefolgt, ohne dass Mitzi es ahnte. Etwa Mitte zwanzig, hellbraunes Haar, sportliche Figur. Er war mit zwei Frauen unterwegs. Das Trio hatte Platz genommen, er die Getränke geholt. Sie amüsierten sich, er lachte, wusste nichts von der Gefahr, in der er sich befand.

»Wie geht es weiter?«

»Geduld, Mitzi, Geduld.«

»Aber er sitzt, und wir stehen hier.«

»Vertrau mir. Und warte.«

»Aber wenn's heute nicht klappt?«

»Dann an einem anderen Ort. Die längste Aktion dauerte einmal drei Wochen. Ist lange her, damals war ich noch so jung wie du.«

Eines war Mitzi auf dem Weg bis zur Wiese aufgefallen: Jedes Mal, wenn der junge Mann mit seinem Smartphone telefonierte, hatte er sich von den beiden Frauen abgewendet. Einmal war er den Weg langsamer auf der anderen Seite weitergegangen, einmal ganz zurückgeblieben. Vielleicht war er höflicher als andere Handynutzer.

Auch bei der Ankunft am Biergarten hatte sich die Zielperson vom Tisch zuerst entfernt, war an Mitzi und Sam vorbeigegangen, um nahe an den Bäumen ein Gespräch zu führen. Wenn er also das nächste Mal sein Mobilfunkgerät benutzte, konnte man davon ausgehen, dass der junge Mann sich wieder separieren würde.

Es durfte nicht so leicht sein!

Sam knöpfte seine Jeansjacke auf, griff ins Innere, als wollte er überprüfen, ob er seine Börse dabeihatte. Seine Hand kam leer wieder heraus und verschwand in der Hosentasche.

Mitzi wurde bewusst, dass er seine Mordwaffe bereits die ganze Zeit bei sich trug. Sie hatte plötzlich Angst, ihn zu berühren, fast so, als würde sie sich an einer Klinge schneiden, an einer Spitze stechen können, die irgendwo an der Innenseite verborgen war.

Wie breit und wie lang war das Messer, das Sam benutzte? War es ein Klappmesser, ein Stilett, ein Dolch?

Sie stoppte ihre Gedankenflut entsetzt ab.

Mit welcher Geschwindigkeit sie sich in Tötungsphantasien verlor, war unfassbar. Es ging hier um ein Menschenleben. Ein Mensch, in dessen Adern Blut floss, dessen Hirn und Herz ihre unermüdlichen Dienste versahen. Der Gedanken wälzte, Wünsche hatte, heute Abend unterwegs war mit zwei Freundinnen, lachte, sich amüsierte und morgen mit neuem Schwung wieder erwachen wollte.

»Sam.« Mitzi zupfte an seinem Ärmel.

»Was gibt es noch, Mitzi?« Seine Stimme hatte sich verändert. Sie klang schärfer im Ton. Stechend, schneidend, um beim Messervergleich zu bleiben.

»Hat die Zielperson Familie?«

Mitzi erhielt keine Antwort.

Ihr wurde klar, dass es nichts ändern würde. Ob der junge Mann nun Eltern hatte oder Waise war, selbst schon Vater von einem oder drei Kindern, spielte keine Rolle. Ob er verlobt, verliebt, verheiratet war mit einer Frau, einem anderen Mann. Ein Single mit Vorliebe für flotte Dreier mit den beiden Mädels an seiner Seite, ein Katzenliebhaber mit drei Miezen, die zu Hause auf ihn warteten, ein Masochist, ein Sadist, ein Arschloch, ein netter Kerl.

Nichts zählte. Nicht für Sam.

Eine Zielperson war wie ein Stück Bergbauernsalami, das man aus dem Kühlregal entnahm, bezahlte und zu Hause verzehrte. Man aß die Wurst, ohne sich Fragen nach dem Tier zu stellen. Schlimmer. Nach der Herkunft einer guten und gesunden Salami wurden Fragen gestellt, nicht umsonst waren die Bioläden voll mit Kunden, die Biobauern erlebten geradezu einen Boom. Eine Zielperson war dagegen ein Stück Holz, das man auf den Klotz legte und zerhackte, bevor man es im Kamin verbrannte.

Zu Asche würde am Ende auch der junge Mann werden, der sich eben von dem Biertisch erhoben hatte. Er sagte etwas zu den Frauen. Aus seiner Hosentasche zog er sein Smartphone. Er bewegte sich ein paar Schritte in ihre Richtung.

Mitzi sog Luft ein und konnte nicht mehr ausatmen.

Als der junge Mann einen Meter von ihnen entfernt war, wollte er diesmal nach links. Sam machte seinerseits einen Schritt auf ihn zu.

»Servus, hast du zufälligerweise Feuer?«

»Grias di.«

Die Zielperson begann in der Hosentasche zu kramen. »Ja, hab ich. Ich hab mir die Zschigg zwar abgwöhnt, aber mein altes Bic trag ich als Glücksbringer immer bei mir. Aufhören is auf die Dauer besser.«

Er streckte Sam seine Hand mit dem Feuerzeug entgegen. Sam nahm es und zündete sich die Zigarette in seinem Mundwinkel an. Dann blies er eine erste Rauchschwade nach oben.

»Entschuldige, Schatz«, sagte Sam in Richtung Mitzi, die immer noch den Atem anhielt. Gleich würden ihre Lungen explodieren. Dann wandte er sich wieder seinem Gegenüber zu.

»Meine süße und kluge Freundin hasst Rauchen wie Passivrauchen, ich verziehe mich. Und du hast recht, ich werde es sein lassen. Vielleicht ist das schon meine Letzte.«

Sam lachte und ging zügig los.

»Na geh, bleib da, mein Glücksfeuerzeug«, rief der junge Mann ebenfalls mit einem Lachen und lief ohne Argwohn hinter Sam her.

Mitzi musste ihren Atem freigeben und loslassen. Ein eigenartiger Laut quoll aus ihrem Mund. Das nächste Einatmen stach in ihrem Kehlkopf, in ihrer Lunge.

Sam hatte von dem Feuerzeug gewusst. Anders konnte sie sich seine Inszenierung nicht erklären. Der Auftraggeber musste es ihm verraten haben. Oder er hatte es bei seinen Observierungen gesehen.

In Mitzis Kopf schrie Oma plötzlich. Laut und wehklagend. Mitzi wollte sich die Ohren zuhalten, aber in der Sekunde brach der Schrei ab.

Die Szene vor ihr lief atemberaubend schnell ab.

Schon waren die beiden Männer ein paar Meter entfernt, schon konnte Mitzi sehen, wie sie die Bäume erreichten. Sie schienen vom Buschwerk verschlungen zu werden, einmal glomm noch rötlich die brennende Zigarettenspitze an der Stelle auf.

Wenn Mitzi Sam jetzt folgen würde, würde sie Zeugin werden. Anders jedoch als in Kufstein. Kein Zufall, kein Versehen, kein Zur-falschen-Zeit-am-falschen-Ort. Sie war hier und machte sich mitschuldig. Was war aus ihrer Mission geworden, Sam zu bekehren? Ihn abzuhalten, einen weiteren Mord zu begehen?

Nun war es, als würde sie selbst das Messer ziehen und den jungen Mann ermorden.

Die Zielperson.

Das Ziel als Person.

Person gleich Mensch.

Der Tod eines Menschen.

Nein, dachte Mitzi.

Nein und nein.

8

»Halt! Stopp. Lass es!«

Sam sah Mitzi losrennen. Ihre blonden Haare und ihr gelbes Kleid leuchteten in der Dämmerung wie ein Signalfeuer.

»Hör auf! Lass den Mann gehen! Hilfe!«

Es war ein Moment der Entscheidung. Die Zeit stand still, als wäre das Bild eingefroren. Sam fühlte sich zu einem Punkt zusammengepresst, und um die Mitte herum rotierten Möglichkeiten.

An seiner Seite stand die Zielperson. Ein Mann in Mitzis Alter.

»Sind Sie Mike Glawes?«, wäre die letzte Frage an ihn gewesen.

Wenn Mike der richtige Mike war, wovon auszugehen war, wie würde er reagieren, wenn er wüsste, dass die Auftraggeberin seine Stiefmutter war?

Sam stellte sich diese Frage und wunderte sich erneut, warum es ihn interessierte. Dieses Nachhaken, dieses Grübeln, er hasste es und bewegte sich doch den Gedankenstrang weiter entlang. Würde der junge Mann darüber lachen, weil es keinen besseren Beweis dafür gab, dass Stiefmütter wie im Märchen böse sind? Oder würde er sich verwundert die Augen reiben, weil nichts im zuckersüßen Verhalten der neuen Frau von Papa darauf hingedeutet hatte, dass sie ihren neuen Sohn tot sehen wollte?

»Denken Sie an etwas Schönes.« Dieser Satz fiel heute wohl ins Wasser.

Sam konnte die Konsequenzen wie in einer rasanten Schnittfolge sehen.

Wenn er nicht sofort handelte, nahm die Zielperson Reißaus, schreiend, und Chaos brach aus. Sam würde seinen Auftrag nicht ausführen können, und im Rahmen der Ermittlungen, die folgen würden wie das Amen im Gebet, erhielt der junge

Mann Personenschutz. Die nächste Gelegenheit, ihn zu treffen, musste auf den Sankt Nimmerleinstag verschoben werden.

Ein nächster Überlebender nach dem Rückzieher in Salzburg. Mit einem bedeutenden Unterschied. Die Zielperson würde diesmal Bescheid wissen über den Mordversuch. Die Polizei würde zu graben und zu hinterfragen beginnen. Intensive Ermittlungen, die Suche im Umfeld, Vernehmungen, Recherche. Am Ende war zu erwarten, dass die Stiefmutter zusammenbrach und gestand.

Sams momentane Darknet-Identität würde auffliegen. Mit ihr die anstehenden Aufträge, eine verheerende Bilanz in diesem heißen Sommer. Doch er als Person konnte sich schützen.

Wenn er den Mann am Leben ließ, gab es aber auch die Möglichkeit, sich ohne Aufsehen zurückzuziehen. Zu warten und abzuwarten. Seinen ohnehin willkommenen Ruhestand in Angriff zu nehmen. Aber diese Entscheidung wollte er selbst treffen. Nicht dazu getrieben werden, gezwungen durch die Umstände.

Konnte er damit leben?

Noch waren sie beide, Ziel und Zielender, verborgen durch die Bäume und Büsche, noch hatte Mike Glawes Mitzis Schreie nicht mit sich in Verbindung gebracht. Sam blieb ruhig stehen, er wandte sich nicht in die Richtung der Rufenden, die brennende Zigarette hielt er immer noch lässig zwischen Daumen und Zeigefinger. Er nahm einen Zug, sah den glühenden Rand, roch die Mischung aus Nikotin und Teer, folgte mit seinen Augen dem hellen Rauchfaden, der aufstieg.

Er hatte sich in Mitzi geirrt.

Sie war dabei, ihn zu verraten.

»Irrtum« und »Verrat«, keine Wörter, die es je auf seine Liste schaffen würden.

Sie schrie immer weiter. Der Ton lief, nur das Bild stand. Die Lautstärke wurde hochgedreht, es tat Sam in den Ohren weh. Mitzi leuchtete. Sie kam näher, nicht um Töten und Tod nahe zu sein, sondern um beides zu verhindern. Nach der Geschichte mit dem ungeduschten Nerd hätte er es eigentlich wissen müssen. Schande über ihn.

»Feuer! Es brennt! Feuer!«

Mitzis nächstes Rufen stieg in die Nacht auf und ließ das erstarrte Bild in Tausende Scherben zerbersten, die gefährlich glitzerten.

Sam handelte. So als würde die Lage nicht kippen und die Situation nicht außer Kontrolle geraten.

Die Würfel fielen.

Mitzi setzte zum Sprint an.

Unter ihren Schuhsohlen spritzten Steine hoch, sie fühlte einen Stich in ihrer Ferse, so kräftig stieß sie sich ab.

Die Entfernung konnte sie nicht abschätzen, es konnten dreißig, aber auch dreihundert Meter bis zu den Bäumen sein. Jede Zehntelsekunde zählte, wenn sie die Zielperson retten wollte.

Nein, nie wieder eine solche Bezeichnung. Jeder Auftrag von Sam bedeutete ein Opfer. Ein Mordopfer. Nicht anders durfte sie diese Menschen benennen. Bei all ihren vielen Phantastereien hatte es nie eine wahrhaftige Gestalt gegeben, nie Fleisch und Blut. Und Seele. Das war es.

Es galt eine Seele zu schützen.

Mitzi hätte nicht sagen können, ob sie damit Sam oder den anderen meinte, doch es spielte keine Rolle in diesen entscheidenden Momenten. Es gab keinen Plan in ihrem Kopf, kein Spiel mit Hoffnungen. Alle Szenarien würden wieder nur Hirngespinste sein, kleine geisterhafte Lichter in der Dunkelheit, in die sie sich verirrt hatte. Es gab auch keine Idee davon, was am Ende ihres Sprints geschehen würde. Sam davon abzuhalten, ein unschuldiges Leben zu nehmen, war das einzige Ziel.

»Halt! Stopp. Lass es!«

Dass sie beim Losrennen zu rufen anfing, wurde ihr erst bewusst, als sie die Worte aus ihrem Mund hörte.

Aufmerksamkeit erregen musste sie. Sam würde nicht ablassen, wenn sie ihn lieb darum bat.

»Hör auf! Lass den Mann gehen! Hilfe!«

Mitzi stoppte mitten im Schritt ab.

Der Schwung ließ ihren Körper weiter nach vorn kippen,

und sie wäre fast auf den Knien gelandet. Sie wirbelte herum. Keiner der Leute an den Biertischen hinter ihr hatte auf ihr Rufen reagiert. Sie hörte Gelächter, Geplauder, doch niemand war hochgesprungen, um zu sehen, warum eine Frau zu rufen begonnen hatte. Nicht ein Einziger hatte Notiz von ihrer Rettungsaktion genommen.

Sie drehte sich zurück. Die Stelle unter den Bäumen glich inzwischen einem dunklen Loch, an dessen Rändern die Äste herausragten wie schwarze Knochenfinger.

Zu spät. Egal, was sie weiter unternahm, es war zu spät.

»Nein!«

Mitzi beugte ihren Oberkörper, hielt sich den Bauch wie bei Krämpfen.

»Nein, nein, nein!«

Die Lautstärke ihrer Stimme nahm zu, die Tonhöhe schraubte sich nach oben.

Die Zeit nahm wieder Gestalt und Vorwärtsbewegung an.

Sam wechselte die Zigarette von rechts auf links, griff mit der freien Führungshand in die Innenseite seiner Jacke, in die dort verstärkte und verborgene Tasche. Er zückte das Messer. Die Spitze der scharfen Schneide funkelte im Dunklen.

Mike Glawes, der junge Mann, die Zielperson, wandte sich um, der Lärm hatte seine bewusste Wahrnehmung erreicht. Er bewegte sich aus der Position heraus, in der Sam das Messer glatt und tödlich in seinen Bauch hätte stechen können.

»Wer schreit denn da wie tamisch?«, fragte er.

»Nein! Nein! Nein!« Mitzi, schon ganz nahe.

Fast bei ihnen.

Die Ereignisse überschlugen sich, türmten sich übereinander.

Sam entschied sich noch einmal um. Er hob den Arm, die Hand, die das Messer führte. Er ließ die Zigarette fallen, ein glühender Punkt segelte Richtung Boden. Mit der freien Hand fasste er jetzt sein iPhone, das Displaylicht tauchte einen Ausschnitt zwischen ihnen in ein erschreckend helles Licht.

»Hey, Mike«, zischte er.

Es reichte aus, dass der junge Mann den Kopf zu ihm zurückdrehte. Die Haut am Hals war als heller Fleck gut zu sehen. Das Messer zog einen Strich über die Kehle, der Widerstand war lächerlich gering.

Eine dunkle Linie tat sich auf, Haut platzte. Blut, das wie schwarze Tinte aussah, begann hervorzuquellen. Ein einzelner Laut kam über die Lippen des Mannes, als würde sich eine Seifenblase mit einem Plopp verabschieden.

Sam machte einen Schritt zurück.

Das Displaylicht verlosch.

Keine Zeit diesmal, den Niedersinkenden aufzufangen. Er gab dem Körper vor sich einen Tritt, roch das Kupfer des Blutes. Möglich, dass seine Haut, seine Jacke etwas abbekommen hatten, seine Hände waren auf jeden Fall besudelt.

Er stutzte.

Sam hatte vergessen, seine Handschuhe überzustreifen.

Kälte breitete sich über seinen Rücken aus, während die Zielperson zu Boden ging. Er hatte tatsächlich zum ersten Mal mit bloßen Händen getötet.

In all den Jahren.

Ein Schnitzer, ein Fehler, ein fataler Aussetzer.

Spuren über Spuren würde er hinterlassen. Sein DNA-Profil war so gut wie erstellt und würde gespeichert werden in allen Suchmaschinen des Landes und über die Grenzen hinaus.

Zwar würden noch kein Gesicht und kein Name dazu auftauchen, aber von diesem Abend an gab es Vergleichsmöglichkeiten. Sein Ruhestand war ab sofort eine zwingende Maßnahme. Nicht nur das. In den nächsten Jahrzehnten durfte er sich keinen Unfall leisten, keine Bluttransfusion, keine Transplantation benötigen, sich nichts zuschulden kommen lassen, bei dem seine DNA gespeichert werden würde.

Wie viel davon war allein schon an Mitzi im wahrsten Sinn des Wortes kleben geblieben?

Und sie?

Mitzi würde vernommen werden. Zuerst, noch heute Nacht: Warum haben Sie geschrien, Frau Schlager? Was wussten Sie,

Frau Schlager? Eine Fragenliste ohne Ende. Und keine Mitzi der Welt würde dem standhalten.

Mehr noch. Sie kannte sein Gesicht. Ein präzises Phantombild war zu erwarten. Sie wusste vom Kitzbüheler Domizil. Eine Hausdurchsuchung würde folgen.

Die Polizei würde rasch einen Zusammenhang mit Kufstein herstellen. Mit weiteren Vergehen. Länderübergreifende Ermittlungen.

Sams Gedanken wurden so dunkel wie seine Umgebung. Nichts leuchtete mehr in ihm und um ihn.

Er musste. Mitzi. Töten.

Konnte er es?

Auch hier keine Wahl. Oder?

»Feuer! Es brennt! Feuer!«, kreischte sie.

Dieser Hilferuf konnte das Zauberwort sein. Wenn ihr als Person schon keiner zu Hilfe eilen wollte, die Menschen um sie herum in ungestörtem Biergartenvergnügen verharren wollten, dann würde sie damit Aufmerksamkeit erregen. In einem Bericht im Fernsehen hatte ein Polizist einmal gesagt, es wäre am besten, »Feuer« zu rufen, um eine Menge zu mobilisieren, Leute aus der Gleichgültigkeit zu reißen.

»Feuer! Feuer! Feuer!« So laut brüllend, wie es ihr Kehlkopf und die Stimmbänder hergaben.

Gleichzeitig setzte sie sich wieder in Bewegung, ohne ein zweites Mal zurückzublicken.

»Feuer! Feuer! Feuer!«

Die Mitzi-Sirene steuerte auf direktem Kollisionskurs auf ihn zu.

Für Sam taten sich zwei Wege auf.

Linke Abzweigung, dort, wo das Herz saß:

Sam packt Mitzi, er zerrt sie davon. Sie rennen nach unten, Richtung Fluss. Im Chaos, das jede Sekunde ausbrechen wird, wird sie keiner verfolgen.

Wenn die Polizei kommt, sind sie längst aus der Gefahrenzone. Später kann Sam Mitzi nach dem Grund fragen, sie ihm ihren Verrat erklären, auch wenn das Reden darüber wie Jod auf der Wunde sein wird.

Rechter Weg, auf dem Kalkulation und Kaltblütigkeit sich überlagerten:

Sam tötet Mitzi, wie er die Zielperson getötet hat. Er wird ihr nicht die Kehle aufschneiden. Er kann sie so töten, wie er es sich zum Ritual gemacht hat. Ein Stich in den Bauch, sie an sich drücken. Mitzis letztes Fallen aufnehmen, sie in seine Arme gleiten lassen.

Mitzi war bei Sam angekommen.

Ihre Konturen wurden zu Umrissen, zu einem Schattenriss, als sie die Bäume erreichte.

Wie durch ein Wunder stolperte sie nicht über den Körper von Mike Glawes, der verblutend am Boden lag.

Vor ihren Augen blitzten Sterne auf, als sie sich mehr und mehr von der erleuchteten Biergartenzone wegbewegte, Richtung Bäume und Schwärze. Sie tauchte ein in eine Welt, die nur mehr aus Konturen und Scherenrissen zu bestehen schien. Unter ihren Schuhsohlen spürte sie Unebenheiten. Sie hatte die Spazierpromenade bereits verlassen. Sam und der andere mussten in greifbarer Nähe sein. Eine Wurzel kam, sie schlug sich den großen Zeh an. Sie schwankte und spürte einen Zweig ihr Gesicht streifen.

Dann war sie direkt unter Blättern und Ästen, außer einem roten Glimmen am Boden vor ihr konnte sie nichts sehen.

»Sam?«

Ihre Fähigkeit, laut zu sprechen, war fast am Ende, überstrapaziert vom Gebrüll der Feuersirenenrufe. Sie stieß gegen einen Körper und hob zugleich ihre Hände, um den Menschen, das Gesicht zu ertasten, zu greifen.

Er war es.

»Sam.« Ein Wispern, ein Flehen, winzig wie ein kleines Kind. »Töte ihn nicht. Tu es nicht. Für mich, nur für mich. Nicht. Bitte nicht!«

Hinter ihr schwoll nun doch der Lärm einer aufgeregten Menge an. Sie hörte lautes Rufen und vereinzelte Schreie, Schritte, die in ihre Richtung kamen.

»Mitzi.« Seine Lippen waren an ihrem Ohr.

Mehr als ihren Namen flüsterte Sam nicht, aber es genügte.

Die Erkenntnis traf Mitzi wie eine Axt, die einen Baum mit einem Schlag zu fällen vermag. Ihre Perspektive wechselte, und ihr wurde bewusst, wie ihre Aktion auf ihn wirken musste.

Verrat.

Ein böses, hartes und erbarmungsloses Wort.

Mitzi hatte Sam verraten.

Sie legte den Verrat auf eine Seite der Waagschale und das Leben, das sie gerettet hatte, auf die andere. Die Rettung hob sich ein gutes Stück über den vermasselten Auftrag. Sam musste es am Ende verstehen, ihr vergeben. An diese Wendung im Geschehen wollte sie glauben.

Sie streichelte über Sams Wange. Seine Haut kratzte auf ihren Fingerkuppen. Ihre andere Hand suchte seine. Hand in Hand sollten sie jetzt losrennen, über die Wiese nach unten, bis an das Ufer der Kitzbüheler Ache. Zwei Verlorene, die in den Schatten verschwanden.

Sam fühlte Mitzi direkt vor sich, spürte, wie sie ihn mit den Fingern berührte, abtastete, nach seinem Gesicht suchte.

»Sam«, sagte sie, und ihre Stimme klang heiser. »Töte ihn nicht. Tu es nicht. Für mich, nur für mich. Nicht. Bitte nicht!«

Bewegung kam in die Menge vorne. Rufe, Schreie.

Sam hatte das Messer in der Hand.

Zwei Wege.

Die Zeit tat ihm nicht den Gefallen, noch einmal stillzustehen.

Er musste sich sofort entscheiden.

Mitzis weiße Haut am Bauch. Eine schöne Erinnerung.

Sams Handrücken war feucht, seine Fingerknöchel krampften sich nach innen. Mitzi tastete weiter und berührte eine glatte, harte Fläche. Bevor sie sich an der Klinge schneiden konnte, zuckte sie zurück.

Sam hielt das Messer in der Hand.

Es hieß, dass der Blitz nicht zweimal an einer Stelle einschlägt, aber der Blitz der Erkenntnis traf sie zum zweiten Mal, wuchtig, unerbittlich. Sie war tatsächlich zu spät gekommen. Zu langsam. Irgendwo neben oder vor ihr lag ein junger Mann in seinem Blut. Kein Glücksfeuerzeug hatte ihn gerettet.

»Mitzi.«

Wieder ihr Name, der über Sams Lippen kam und in ihr Ohr rollte.

Seine Hand war in der Mitte ihres Bauches angekommen. Vor ihren Augen nahmen erneut Sterne Gestalt an, sammelten sich und verbanden sich zu einem hellen Streifen.

Sams Handrücken hatte sich weiter vorgearbeitet. Sie konnte fühlen, wie ihr Kleid von seinen Fingerknöcheln nach oben geschoben wurde. Der Stoff faltete sich, bildete einen Klumpen. Ihr Bauch lag frei. Er berührte nun ihre nackte Haut um den Bauchnabel.

Sie presste die Augen zu. Hinter den Lidern war mehr Helligkeit als davor.

»Mitzi.«

Sam flüsterte zum dritten Mal ihren Namen.

Fast ein wenig wie Magie, dachte Mitzi, weiter die Augen zupressend.

Was jetzt?

Seine Hand drehte sich an ihrem Bauch. Statt seiner Finger spürte sie die Kälte der Klinge.

9

»Unsere Zeugin im Trinckas-Fall is Opfer geworden.«

Bastian erwähnte die Neuigkeiten nebenbei, als Agnes morgens ins Großraumbüro kam und sich an ihren Schreibtisch setzte. Die Nachricht schlug wie eine Bombe ein.

»Bitte, was?« Sie mochte nicht glauben, was sie eben gehört hatte. »Bist du dir sicher, Bastl, dass es sich um unsere Maria Schlager handelt?«

»Todsicher. Sorry für den Ausdruck.«

»Um Gottes willen. Was ist passiert? Ein Unfall? Oder am Ende ermordet? Ich bin fassungslos.«

Ihr Kollege hob seine Hand. »Ganz ruhig, Agnes. Tot is sie nicht, aber verwundet. Die Geschichte is doch bereits durch alle Medien. Ein Toter, eine Verletzte. Im ORF gab's vorhin einen Sonderbericht. Auch in Deutschland war es in den Schlagzeilen.«

Den Felsen, der Agnes von der Brust fiel, konnte sie in ihren Ohren donnern hören. Mitzi war am Leben, trotzdem verstand sie nicht.

»Ich stehe total auf der Leitung. Ist es in Salzburg passiert?«

»Nein, gestern Abend in Kitzbühel. Echt schiach. An der Ache, bei einem Biergarten. Der Mann ist gestorben, die Frau wurde zum Glück nur verletzt. War hier aufm Revier schon heute früh Thema Nummer eins. Kann sein, dass wir mit in die Ermittlungen einbezogen werden. Die Innsbrucker sind auf jeden Fall schon dort. Musst du doch mitbekommen haben.«

Den Bericht in den Nachrichten hatte Agnes gestern gesehen. Sogar noch mit ihrer Mutter telefoniert, die sich fassungslos gemeldet hatte, dass ein solcher Übergriff nun schon in der näheren Umgebung geschehen war. Agnes hatte mit ihr bis kurz vor Mitternacht geredet und den Fernseher laufen lassen. Auch ihr Smartphone hatte sie mehrmals gecheckt. Das Internet war wieder einmal übergelaufen vor Spekulationen.

Zu viele, zu schnelle Vorverurteilungen und unbewiesene Fake News.

Doch Agnes hatte keine Verbindung zu Mitzi hergestellt.

Wie auch, das weibliche Opfer war namentlich nicht erwähnt worden. Nur dass es sich auch bei ihr um eine österreichische Staatsbürgerin handelte. Nie im Leben hätte Agnes dabei auf die junge Frau getippt. Warum war Mitzi in Kitzbühel? Wie zum Teufel hatte sie sich in so eine gefährliche Lage manövriert? Mit einem Schlag schienen sich Agnes' Vermutungen und Befürchtungen zu bestätigen.

»Bitte klär mich auf, Bastl. Wer hat das getan?«

»Vom Täter weiß man immer noch so gut wie gar nichts. Ein terroristischer Akt wird ebenfalls nicht ausgeschlossen. Aber die Identität des Toten und der Verletzten stehen fest. Ich hab es aus einem internen Bericht von der Polizei. Komm und schau halt selbst.«

Sie stand auf und musste sich sofort wieder setzen. Ihre Knie gaben nach. Mit einem nächsten Schwung schaffte sie es. Sie schwankte zu Bastians Schreibtisch.

»Du bist ja totenblass, Agnes.«

»Damit habe ich nicht gerechnet.«

»Is auch komisch, find ich. Zuerst is Maria Schlager hier Zeugin eines Mordes durch eine tödliche Stichwunde, und keine zwei Wochen später wird sie selbst fast erstochen. Schau, im Intranet sind die Personendaten angegeben.«

»Maria Konstanze Schlager«, stand da, »wohnhaft in Salzburg, österreichische Staatsbürgerin«.

Mitzi, was hast du dort gemacht?

Der nächste Gedanke folgte. »Eine Messerattacke war es also.«

»Genau. Der junge Mann, der gestorben is, war Kitzbüheler, erst Mitte zwanzig. Meiner Meinung nach hat das einer getan, der durchgedreht is. Vielleicht ein Eifersuchtsdrama oder so. Das hat weder mit Flüchtlingen noch mit einem Terroranschlag zu tun.«

»Ein Stich in den Bauch?«

»Nein, Mike Glawes wurde die Kehle aufgeschlitzt. Ganz schön grausam.«

»Dann passt es nicht.«

»Was passt nicht?«

»Vergiss es, Bastian, nur eine Überlegung.«

»Maria Konstanze Schlager is am Bauch verletzt worden. Aber durch einen Schnitt. Sie ist außer Lebensgefahr. Alles im allem is viel Blut geflossen. Warum hast du denn an einen Stich gedacht, Agnes?«

»Nicht jetzt, Bastian. Was ist mit dem Täter?«

»Wie gesagt, der is auf der Flucht. Den kriegen sie bald, glaub mir.«

»Vielleicht.«

»Ich werd mich mit den Kollegen in Innsbruck austauschen, mich wichtigmachen. Dann erfahren wir vielleicht mehr.«

»In Ordnung. Aber ich muss kurz raus. Eine rauchen auf den Schrecken.«

Statt sich hinter dem Gebäude eine Zigarette anzuzünden, ging Agnes ein Stück weiter, während sie die Nummer von Heinz Baldur wählte. Sie ließ es klingeln, aber keiner nahm ab. Sie konnte auch keine Nachricht hinterlassen. Nach weiteren zwei Versuchen gab sie für den Moment auf. Ebenso meldete sich Mitzi nicht unter ihrer Handynummer, immerhin ging die Mailbox an.

Agnes wollte nicht auf das Revier zurückkehren, sondern sich ins Auto setzen und losfahren, diesmal nach Kitzbühel. In welches Krankenhaus hatte man Mitzi gebracht? Wie schwer war die Verletzung? Keine Stichwunde, aber ein Schnitt mit einem Messer. Was hatte sie diesmal ausgesagt, wie viele Geschichten um die Wahrheit gewoben?

Mitzi musste endlich gestehen, in welchem Spiel sie feststeckte, was diese neue Eskalation zu bedeuten hatte. Agnes wäre jede Wette eingegangen, dass die neuen Geschehnisse mit Kufstein zusammenhingen. Kufstein mit Salzburg. Vielleicht auch mit Heinz Baldur in Wien. Mitzi hatte ein Netz aus gefährlichen Fäden gesponnen.

Der Piepton erklang.

»Mitzi, hier ist Agnes. Ich habe eben von Kitzbühel gehört. Wie geht es Ihnen? Wo sind Sie hingebracht worden? Sobald Sie können, rufen Sie mich zurück. Bitte. Es ist dringend. Wir müssen reden.«

Ein unbefriedigendes Gefühl blieb. Agnes hatte nicht genug getan. Eine Ahnung lag in der Luft, eine nächste Katastrophe, und sie hatte keinen Plan, keine Idee, diese zu verhindern.

10

Ein Klopfen an der Tür weckte Mitzi. Sie rieb sich die Augen. Im Krankenzimmer herrschte ein Weiß, das wehtat. Die Wände, der Schrank, das Bettzeug, alles strahlte in dieser klinischen Nichtfarbe.

Die Erinnerung kam wie in den letzten achtundvierzig Stunden jedes Mal, wenn sie aus dem Schlaf hochschreckte. Wie die Klinge ihre Haut gestreift hatte. Kälte, gefolgt von einer seltsamen Erleichterung, als hätte ihr gesamtes System diese Art einer Vereinigung erwartet.

Was danach folgte, war aus Mitzis Gedächtnis verschwunden. Laut dem Bericht des Arztes und der ermittelnden Polizeibeamten hatte sie großes Glück gehabt. Die Fleischwunde war lang, aber nicht tief. Kein inneres Organ war verletzt worden.

Der andere, der junge Mann, den Mitzi hatte retten wollen, lag nicht auf, sondern unter einem Laken.

Mitzi schaltete das laufende Fernsehgerät leiser. Sie war allein im Zimmer untergebracht, wegen der polizeilichen Ermittlungen und um sie gegen neugierige Presseleute abzuschirmen. Dem ärztlichen Befund nach würde sie bereits nach einer weiteren Nacht das Bezirkskrankenhaus St. Johann bei Kitzbühel verlassen dürfen.

Die Meldungen im TV überschlugen sich immer noch.

Es wurde über einen weiteren Terrorakt spekuliert. Oder die Tat eines psychisch Kranken, der im bisher so beschaulichen Kitzbühel im beliebten fahrenden Biergarten an der Ache Amok gelaufen war.

Der Name des jungen Mannes wurde genannt, sie selbst als »weibliches Opfer (29)« bezeichnet. Immerhin nicht ihr Vorname und das Sch. Sie fragte sich, ob die Presse bald herausfinden würde, dass sie kürzlich schon einmal in ein Verbrechen involviert gewesen war. Noch wurde ihre Identität geschützt.

Die Ermittlungen liefen auf Hochtouren, und sie war ein Teil davon.

Major Carla Brändler, die Mitzi mehrfach befragt hatte, hatte nichts von dem Fall auf der Inn-Brücke und Mitzis Zeugenaussage erwähnt. Die Polizeibeamtin war klein und drahtig. Sie hatte die Antworten in ein Tablet eingetippt.

Bei ihrer Aussage hatte sich Mitzi als Alleinreisende dargestellt, die an diesem Tag erst angekommen war und sich noch ein Hotel oder eine Pension hatte suchen wollen. Wo ihr Gepäck, ihre Handtasche, ihr Handy abgeblieben war, wisse sie nicht. Sie habe keine Ahnung, wer der Angreifer gewesen war und warum die Attacke überhaupt stattgefunden hatte. An den Ablauf und überhaupt das gesamte Geschehen könne sie sich nicht erinnern.

Die letzte ihrer Angaben entsprach zumindest der Wahrheit.

Zu Mitzis größtem Erstaunen brachte die Polizei sie nicht in Verbindung mit der Frau, die »Feuer« gebrüllt hatte. Keiner der Besucher des Biergartens hatte Relevantes beobachten können, die meisten standen unter Schock. Maria Konstanze Schlager galt als das zweite Opfer eines unbekannten Amokläufers, der wahllos zu töten versucht hatte. Fahndungsaufrufe gingen quer durch die Medien, doch keine einzige Meldung über einen Mann mit einem grünen Barett.

Konnte es Mitzi bis zu ihrer Rückkehr nach Salzburg gelingen, als unwissende, unschuldige Beteiligte zu gelten?

Vielleicht lag es an der Sachlage, an einem wesentlichen Unterschied. In Kufstein war sie Zeugin gewesen, hier ein Opfer. Sie wurde mit dem getöteten jungen Mann gleichgesetzt. Mike Glawes war sein Name gewesen. Er wurde öffentlich betrauert. Sechsundzwanzig, drei Jahre jünger als sie. Sportlehrer und Handballtrainer einer Jugendmannschaft. Gestern Abend hatte sie so lange weinen müssen, bis der Arzt ihr eine Beruhigungsspritze gegeben hatte. Keine Viertelstunde später hatte sie eine Psychologin aufgesucht. Sich mit der Frau zu unterhalten, ohne sich oder Sam zu verraten, war Mitzi wie Slalomfahren vorgekommen. Kurven nehmen, ohne einzufädeln. Danach hatte sie traumlos die Nacht durchgeschlafen.

Vor ihrem jetzigen Nickerchen hatte sie sich vorgenommen, Agnes anzurufen. Eigentlich hatte Mitzi mit einem Besuch der Inspektorin gerechnet. Aber Major Brändler war nur einmal von einer älteren Kommissarin begleitet worden, als Mitzis Körper von einer Ärztin und zwei weiteren Frauen vom Innsbrucker DNA-Zentrallabor nach Spuren abgesucht worden war.

Bei Heinz Baldur hätte sich Mitzi ebenfalls melden können, doch ihr Smartphone lag wohl immer noch in einem eleganten Apartment auf zwei Etagen in der Nähe des Legendenparks. Zusammen mit ihren anderen Sachen. Die Nummern der beiden wusste sie nicht auswendig. Nachzufragen traute sie sich nicht.

Dafür war Freddy im Blitztempo angereist.

Er hatte seine Verkaufstour unterbrochen, um ihr beizustehen. In seinem Gesicht hatte so viel Sorge gelegen, dass sich Mitzi klein und schäbig vorkam, ihn belogen und fast betrogen zu haben. Aber trotzdem tischte sie auch ihm eine Lüge über eine Begegnung mit einer netten Frau auf, die sie im Waldviertel getroffen habe und nach Tirol zu einer Ausstellung begleiten wollte. Freddy fragte nicht ein einziges Mal nach, nicht einmal, wieso sie ihm nicht Bescheid gegeben hatte.

Mitzi konnte an seinem dauerbetrübten Gesicht ablesen, dass er sich mitschuldig fühlte, weil er seine Freundin oft vernachlässigte und sein Hauptinteresse seinen Sportübertragungen galt.

»Alles wird anders, Mitzi-Herzi, wenn wir wieder zu Hause beisammen sind«, hatte er mit gewaltig rollendem R gesagt und ihr liebevoll über den Kopf gestrichen. »*Szeretlek.*«

Vorhin war er losgezogen, um in einem Gasthaus etwas zu essen und sich eine Fußballübertragung anzusehen. »Aber nur, wenn es dir recht is, mein Herzilein, denn du magst das eh nicht sehen. Danach bin ich gleich wieder bei dir.«

Es war ihr recht gewesen. Bereits in ein paar Stunden würde er seine Verkaufsreise fortsetzen müssen, mehr als ein Tag Unterbrechung war nicht möglich, ohne Verluste zu machen.

Auch Mitzi wollte nicht nur aus der Klinik, sondern auch aus der Stadt, aus dem Bundesland heraus und zurück nach

Hause. Wenn es Major Carla Brändler und die Ermittlungen zuließen, würde sie nach ihrer Entlassung den nächsten Zug nehmen.

Sie versuchte sich auf die nahe Zukunft und die Normalität, die sie dort wiederzufinden hoffte, zu konzentrieren. Zuerst wieder in der Wohnung ankommen, dann ein Besuch bei Oma im Heim in Leibnitz, danach Alltag. Sie musste in ihr Leben zurückkehren, all das Schreckliche hinter sich lassen. Mit Schuld zu leben war sie gewohnt, im Verdrängen sowieso begabt. Über die Schulter werfen und weiter ging's.

Das Kinderbuch wartete, das Café Wernbacher, die Selbsthilfegruppe. Sie hatte beschlossen, sich doch wieder bei der B-Truppe von Hansi Hinterseer blicken zu lassen. Alles musste zum Alten, wie in der Vor-Sam-Zeit.

Da war er wieder, und wieder das Gefühl des Messers an ihrem Bauch.

Die Schnittwunde hatte heftig geblutet. Doch hätte Sam sie töten wollen, würde sie jetzt in einem anderen weißen Licht schweben.

Er hatte sie am Leben gelassen und war geflohen. Bisher keine Spur eines Verdächtigen.

Es klopfte noch einmal.

Vielleicht bekam sie doch einen Personenschützer, wie Carla Brändler angedeutet hatte. Wer sollte es sonst sein? Freddy saß in einer Gaststube, die Visite war vorbei. Und Sam war über alle Berge.

Sie schlug die Bettdecke zur Seite und starrte auf den weißen Verband. Wieder diese Nichtfarbe.

Das dritte Klopfen war lauter als die beiden Vorgänger.

»Herein, nur herein.« Ihre Stimme klang rau. Mitzi deckte sich wieder zu und nahm sich das Glas mit dem Tee, das auf ihrem Nachtkästchen stand.

Der Besucher war Heinz Baldur.

Mit ihm persönlich vor Ort hatte sie nicht gerechnet. Das Teehäferl in ihrer Hand zitterte leicht. Sie nahm einen langen Schluck und stellte sich auf ein schwieriges Gespräch ein, denn der Hauptkommissar wusste mehr als alle offiziell ermittelnden Beamten.

Er wirkte verändert.

Sein Eintreten war beschwingt, er summte, als käme er zu einer erfreulichen Verabredung. Auch seine Kleidung passte nicht zum Besuch in einer Klinik. Er trug ein ärmelloses T-Shirt mit einem Rennwagen darauf und ausgefranste Jeans. Vor allem aber war sein Gesichtsausdruck strahlend, sein breites Lächeln unterstrich diesen Eindruck noch.

»Hallo, erst mal!«

»Oh, Sie sind hergekommen, Herr Kommissar! Das ist aber lieb. Ich hab schon daran gedacht, mich zu melden. Aber ich war mir sicher, Sie bekommen den Wirbel eh mit.«

Mitzi stellte das Glas zurück und richtete sich auf. Die Wunde an ihrem Bauch stach.

»Ich bin in aller Herrgottsfrühe los und war heute Vormittag bereits im Krankenhaus, Maria, aber die Ärzte und Schwestern liefen bei dir ein und aus. Auch eine Polizistin. Deshalb wollte ich nicht stören, habe mich stattdessen im Ort umgesehen. Hab mir Klamotten gekauft. Erst jetzt war der Flur hier leer, der Moment ideal. Hier bin ich. Und ich freue mich, dass du wohlauf bist.«

Dass Heinz Baldur sie duzte und sie bei ihrem Vornamen nannte, verwunderte Mitzi, aber sie nickte nur.

»Ich bin k.o. von dem Verbandswechsel und den Medikamenten. Meine Wunde musste genäht werden.«

»Doch du hast überlebt. Gefällt mir.«

Er drehte sich im Zimmer einmal im Kreis und begutachtete die Einrichtung. »Einen gewissen Charme kann man Krankenzimmern nicht absprechen, finde ich. Das Minimalistische und Sterile zieht mich an.«

Mit jedem seiner Sätze nahm Mitzis Unbehagen zu. Heinz Baldur benahm sich völlig anders, wirkte wie ein Fremder auf sie, als ob er eine Rolle spielen würde.

»Geht's Ihnen gut, Herr Baldur?«

Wieder machte er eine Drehung und schnappte sich einen

der Stühle am Tisch. Mit Schwung stellte er ihn neben Mitzis Krankenbett ab. Es gab einen lauten Knall, der ihn nicht zu stören schien. Er setzte sich rittlings darauf, die Arme über der Lehne.

»Sag Du zu mir, Maria, es macht unsere Zusammenarbeit leichter.«

Welche Zusammenarbeit? Mitzi konnte sich nicht erinnern, dass sie eine Vereinbarung getroffen hatten. Ganz im Gegenteil, seit ihrem Besuch bei ihm in Wien hatten sie nicht mehr miteinander gesprochen.

»Ich bin eine gute Spürnase, liebe Maria. Ich kann kombinieren, ich kann recherchieren, und ich habe ja immer noch meine Quellen bei der Polizei. Eins und eins haben, nachdem klar war, dass du die Überlebende bist, für mich drei ergeben, um es etwas kryptisch zu formulieren.«

Er lachte und bereitete Mitzi damit eine Gänsehaut.

»Sie sind sicher wegen Ihrer Ermittlungen angereist, Herr Kommissar, nicht wahr? Aber ich glaube nicht, dass dieses Chaos hier mit Ihrer Suche etwas zu tun hat. Hier sind ja zwei zu Schaden gekommen. Ich meine, der verstorbene junge Mann und ich. Mike Glawes heißt er. Ich wollte ihm helfen gegen diesen Verrückten. Es war fürchterlich. Mehr weiß ich nicht.«

Mitzi versuchte ehrlich zu klingen, schaffte es aber nicht, auf das angebotene Du umzusteigen. Es erschien ihr nicht richtig.

Baldurs neue Lässigkeit und sein Ausdruck waren unheimlich.

»Ach, Maria. Ganz Austria spekuliert über einen möglichen Terrorakt. Dabei wissen wir zwei doch ganz genau Bescheid, nicht wahr? Also bitte kein Leugnen, kein Abblocken.«

Sie starrte auf das Laken, das ihren Bauch verhüllte.

»Ich möchte, ehrlich gesagt, nicht darüber reden. Außerdem habe ich ein Blackout.«

Heinz Baldur rückte den Stuhl näher. Es quietschte. Er beugte sich über die Lehne und drückte seine Ellbogen nach außen wie ein Mann, der einen Kampf eröffnen will. Mit dem ärmellosen T-Shirt wirkte er lächerlich.

»Warum, Maria, warum nur?«

»Wie, warum?«

»Warum kann ich es sehen, dieses Glühen in deinen Augen? Du willst nicht wahrhaben, dass er dich ohne Zögern fast erstochen hat.«

»Ohne Zögern«. »Erstechen«. Worte, die schmerzten, mehr als der Schnitt am Bauch.

»Wie kommen Sie darauf? Ich kenn den doch nicht näher.« Mitzi fühlte einen Kloß im Hals. »Außerdem lebe ich noch.«

»Na toll. Schick ihm eine Dankeskarte.«

»Bitte reden Sie nicht so mit mir.«

»Ich muss, Maria, ich muss. Und du musst dir klarmachen, dass du einen Serienmörder deckst.«

»Ich decke niemanden.«

Mitzi fasste den Galgen über sich und setzte sich kerzengerade auf.

Heinz Baldur zog sich ebenfalls in die Höhe. »Doch, das tust du.«

Er schwang ein Bein über die Stuhllehne, machte einen Ausfallschritt und ließ sich am Bettrand nieder, rutschte weiter auf das Laken. Mitzi spürte seinen Schenkel an ihrer Hüfte. Sie wollte zur Seite ausweichen, aber er hielt sie an der Schulter fest. Ihre Augen suchten den Rufknopf für die Krankenschwester.

»Bitte …«

»Schau mich an, Maria.«

Ihre Blicke trafen sich.

»Ich wusste die Wahrheit schon, als du in Wien erschienen bist. Warum ist er dir wichtig? Warum schützt du ihn? Ausgerechnet einen, der so viele Menschen auf dem Gewissen hat.«

Der neue und so andere Heinz Baldur sprach Dinge aus, über die sie sich schon mehrfach ihre Gedanken gemacht hatte.

»Weil ich wie er bin.«

Nun hatte sie es laut gesagt.

»Was?« Seine Augenbrauen hoben sich. »Wie kommst du auf so eine Idee?«

»Is so. Ich hab mich schon vor langer Zeit schuldig gemacht.«

Er legte den Kopf schief. »Interessant, Maria. Verrate mir dein Geheimnis, bei mir ist es sicher.«

»Er und ich, wir sind von der gleichen Art.«

»Weiter, Maria.«

Mitzi schüttelte heftig ihren Kopf. Mehr würde sie nicht preisgeben. Er kam mit seinem Gesicht näher an ihres heran. Sein Griff wurde fester. Wieder spähte Mitzi nach der Klingel. »›Von der gleichen Art‹. Was bedeutet das? Warum denkst du so schlecht über dich?«

Sie klammerte sich mit beiden Händen an den Galgen. Ihre Wunde schmerzte. Ein Stöhnen löste sich aus ihrer Brust.

»Ich mag, nein, ich werde keinem Menschen davon erzählen, wirklich keinem. Aus und Schluss.«

Endlich rutschte er vom Bett herunter. Der eigenartige Heinz Baldur schnappte sich den Stuhl, drehte ihn und kam wieder zum Sitzen. Er schlug ein Bein über das andere, sah sie immer weiter mit dieser ungewohnten Heiterkeit an. Was war mit dem Mann los?

»Dann kannst du es mir sagen, Maria. In diesem Moment.«

»Keinem Menschen. Haben Sie mir nicht zugehört, Herr Baldur?«

»Los, Maria. Nenn mich bei meinem Vornamen.«

»Ich mag nicht ›Heinz‹ sagen. Kommt mir komisch vor.«

»Nicht Heinz. Ich bin Luis.«

»Luis?«

»Genau. Jetzt erzähl.«

11

Es war einmal …

Nein, so fängt die Geschichte nicht an.

Es ist einmal gewesen ist besser. Denn »gewesen« reimt sich auf »verwesen«. Und das tut das kleine Mädchen von damals seither.

Aber von vorne.

Damals im Juni. In Graz. In der Steiermark.

Maria Konstanze ist das älteste Kind von Marion und Gerald Schlager. »Mitzi« sagen immer alle zu ihr. Sie besucht seit letztem Jahr die Volksschule der Ursulinen in der Leonhardstraße, und es gefällt ihr supergut.

Bereits zwei Wochen nach der Einschulung geht sie ohne Begleitung zum Unterricht, weil ihr Zuhause einmal ums Eck liegt, in der Merangasse. Dort lebt sie mit Mama und Papa und ihrem kleinen Bruder Benni, drei Jahre jünger als sie. Er nervt sie zurzeit ziemlich, weil er es liebt, sie an den Zöpfen zu ziehen. Benni ist auch der Grund, dass sie kein eigenes Zimmer mehr hat, denn die Wohnung ist gemütlich, aber zu klein für eine vierköpfige Familie.

Mitzi ist ein aufgewecktes Kind, hat schon acht beste Freundinnen und will später Tierärztin oder Traktorfahrerin werden. Sie übt Pirouetten, weil sie das schwindelige Gefühl danach mag. Letzte Woche durfte sie »Drei Haselnüsse für Aschenbrödel« auf DVD gucken, und das im Sommer, und diese Woche hat sie sich »König der Löwen« gewünscht. Mitzi hat Puppen en masse und dazu eine Menge unterschiedlicher Stofftiere, die sie als zukünftige Veterinärmedizinerin gern bandagiert und versorgt.

»Wenn du Tiermedizin studierst und dann zu uns aufs Land ziehst, spendier ich dir einen von meinen Traktoren, auf dem du rumgondeln kannst«, hat der Bauer Radl gesagt, der neben dem Wochenendgrundstück, das Mitzis Eltern gekauft haben, seinen Bauernhof betreibt.

Auf dieser Wiese soll bald ein Haus gebaut werden.

Der Grundbesitz der Schlagers liegt außerhalb von Graz in Kalsdorf, weil die Preise dort noch erschwinglich sind. Platz für die Familie muss her, mit viel Grün, ein Spielplatz für die Kinder, umsäumt von Äckern und einem Waldabschnitt. Die Schlagers werden zwar ein zweites Auto benötigen, aber dafür versprechen sie sich mehr Lebensqualität und bessere Luft. Die Stadt ist schön, aber zu teuer, obwohl beide Erwachsenen arbeiten.

Auf dem Grundstück steht immerhin schon eine Holzhütte, in deren einem geräumigen Zimmer sie alle vier sogar übernachten können. Es gibt noch keinen Anschluss an das Stromnetz, aber sie haben eine Gasanlage mit Kartuschen für warmes Wasser und Licht und einen alten Campinggasherd zum Kochen.

Die Kinder sind in einem Alter, in dem sie sich jedes Wochenende auf den Ausflug freuen, weil sie die Tiere am Bauernhof vom Herrn Radl besuchen dürfen. Und weil Mama sich oft überreden lässt, Spaghetti mit Tomatensoße zu kochen. Auf dem Gasherd lässt sich das Kinderlieblingsgericht am leichtesten zubereiten. Salat bringt Marion ebenfalls mit, in Tupperware-Schüsseln, aber das meiste davon verfüttern die Kinder vor dem Essen an die Bauernhoftiere.

Es ist ein heißer Tag. Erst Sommeranfang, aber die Temperaturen sind hochsommerlich. Papa Gerald will später mit Mitzi und Benni durch den Wald hinter dem Bauernhof laufen, dort gibt es einen Weiher, in dem man sich abkühlen kann. Auch Stechmücken leben dort, doch noch hat deren Zeit der potenzierten Vermehrung nicht begonnen, und mit Glück bekommt man höchstens ein, zwei Stiche ab.

Vorher wird gegessen, dann geruht, eine Stunde muss man warten, bevor ins Wasser geht, sagt Mama. Auch wenn der Weiher eher wie eine große Badewanne ist, kann man darin ertrinken.

Mitzi hat ihre neue Barbiepuppe mitgenommen, die ihr die Oma und der Opa geschenkt haben. Zwischendurch-Geschenke sind die besten. Davon gibt es reichlich, denn weil die Eltern von

Marion Schlager bereits im Himmel sind, sind die Großeltern väterlicherseits doppelt großzügig zu den Enkeln. »Strandlady« heißt die Kollektion. Neben der Puppe im rosa Badeanzug waren in der Kaufbox noch ein Liegestuhl, eine Sonnenbrille, ein rosa Handtuch und eine Badetasche extra. Mitzi kann es kaum erwarten, mit der Puppe an den Weiher zu gehen und »Barbie am Luxusstrand« zu spielen. Benni hat ein blaues Segelboot mit Matrosen und einem Seehund bekommen, auch er ist aufgeregt, weil er es im Wasser ausprobieren will.

Beide Kinder sind ungeduldig.

»Mitzi, komm, gemma allein zum Wasser«, schlägt Benni seiner großen Schwester vor.

Mit ihr würde er überall hingehen, sie mit ihm nur widerwillig. Sie weiß auch, wie sauer Mama auf die Kinder wäre, wenn sie ohne um Erlaubnis zu fragen davonlaufen würden.

Bis jetzt hat Benni am Holztisch in der Hütte Bilder gemalt. Drinnen ist es kaum kühler als draußen in der Sonne, aber nicht so grell. Er hat versucht, jedes einzelne Familienmitglied zu zeichnen, man kann Unterschiede erkennen. Er hat eindeutig eine künstlerische Begabung. Sein zweites Werk zeigt Pilze in allen Farben.

Doch nun wird ihm die Beschäftigung zu langweilig. Die Aussicht auf das Segelboot im Wasser ist viel spannender.

»Komm schon, gemma, Mitzi.« Seine Sätze werden immer von einem Giggeln begleitet, aus einem undefinierbaren Grund findet er alles, was er sagt, lustig.

So kindisch war ich mit viereinhalb nie, denkt Mitzi, sagt es aber nicht, denn süß ist er schon, der kleine Bruder.

»Zuerst müssen wir unsere Nudeln essen, Benni. Sonst kriegst du Hunger, kaum dass wir dort sind, und nervst. Die Mama kocht eh bald. Also gib a Ruh.«

Mitzi ist streng zu dem Kleinen, als große Schwester muss sie es sein.

»Warum kochst denn du net, Mitzi?« Er sieht sie auffordernd an. »Du tust die Nudeln ins Wasser. Paradeisergatsch drüber. Das kann ich auch.«

»Du net, Benni, nie und nimmer.«

Mitzi lacht über den Ausdruck »Paradeisergatsch«, das sagt Opa immer zur Tomatensoße. Benni macht einen Schmollmund.

»Ich hab Hunger. Ich will Boot fahren. Das is scheiße und kacke, und alle sind Arschis.«

»Das sagt man nicht, Benni. Sonst hau ich dich.«

Benni giggelt lauter, er liebt es, Schimpfwörter von sich zu geben, und bringt gern ein neues aus dem Kindergarten mit. Außerdem weiß er, dass seine Schwester ihn nie verhauen würde, selbst wenn sie droht.

Mitzi hebt ihre Hand, nicht gegen Benni, sondern schirmt ihre Augen ab und sieht durch die geöffnete Tür die Eltern am anderen Ende des Grundstücks stehen. Papa befestigt eine Wespenfalle an einem der Obstbäume am Zaun, die sie letzten Herbst gepflanzt haben. Mama gibt Anweisungen, weil Papa ein ungeschickter Handwerker ist.

Es kann noch dauern, bis das Essen zubereitet wird.

»Ich hol die Mama«, schreit Benni neben ihr und rennt sofort los.

Mitzi weiß, dass es sinnlos ist, Mama anzutreiben, hier ist ihr Ort der Muße, hat sie gesagt, hier macht sie immer alles langsam und lässt sich auch nicht von den Kindern hetzen. Die Idee ihres Bruders findet Mitzi jedoch nicht schlecht. Sie könnte zumindest schon mit dem Kochen anfangen.

Spaghetti in sprudelndes Wasser zu geben, ist babyleicht, sie hat es unter Mamas Aufsicht bereits mehrmals gemacht. Aufpassen muss man nur, dass man sich nicht die Finger verbrennt.

Die Vorbereitungen bis zu dem Moment kennt sie. Den großen Topf mit Wasser auf eine der zwei Herdplatten stellen, den Schalter hinten hochdrücken, die Temperaturregler auf drei stellen. Mit den langen Streichhölzern an den Herdplatten Feuer machen. Wenn das Wasser kocht, die Nudeln rein, die Hitze herunterdrehen. Auf die kleinere Platte den Milchtopf stellen, die mitgebrachte Soße hineinleeren und auch die warm machen. Fertig.

Mitzi macht ein paar Schritte zur Spüle hin. Vier sind es, sie zählt mit. Hinter ihr raschelt es. Sie sieht sich um und erschrickt mächtig, weil mitten auf dem Tisch eine fette Spinne sitzt. Nicht nur fett, sondern dazu noch handtellergroß. Von der Wiese, dem Wald und vom Bauernhof kommt alles mögliche Getier zu ihnen hereinspaziert. Insekten aller Arten, Spinnen sind immer mit von der Partie.

Eigentlich hat sie keine Angst vor den flinken Krabblern, aber diese ist anders. Sie hockt mitten auf dem Tisch und sieht Mitzi an. Direkt. Die Mittelaugen ihrer acht Augäpfel glänzen im Licht, das durch die offene Tür fällt. Mitzi ist wie gelähmt, kann nur stehen und stieren, genauso wie die Spinne hockt und zurückglotzt.

Die Spinne startet plötzlich und beginnt über die Tischplatte zu rennen. Mit ihren starken behaarten Beinen kickt sie die leichten Zeichenblätter weg, die Benni gemalt hat, und schubst eines über die Tischkante. Sie klettert über die Puppe, die ebenfalls auf dem Tisch liegt. Sie klettert über Strandbarbie hinweg, berührt den rosa Badeanzug, die blonden Haare, die Sonnenbrille, das Puppengesicht. Mitzi kann ein Tock, Tock, Tock hören, als sich die Beine der Spinne über das Plastik bewegen.

Mitzi möchte schreien, aber sie ist so fasziniert, dass sie weiter starr stehen bleibt und die Spinne beobachtet, die über die Tischkante hinaus und an einem der Tischbeine hinunterkrabbelt. Immer weiter kann Mitzi sie hören, auf dem Holzboden erklingt das Tock, Tock, Tock lauter. Dann verschwindet sie in einem breiten Spalt im Holzfußboden, der Mitzi bisher nicht aufgefallen ist.

Für Mitzi ist klar, dass sie nie mehr hier übernachten wird. Niemals. Vor dem Einschlafen zu wissen, dass unter dem Fußboden eine überdimensionale Spinne lebt, mit acht glänzenden Augen und achtmal bösem Blick, ist wie ein Alptraum am helllichten Tag. Das aber bedeutet, dass sie ihre Eltern dazu überreden muss, heute Abend schon zurückzufahren, nach Hause. In der Stadtwohnung gibt es in der Küche höchstens mal Fruchtfliegen, die Mama ärgern.

Mitzi überschlägt den Zeitplan in ihrem Kopf. Essen, ruhen, dann an den Weiher, darauf will sie nicht verzichten, danach alles trocknen. Die Mama überzeugen wird schwer, aber sie wird es schaffen.

Benni hat recht, es muss am besten sofort gegessen werden, damit sie flott vorankommen.

Als Erstes legt Mitzi ein Küchentuch über den breiten Spalt am Boden und darauf stellt sie die Thermoskanne mit dem Kaffee, den Papa immer mitnimmt.

»So, du Tschopperl, da kommst du nicht mehr raus«, sagt sie laut und benutzt dabei eines der Schimpfwörter aus Bennis Kindergartenrepertoire.

Sie holt sich einen Sessel vom Esstisch. Zwei von Bennis Bildern zeigen Knicke, dort wo die Spinne darübergelaufen ist. Mitzi stellt den Stuhl vor den Herd und steigt hoch. Hinten ist der Hebel fürs Gas, den man nach oben schieben muss, damit der Herd überhaupt funktionieren kann. Zwar hat Mama ihnen beiden strikt verboten, dieses Teil zu berühren, wenn kein Erwachsener im Raum ist, aber Mitzi will ihre Mama mit dem fertigen Essen überraschen.

Sie drückt den Schalter hoch. Ein roter Punkt ist darunter zu sehen.

Mitzi dreht beide Drehknöpfe der Herdplatten bis zum Anschlag auf. Sie holt aus einem Kästchen hinten an der Arbeitsplatte die große Packung mit den langen Streichhölzern und legt sie sich zurecht, direkt neben die Platten. Sie springt vom Stuhl herunter und öffnet die untere Schublade. Dort steht der große Spaghettitopf.

Sie packt ihn und hat Schwierigkeiten, ihn herauszuheben, er ist viel schwerer als gedacht. Mitzi schafft es mit Mühe und Not, den Topf hochzuhieven. Nachdem er endlich auf der Herdplatte steht, wird ihr klar, dass etwas Wichtiges fehlt. Ohne Wasser kein Spaghettikochen.

Die Spüle ist einen Meter entfernt, zu weit, als dass sich Mitzi hinstrecken kann. Sie muss auf den Boden, den Sessel verschieben, wieder hoch, ein Glas mit Wasser volllaufen lassen, hinunter, den Stuhl zurückschieben, erneut hinaufsteigen, das Wasser in den Topf leeren.

Nach dem zehnten Mal kann sie nicht mehr und muss einsehen, dass ihr Vorhaben an ihrer Größe scheitert. Das Kochen muss doch Mama übernehmen.

Mitzi holt trotzdem drei Einmachgläser aus dem Picknickkorb, in die Mama die rote Soße gefüllt hat, den Paradeisergatsch. Den Salat lässt sie drinnen, den will sie später den Enten am Weiher mitbringen. Ihr Magen knurrt, sie hat richtig Hunger.

Mitzi räumt die Tischplatte leer, fasst die Zeichnungen und auch die Barbiepuppe mit spitzen Fingern an, die Erinnerung an die Spinne ist eklig. Sie beginnt den Tisch zu decken, Teller, Gabel und Löffel. Und Servietten. Gläser fehlen noch. Sie dreht sich um, stolpert über die Thermoskanne und schlägt volle Länge am Boden auf. Der Schmerz zieht sofort hoch. Tränen schießen ihr in die Augen.

»Mama«, ruft sie und kommt auf alle viere. Ihre Knie bluten, und auch ihre Unterarme sind aufgeschrammt.

Vergessen ist der Wunsch zu kochen, vergessen der Weiher und Strandbarbie, selbst die Spinne ist im Moment nicht mehr wichtig.

»Mama, Mama, Mama!«, schreit sie jetzt, brüllt sie, so wie sie zweiundzwanzig Jahre später »Feuer, Feuer, Feuer« schreien wird. Sie steht auf und stolpert nach draußen, über die Wiese, zu den Obstbäumen.

Mama, Papa und Benni wenden sich ihr zu.

»Oje, Spatzerl, was is passiert?« Papa runzelt die Stirn.

»Um Gottes willen, was hast denn gemacht, Mitzi?«, fragt Mama und kniet sich zu ihr.

Benni sieht das Blut, das an Mitzis Knie und an Mitzis Armen ist, beginnt aus Solidarität ebenso zu weinen und wird von Papa auf den Arm genommen.

Mitzi schluchzt, der Rotz rinnt ihr aus der Nase. Sie plappert vom Kochen und dem Topf, der Thermoskanne und der Tomatensoße und dass der Benni schuld ist, weil er gleich essen wollte, um das Boot auszuprobieren. Am Ende erwähnt sie nebenbei, dass sie den Hebel hinter dem Herd hochgedrückt und die Herdplattenknöpfe aufgedreht hat.

»Scheiße«, sagt jetzt der Papa.

»Schnell, Gerald, stell das Gas ab«, ergänzt die Mama.

Beide kümmern sich nicht mehr um die heulende Mitzi, sondern rennen los Richtung Haus. Papa trägt immer noch Benni auf dem Arm, als hätte er ihn dort vergessen. Benni streckt Mitzi die Zunge heraus, weil sie ihn verpetzt hat.

Mitzi bleibt bei den Obstbäumen und schaut ihrer Familie verdutzt hinterher, hört sogar sofort auf zu weinen und an die brennenden Schmerzen an den Knien und Armen zu denken. Wespen beginnen sie zu umschwirren. Gerald Schlager ist es bis dahin noch nicht gelungen, die Wespenfalle am Baum zu befestigen, aber das klebrige, süße Zeug in der Flasche zieht die Insekten bereits an.

Unterbrechung der Geschichte.

Denn an den Teil dazwischen erinnert sich Mitzi nicht. Der Tag wird ab dem Zeitpunkt zu einem Kanalgitter, einige Teile sind durchgerutscht, leider die falschen. Das Geschrei und dann der Knall hängen oben fest, auch das Feuer. Andere Dinge schwimmen unten und verfaulen dort.

Die Explosion ist gewaltig.

Bauer Radl fällt fast von seinem Traktor, so erschreckt ihn die Detonation. Er stellt den Motor ab, sieht den Feuerball. Bevor er absteigt und zu Hilfe eilt, ruft er seiner Frau im Gemüsegarten zu, sie soll die Kalsdorfer Feuerwehr verständigen.

Aber es ist längst zu spät. Der tragische Unfall der Familie Schlager füllt in den nächsten Tagen die Medien. Die Betroffenheit über das Unglück ist nicht nur in der Steiermark groß, Warnungen vor Gas, Gasflaschen und alten Gascampingherden machen die Runde.

Ein Foto in der Grazer »Kleinen Zeitung« macht besonders betroffen.

Einer der Feuerwehrleute hockt neben einem kleinen Mädchen mit blutigen Knien und aufgeschrammten Armen unter einem Obstbaum. Um sie herum liegen ein paar Trümmer, die sie aber nicht getroffen haben. Ihr Gesicht und ihr T-Shirt wirken schmutzig, vielleicht vom Rauch. Sie sieht den Retter nicht an, guckt nur mit großen Augen ins Leere. Bald wird öffentlich, dass das Mädchen die einzige Überlebende der Familie ist.

Der Redakteur verwendet das Bild nicht noch einmal, er will die Kleine schützen, macht aber ein Jahr später ein Foto von Mitzi, wie sie bei ihren Großeltern in Leibnitz eingeschult wird. Ihr Gesicht lässt er bei dem kurzen Bericht diesmal extra verpixeln.

Ein Boulevardblatt ist weniger rücksichtsvoll, titelt: »Mädchen bringt ihrer Familie den Tod«, wenigstens ohne Mitzi zu zeigen.

Warum das ausströmende Gas letztlich explodiert ist, kann in der Rekonstruktion nicht hundertprozentig festgestellt werden. Die Sachverständigen nehmen an, dass durch die Hitze des Tages die Zündtemperatur erreicht worden ist.

Die geschockte, traumatisierte Mitzi erzählt ausschließlich von einer bösen Spinne, die mit ihren Augen Feuer gelegt haben muss.

Bei der Begehung der Unglücksstelle findet ein anderer Feuerwehrmann ein paar Meter entfernt von dem völlig zerstörten Holzhaus eine Barbiepuppe in einem rosa Badeanzug. Unversehrt.

12

Eine Nacht nach der Messerattacke in Kitzbühel, die zum Tod von Mike G. (26) und zur Verletzung einer weiteren weiblichen Person (29) geführt hatte, checkte nicht ganz hundert Kilometer entfernt in Salzburg ein Kurt Farocker aus seinem Hotel aus. Er stand an der Theke, seinen verlängerten Aufenthalt, erklärte er, müsse er nun leider beenden, obwohl ihn die Stadt und ihre Bewohner fasziniert hätten. Er fragte nach der nächsten Postfiliale, erwähnte die Beschädigungen an der Schreibtischplatte und an der Tapete und hinterlegte seine Kreditkartendaten für anfallende Reparaturkosten.

»Ich bin ein ungeschicktes Tschopperl, wie man bei Ihnen so schön sagt.«

»Sie waren also rundherum zufrieden?«, fragte die junge Frau an der Rezeption, ohne auf seine Bemerkung näher einzugehen.

»Es hat mir richtig gut gefallen, danke.«

»Dann empfehlen Sie uns weiter.«

»Aber gerne.«

In Kitzbühel selbst kamen weitere achtundvierzig Stunden später Mariela Kremser und Ralph Heym von ihrer Schiffsreise zurück. Nach drei Wochen waren beide froh, wieder festen Boden unter den Füßen zu haben.

Die elegante Wohnung auf zwei Etagen war in einem sauberen und ordentlichen Zustand, so als hätte sich in ihrer Abwesenheit niemand für ein paar Tage einquartiert. Der Putzdienst hatte alles wieder perfekt glänzen lassen, inklusive der frisch bezogenen Betten.

»Ralph, komm.« Mariela rief ihren besten Freund und Mitbewohner ins Esszimmer.

Auf dem Tisch stand ein Blumentopf mit einer wunderschönen Oleanderpflanze. Daneben eine Flasche teurer Whiskey. Und eine Karte.

»Danke, dass ich wieder hier wohnen durfte. Da ich leider etwas früher nach Berlin zurückmusste, sehen wir uns wohl erst ein anderes Mal wieder. Den Aufenthalt habe ich sehr genossen. Danke, liebe Freunde.«

Ralph schnupperte an den Blüten. »Ein so netter Piefke, der Konrad Zeilinger. Schade, dass wir nicht gemeinsam auf ein Gröstl und ein Bier zum ›Maiwirt‹ nach Schwendt fahren können. Wie anno dazumal. Die Zeit rennt echt.«

»Aber dass dieser gut aussehende Mann keine Frau findet, is mir ein Rätsel.«

»Du mit deinen Kuppelversuchen.«

Ralph küsste Mariela auf die Nase. Sie knuffte ihn in den Oberarm. Ein eingespieltes Ritual.

Zurück in Deutschland.

Die letzten Meter zu seinem Einfamilienhaus im Kölner Stadtteil Lindenthal ging Hannes zu Fuß. Das Taxi vom Bahnhof hatte er am Gürtel halten lassen, das Wetter war prachtvoll, und er wollte frische Luft schnappen.

Die Bachemer Straße wurde stadtauswärts fortlaufend idyllischer. In den Vorgärten der Häuser türmten sich Pflanzen und Blumen, hier wurde gepflegt und gehegt.

Er bog in die Enckestraße ein und konnte die Trauerweide am Zaun von Nummer 3c schon sehen.

Hannes war froh, endlich wieder nach Hause zu kommen.

Seine Aufträge als selbstständiger Finanzberater für kleine und mittelständische Firmen führten ihn oft quer durch die Republik, auch über die Grenzen Deutschlands hinaus, seine Kunden lagen weit verstreut. Er mochte das Hotelleben, freute sich aber auf die kommende Nacht in seinem eigenen Bett.

Er sah auf seine Uhr, um diese Zeit würde seine Frau noch arbeiten. Dass eines seiner Teenagerkinder, Friedericke war siebzehn und Lukas schwierige fünfzehneinhalb, vor Ort sein würde, war unwahrscheinlich.

Friedericke probte nach der Schule mit ihrer Schulband, und Lukas traf sich mit seinen Kumpels oft im Skatepark unter der Zoobrücke. Zum Essen würde die Familie heute komplett sein.

Hannes' Frau kochte abends gern frisch. Er bewunderte sie für ihren Elan, sich nach den Tagen im Büro der Stadtverwaltung, Abteilung Wirtschaft, noch die Zeit zu nehmen. Er hatte ihr einmal geraten, die Stelle sausen zu lassen, aber Laura war dort bereits angestellt gewesen, als sie sich kennengelernt hatten. Sie wollte ihre Unkündbarkeit nicht aufgeben.

»Getrennte Konten, gemeinsames Bett halten eine Ehe nett.« An diesen Spruch von ihr erinnerte er sich gern. Sie ließen sich auch sonst Freiheiten und Spielräume. Ein Punkt, der ihre Beziehung trotz der wiederkehrenden langen Trennungsphasen am Leben hielt.

Er checkte Lauras letzte Nachricht, in der sie ihm von den aktuellen Begebenheiten berichtete, damit er beim Wiedersehen über die »Familiennews«, wie die Kinder die Neuigkeiten nannten, informiert war.

An der niedrigen Holztür, die in den Vorgarten führte, blieb er stehen.

Ein Hauch von schlechtem Gewissen schlich sich ein. Laura gegenüber. Dass er es ausschließlich mit anstrengenden Kunden zu tun gehabt hatte, entsprach nur zum Teil der Wahrheit. Er hatte eine andere Frau getroffen und sich ein wenig verliebt. Nicht genug, um es zu einer Affäre kommen zu lassen, aber knapp davor.

Eine baldige berufliche Auszeit würde ihm guttun. Zwar hatte er sich auf der Heimreise wegen vermehrter Kundenanfragen kurzfristig zu einer weiteren Tour in den Norden entschlossen, aber danach würde er auf jeden Fall endlich eine Pause einlegen. Mindestens den Winter über. Finanziell war sein Konto gut gefüllt, wenn seine Anlagen nicht abstürzten, konnte er sich sogar länger freinehmen.

»Oh, Hannes, früher zurück?«

Er sah nach links und erkannte die geschwätzige Frau Winkler, die zwei Häuser entfernt wohnte. Seit ihr Mann verstorben war, lechzte sie nach Gesprächen mit Nachbarn, Postboten und ihrer Putzfrau. Hannes verstand von Einsamkeit mehr, als sie ahnte, aber er hatte im Moment keine Lust auf einen Plausch.

»Ja, liebe Renate, früher als geplant. Ich bin eben gelandet. Und ziemlich müde.«

»Ihre Frau meinte, Sie kommen mit der Bahn.«

»Bin ich auch, war nur als Metapher gemeint.«

Hannes überlegte, wie er die Nachbarin abwimmeln konnte.

»Darf ich Sie etwas fragen, Hannes?«

Auch das noch.

»Wenn es nicht zu lange dauert.«

Ein Seufzen kam über ihre faltigen Lippen. »Ach, die jungen Leute haben nie Zeit.«

Hannes musste schmunzeln, er war achtundvierzig, und selten bezeichnete ihn noch jemand als jung.

»Worum geht es, Renate?«

»Mein Enkel, der Jens, der ist ja immer noch etwas planlos und weiß bis jetzt nicht so recht, was er werden will. Da habe ich mir überlegt, dass er vielleicht Sie fragen könnte. Sie scheinen einen so tollen Beruf zu haben, als Finanzberater, immer auf Reisen. Könnten Sie ihm Ratschläge geben, wegen der Ausbildung und über Ihre Firma?«

»Ich bin selbstständig.«

»Nein, das wusste ich ja gar nicht. Ihr eigener Chef? Das würde Jens auch gefallen.«

Das Gespräch konnte sich in die Länge ziehen. Die Dusche und die Ruhe riefen nach Hannes.

»Liebe Renate, ab morgen kann Ihr Enkel sich gerne ein paar Tipps bei mir abholen, aber heute geht nichts mehr.«

Ein Auto bog um die Ecke. Laura kam. Zu spät, um sich für sie frisch zu machen.

Sie hupte, parkte den Wagen und lächelte, als sie ausstieg. Seine Freude nahm mit jedem Meter, den sie näher kam, zu. Es tat gut, wieder zu Hause zu sein.

Doch schon in den nächsten Sekunden bröckelte es in ihm. Als würde der Verputz seiner Fassade einer Erschütterung ausgesetzt sein. Er hatte das Bedürfnis, sich abzuwenden und wieder zu gehen. Plötzlich war ein Riss in dieser Idylle, so breit, dass er darin etwas leuchten sah, etwas, das blonden Haaren ähnelte. Mit plötzlicher Gewissheit erkannte er, dass er sein Leben so nicht weiter fortführen konnte. Dass es nicht um eine Auszeit, sondern um ein Finale ging.

Er schluckte, ballte seine linke Hand in seiner Hosentasche zur Faust, presste seine Fingernägel in die Handfläche, um sich mit Gewalt zurück in diesen sonnigen Tag, an diesen heimeligen Ort zu holen.

Laura breitete ihre Arme aus. Sie drückte ihn an sich.

»Hallo, mein Schatz.«

»Hallo, Laura.«

Nach einem schnellen Kuss löste sie sich. »Übrigens, Hannes, bevor ich es vergesse, du kannst dir heute noch einen Termin bei einer neuen Zahnärztin machen. Du wolltest doch endlich zu einem Check-up.«

»Was für ein Willkommen. Das hättest du mir doch auch später sagen können, wenn uns der Alltag wieder eingeholt hat.«

»Ach, Hannes. Die Kinder und ich, wir leben mitten in der Routine, nur du schwirrst in der Welt herum.«

»Auch nicht aus Spaß, Schatz.«

»Ich weiß. Und entschuldige, dass ich dich damit gleich überfallen habe. Ich habe gerade eben mit ihr telefoniert.«

Der Moment seiner unerwarteten Emotion war vorbei. Hannes spielte den Entrüsteten. »Zahnarzt, brrr. Da läuft es mir kalt über den Rücken. Ich bin ein Schisser, wie du weißt.«

Laura lachte. »Dr. Leocardia Kardiff heißt sie, es ist eine Praxis in Sülz. Ich war letzte Woche dort und bin begeistert. Du hast also keinen Grund mehr, deine nächste Kontrolle aufzuschieben. Aber jetzt komm erst mal ins Haus und mach es dir gemütlich.«

Die Nachbarin sah das Ehepaar an. »Dann will ich nicht länger stören.«

Hannes' iPhone meldete sich mit einer Nachricht. Er warf

einen schnellen Blick darauf. Seine Frau ging durch den Vorgarten Richtung Haustür.

Er blieb stehen.

»Hannes«, rief Laura.

»Sam«, schrieb Mitzi.

IV.

KaiserschmarrnFinale

Draußen scheint die Sonne, drinnen hat Mitzi die Rollos her-
untergelassen und thront zwischen einer Menge von Kissen auf
der Couch, vom Zebralicht umspielt wie die Königin von Saba.
   »Salomon und die Königin von Saba« heißt auch der erste
Film, den sie schon am Morgen streamt. Es ist ein Monumental-
schinken aus dem Jahr 1959 mit Gina Lollobrigida.
   Heute muss sie in fremden Welten versinken.
   Als Nächstes sind neuere Blockbuster an der Reihe, einer folgt
dem anderen. Superhelden, die Welten retten und am Ende mit
einer Schramme davonkommen.
   Zwischen der zweiten und dritten Comicverfilmung kocht sie
sich eine riesige Portion Spaghetti mit Tomatensoße. Obwohl ab
der Hälfte ihr Magen rebelliert, zwingt sie sich, alles aufzuessen.
   Auf dem Bildschirm verwandeln sich Menschen in Monster,
und Ungeheuer entpuppen sich als Menschenfreunde. Mal so,
mal überraschend anders.
   Mitzi muss pausieren und sich bewegen.
   Sie läuft die Straße stadtauswärts. Draußen ist es längst dun-
kel, es wird ein Nachtspaziergang, wie so oft. Erst in den frühen
Morgenstunden kehrt sie heim. Sie ist todmüde, aber der Schlaf
will sich nicht einstellen.
   Ein cineastischer Schlussakkord muss her.
   Sie sucht auf den Downloadplattformen den Film »Kram-
bambuli«.
   Es ist über zwanzig Jahre her, dass sie ihn gesehen hat. Als
Kind mit ihren Großeltern. Bei dem emotionalen Heimatfilm
hat sogar Mitzis Opa ein paar Tränen vergossen. Die Hauptfigur,
ein treuer Hund, ging ihnen allen nahe.
   Nach dem Schnaps Krambambuli benannt, muss sich der
Jagdhund im Laufe der Handlung zwischen seinem neuen Be-
sitzer, einem Oberjäger und seinem ursprünglichen Herrchen,
einem Wilderer, entscheiden. Bei einem Duell zwischen den

Männern wählt der Hund den Wilderer, der wiederum vom Jäger erschossen wird. Krambambuli wird verstoßen, am Ende verhungert und erfriert er. Eine Liebesgeschichte gibt es auch, doch die ist nebensächlich.

Mit einer Box Taschentücher sieht sich Mitzi den Film noch einmal an. Zu ihrer Verwunderung muss sie diesmal nicht dabei weinen. Keine einzige Träne.

Nach dem dramatischen Ende fallen ihr endlich die Augen zu.

1

Agnes war den ganzen Tag über vertieft in die wiederaufgenommenen Recherchen. Diesmal in ihrer Dienstzeit.

Sie hatte ihren Verstand die Sache übernehmen lassen. Statt sich erneut ins Auto zu setzen und diesmal Mitzi im Krankenhaus St. Johann bei Kitzbühel zu überraschen, war sie in Kufstein geblieben. Mit den Argumenten von Heinz Baldur, ihren eigenen Notizen und ihrem Ehrgeiz im Gepäck war sie bei ihrem Chef vorstellig geworden und hatte offiziell bei Revierinspektor Sepp Renner um Erlaubnis gefragt.

Leicht war es nicht gewesen.

»Das hört sich für mich sehr diffus an, Agnes.«

»Ich verstehe deine Bedenken, Sepp, aber ich laufe damit schon länger herum. An der Geschichte ist etwas dran.«

»Die Innsbrucker Ermittlerkollegen sind dran.«

»Aber wir sollten auch weitermachen, Chef. Der Mord ist in unserer Stadt passiert. Du hast nichts zu verlieren, wenn du mich agieren lässt. Sollte es nur eine Chimäre sein, dann kannst du es auf die Neue und Naive schieben. Gib mir dein Okay, dann kann ich mich an den Computer setzen und offiziell Akten anfordern. Ich würde dich nicht bitten, wenn ich es nicht als wichtig empfinden würde. Du ermunterst uns immer, neben den Spuren unserem Instinkt zu folgen.«

»Echt? Ich hab so was gesagt?«

»Chef, bitte. Dafür schreibe ich auch anschließend wieder Berichte und digitalisiere alte Datensätze aus dem Archiv, ohne mich zu beschweren.«

»Na gut. Mach voran, Agnes.«

Und sie machte.

Sie hatte endlich mehr Möglichkeiten. Die von Heinz Baldur gelisteten Fälle würde sie einen nach dem anderen einer erneuten Überprüfung unterziehen. Dazu seinen Algorithmus speziell für die österreichischen Bundesländer eingeben. Der

Hauptkommissar musste damit leben, dass sie seine Aufzeichnungen benutzte, um eigene Zusammenhänge zu überprüfen. Sie brauchte Querverbindungen.

Vor ein paar Stunden hatte sie eine E-Mail an das Rechtsmedizinische Institut in Köln geschickt, an den Leiter Harro de Närtens, seine Untersuchungen waren aufschlussreich, vielleicht gab es inzwischen bereits mehr. Sie bat um dringenden Rückruf.

Je länger sie recherchierte, umso zäher gestalteten sich jedoch ihre Bemühungen.

Eine Nachfrage beim Polizeipräsidium Oberbayern Süd in Rosenheim blieb vorerst unbeantwortet. Für die angeforderten Akten aus dem Frankfurter Archiv hatte sie immer noch keine Freigabe erhalten, eine Überprüfung lief. Die Behörde in Salzburg war überlastet, man bat sie, sich in Geduld zu üben, bis ihr die Informationen zugänglich gemacht werden konnten. Und in Kitzbühel waren alle noch zu sehr damit beschäftigt, den »Täter des Amoklaufs«, wie es nun offiziell hieß, zu ermitteln.

Ihr war, als würde sie gegen unsichtbare Wände laufen.

Zumindest konnte sie keiner daran hindern, aufs Neue Heinz Baldurs Liste durchzugehen, Anträge zu formulieren und eigene Punkte anzumerken.

Die Arbeit ließ sie ihre Rastlosigkeit und ihr andauerndes schlechtes Gefühl vergessen. Mitzi hatte sich nicht bei ihr gemeldet. Auf keinen ihrer Anrufe hatte sie reagiert. Agnes beschloss, sich spätestens morgen direkt an das Bezirkskrankenhaus zu wenden und sich offiziell durchstellen zu lassen. Wenn sich Mitzi überhaupt noch dort aufhielt. Wie ein öliger Fisch war sie, der einem aus den Händen glitt, wenn man ihn fangen wollte.

Je tiefer sich Agnes einarbeitete, desto mehr erfasste sie wieder der Sog eines großen Falles. Eine Mordserie ungeahnten Ausmaßes.

»Gleich Dienstschluss, Agnes. Dein Hamster wartet. Oder wir zwei gehen noch aus.« Bastian stand an der offenen Tür des Großraumbüros.

»Schon so spät? Zieh du los, Bastl, ich bleibe noch. Jo ist

ohnehin nachtaktiv und wird erst in ein paar Stunden richtig wach. Flirten und busseln kannst du mit einer anderen, die dich mehr verdient als ich.«

»Ach, Agnes, i mog di, und i geb ned so leicht auf. Geht's bei dir wieder um Frankfurt oder was?«

»Auch. Aber das ist größer. Ich hab hier mindestens elf Mordfälle. Plus den Karsten Trinckas. Noch viel mehr könnte damit zusammenhängen. Eine Sache, die seit Jahren läuft.« Das Wort »Auftragsmörder« wollte sie nicht zu früh laut aussprechen.

Bastian kam näher. Sein Feierabend und sein Flirt schienen vergessen.

»Soll ich dir helfen? Magst mich einweihen?«

Ihr Chef wusste Bescheid, warum nicht ihren Kollegen und Ex-Lover ebenfalls einbeziehen? Er war ein guter Polizist, ihm mochte etwas auffallen, das Agnes und Heinz Baldur übersehen hatten. Dazu konnten seine Verbindungen nach Deutschland noch einmal hilfreich sein.

Bevor sie zu einer Erläuterung ansetzen konnte, klingelte das Telefon auf Bastians Schreibtisch. Er nahm den Anruf an. Agnes hörte ihn reden. Eine Minute später rief er ihren Namen.

»Agnes, ich stelle durch.«

»Ist es die Mitzi? Ich meine, Maria Schlager?«

Bastian schüttelte den Kopf. »Polizei Frankfurt. Sie wollen mit dir reden.«

Agnes spürte ihre Aufregung. Endlich eine Stelle, die ihr eine Rückmeldung geben wollte. Sie nahm den Hörer ans Ohr.

»Kirschnagel am Apparat.«

»Hallo, Frau Kirschnagel, hier spricht Kommissarin Melek Arslan.«

Der Name überraschte Agnes nicht. Heinz Baldur hatte seine ehemalige Kollegin erwähnt. Es konnte nur ein positives Zeichen sein, dass die Frankfurter Kommissarin persönlich in der Leitung war.

»Was kann ich für Sie tun, Frau Arslan?«

»Ihr Kollege hat mir eben gesagt, dass Sie es sind, die sich für zwei ungelöste Mordfälle bei uns in Frankfurt interessieren. Dass es gerade diese beiden sind, hat mich stutzig gemacht.«

»Inwiefern?«

»Mein früherer Vorgesetzter beschäftigt sich bereits länger unter anderem mit genau diesen Akten. Und jetzt möchte eine Inspektorin aus Kufstein sie einsehen, nachdem dort ein Mord geschehen ist, bei dem der Tathergang dem in unseren Fällen ähnelt?«

»Heinz Baldur.«

»Ich dachte mir, dass Sie ihn kennengelernt haben.«

»Ehrlich gesagt, Kommissarin Arslan, Herr Baldur und ich sind uns noch nicht direkt begegnet. Aber seine Recherchen und Notizen zu derart vielen ungelösten Fällen haben mich in den Bann gezogen. Ich versuche mir ein eigenes Bild zu machen, soweit mir das möglich ist.«

»Auch mich hat seine Theorie nicht unbeteiligt gelassen.«

»Eine Tote im Raum Rosenheim mag ebenso auf die Liste passen. Dazu könnte der mutmaßliche Amoklauf in Kitzbühel damit zusammenhängen.«

»Der aktuelle Fall bei Ihnen in Tirol?«

»Genau.«

»Warten Sie einen Moment.«

Der Moment zog sich in die Länge.

Agnes sah zu Bastian, der fragend seine Hände hob. Agnes zögerte kurz, stellte dann das Telefon auf laut.

»Hallo, sind Sie noch dran, Inspektorin Kirschnagel?«

»Selbstverständlich. Mein Kollege Inspektor Bastian Klawinder hört jetzt mit.«

»Geht in Ordnung. Major Carla Brändler und ihr Team sind in Kitzbühel dafür zuständig?«

»Genau. Mit ihr konnte ich leider noch keinen Kontakt aufnehmen, aber ich arbeite daran, die Informationen und Hinweise zu bündeln.«

»Wie kommen Sie darauf, Inspektorin Kirschnagel, dass dieses Verbrechen in die Theorie von Heinz Baldur passen könnte?«

»Das überlebende Opfer, die verletzte Frau, ist auch Zeugin im Mordfall Karsten Trinckas gewesen. Maria Schlager. Wenn Sie wollen, kann ich Sie ins Bild setzen.«

»Unbedingt. Ist Heinz bei Ihnen in Tirol?«

»Nein. Ich hab leider nichts von ihm gehört. Er geht auch nicht an sein Handy.«

»Ehrlich gesagt war mein letzter Kontakt zu ihm etwas beunruhigend. Ich habe bereits überlegt, seine Mutter anzurufen, will die alte Dame aber nicht unnötig in eine Ermittlung einbeziehen.«

»Machen Sie sich Sorgen?«

»Ja. Er könnte etwas Dummes vorhaben. Vielleicht sogar etwas Gefährliches. An der Polizei vorbei, wenn Sie verstehen.«

»In Bezug auf den Auftragsmörder, den er meint, aufgespürt zu haben?« Jetzt sprach sie das Wort laut aus. Sie hörte, wie Bastian neben ihr hörbar einatmete.

Melek Arslan hingegen seufzte. »So ist es, Inspektorin Kirschnagel.«

»Wenn Herr Baldur recht hat, sind diese Fälle nur die Spitze des Eisbergs.«

»Ich unterstütze Sie, wo ich kann, Frau Kirschnagel.«

»Das ist mehr, als ich erwartet habe. Danke.«

Je schneller und je effektiver Agnes vorankam, desto größer waren die Chancen, dass keiner mehr zu Schaden kam.

Ein Ziel hatte Heinz Baldur bereits erreicht. Sie begannen sich zu vernetzen.

2

Mitzi entdeckte Heinz Baldur sofort, als sie das Haus verließ. Sie presste ihre Handtasche enger an sich. Die Tasche samt dem Rucksack war mit all ihren vermissten Sachen in dem Päckchen gewesen, das sie erhalten hatte. Abgestempelt hier in Salzburg. Es hatte ihr den Atem verschlagen.

Mitzi legte ihren Kopf schief und musterte ihn.

»Wie lange warten Sie schon?«

»Erst zwanzig Minuten.«

»Sie hätten klingeln können.«

»Wollte ich. Hätten Sie mich reingelassen?«

»Vielleicht.«

»Mein letzter Stand war, dass Sie eine Mischung aus Frankfurter und Wiener Würschtel mögen.«

Damit brachte er Mitzi zum Lächeln. Weil Heinz Baldur sie heute siezte, eine Stoffhose und ein Hemd, beides uni und in gedecktem Blau, trug, ging sie davon aus, dass er wieder Herr seiner selbst war.

»Wie lange sind Sie bereits in der Stadt, Herr Kommissar?«

»Erst seit heute Morgen. Ich habe mit meiner Mutter im Wintergarten gefrühstückt und bin dann aufgebrochen. Einfach auf gut Glück, ehrlich gestanden.«

»Wie Sie sehen, Herr Kommissar, hat mich mein Zuhause wieder. Die Wohnung Ihrer Mama hat also einen Wintergarten?«

»Edith wohnt mondäner als ich. Renovierter Altbau in Hietzing. Tatsächlich vier Zimmer, die sie alleine bewohnt.«

»Klingt toll.«

»Ja, das ist es. Aber ich bin nicht hier, um über die Wohnverhältnisse meiner Mutter zu reden. Wenn Sie mich nicht hochbitten, Frau Schlager, darf ich Sie dann ersuchen, mit mir zu kommen? Ein kurzer Ausflug?«

Der Himmel über ihnen war grau. Die Hitze drückend. Gewitter waren angesagt. Mitzi nickte trotzdem. Er würde nicht aufgeben, also wollte sie es hinter sich bringen.

Zu ihrer Verwunderung führte er sie zu einem Fahrzeug mit Wiener Kennzeichen, das eine Querstraße entfernt parkte.

»Ich dachte immer, Sie hätten kein eigenes Auto.«

»Muttis Wagen. Selten genutzt. Garagenfahrzeug.«

»Geht's Ihnen gut?«, fragte sie und erinnerte sich, dass sie die gleiche Frage gestellt hatte, als Luis in das Krankenzimmer gekommen war.

Weitere Fragezeichen schlossen sich an, ohne dass Mitzi es wagte, sie laut zu formulieren. Was wusste Heinz Baldur noch von Luis' Übernahme? Wie erklärte er sich die fehlende Zeit? War der andere bei seinem Auftauchen im Krankenhaus mit dem Zug angereist, oder hatte er sich ebenfalls Muttis Fahrzeug geliehen? Wie funktionierte diese gespaltene Persönlichkeit, und wer würde am Ende die Oberhand gewinnen?

So viele weiße Flecken auf dieser psychisch kranken Landkarte des Ermittlers, dass ihr schwindlig wurde.

Heinz Baldur lächelte unschuldig. »Alles bestens. Ich bin im Übrigen glücklich, dass Sie wohlauf sind, Frau Schlager. Nun zu Kitzbühel. Ich würde gerne nachbohren.«

Bevor er genauer werden konnte, plapperte Mitzi wie auf Knopfdruck los.

»Major Carla Brändler hat mir erlaubt, den Ort zu verlassen, Herr Kommissar. Freddy hat mir Geld gegeben. Meine Sachen sind ja größtenteils in dem Chaos verloren gegangen. Mein Freund hat übers Internet mein Rückfahrtticket gebucht, mir seine Hausschlüssel dagelassen und das Nötigste besorgt. Ich bin ihm so dankbar. Er is ein Guter. Was ich für ein Pech hab, is kaum zu glauben. Haben Sie Details erfahren können, was den Täter anbelangt? Die Tiroler Polizei tappt völlig im Dunkeln.«

Mitzi holte Luft, und eine Pause entstand. Heinz Baldur fragte nicht nach ihrer Aussage, er hatte sie entweder bereits gelesen oder wollte sich jetzt sein eigenes Bild machen.

»Deswegen bin ich nicht gekommen.«

»Weswegen dann?«

Heinz öffnete die Wagentür. »Fahren wir erst mal los. Bitte sehr.«

Im Wagen herrschte eine enorme Hitze, obwohl die Autofenster geöffnet waren und ihnen der Fahrtwind um die Ohren blies.

»Haben Sie keine Klimaanlage?«

»Sie streikt. Überlastet. Was weiß ich. Funktioniert nicht richtig. Ist wie bei der Deutschen Bahn, wenn sie in den ICEs bei über dreißig Grad ausfällt. In Österreich kommt so etwas selbstverständlich nicht vor.«

Keiner von ihnen lachte über seinen Witz. Damit schien sich ihre Konversation vorerst erschöpft zu haben. Mitzi hätte gern gewusst, wohin die Spazierfahrt gehen sollte, aber sie hatte das Gefühl, dass Heinz Baldur ohne Ziel mit ihr unterwegs war.

Sie überquerten die Salzach und fuhren weiter Richtung Kapuzinerberg. Unvermutet blinkte Heinz Baldur, bog rechts in eine Nebenstraße und blieb seitlich am Gehweg stehen.

Er trommelte mit den Fingern auf das Lenkrad.

»Wie wollen Sie mit den Geschehnissen umgehen, Frau Schlager?« Seine gelassene Stimmung vom Anfang wechselte zu einem strengen Ton.

Mitzi sah zum Straßenschild hoch. Sie war noch nie in der Blumensteinstraße gewesen, aber den Weg zurück würde sie finden. Sie konnte auch ein Taxi rufen.

»Darf ich bitte aussteigen, Herr Kommissar? Ich denk, unser Ausflug fällt ins Wasser.«

»Sie kennen ihn, nicht wahr?«

Luis hat ihm diese Idee zugeflüstert, dachte Mitzi.

Sie starrte auf ihre Handtasche. Schließlich nahm sie ihr Smartphone heraus, wischte über den Bildschirm.

»Frau Schlager, bitte sehen Sie mich an. Wissen Sie, wer er ist?«

Ein Nicken würde genügen, doch Mitzi bewegte nur ihren Daumen beim Scrollen. Sie stoppte bei einer Nummer, für die Heinz Baldur alles geben würde.

Heinz' Fingertrommeln hörte auf, und Mitzi ließ ihr Mobiltelefon wieder verschwinden.

Was bei Luis möglich gewesen war, galt nicht für Heinz.

»Ich steh immer noch unter Schock, Herr Kommissar.«

»Das nehme ich Ihnen sogar ab. Aber seit wir das erste Mal miteinander geredet haben, haben Sie mir nur kleine Brocken einer Wahrheit zugeworfen. Ich habe immer und immer wieder darüber nachgedacht, Frau Schlager.«

Mitzi blinzelte.

Ein anderes Gespräch, heute Morgen, hatte sie selbst mit fast dem gleichen Satz begonnen.

»Ich habe ganz oft darüber nachgedacht, ob ich mich je wieder melden soll, Sam.«

Als ihr Handy geklingelt hatte, hatte sie sofort gewusst, wer sie anrief, ohne auf das Display zu schauen. Nach ihrer Nachricht an ihn hatte sie bereits darauf gewartet.

»Schön, dass du dich entschlossen hast.«

»Schön is nach all dem, was passiert is, nichts mehr. Wo bist du?«

»Ach, Mitzi.«

»Wenn du jetzt vor mir stehen würdest, würd ich dir eine kleschen.«

»Du bringst mich wieder einmal zum Schmunzeln. Was heißt das?«

»Dir eine Watschn geben, eine Ohrfeige. Das würd ich mich trauen, ich hab keine Angst vor dir. Nicht mehr.«

»Wie geht es dir?«

»Du hast mich töten wollen.«

»Nein, Mitzi, nein. Aber das weißt du, Liebelein.«

»Liebelein?«

»Sagt man hier so.«

»Da, wo du gerade bist?«

»Genau. Ich bin zu Hause, Mitzi.«

»Darunter kann ich mir nichts vorstellen.«

»Was möchtest du, Fräulein Mitzi?«

»Keine Angst, Sam. Die Polizei lässt dein Handy nicht rückverfolgen, um dich aufzuspüren. Ich habe es niemandem erzählt.«

»Davon gehe ich aus.«

»Ich musste ins Spital, also ins Krankenhaus. Ich bin genäht worden am Bauch.«

»Hilft es, wenn ich dir sage, dass es mir leidtut?«

»Nein.«

»Sehr leid.«

»Was, wenn ich gestorben wäre?«

»Ich wusste, dass du nicht stirbst. Es war eine Ausnahmesituation.«

»Für mich erst!«

»In den Meldungen stand, dass die Überlebende des Amoklaufs aus der Klinik entlassen worden ist. Du bist also ebenfalls wieder in deiner vertrauten Umgebung.«

»Oha, du verfolgst mein Leben in den Medien.«

»Ins Krankenhaus hätte ich nicht kommen können, das verstehst du doch. Einen Kurztrip nach Salzburg könnte ich allerdings nochmals einrichten. Wir sollten uns wiedersehen, Fräulein Mitzi.«

»Niemals.«

»Wenn die Umstände anders wären, hätten wir uns in einem Vernehmungsraum wiedergesehen, Frau Schlager.« Heinz Baldur stieß die Luft mit einem Seufzen aus. »Ich Ihnen gegenüber und Ihre Aussage würde aufgezeichnet.«

Mitzi merkte, wie ihr Bauch zu zittern begann. Die Bewegungen schmerzten an der Narbe.

»Ich bin überfordert, ich bin ja erst kürzlich aus dem Spital entlassen worden.«

»In das er Sie hineingebracht hat.«

»Ich hab nichts zu sagen, tut mir leid. Ich kann nicht.«

»Sie wollen, dass das Morden weitergeht. Dass Menschen sterben wie der junge Mann, der bei dem Überfall mit Ihnen unterwegs war und sein Leben verloren hat.«

»Er war nicht mit mir unterwegs, ich kenn den doch nicht. Ich war nur dabei.«

»Dabei? Heißt das, Sie waren dabei, als der Auftragsmörder seine nächste Zielperson ausgeschaltet hat? Haben Sie vorher davon gewusst und nichts unternommen? Frau Schlager, ich begreife Ihre Gründe nicht, aber Sie haben sich schuldig gemacht, das muss Ihnen klar sein. Unterlassene Hilfeleistung ist eine Straftat.«

»So war es nicht.«

Der Damm brach, die Tränen rollten. Heinz Baldur hielt ihr ein Taschentuch vor die Nase. Mitzi nahm es, schluchzte weiter, während sie sich schnäuzte.

»Ich möcht zurück, Herr Baldur. Es wartet eine hübsche Wohnung auf mich und meine Arbeit, die liegen geblieben is. Die Korrektur einer wunderschönen Kindergeschichte und jede Menge Beistriche. Ich schlage mich mit kleinen Häkchen am Papier durch die Nebensätze meines Lebens.«

»Das hier ist keine Vernehmung, Frau Schlager, und erst recht keine Anklage.« Heinz Baldurs Ton wurde sanfter. »Dazu bin ich zurzeit nicht befugt. Ich brauche Sie schlicht und einfach.«

»Wozu denn?«

»Die Behörden in Tirol haben nun mehr Beweise, als es in all den Jahren davor gegeben hat. Ein DNA-Profil kann erstellt werden. Sobald ein Verdächtiger gefasst wird, ist ein Vergleich möglich. Wenn wir ihn fassen könnten, auch wegen eines anderen Delikts, dann wäre die Schlacht so gut wie gewonnen.«

»Ihre Schlacht, Herr Kommissar, nicht meine. Bei mir denken Sie nur daran, dass ich einen hübschen Lockvogel abgeben würde. Stimmt's?«

»Nein, Frau Schlager, nein. Ich will ausschließlich, dass es keinen weiteren Toten mehr gibt, der durch einen Messerstich in den Bauch ermordet wird, weil er einem gierigen Verwandten, einem schlechten Freund oder einem bösartigen Nachbarn auf die Nerven gegangen ist. Mord gegen Bezahlung ist die niederträchtigste Art, ein Verbrechen zu begehen. Der Mann, mit dem wir es zu tun haben, ist ein gefährliches Subjekt ohne jeglichen Skrupel.«

»Um mir das mitzuteilen, hätten Sie nicht zu kommen brauchen.«

»Ich wollte Sie wiedersehen, Frau Schlager.«

Wie sehr sich die Gespräche doch gleichen, dachte Mitzi.

»Ich will dich wiedersehen, Mitzi. Schlicht und einfach.«

»Nein, Sam. Wenn der Anruf beendet is, lösch ich deine Nummer. Es war irre von mir, mich überhaupt noch mal zu melden. Das wird mir jetzt klar.«

»Ist dein Freund zurück?«

»Das geht dich nichts an. Mein Leben geht dich nichts an. Reicht es nicht, dass ich nichts an die Polizei weitergegeben habe und deine Darknet-Identität geheim halte? Is es nicht genug, dass ich einen Verband auf meinem Bauch kleben hab, der die ganze Zeit juckt?«

»Ach, Mitzi.«

»Ich könnt dich auch in eine Falle locken, Sam.«

»Was soll das jetzt?«

»Es gibt wirklich einen, der dich verfolgt.«

»Doch der Frankfurter Bulle, der in Wien lebt?«

»Genau der.«

»Verstehe.«

»Du wirst nervös, das gefällt mir.«

»Unsinn.«

»Der weiß seit Langem über dich Bescheid.«

»Wer ist er?«

»Hauptkommissar Heinz Baldur. War bei der Frankfurter Polizei.«

»War?«

»Ist krankgeschrieben. Oder freigestellt. Was weiß ich. Aber er ermittelt trotzdem.«

»Weiter. Erzähl mir mehr.«

»Ein einziger Hinweis von mir und er würde dich überwältigen und in Gewahrsam nehmen. Zumindest, bis seine Kollegen auftauchen.«

»Lächerlich.«

»Kein Witz, Sam. Damals hab ich es als Gschichterl abgetan, aber jetzt sag ich dir, wie es is.«

»Warum erst jetzt?«

»Damit du nicht zu mir kommst und mich überraschst.«

»Vielleicht bin ich längst dort. Schau aus dem Fenster.«

»Du deppertes Arschloch.«

»Ach, du süße Mitzi. Du willst doch gar nicht, dass es zu Ende ist.«

Heinz Baldur legte seine Hand auf die von Mitzi, die Haut auf der Innenseite seiner Handfläche war rau.

»Die Sache muss endlich ein Ende haben. Ich werde Sie nicht verhaften lassen, versprochen, Frau Schlager. Ich will nur den Mann zur Strecke bringen, der so viele Leben vorzeitig beendet hat. Sonst macht er weiter und immer weiter. Und wenn sein Auftragsbuch vollgeschrieben und erledigt ist, lässt er sich irgendwo die Sonne auf den Bauch scheinen.«

»Ich habe keine Ahnung, wo er sein könnte, falls Sie daran denken.«

»Wissen Sie, wie man ihn kontaktieren kann, Frau Schlager?«

»Nein.«

Sie versuchte ihre Hand unter seiner herauszuziehen, aber er drückte fester zu. Die Hitze der Berührung übertraf die Außentemperaturen um ein Vielfaches. Gefühlt stand ihrer beider Haut in Flammen.

»Sie machen es möglich, ich erledige den Rest.«

»Das kann ich nicht.« Wieder flossen Tränen, Mitzis Sicht wurde trüb. »Nicht mehr.«

»Nicht mehr?«

»Nicht nach dieser Katastrophe.«

»Versuchen Sie es. Ich bitte Sie. Versuchen Sie es!«

Endlich ließ Heinz Baldur ihre Hand los. Ein leises Schmatzen war zu hören. Er reichte ihr ein zweites Taschentuch, Mitzi griff zu und hörte die Gelenke ihrer Finger knacken.

»Wie weiter, Herr Kommissar?«

»Jetzt machen wir unsere Spritztour, damit Sie sehen, dass ich meine Versprechen halte. Später, wenn Sie sich besser fühlen, dann …«

Er beendete den Satz nicht und startete den Motor.

Eine Weile schwiegen sie wieder.

»Herr Baldur?«

»Ja?«

»Könnten wir ein Eis essen und so tun, als wären wir wie ganz stinknormale Leute unterwegs?«

3

Der Weg ins Darknet war einfacher, als Mitzi es sich vorgestellt hatte. Sam mit seinem ».onion«-Link zu finden würde noch leichter sein.

Sollte er zur selben Zeit das Gleiche tun und ihre virtuelle Anwesenheit bemerken oder zu einem späteren Zeitpunkt ihren Besuch zurückverfolgen können, konnte es möglicherweise gefährlich für sie werden.

Über diesen winzigen erschrockenen Gedanken musste sie schmunzeln. Sie hatte in den letzten Wochen dermaßen viele Emotionen, Verwirrungen und Todesängste durchlebt, dass ihr ein mögliches Zusammentreffen mit Sam im Deep Web wie ein einzelnes wirbelndes Blatt in einem Orkan vorkam, der bereits Ziegel und Äste durch die Luft geschleudert hatte.

Wesentlich aufregender war ihre Erwartung über den Inhalt.

Die Ernüchterung kam einen Klick später.

Nichts.

Er hatte aufgeräumt.

Eine Weile saß Mitzi vor dem Computerbildschirm und starrte auf Sams innerstes Geheimnis, das keines mehr war. Sie fragte sich, ob er sich bereits in Kitzbühel, nachdem er sich ihr offenbart hatte, eine neue Anbieter-Homepage zugelegt hatte. Oder er hatte sich erst nach der Katastrophe abgesichert und seine Spur verwischt.

Es spielte keine Rolle mehr. Sam und seine Auftraggeber waren in den Tiefen des Netzwerks verschwunden, dort, wo tatsächlich kein Lichtstrahl mehr hinfiel.

Ungesühnte Taten, Menschenleben wie alte Hüte entsorgt.

Sie verließ das Darknet, löschte am Ende alles von ihrem Laptop.

Danach ließ sie sich ein Bad ein.

Sonst duschte sie, aber Mitzi hatte das Gefühl, dass sie mehr als nur sauber werden wollte. Sie brauchte das heiße Untertauchen.

Im Wasser begann die immer noch rötliche Wunde an ihrem Bauch zu ziehen. Sie legte ihre Hand darauf und wagte es, sein Gesicht vor sich aufsteigen zu lassen, gefolgt von Emotionen, Bildabfolgen. Splitter, die in ihr Herz eingedrungen waren und entfernt werden mussten.

Sanft und weich glitten die Erinnerungen heran, legten sich neben sie ins warme Wasser, umspülten ihren Körper, zupften an der Narbe und in ihrem Hirn. Mitzi suchte in den Bildern nach einer Lösung, die für sie stimmen mochte. Einmal tauchte sie ihren Kopf unter und blieb so lange unter Wasser, bis ihre Lungen zu explodieren schienen und sie nach dem ruckartigen Auftauchen Sterne sah.

Nach dem Bad rief sie Agnes Kirschnagel an.

»Hallo, hier is Mitzi.«

»Mein Gott, Mitzi. Sie glauben nicht, wie sehr ich auf Ihren Anruf gewartet habe. Haben Sie Ihre Mailbox nicht abgehört?«

»Ich entschuldige mich, dass ich erst jetzt auf Ihre Nachrichten reagiere. Zuerst hatte ich mein Smartphone verlegt, und als ich es wiedergefunden hab, war keine Zeit da, mich bei Ihnen zu melden.«

»Hauptsache, Sie sind wohlauf. Ich konnte es nicht fassen, dass Sie Opfer eines Verbrechens geworden sind.«

»Mir geht's besser, als die Umstände es glauben lassen würden. Gibt es etwas Neues, Agnes?«

»Gibt es tatsächlich, Frau Schlager. Ich bin nun offiziell wieder an dem Mordfall von Karsten Trinckas dran. Hauptkommissar Baldur, den Sie ja bereits kennen, und seine Vermutungen fließen ein.«

Mitzi schluckte. Inspektorin Kirschnagel und Heinz Baldur tauschten sich also aus. Über Sam. Und Mitzi.

»Ach geh.«

»Er hat mir auch erzählt, dass Sie ihn persönlich aufgesucht haben, Mitzi.«

»Ich war bei einer Freundin in Wien, und er hatte noch Fragen.«

»Die hätte auch ich an Sie.«

Wie es schien, war Agnes Kirschnagel über Heinz Baldurs eigenen Besuch in Salzburg nicht informiert.

Wenn Mitzi all die verschwiegenen Aktionen aneinandergereiht hätte, wäre ein tausendseitiges Buch herausgekommen. Oder eine unendliche Geschichte, in der auch sie ihren Weg finden musste, um ihre Phantasien und die reale Welt zu verbinden und beide gesunden zu lassen. Zumindest wieder auf ihr ehemaliges Mitzi-Niveau.

Plötzlich wusste sie, was sie zu tun hatte.

Die Idee ließ Mitzi laut aufstöhnen, ehe sie die Hand vor den Mund schlagen konnte.

»Mitzi, was ist los? Mein Bauchgefühl schlägt schon die ganze Zeit Alarm. Blaulicht und Sirene.«

»Klingt ja lustig, wie Sie das formulieren, Agnes.« Mitzi fasste sich schnell. »Meinen Bauch ziert übrigens ein Schnitt. Einmal quer. Der zieht und sticht, aber unabhängig von meiner Gefühlslage.«

Agnes Kirschnagel schwieg. Mitzi hörte das Klicken eines Feuerzeugs.

»Rauchen Sie, Agnes?«

»Eine absolut schlechte Angewohnheit. Ich stehe am Fenster, puste den Rauch hinaus und hoffe, dass keiner meiner Kollegen in den nächsten drei Minuten zur Tür hereinkommt oder der Feuermelder zu piepen beginnt.«

»Mike Glawes hat nicht mehr geraucht. Is ihm aber nicht besser bekommen.«

»Sie sprechen von dem jungen Mann, der mit Ihnen in Kitzbühel war?«

»Nicht mit mir.«

»Kannten Sie ihn?«

»Nein. Unser Zusammentreffen am Ort des schrecklichen Geschehens war Zufall. Ein schiacher Zufall, keiner, den ich je hätte erleben wollen. Das hab ich alles bereits ausgesagt.«

»Warum waren Sie überhaupt erneut in Tirol?«

»Auf einen zweiten Urlaub, könnte man sagen.«

»Wieder allein?«

»Schon.«

»Ja oder nein?«

Diesmal klickte es in Mitzis Kopf laut, so als würde der Schalter einer Sicherung gekippt werden.

»Bitte hören Sie auf, Agnes. Ich will nicht von Ihnen verhört werden.«

»Dann kommen Sie bitte ein drittes Mal in unser Bundesland zurück, Frau Schlager. Hier in Kufstein gestalten wir die Sache als Unterhaltung unter Freunden.«

»Sind Sie denn meine Freundin, Agnes?«

Die drei Sekunden, in denen die Inspektorin zögerte, ließen alle Hoffnung fahren. Mitzis Idee wurde zu einem geheimen Plan. Sie hörte Agnes schlucken.

»Das kann ich sein, Mitzi. Aber Sie müssen kommen und mit mir reden.«

»Mach ich.«

»Ja?«

»Aber nicht sofort. Davor werde ich Ihnen was schicken. Ich glaub, es is an der Zeit.«

»Was denn?«

»Ich werde notieren, was sich seit der Nacht am Inn ereignet hat. Namen nennen, eine Adresse, ein Hotel und das wenige, was ich so weiß. Ich werde auch in Worte zu fassen versuchen, was mit mir passiert is. Damit Sie es verstehen.«

Wieder Stille am anderen Ende der Leitung. Diesmal tippte Mitzi darauf, dass sie die Inspektorin für einen Augenblick sprachlos gemacht hatte.

»Hat es Ihnen die Red verschlagen, Agnes?«

»Mitzi, lassen Sie die Idee mit dem Schreiben. Setzen Sie sich in den Zug und fahren Sie auf der Stelle her.«

»Vielleicht.«

»Was geht bei Ihnen vor? Was tun Sie, Mitzi?«

»Heute? Nur schreiben. Die Seiten braucht keiner zu korrigieren. Wenn ich durch bin, schick ich sie Ihnen per Mail. In Ordnung?«

»Und dann?«

»Tun Sie damit, was Sie für richtig halten. Machen Sie sich bitte keine Sorgen, alles is gut.«

»Sie machen mich richtig konfus, Mitzi. Da verstehe ich die Bedürfnisse meines Hamsters besser als Ihre kryptischen Aussagen.«

»Sie haben einen Hamster?«

»Ja, aber das spielt keine Rolle. Bitte, Mitzi, kommen Sie. Sonst lasse ich Sie festnehmen.«

»Ohne stichhaltigen Grund geht das nicht, wie ich aus den TV-Krimis weiß.«

»Seien Sie sich nicht so sicher, Mitzi. Film und Realität passen oft nicht zusammen.«

»Ich werd es mir merken. Wie heißt Ihr Haustier denn?«

»Jo.«

Jetzt sorgte Mitzi für eine Pause im Gespräch. Sie schloss die Augen und imaginierte sich Hamster Jo mit vollgestopften Backen. Die Vorstellung bescherte ihr das erste echte Lächeln seit dem Krankenhaus. Die erste unschuldige Freude seit ihrem nächtlichen Weg über die Brücke.

»Danke, Agnes.«

»Wofür denn?«

4

Hallo, Mitzi.

Guten Morgen, Oma.

Bist du narrisch?

Nein, Oma.

Was hast du getan?

Es muss ein Ende her, Oma. Ein Abschluss. Sonst lässt es mich nie mehr los. Und noch mal kann ich so was wirklich nicht brauchen. Ich ersticke. Ich werde zerquetscht. Aber es is alles gut.

Nichts is gut, Mitzi.

Trotzdem muss Schluss sein. Fine.

Warum so melodramatisch, Mitzi?

High Noon, Oma. Wie im Film.

Das bedeutet aber mittags um zwölf und nicht nachmittags um zwei.

Oma, ärgere mich nicht, ich muss ja erst wieder nach Kufstein fahren. Und die zwei Herren haben auch ihren Spielraum gebraucht. »Jede Geschichte sucht sich ihr ganz eigenes Ende«, hast du mir einmal gesagt.

Blödsinn. Verständige die Polizei, Spatzerl. Ruf diese Inspektorin wieder an. Überlass die Sache den Profis. Wer bist du, dass du die Sache selbst in die Hand nehmen willst?

Ich bin die MörderMitzi. Ich hab das Gas aufgedreht. Ich wäre damals schon an der Reihe gewesen.

Mitzi, ich verbiete es dir.

Du bist nur eine Stimme in meinem Kopf. Geh weg.

Die WhatsApp-Zeilen hatte Mitzi am Vortag, nach dem Telefonat mit Agnes, abgesendet. Die Zeit war knapp bemessen, aber sie war sich sicher, dass die Empfänger es zum Treffpunkt schaffen würden.

»Morgen, am Nachmittag, zwei Uhr. Im Stadtpark in Kufstein. An der Krankenhausgasse. Es gibt dort einen kleinen Spielplatz. Dort treffe ich mich mit ihm.«

An beide Männer denselben Text.

Wie bei einer Geburtstagseinladung.

Für ihren Bericht an Agnes hatte Mitzi länger gebraucht. Ihre Finger waren über die Tasten geflogen wie im Rausch. Am Ende hatte sie erschöpft innegehalten. Ein passender Schlusssatz war ihr nicht eingefallen, deshalb hatte sie mit drei Punkten geendet, als würde es eine Fortsetzung geben. Danach hatte sie ein paar Stunden schlafen können.

Agnes Kirschnagel würde eine Menge zu lesen bekommen. Mitzi hatte die E-Mail zeitversetzt gesendet. Ankommen würden ihre Zeilen erst, wenn ihr Vorhaben längst erledigt war.

Würde ihr die Inspektorin dann die Handschellen anlegen und ihr ihre Rechte vorlesen? Oder ihr die starr aufgerissenen Augen schließen und ihren Körper mit einer Plane abdecken? Höchstwahrscheinlich würde weder das eine noch das andere von Agnes erledigt, sondern von fremden Polizeibeamten.

In diesem Monat hatte Mitzi mehr Ermittler kennengelernt, als in den letzten Jahren neue Bekanntschaften gemacht. Wenn sie darüber nur lachen könnte. »Unterlassene Hilfeleistung«. Heinz Baldur hatte vollkommen recht.

Freddy würde Augen machen. Ihm hatte sie einen Zettel in sein Fahrtenbuch gelegt. Sie überlegte, ob sie die Notiz nicht besser auf den großen Fernsehbildschirm kleben sollte, damit er sie auf keinen Fall übersah, beließ es aber dabei. Sein »Mitzi-Herzi« würde ihm in der Kehle stecken bleiben. Das Einzige, worum sie ihn bat, war, dass er weiterhin ihre Großmutter besuchte. Das alte Haus verkaufte und das Pflegeheim bezahlte, wenn Mitzi es nicht mehr konnte.

Zurück, ganz auf Anfang. Kufstein.

Der Park war nicht weit vom Bahnhof entfernt.

Als sie dieses Mal die Brücke betrat, tat sie es beschwingt und ohne zu zögern. Einmal drehte sie sich um, um sich zu vergewissern, dass sie nicht längst observiert wurde, aber im

Endeffekt war es völlig unwichtig. An der besagten Laterne mit dem Blumenschmuck verlangsamte sie ihren Schritt. Wenn man es genau nahm, hätte sie diesen Treffpunkt wählen müssen, aber in der letzten Sekunde vor dem Absenden der Zeilen hatte sie sich für den Park entschieden, in dem sie in den ersten Tagen ihres Urlaubs manche Stunde auf einer Bank sitzend verbracht hatte.

Die Sonne strahlte, es war auch heute ein perfekter Sommertag. Trotzdem hatte sie sich den orangefarbenen Sweater übergezogen. Die Farbe hatte sie immer gemocht. Statt ihre Handtasche mitzunehmen, hatte sie die Börse und das Handy in den Seitentaschen verstaut. Keinen Ballast hatte sie mit sich schleppen wollen.

Sie fuhr sich durch die Haare.

Seit sie sich mit fünfzehn die langen Haare abgeschnitten hatte, hatte sie nie mehr einen Kamm oder eine Bürste benutzt. Immer ihre Finger. Was einem alles auffiel, wenn man bereit war, hinzusehen.

Vier Wochen.

Mitzi konnte kaum fassen, in welch atemberaubender Geschwindigkeit sich das Karussell mit ihm gedreht hatte.

Vier Wochen Sam. Mit Mitzi. Plus die jetzt geplante Zugabe im Stadtpark.

Neunundzwanzig Tage. Nicht einmal ein Sommermonat war vergangen. Heißer, wilder, tödlicher August.

Zeit wie im Fieber. Besser im Wahn. Vom ersten Zusammentreffen bis zu ihrer bevorstehenden finalen Begegnung.

Sie ging den Unteren Stadtplatz hoch, am Buchcafé vorbei.

An einem Souvenirladen stoppte sie und kaufte sich ein Taschenmesser mit dem Tiroler Wappen darauf und einen Strohhut, den sie noch im Laden aufsetzte. Doch beim nächsten Blick in eine der Auslagen wirkte ihr Spiegelbild mit dem Hut fremd und unpassend. Sie entsorgte ihn im nächsten Abfalleimer.

Kurz vor ihrem Ziel musste sie ein Mal anhalten.

Ihr Herz klopfte wild. Sie hatte das Gefühl, sich übergeben zu müssen, aber nur Speichel sammelte sich in ihrem Mund.

Mitzi hätte nach dem flotten Beginn nicht gedacht, dass auf den letzten Metern doch noch so viel Höllenangst und Grausen hochkommen würden.

Schließlich war sie am Ziel.

Sie war zu aufgeregt, um sich zu setzen, also stellte sie sich neben die bunte Röhrenrutsche. Mitzi begann zu warten. Entschlossenheit und Todesahnung wechselten sich ab wie bei der Fahrt in einer Achterbahn.

Zwei Minuten vor zwei Uhr an diesem Nachmittag, nach kurzem Abwägen, sendete sie, nicht ganz selbstlos, die Whats-App-Nachricht doch noch an eine dritte Person.

Ihr Überlebenswille forderte sein Mitspracherecht ein.

5

»Luis, Luis, bist du da?«

Während Heinz flüsternd nach seinem zweiten Ich rief, jagte ein Schauer über seinen Rücken.

Er staunte über sich selbst, dass er im Kufsteiner Stadtpark auf einer Parkbank in der Nähe des Kinderspielplatzes saß und nach einer Erscheinung Ausschau hielt, die ausschließlich in seiner kranken Psyche existierte. Luis hatte sich die Tage nicht mehr gezeigt. Im Gegensatz zu seinen sonstigen Eskapaden, mit denen er Heinz' Leben erschwerte, hatte Funkstille zwischen ihnen geherrscht.

»Reiß dich zusammen, Heinz!« Den leisen Zuruf richtete er ausschließlich an sich als Einzelperson.

Er hatte in den Jahren bei der Polizei in vielen gefährlichen Situationen allein entschieden. Doch seine Ausgangslage war eine andere, er nicht mehr Teamleiter einer SOKO, der auf Knopfdruck Verstärkung herbeirufen konnte. Heinz war weder in seiner alten Funktion noch offiziell unterwegs. Er war auf sich selbst gestellt und wartete auf einen Auftragsmörder.

Tappte vielleicht sogar in eine Falle. Nein, er schüttelte den Kopf. Maria Schlager würde nicht fähig sein, ihn im wahrsten Sinne des Wortes ins Messer laufen zu lassen. Hoffte er zumindest.

Heinz hatte mit seiner Mutter im Café Dommayer zu Abend gegessen. Die Textnachricht, die von der Frau und Zeugin hereingekommen war, hatte es in sich gehabt. Vor allem der letzte Satz: »Dort treffe ich mich mit ihm« – damit konnte nur das Phantom gemeint sein, dessen Taten er hinterherhinkte.

Heinz' Appell an Maria Schlager hatte weitere Früchte getragen. Ob sie vergiftet waren, musste er nun herausfinden. Tausend Fragen hätte er ihr stellen müssen, um herauszufinden, in welchem Verhältnis sie nun tatsächlich zu dem Täter stand. Wie hatte sie diesen gefährlichen Mann kontaktiert, wie konnte sie ihn dazu gebracht haben, zu diesem Zeitpunkt an diesem Ort zu sein? Doch bei allen Unsicherheiten und Ungereimtheiten war Heinz sofort klar gewesen, dass er sich darauf einlassen würde.

Sein Wahnsinn hatte schon lange Methode.

Nach dem Essen hatte er vergeblich versucht, die Frau zurückzurufen. Kurz hatte er überlegt, loszufahren mit Muttis Auto, Maria Schlager erneut aufzusuchen und in ein Kreuzverhör zu nehmen, aber seine Magenschmerzen hatten plötzlich und heftig eingesetzt. Die Nacht hatte er zwischen Toilette und Couch verbracht und sich an seine hilflosen Versuche erinnert, den Auftragsmörder im Darknet zu finden. Morgens war der Aufschrei seines Körpers vorbei gewesen.

Ob es Heinz am helllichten Tag gelingen würde, den Mann zu überwältigen, war fraglich. Rechtlich waren ihm die Hände gebunden, er musste sich etwas einfallen lassen.

Er starrte auf die ausgetrockneten Blätter der Zierhecke, die die Parkbank von einem Gehweg und dem Spielplatz trennte und ihm Deckung gab. Seine Reisetasche zu Füßen, die Sitzhaltung möglichst entspannt, als ob er sich eine Pause von einem Spaziergang gönnen würde.

Maria Schlager in einem orangefarbenen Sweater hatte er sofort entdeckt. Sie stand neben der Rutsche und sah zwei Jungs zu, die sich mit Hochklettern und Heruntersausen abwechselten. Ein drittes Kind, ein Mädchen, spielte mit seiner Mutter an einer blauen Wippe. Weiter hinten im Schatten unter einer weiteren Bank saß ein Pärchen, Hand in Hand.

»Kinder«. »Mutter«. »Pärchen«. »Spielplatz«. Keine Wörter, die er mit einem gefährlichen Verbrecher in Zusammenhang bringen wollte. Heinz versuchte, gedanklich Pläne zu basteln, wie er vorgehen konnte, ohne Unschuldige in Gefahr zu bringen. Jede seiner Ideen endete in einem weißen Rauschen.

Ein paar Minuten noch bis zum angegebenen Zeitpunkt.

Er bückte sich, öffnete seine Tasche. Langsam und vorsichtig, dicht am Körper, zog er den Schlagstock heraus. Ihm fehlte seine Dienstwaffe, der »Mehrzweckeinsatzstock«, wie er im Polizeijargon hieß, musste reichen. Dieser MES war ihm geblieben. Beim Einpacken hatte er ihn zusammen mit einer Flasche Wasser und einem Butterbrot verstaut. Ob er zum Einsatz kam, würde sich zeigen.

Heinz legte den schwarzen Stock neben sich auf die Sitzfläche. Ein Teil, das ihm Sicherheit bot und dazu beitragen konnte, einen gefährlichen Mann in Schach zu halten.

Es war die eine Chance, die sich Heinz bot. Mit dem Verdächtigen im Schlepptau würde es eine Vergleichsmöglichkeit geben. Ohne ihn waren alle Spurenfunde am Tatort in Kitzbühel nutzlos.

Oh, Melek und ihr anderen Kollegen, dachte Heinz und verwünschte einmal mehr seine Zwangspause.

Kommissarin Melek Arslan hatte ihrerseits auf seinen Anrufbeantworter gequatscht und um Rückruf gebeten, aber er musste die Sache auf seine Art durchziehen, danach würde er ihr Rede und Antwort stehen.

Stimmen näherten sich, und Heinz spannte seinen Körper an. Eine helle und eine dunklere, sie wisperten, und Heinz konnte einzelne Wortfetzen verstehen. Das Pärchen, das seinen Spaziergang fortgesetzt hatte. Die Flüsternden entfernten sich.

Erneut meinte er ein Geräusch zu hören, doch diesmal war es nur ein Rascheln. Der Wind in den Blättern, der etwas Kühlung versprach. Ein Spatz flatterte und setzte sich auf die Lehne.

»Hey, Piepmatz«, sagte Heinz. Der Vogel plusterte sich auf und flog davon.

Heinz sah zum Spielplatz. Die beiden Jungs waren verschwunden. Auch die Kleine mit ihrer Mutter. Wenigstens das.

Seine Armbanduhr zeigte jetzt drei Minuten nach zwei. Die Zeit war bereits überschritten.

Er griff erneut in die Reisetasche. Noch von früher steckten Taschentücher, eine aufgerissene Tüte Bonbons und eine Taschenlampe in einem Seitenfach. Er nahm ein Bonbon in den Mund. Dann griff er sich die Lampe und drehte sie zwischen seinen Fingern. Im hellen Licht des frühen Nachmittags würde er sie höchstens für Morsezeichen verwenden können. Er hätte besser noch Sonnenbrille und Sonnencreme mitgenommen.

Das Bonbon spuckte er aus, es schmeckte schal.

In der nächsten Sekunde spürte er die Spitze des Messers in seinem Nacken.

»Ruhig bleiben, ja?«

Wieder ein Flüstern, diesmal ganz nah am Ohr.

»Keine Bewegung. Das Fräulein am Spielplatz soll nicht merken, dass wir uns schon gefunden haben.«

Heinz hatte sich überrumpeln lassen. Seine inaktiven Monate hatten ihn zum Ermittlungsstümper werden lassen. Keine Intuition hatte ihn gewarnt. Kein Gefühl in ihm Alarm geschlagen. Er mit seiner Einmannshow. Jetzt war er also doch in einen Hinterhalt geraten.

»Lassen Sie Frau Schlager aus dem Spiel.« Heinz versuchte nicht so zu tun, als wäre er ein ahnungsloser Spaziergänger, der auf der Bank pausierte. »Ich habe sie dazu genötigt, Sie hierherzulocken. Es war meine Idee. Die Sache läuft zwischen uns beiden.«

»Da haben Sie recht. Rollen Sie den hübschen Schlagstock von sich weg und über die Kante, damit er auf den Boden fällt. Langsam, mit einem Finger, bitte.«

Heinz streckte seinen Zeigefinger aus, berührte den MES und gab ihm einen leichten Stoß. Der Stock drehte sich mehrmals um seine Achse und rollte über die Sitzfläche hinaus. Es gab ein leises Klacken, als er auf dem Boden aufschlug.

»Gut so. Wer weiß noch Bescheid?«

Die Messerspitze bohrte sich ein Stückchen tiefer in Heinz' Nacken. Ein Schmerz, der sich sofort über den gesamten Schulterbereich ausdehnte.

Heinz stierte nach vorn. Mitzi lehnte einsam an der Aufstiegsleiter und war in ihr Handy vertieft. Er schloss seine Augen und spürte immer noch den Griff der Taschenlampe in der anderen Hand.

Bevor er einen weiteren Gedanken fassen konnte, handelte

er. Sterben konnte er so oder so. Dann lieber abtreten wie der Hauptkommissar, der er früher gewesen war.

Er riss die linke Hand samt Lampe hoch. Sein Schwung ging nach oben und nach hinten, er schlug im Blindflug zu.

Der erste Treffer ins Ungefähre saß.

Statt dass sich die Messerspitze endgültig in sein Fleisch bohrte, hörte Heinz einen dumpfen Aufprall. Der schmerzhafte Druck verschwand. Immer noch im Sitzen schlug er ein zweites Mal zu. Wieder traf sein Schwung auf ein Hindernis, doch mit wesentlich weniger Wucht als der erste Schlag. Er öffnete die Augen, drehte sich auf der Sitzfläche zur Seite und stieß sich zugleich vom Boden ab. Jetzt war seine rechte Faust an der Reihe.

Ohne Details der Person wahrzunehmen, die sich an ihn herangeschlichen hatte, boxte er in Höhe des Kinns. Ein Stöhnen signalisierte ihm eine dritte Punktlandung, die Knöchel seiner Hand waren auf einen Widerstand getroffen.

Heinz ging in die Hocke und in Deckung. Er streckte seinen Oberkörper nach rechts, seine Finger tasteten nach dem Schlagstock. Über seinem Kopf zischte es. Der Angreifer hatte das Messer über seine Kehle ziehen wollen.

Noch hatte Heinz überlebt.

Sein Blick hob sich, doch da war niemand mehr. Vor ihm die Sitzfläche und Lehne, dahinter das Grün der Parkanlage. Wenigstens bekam er den Stock zu fassen. Mit dem MES in der rechten Hand und der Taschenlampe in der linken drückte er seine Fußsohlen gegen den Untergrund und seinen Körper hoch. Er machte einen schnellen Schritt nach hinten, um einer möglichen nächsten Attacke auszuweichen.

Gut gemacht, Kumpel, du bist immer noch in deinen besten Jahren.

Luis war wieder da. Vorteil für Heinz auf ganzer Linie.

»Du sagst es, Kumpel.« Heinz merkte nicht einmal, dass er laut sprach.

Er wirbelte einmal im Kreis. Die leere Bank, die Hecke, der Spielplatz. Maria Schlager, die ihn entdeckt hatte und auf ihn zuzugehen begann. Sie hob ihre Arme.

Der Schlag, der ihn in den Rücken traf, war gewaltig.

Der Angreifer musste sich nicht nur blitzschnell und fast lautlos um Heinz herumbewegt, sondern auch einen großen Ast griffbereit gehabt haben. Zumindest fühlte sich das Teil, das krachend auf Heinz' Rücken zerbrach, so an. Seine Knie gaben nach, aber er wollte auf keinen Fall flach zu Boden gehen. Mit einer Rolle zur Seite entkam er der nächsten Attacke. Seine Schulter, sein Knie, seine Hüfte, drei Aufschreie in seinem Körper. Trotzdem stand er nach dem Abrollen wieder.

Jetzt hatte er den Mann klar vor sich. Groß, dunkel gekleidet, helles Gesicht. Heinz konnte jedoch kein Messer in den Fingern seines Gegners sehen. Hatte er es verloren?

Die Chance nutzend, stürmte Heinz mit erhobenem Schlagstock nach vorn. Und rannte ins Leere. Der andere war einfach zu schnell.

Ein Fausthieb traf seine Nieren. Er krümmte sich, taumelte.

Ein Tritt gegen seine Kniekehle.

Schmerz, der explodierte.

Eine Bewegung in Richtung seines Nackens, der er aber ausweichen konnte.

Auf gut Glück hechtete er nach vorn. Er schwang noch einmal die Hand mit dem Stock und schaffte einen Gegentreffer ungefähr in Höhe des Brustkorbs seines Angreifers. Die Taschenlampe glitt ihm dabei aus den Fingen. Mit einem schnellen Seitenblick suchte er die Lampe und entdeckte stattdessen das Messer am Boden, nahe der Hecke.

Der andere in diesem Moment ebenso.

Der Angreifer machte einen Ausfallschritt in Richtung der Waffe, reckte sich vor, bückte sich, versuchte, nach ihr zu greifen. Das durfte Heinz auf keinen Fall zulassen. Wenn sein Gegner an das Messer kam, hatte er verloren. Er ließ sich seitlich fallen und bemerkte zu spät seinen Denkfehler. Zwar schlossen sich die Fingerspitzen seiner freien Hand um den Griff der Waffe, aber er lag am Boden. Bevor er eine nächste Handlung ausführen konnte, trat der andere brutal zu.

Der erste Tritt traf Heinz' Lippen.

Hau den Lukas, Kumpel!

Von irgendwoher rief Luis.

Der Schlagstock wurde Heinz entrissen und wirbelte durch die Luft wie ein Zirkusstab. Das Messer war noch in seiner Hand. Er versuchte nicht mehr, die Waffe gegen den anderen zu richten, sondern sie unter seinen Körper zu schieben.

»Sam? Herr Kommissar?« Maria Schlager rief.

Sein Magen verkrampfte sich auch ohne Zutun seines Gegners erneut.

Heinz verlor die Kontrolle.

Tritte trafen ihn ungeschützt. Dann war Heinz' Phantom über ihm.

Hiebe und Schläge prasselten.

Aus, vorbei, Ende.

Sein Schmerzzentrum kreischte.

6

Noch vier Personen vor ihr.

Agnes seufzte. Ihre extra verlängerte Mittagspause verbrachte sie beim Tierarzt in Innsbruck. Eigentlich hatte sie sich noch mit ihrer Schwester treffen wollen, wenn sie schon einmal wieder in der Tiroler Hauptstadt war, aber dafür würde die übrig gebliebene halbe Stunde nicht mehr reichen.

Hamster Jo in seiner Tragebox wuselte aufgeregt von einer Ecke zur anderen. Um diese Uhrzeit ruhte er normalerweise, aber Krallen kürzen musste sein. Trotz der Äste und des Laubwerks, mit denen Agnes sein Gehege ausgestattet hatte, musste Jo von Zeit zu Zeit zur Hamsterpediküre.

Eine Frau mit einer Dogge hatte sich neben sie gesetzt, und Agnes stellte sich den Größenunterschied zwischen den zwei verschiedenen Haustieren vor, würde man sie nebeneinander platzieren. Der Hund sabberte, Jo würde von der Menge an Spucke ertränkt werden.

Agnes wippte ungeduldig mit ihrem rechten Fuß. Nicht nur das Warten machte sie unruhig, auch das anhaltende Stillschweigen von Heinz Baldur.

Gerade für den Hauptkommissar wäre es eine gute Neuigkeit, dass Agnes sich mit Melek Arslan verständigt hatte. Noch dazu hatte Rechtsmediziner Harro de Närtens sie zurückgerufen und bestätigt, dass er nach den ersten Vergleichen mehrerer forensischer Berichte ebenfalls eine Verbindung vermutete und sich dafür einsetzen würde, die Fälle erneut aufzurollen. Das hieß, die Spuren würden neu bewertet und Vergleichsproben erstellt werden. Heinz Baldur war also auf dem Weg vom Spinner zum Gewinner.

Dass sich Agnes um Mitzi Sorgen machte, war ihr schon fast zur Gewohnheit geworden. Sie überlegte, eine neue Nachricht an die Frau einzutippen, in der sie ihre Aufforderung von gestern wiederholen wollte. Mitzi musste nach Kufstein kommen.

Wie in einer Gedankenübertragung summte ihr Mobiltelefon, und eine Meldung von Maria Schlager kam herein.

Fünf knappe Sätze, die bei Agnes Schnappatmung erzeugten. Sie setzte sich kerzengerade auf und japste nach Luft.

»Is Ihnen übel geworden?« Die Frau mit der Dogge beugte sich zu Agnes hin. »Das wird schon wieder mit Ihrem Haserl.«

»Jo ist ein Hamster«, antwortete sie automatisch, während in ihrem Kopf die Optionen an den Start gingen.

Mitzi! Unfassbar, was sie vorhatte, was sie im Begriff war, zu tun.

Agnes checkte die Uhrzeit. Sie musste handeln. Sofort.

Doch selbst wenn sie sich mitsamt dem Hamster ins Auto schwingen und auf der Stelle Richtung Kufstein und Stadtpark fahren würde, wäre es längst zu spät. Eine rasante Rettungsaktion fiel also weg.

Sie musste mit Bastian reden. Kaum hob sie ihr Handy ans Ohr, berührte sie das Doggenfrauchen an der Schulter.

»Telefonieren is hier drinnen nicht erlaubt.« Jetzt war ihr Tonfall weniger freundlich als eben.

Am liebsten hätte Agnes ihre Handschellen gezückt und die Frau an das Halsband ihres Hundes gefesselt, aber sie beherrschte sich.

»Nicht anfassen, ja?« Agnes stand auf und ging zurück an den Empfang. Sie stellte Jos Box am Tresen ab.

»Es gibt einen Notfall. Könnten Sie Jo bitte für ein paar Stunden in Gewahrsam nehmen?«

Während die Tierarzthelferin noch leicht irritiert lächelte, aber nickte, war Agnes bereits durch die Eingangstür gehastet. Mit dem Smartphone am Ohr legte sie einen Sprint ein. In weniger als einer Minute war sie an ihrem Wagen. Zugleich sprang unter Bastians Handynummer die Mailbox an.

»So eine Scheiße!« Sie keuchte, und ihre Lungen brannten.

Als Nächstes war die Durchwahl vom Revier an der Reihe.

»Chantal am Apparat von Inspektor Klawinder. Was kann ich für Sie tun?«

»Agnes hier. Wo ist der Bastl?«

»Hallo, Agnes. Du, der hat Mittagspause gemacht, weil bei uns heut mal zur Abwechslung nichts los is. Er wird in einer halben Stunde zurück sein. Was gibt's denn?«

»Verfluacht no amal eini!«

In Reaktion auf Agnes' Fluch, noch dazu völlig ungewohnt auf Tirolerisch, stieß Chantal ein »Oha« aus.

»Chantal, hör mir zu. Es ist wichtig.«

»Ja, okay.«

»Es ist nicht nur wichtig, sondern kann lebensrettend sein.«

»Oh Gott. Bist du in Gefahr?«

»Nein, nicht ich. Aber wer anderes. Es zählt in dem Fall jede Sekunde. Du gehst jetzt ins Büro vom Chef. Hör mir genau zu. Ich sag dir, was du ihm sagen sollst.«

Während Agnes Chantal ihre Anweisungen durchgab, ratterten in ihrem Kopf noch einmal Mitzis fünf Sätze herunter.

7

Mitzi wartete im Park.

Sie stand neben der Rutsche und sah zwei Jungen zu, die die Leiter hinaufkletterten und mit Gejohle durch die bunte Röhre nach unten rutschten. Das Spiel gefiel ihr. Trotzdem ging sie nach dem dritten Mal zu ihnen hin.

»Geht jetzt weg, bitte!«

Die Jungen sahen sie verständnislos an, einer war bereits wieder auf den Stufen der Leiter.

»Schleichts euch, dalli!«

Ihr Ton war gröber als je zuvor, aber er wirkte. Die Kinder entfernten sich von der Rutsche, einer der beiden zeigte ihr die Zunge. Mitzi klatschte in die Hände. Die Jungen begannen zu rennen, einer jagte dem anderen hinterher über die Sandkiste und weiter über die kleine Wiese, die zu einem betonierten Weg mit Bäumen führte.

Außer ihr befand sich noch eine Mutter mit einem Mädchen bei der Wippe, aber bevor Mitzi auch sie vertreiben musste, sprang die Kleine herunter und lief ihrer Mutter in die entgegengesetzte Richtung davon.

Der Spielplatz gehörte nun Mitzi und ihrem Vorhaben samt den beiden anderen Protagonisten, die sie einbestellt hatte.

Sie lehnte sich an die Leiter und checkte ihr Smartphone. Heinz hatte versucht, sie zu erreichen, auch Agnes. Keine Rückmeldung von Sam.

Ob er überhaupt kommen würde? Am Ende hatte sie ihr Spektakel ohne einen der Hauptdarsteller inszeniert, und der Vorhang würde gar nicht erst aufgehen.

Zwei Minuten nach zwei.

Mitzi bekam ein flaues Gefühl in den Beinen. Sam kam nicht. Die Zeit lief.

Vielleicht hatte sich ihr Wahnsinnsplan erledigt, und sie konnte mit Heinz Baldur im Schlepptau zu Agnes aufs Polizeirevier gehen und den beiden erklären, warum sie diese Whats-App-Nachricht gesendet hatte.

Vier nach zwei.

»Alles gut, Mitzi«, flüsterte sie, um sich weiter Mut zu machen.

Nur, dass mit einem Mal nichts mehr gut war.

Es hörte sich wie kleine Knaller an. Zuerst konnte Mitzi nichts erkennen. Am Rande des Spielplatzes war eine Hecke, und dahinter bewegte sich etwas.

Das Etwas richtete sich auf. Sie erkannte den Hauptkommissar. Seine Haare standen ihm zu Berge, und er schwankte. Eine zweite Gestalt kam in die Höhe. Ein langer Ast oder Stock wirbelte durch die Luft.

Zwei Männer kämpften.

Mitzis Füße bewegten sich automatisch vorwärts, ihre Arme gingen nach oben.

»Sam? Herr Kommissar?«

Die Lage war blitzschnell außer Kontrolle geraten. Von einer Sekunde auf die andere lief nichts mehr nach Mitzis Plan. Immer schneller, Schritt um Schritt, ging sie auf die beiden zu. Kaum hatte sie die Hecke umrundet, sah sie es sofort.

Heinz Baldur war dabei zu verlieren. Er lag am Boden. Das Blut in seinem Gesicht sah schwarz aus.

Auf ihn einprügelnd stand Sam über den Hauptkommissar gebeugt. Die Schwünge seiner Arme und Fäuste verschmolzen mit dem Körper unter ihm.

»Hör auf! Hör sofort auf!«

Sie schrie, wie sie schon einmal um das Leben eines Menschen gebrüllt hatte.

Diesmal war es noch nicht zu spät. Sam hielt inne. Sein Gesicht, sein Kopf waren eine einzige helle Fläche. Die Kopfhaut schimmerte.

Er hatte sich die Haare abrasiert. Diesmal kein Hut und keine Kappe. Seine neue Glatze glänzte. Damit wirkte er bedrohlich und kindlich zugleich, ein Widerspruch, der zu allen anderen Widersprüchlichkeiten passte.

Mitzis nächste Handlung setzte sich zusammen aus dem Gefühlschaos, das sie wie eine Lawine in den Wochen überrollt hatte, und ihrem Wunsch, dem allem ein Ende zu bereiten.

Sie ließ das Handy fallen, zog sich den orangefarbenen Sweater über den Kopf und schleuderte ihn zur Seite. Beim nächsten Schritt knöpfte sie die Jeans auf, fasste sich an den Bauch. Sie riss das breite Wundpflaster ab. Ein einzelner Schmerz heulte auf, unbedeutend zwischen all den anderen Seelenqualen.

»Frau Schlager, bleiben Sie zurück.« Heinz Baldur krächzte.

Der Kampf war so gut wie beendet. Sam würde sich gleich wieder aus dem Staub machen. Sich verkriechen, sich seiner Strafe entziehen, das Land verlassen oder untertauchen. Davor noch den Ermittler töten, der ihm als Einziger auf die Schliche gekommen war. Was nutzten all die neuen Beweise ohne den Schuldigen?

Wie viel Zeit würde vergehen, bis er sich wieder bei ihr meldete und das Spiel von vorne begann? Dafür hatte Mitzi ihre Scharade nicht inszeniert.

Warum dann, blöde Kuh?, schrie in ihr eine unbekannte Stimme. Dummes, deppertes Madel. Du drehst das Gas auf und wunderst dich über die Explosion?

Sie stolperte über einen Stock, der am Boden lag, fing sich sofort wieder. Im Gehen kickte sie ihn in Heinz' Richtung. Ihr Blick blieb auf Sam gerichtet. Er hatte von Heinz abgelassen, richtete sich auf, kam auf sie zu. Für Mitzi wurde er zu einem Scherenschnitt aus Licht, verwandelte sich am Ende in die Form zurück, die sie auf der Brücke in Todesangst versetzt hatte.

»Frau Schlager, gehen Sie.«

Heinz Baldurs Stimme, ein kratziges Flüstern zwischen pfeifenden Atemzügen. Unter Aufbietung letzter Kraft rollte er sich zur Seite, einen Arm in Abwehrhaltung vor sein Gesicht gehoben. Die Finger der anderen Hand tasteten sich auf der Erde vorwärts.

Mitzi schien indessen zu schrumpfen, wurde kleiner und kleiner, wurde zu einem Kind im Alter von sieben Jahren. In diesem Alter war sie stecken geblieben und hatte sich all die Zeit über hinter der Fassade einer einzelgängerischen Frau versteckt.

»Mitzi!«

Sam jetzt, der ihren Namen aussprach.

»Frau Schlager!«

Wieder Heinz.

»Krambambuli!«, rief sie.

Ob zu Sam oder zu Heinz, konnte sie nicht genau sagen. Denn sie war wie dieser arme Hund, der sich nicht zwischen seinen beiden Herrchen entscheiden konnte. Die Bilder des Films schwappten über die Konturen ihres Lebens, das erlebt, aber nie erfühlt worden war.

»Frau Schlager!«

»Mitzi!«

Keiner der beiden Männer hatte sich je für sie als Person interessiert. Für Heinz war sie Mittel zum Zweck zur Ergreifung seines Phantoms. Sam erfreute sich an den Trümmern ihrer traumatisierten Seele.

Am Ende hatte sie die zwei aus diesem Grund an diesen Ort bestellt. Um sich für einen von ihnen zu entscheiden. Für einen Weg. Einen Ausweg aus ihrer nicht enden wollenden Schuld. Dunkel oder hell. Schwarz oder weiß. Im Grau der Realität jedoch fühlte sie sich für beide Männer verantwortlich. Und dafür, dass das Töten ein Ende haben musste. Unabdinglich. Zu jedem Preis.

Ihre Knie gaben nach, und sie sackte nach unten. Ihre Finger berührten den Boden. Sie spürte Gras, Erde.

Aus der Ferne meinte sie Sirenen zu hören.

Kam Hilfe?

Sie waren nicht allein im Park.

Die Mutter mit dem Mädchen vorhin auf der Schaukel. Die Jungs. Das Liebespaar. Die Anwohner. Vielleicht war in den letzten Minuten ein Spaziergänger mit seinem Dackel dazugekommen. Der Kampf konnte nicht unentdeckt geblieben sein, ihr Schreien nicht ungehört. Längst war jemand auf den Lärm aufmerksam geworden und hatte sein Handy gezückt. Wer weiß, vielleicht hockte schon einer hinter der Hecke und machte sein YouTube-Filmchen. Oder der Spaziergänger samt

Dackel hatte ein verschwommenes Foto auf Facebook hochgeladen.

Selbst in höchster Not konnte Mitzi nicht aufhören, in Geschichten zu denken.

Doch vielleicht war aufgrund ihrer dritten Nachricht auch die Kavallerie unterwegs.

Aller guten Dinge sind ja bekanntlich –

»Sam«, sein Name auf ihren Lippen, »hör auf.«

Er stand direkt vor ihr. Riesiger, als sie ihn in Erinnerung hatte, aber sie war ja auch so winzig geworden. Seine Hände waren leer. Er hatte das Messer verloren. Mit einem Griff in ihre Hosentasche holte Mitzi ihres heraus und klappte es auf.

»Es ist kleiner als deines, aber es ist scharf.«

Sie setzte sich auf die Knie, streckte ihren entblößten Bauch nach oben. Bleich die Haut und die Wunde darauf wie die Markierung eines roten Flusses. Auch das Messer bot sie ihm immer weiter an. Sie konnte den Wappenaufdruck darauf deutlich erkennen.

Seine Worte kamen stoßweise.

»Verschwinde. Mitzi. Hau ab.«

Er hatte es einmal nicht geschafft, sie zu töten, beim zweiten Mal setzte sie ihr Leben darauf.

»Bring es damit zu Ende. Nicht so stümperhaft wie beim ersten Versuch. Und dann hör auf.«

»Ich werde dir nichts tun!«

Die Sirenen wurden lauter.

Kein Zweifel, sie waren zu ihnen unterwegs. Mitzi musste ihn an Ort und Stelle halten.

»Töte mich, Sam. Komm, sei kein Waserl, kein Feigling. Ich hab dich verraten, ich hab dich hintergangen. Ich hab mich dazu entschlossen, den Kommissar zu retten und dich ins Gefängnis zu schicken. Ganz klassisch. Wenn ich je etwas richtig gemacht hab, dann das.«

Hinter Sam registrierte sie eine Bewegung. Heinz Baldur robbte näher.

Kein halber Meter mehr zwischen ihm und Sam.

Die Spitze der Klinge berührte Sams Fingerknöchel. »Nimm es und bring diesen letzten Auftrag zu Ende. Ich bin jetzt deine Zielperson. Ich, die Mitzi.«

Sie löste ihren Griff, das Taschenmesser fiel nicht zu Boden. Sam hatte es angenommen.

Nun also doch.

Heinz richtete sich vom Boden auf.

Sam beugte sich nach vorn.

Mitzi legte ihren Kopf weit in den Nacken, sah nach oben.

Eine Schar Vögel stieg in den Himmel, hoch über das Bergpanorama hinaus.

Flügelschlagen und Sirenen.

Fehlt nur noch Regen, dachte Mitzi, aber sie musste sich wohl mit hoher Luftfeuchtigkeit begnügen.

Epilog

Sie traf Mitzi im Café Tomaselli am Alten Markt beim Florianibrunnen. Ein heftiger Wind ließ draußen erste Blätter von den Bäumen segeln. Agnes hatte sich den Sonntag mit Salzburger Sehenswürdigkeiten vertreiben wollen, aber seit zwei Stunden saßen die beiden Frauen zusammen, waren bei ihrem dritten Kaffee angelangt und redeten.

Belangloses bisher, über ihre Geburtsorte und unterschiedlichen Werdegänge, über das Wetter, die Alpen, über Mitzis Korrekturarbeit an einem Kinderbuch und Agnes' Kollegen in Kufstein. Natürlich auch über Filme, die von früher und die neuesten Blockbuster. Mitzi war bestürzt, wie wenige Agnes kannte.

Obwohl das Gespräch nichts Faszinierendes hatte, war Agnes geblieben und suchte in Gesten und Mimik der Frau, die ihr gegenübersaß, nach den Tiefen, die sie in die Arme eines Auftragsmörders gezogen hatten.

Mitzi schlug die Augen nieder. »Darfst du mir sagen, wo er jetzt is?«

Sie duzten sich inzwischen.

Agnes wusste, von wem Mitzi unvermittelt sprach.

»Der Mann, der sich dir als Sam vorgestellt hat, ist in Untersuchungshaft. Heinz Baldurs Kollegen haben sich offiziell in den Fall eingeklinkt. Inzwischen ist zu dem tätlichen Angriff im Stadtpark auch die Mordanklage in Kitzbühel hinzugekommen. Die Ermittlungen zu Kufstein und Rosenheim laufen. Dazu weitere Übereinstimmungen bei mehreren bislang ungeklärten Mordfällen in Deutschland, Österreich und der Schweiz. Wie viele Fälle mit dem Mann zusammenhängen, steht in den Sternen. Ich schätze, die meisten werden niemals aufgeklärt werden.«

Agnes' offizieller Ton ließ Mitzi noch leiser werden. »Is er noch in Tirol?«

Den Drang nach mehr Informationen konnte Agnes gut nachvollziehen und wunderte sich, dass Mitzi sich so lange hatte beherrschen können.

»Inzwischen wurde er nach Deutschland überstellt. Ich kann dir sagen, dass er in Frankfurt in der JVA I untergebracht ist. Der Prozess wird folgen. Du könntest eine Nebenklage wegen deiner Verletzung einreichen.«

»Wozu? Ich bin froh, wenn keiner mich befragt und nachbohrt.«

»Übrigens danke für deine Aufzeichnungen. Ich kann mir vorstellen, dass es dir nicht leichtgefallen ist.«

»Hat es dir weitergeholfen?«

»Nun ja, ich bin leider wieder einmal nur am Rande beteiligt. Die Kollegen aus Innsbruck und Frankfurt spielen eine viel größere Rolle. Aber der gelöste Mordfall Karsten Trinckas zählt. Unter uns: Die Ehefrau hat inzwischen gestanden, den Auftrag gegeben zu haben.«

»Schrecklich.«

»Eifersucht ist ein häufiges Motiv, Mitzi. Ich habe übrigens eine Belobigung von meinem Chef erhalten. Durch die Infos in deinem Schreiben konnte ich mich zumindest kurzfristig wichtig fühlen.«

»Die sind blöd, wenn sie dich nicht voll dabeihaben wollen.«

»Nachdem Heinz Baldur mich davon überzeugt hat, deinen Namen außen vor zu lassen, konnte ich die Hinweise von dir leider nur teilweise direkt nutzen.«

»Tausend Dank dafür. Das hab ich gar nicht verdient.«

»Red keinen Mist. Es passt schon. Ich bin in ständiger Verbindung mit Heinz Baldur. Wir haben uns für unsere jeweiligen Berichte, wie es zu der Festnahme gekommen ist, abgesprochen. Außerdem habe ich meine Versetzung beantragt. Ich lechze nach spannenderen Aufgaben, ähnlich dieser Sache.«

»Es wäre toll, wenn du zum Beispiel hier arbeiten und wohnen würdest, Agnes. Fehlt nur noch der Kommissar für ein Dreiertreffen.«

»Zurzeit klinkt er sich ein, wo er kann und soweit es seine

Genesung zulässt. Kann sein, dass der Hauptkommissar bald wieder im aktiven Dienst sein wird. Hat er mir bei unserem letzten Telefonat im Vertrauen gesteckt.«

»Luis muss er dann aber in den Griff kriegen.«

»Wer ist Luis?«

»Ach, das is sein Nachbar. Ein komischer Typ, der in bunten T-Shirts und ausgefransten Jeans herumläuft und die Leute dazu bringt, ihm alte Geschichten zu erzählen.«

Agnes' Smartphone summte.

»Wir reden über den Hauptkommissar, und schon meldet er sich per SMS.«

Agnes hielt ihr Mobiltelefon in die Höhe, dass Mitzi die Nachricht lesen konnte.

»Jetzt will unser Angeklagter doch einen Rechtsbeistand. Morgen geht es weiter. KHK Baldur«.

»Vielleicht wartet der Kerl auf einen Deal, den ihm die Staatsanwaltschaft anbieten könnte, wenn er seine Auftraggeber preisgibt. In dem Fall würde die Aufklärung erst so richtig bombig.« Agnes seufzte sehnsüchtig.

Mitzi schüttelte sich. »Wenigstens werden seine Kunden ab jetzt umsonst ihren gruseligen Wunsch nach dem Ableben eines anderen Menschen an Sam schicken. Eigentlich sind die doch der Anfang der Perlenkette. Sie wollen Rache, Revanche, Vergeltung, das Erbe, den Firmenanteil, den Abgang eines anderen aus ganz bösen Beweggründen.«

»Da gebe ich dir völlig recht. Sie müssen gefunden und inhaftiert werden. Allerdings gestaltet sich die Recherche im Darknet alles andere als leicht.«

»Kennt ihr seinen richtigen Namen schon?«

»Seine Ausweispapiere waren alle nicht echt.« Agnes biss sich auf die Lippen, hing ihren eigenen Überlegungen nach. »Ich bin davon überzeugt, dass er irgendwo ein Nest hat, in dem wir Dutzende weitere Identitäten finden werden.«

Plus Kopfbedeckungen, dachte Mitzi, ohne es auszusprechen.

Das Bild würde sie nie mehr vergessen.

Sam am Boden kniend, die Hände am Rücken in Handschellen, von Polizei umringt. Untermalt von Sirenenheulen. Ein Großeinsatz für einen einzelnen Mann. Agnes hatte Alarm geschlagen. Die Ehre gebührte auch Heinz Baldur. Ihm war es trotz seiner Verletzungen gelungen, Sam die letzten Minuten bis zum Eintreffen der Kavallerie in Schach zu halten. Mit dessen eigenem Messer und dem Schlagstock.

Wobei zur Wahrheit eine Zugabe gehörte. Mitzi wusste es. Sam ebenso. Wieder ein Geheimnis, das sie teilten. Er hatte es so gewollt. Ihr das Leben gelassen und sich ergeben. Punkt. Aus. Ende.

Interessierte sie das Warum?

Nein. Stopp. Keine schlimmen Flausen mehr ins Herz lassen.

Noch bevor die Presse den Stadtpark ins Visier genommen und die aufgeschreckten Schaulustigen aus den umliegenden Häusern sich gesammelt hatten, hatte der Hauptkommissar Mitzi zum Gehen aufgefordert. Sie trug da bereits wieder ihren orangefarbenen Sweater und hielt Heinz' Hand im Rettungswagen. Er hatte sie von sich weggeschoben, als der Sanitäter für einen Moment den Wagen verlassen hatte.

»Gehen Sie, Frau Schlager. Sofort.«

»Aber die unterlassene Hilfeleistung? Meine Aussage?«

»Für mich ist Ihr Anteil abgegolten. Ich regle alles. Versprochen.«

Also war sie gegangen. Aus dem Park, auf die Straße, stetig, bis zum Bahnhof. Mit dem nächsten Zug war sie nach Hause gefahren.

Die gesamten darauffolgenden Stunden hatte sie auf den Besuch der Polizei gewartet. Niemand war erschienen. Inspektorin Kirschnagel war die Einzige geblieben, die sich spätabends nach Mitzi und ihrem Befinden erkundigt hatte. Die Details zu den fünf Zeilen hatte sie hören wollen. Ihr eine Standpauke gehalten. Aber sie nicht mehr zurück nach Tirol bestellt.

Mitzi zupfte an der Serviette.

»In den ›Tiroler Nachrichten‹ haben sie bis jetzt nur etwas

von einer Schlägerei im Park gebracht. Ohne einen Zusammenhang mit den anderen Sachen.«

»Für die Medien herrscht polizeiintern noch eine strikte Nachrichtensperre, Mitzi. Die Behörden ermitteln städte- und länderübergreifend. Die Ermittler prüfen, vergleichen, sammeln. Wenn der Zeitpunkt kommt, wird es ohnehin ziemlich gewaltig.«

»Wer er wohl in Wahrheit is? Ich mein, außer Sam.«

»Wir prüfen die Vermisstenanzeigen. Es wird nicht mehr lange dauern, und die Polizei geht auch für diese Informationen an die Medien. Sein Gesicht wird gezeigt werden. Jemand wird ihn erkennen.«

»Vielleicht lebt irgendwo eine Frau mit ein paar Kindern und einem hübschen Häuserl und wartet, dass ihr Liebster nach Haus kommt.«

»So einer hat doch keine Familie, Mitzi. Will ich mir gar nicht vorstellen.«

»Kannst du dir denn meine Geschichte mit ihm vorstellen und verstehen?«

»Nein. Ehrlich nicht, Mitzi.«

Mitzi ließ ihre Hände unter der Tischkante verschwinden. Sie pustete in den Verlängerten, der vor ihr stand, ohne einen Schluck zu trinken.

»Das war jetzt nicht böse gemeint, Mitzi. Entschuldige. Ich war übrigens schon einmal in Salzburg. Vor deiner Haustür.«

Das Ablenkungsmanöver gelang Agnes. Mitzi lachte.

»Du bist von Kufstein in die Maxglaner Hauptstraße?«

»Und wieder zurück. Ich habe mir Sorgen gemacht. Große. Nicht ganz unberechtigt, wenn man den Ablauf der Ereignisse zurückverfolgt. Ich konnte nicht einfach tatenlos im Revier herumsitzen. Nach deinen kryptischen Bemerkungen und nachdem ich Heinz Baldurs Berichte durchgegangen bin.«

»Dieser Depp hätte auch sterben können. Er und ich, wir waren beide etwas verwirrt, würd ich sagen. Ich natürlich am meisten.«

»Du hast diesen Sam trotz allem gemocht, stimmt's, Mitzi?«

Um die Frauen herum war das Café proppenvoll geworden. Der Geräuschpegel hatte zugenommen. Die Kellnerinnen in schwarzen Kleidern mit weißen Schürzen hasteten an ihrem Tisch vorbei wie aufgeregte Pinguindamen.

»Wir sollten uns einen Apfelstrudel bestellen, Agnes.« Diesmal schaffte Mitzi einen blitzschnellen Themenwechsel.

»Du hast recht. Oder was anderes Süßes. Ich will mir das Rauchen abgewöhnen und könnte den ganzen Tag essen. Hinterher will ich mir aber zumindest das Schloss Mirabell und das Festspielhaus ansehen, durch die Getreidegasse bummeln. Kommst du mit?«

Mitzi beugte sich vor. »Wir zwei wären ein klasse Team.«

»Wobei?« Agnes nahm die Karte.

Auf den vollen Tabletts waren Kuchen und Torten an ihnen vorbeigerauscht, die Wahl fiel schwer.

»Na, ungeklärten Verbrechen nachzuspüren. Oder solchen, wo man noch nicht einmal genau weiß, ob es welche sind.«

»Ein derartiges Vorgehen wäre in meinem Fall aber brisant.« Agnes musste schmunzeln. »Ich darf nicht ins Blaue hinein ermitteln. Zumindest nicht ohne einen Anfangsverdacht und Beweise.«

»Aber ich könnt das tun. Ich sammle, du recherchierst. Ich lege mich auf die Lauer, du wertest Spuren aus. Am Ende bin ich perdu wie ein Windhauch, und du kommst dann mit den Handschellen und sagst Sätze wie: ›Sie haben das Recht zu schweigen.‹«

»Ich glaube, du siehst wirklich zu viele Filme. Was sollten das denn für Fälle sein?«

Mitzi zuckte mit den Schultern.

Glossar

A Schaas is das! – Scheiße!

baba – tschüss

bärig – toll

bäriges Beisl – tolle Kneipe

Buttersemmerl – Brötchen mit Butter

damisch – seltsam, komisch

deppert – dumm, blöde

Depperter – dummer Mensch, Idiot

elendiglich – elend, auch: ziemlich heftig

fesches Dirndl – hübsches Mädchen

gaach – plötzlich, unerwartet

Gatsch – Schlamm; Brei

Gfries – Gesicht

Grias di/Pfiat di – Hallo, Grüß dich/Tschüss

Isch des bärig! – Das ist toll!

jemandem eine kleschen – jemandem eine Ohrfeige geben

Kracherl – Limonade

narrisch – närrisch, nicht ganz bei Sinnen, auch: wild

Pago – bekannter Fruchtsaft

Pallawatsch – Durcheinander

Paradeiser – Tomaten

Paraplü – Regenschirm

perdu sein – verschwunden sein

plaatzen – weinen

Puszi – ungarisch: Kuss

ratzfatz – sehr schnell

resch – knusprig

Sakra, Himmel, Arsch und Zwirn – österreichischer Fluch
Schaas – Furz
schiach – hässlich
Schleichts euch, dalli! – Geht weg, schnell!
Schmäh – Witz
schmallern – reden
speiben – kotzen
tamisch – heftig
Tschopperl – ungeschicktes Dummerchen
Verlängerten – Kaffee mit Milch
Waserl – Feigling
Wos schiabt's dir, Wabo? – Was ist mit dir los, Weib?
Zschigg – Zigarette

Mitzis Rezept für Kaiserschmarrn
mit Zwetschkenröster

Zutaten für 2 Personen

Zwetschkenröster:
350 g Zwetschken, 1 Schuss Rotwein, 30 g Gelierzucker, 5–7 cm
lange Zimtstange, 2 Gewürznelken, 1 TL Vanillezucker, 1 EL
Zitronensaft, Feinkristallzucker für das Karamellisieren und
auch etwas Rum

Kaiserschmarrn:
30–40 g Rosinen, etwas Rum, 3–4 große Eier, 30 g Feinkristallzucker, 1 Prise Salz, 1 Päckchen Vanillezucker, 0,2 l Milch, 120 g
glattes Mehl, geriebene Zitronenschale, Butter fürs Backen und
Staubzucker zum Bestreuen

Zubereitung

Als Erstes Rosinen in Rum einlegen und ca. 30 Minuten ziehen
lassen.

Für den Zwetschkenröster Zwetschken entkernen und klein
schneiden. Wein mit Gelierzucker, Zimt, Nelken, Vanillezucker
und Zitronensaft verrühren und alles zusammen aufkochen.
Dann so lange einkochen, bis die Flüssigkeit auf die Hälfte der
ursprünglichen Menge reduziert ist.
Die Gewürze entfernen und einen kleinen Schuss Rum in die
Reduktion geben. Jetzt die entkernten Zwetschkenstückchen ein
paar Minuten darin rösten, sie sollen aber nicht zu weich werden.

Für den Kaiserschmarrn die Eier trennen. Eidotter, Zucker, Salz
und Vanillezucker in einer Schüssel mit dem Schneebesen schau-
mig verrühren, bis die Masse hellgelb und richtig cremig ist.

Die Milch dazugeben. Nach und nach das Mehl unterrühren, dann die Hälfte der Rosinen hineingeben.

Das Eiklar mit einer Prise geriebener Zitronenschale zu einem steifen Schnee schlagen. Den Schnee unter die Dottermasse heben.

In einer ofenfesten Pfanne Butter bis zum Aufschäumen erhitzen.

Den Teig circa 1 cm hoch eingießen. Die zweite Hälfte der Rosinen auf den Teig streuen, dann den Teig anbacken und im Backrohr bei 190 °C backen, bis er leicht angezogen hat.

Am besten mit Hilfe von zwei Spachteln den Teig wenden und weiterbacken, bis der Teig auch innen angezogen hat.

Die Pfanne aus dem Rohr nehmen (bitte mit Topflappen, also Backhandschuhen, anfassen, weil heiß …).

Jetzt den Teig mit zwei Gabeln in Stücke reißen und auf die eine Seite der Pfanne schieben. Auf die andere, die freie Fläche, 1 bis 2 EL Zucker streuen und bis zu einer leichten Braunfärbung erhitzen.

Den Schmarrn in diesem karamellisierten Zucker nun schwenken.

Kaiserschmarrn auf die Teller geben, mit Staubzucker bestreuen und dazu den Zwetschkenröster als Beilage servieren.

Danksagung

Ich bedanke mich von Herzen bei Chris Willer, Dr. Katharina Feld, Dr. Cornelia Assaf, Susanne Geiger-Krautmacher, Astrid Üffing, Birgit und Frank Orlinski, Beate Gomoluch-Dörr, Claudia Matschulla, Brigitte, Herbert und Tiger Hesidenz, Bärbel und Dr. Johannes Loh, Katharina Kaschel, Lennart und Laurens, Else Reinermann, Andrea und Martin Friedrich, Antonia Schlögl, Dorrit und Sepp Archan, Erika Trücher, Regina und Peter Molden, Svenja Schulze, Carolin Gladysch, Leslie Schmidt, Hilla Czinczoll und Gabriela.

Und ein extra Dankeschön an den Emons Verlag.

Isabella Archan
TOTE HABEN KEIN ZAHNWEH
Der 1. Fall für Dr. Leocardia Kardiff
Broschur, 368 Seiten
ISBN 978-3-95451-776-3

»Ein ungewöhnlicher und sehr witziger Krimi. Ihre Hobbyermittlerin allein ist schon preisverdächtig.« Saarländischer Rundfunk

»Bühne frei für eine spannende, lustige, nicht immer ernst gemeinte Mörderjagd. Ein wenig grotesk, viel Humor.« Radio Köln

www.emons-verlag.de

Isabella Archan
AUCH KILLER HABEN KARIES
Der 2. Fall für Dr. Leocardia Kardiff
Broschur, 336 Seiten
ISBN 978-3-7408-0036-9

»*Ein ungewöhnlich humorvoller Krimi mit einem sympathischen Kommissar und einer schrägen Zahnärztin, die den Profis bei der Aufklärung des Mordfalls immer einen Tick voraus ist. Berührend beschrieben, packend erzählt, witzig und spritzig – einfach gut zu lesen.*«   SR3 Krimitipp

www.emons-verlag.de

Isabella Archan
DER TOD BOHRT NACH
Broschur, 384 Seiten
ISBN 978-3-7408-0312-4

»Er ist Teil einer Trilogie, die mit ihren so spannenden wie schrägen und humorvollen Geschichten zu begeistern weiß. Liebevoll werden die unterschiedlichen Charaktere gezeichnet und auch mal freundlich aufs Korn genommen.« Westdeutsche Zeitung

»Ein Buch, das einen so fesselt, dass man den nächsten Zahnarztbesuch fast vergessen könnte.« Kölner Leben

Isabella Archan
SCHERE9
Broschur, 256 Seiten
ISBN 978-3-95451-983-5

»Ein spannender Psychothriller, der in die menschlichen Abgründe führt.« Rheinische Post

»Ein sympathisches Ermittlerteam und eine temporeiche Story, die durch ihren komplexen Aufbau für Spannung bis zum Schluss sorgt und auch dann, als man die Lösung schon zu kennen glaubt, noch zu überraschen weiß.« Das Echo vom Alpenrand

www.emons-verlag.de